Como Ser Solteira

Liz Tuccillo

Como Ser Solteira

Tradução de
Alda Lima

2ª edição

EDITORA RECORD
RIO DE JANEIRO • SÃO PAULO
2016

CIP-Brasil. Catalogação-na-fonte
Sindicato Nacional dos Editores de Livros, RJ

T824c
2ª ed.
Tuccillo, Liz
 Como ser solteira / Liz Tuccillo; tradução de Alda Lima. — 2. ed. — Rio de Janeiro: Record, 2016.

Tradução de: How to be Single
ISBN 978-85-01-08793-5

1. Romance americano. I. Título.

15-28794
CDD: 813
CDU: 821.111(73)-3

Título original em inglês:
HOW TO BE SINGLE

Copyright © Liz Tuccillo, 2008

Copyright da tradução para o português © Record, 2010

Texto revisado segundo o novo Acordo Ortográfico da Língua Portuguesa.

Todos os direitos reservados. Proibida a reprodução, no todo ou em parte, através de quaisquer meios. Os direitos morais da autora foram assegurados.

Editoração eletrônica: FA Editoração

Direitos exclusivos de publicação em língua portuguesa para o Brasil
adquiridos pela
EDITORA RECORD LTDA.
Rua Argentina 171 — Rio de Janeiro, RJ — 20921-380 — Tel.: 2585-2000,
que se reserva a propriedade literária desta tradução.

Impresso no Brasil

ISBN 978-85-01-08793-5

Seja um leitor preferencial Record.
Cadastre-se e receba informações sobre nossos
lançamentos e nossas promoções.

Atendimento e venda direta ao leitor:
mdireto@record.com.br ou (21) 2585-2002.

Este livro, assim como tudo o que faço, é dedicado à minha mãe, Shirley Tuccillo.

É simplesmente a pergunta mais irritante de todas e ninguém consegue fugir dela. Você vai ouvir em reuniões de família, especialmente em casamentos. Homens vão perguntar no primeiro encontro. Terapeutas vão perguntar vezes e mais vezes. E você mesma vai se questionar sobre isso com bastante frequência. Ela não tem uma resposta certa e nunca faz ninguém se sentir melhor. É a pergunta que, quando as pessoas param de fazer, você se sente pior ainda.

E mesmo assim, não posso evitar perguntar também. Por que você está solteira? Parece ser uma pessoa maravilhosa. E muito bonita. Simplesmente não consigo entender.

Mas os tempos estão mudando. Em quase todos os países do mundo, a tendência é que as pessoas continuem solteiras por mais tempo e se divorciem. À medida que mais e mais mulheres se tornam financeiramente independentes, suas necessidades de liberdade pessoal aumentam, e isso muitas vezes resulta em não se casar tão cedo.

O desejo do ser humano de procriar, se unir e ser parte de um casal nunca vai mudar. Mas a maneira como o fazemos, quanto precisamos e o que estamos dispostos a sacrificar por isso, com toda certeza vai.

Então talvez a pergunta não seja mais "Por que você está solteira?". Talvez a pergunta que deveria estar se fazendo seja "Como você está solteira?". Há um admirável mundo novo lá fora e as regras estão sempre mudando.

Então me contem, meninas, como vocês estão solteiras?

—Julie Jenson

REGRA NÚMERO 1

Certifique-se de ter amigas

Como Georgia é Solteira

— EU SÓ QUERO ME DIVERTIR! AGORA QUE ESTOU SOLTEIRA SÓ QUERO ME DIVERTIR! VOCÊS, SOLTEIRAS, ESTÃO SEMPRE SE DIVERTINDO!! QUANDO É QUE A GENTE VAI SAIR E SE DIVERTIR?

Ela está gritando, *gritando*, comigo pelo telefone.

— EU QUERO ME MATAR, JULIE. NÃO QUERO MAIS VIVER COM TANTA DOR. VERDADE. EU QUERO MORRER. VOCÊ TEM QUE ME AJUDAR A ACREDITAR QUE VAI FICAR TUDO BEM! VOCÊ TEM QUE ME LEVAR PARA SAIR E ME LEMBRAR DE QUE SOU JOVEM E ESTOU VIVA E AINDA POSSO ME DIVERTIR MUITO! OU ENTÃO SÓ DEUS SABE O QUE SOU CAPAZ DE FAZER!!!

Dale, marido de Georgia, a havia trocado por outra mulher duas semanas antes e obviamente ela estava um pouquinho chateada.

A ligação aconteceu às 8h45. Eu estava no Starbucks da rua 48 com a Oitava Avenida, equilibrando uma bandeja de papelão cheia de cafés numa das mãos, o celular na outra, o cabelo no rosto, mochaccinos grandes apoiados no meu seio esquerdo, tudo isso enquanto pagava ao jovem de 20 e poucos anos na caixa registradora. Sou uma multimulher.

Eu já estava acordada havia quatro horas. Como assessora de imprensa de uma grande editora nova-iorquina, parte do meu trabalho é guiar nossos autores por aí de entrevista em entrevista enquanto promovem seus livros. Aquela manhã eu estava responsável por Jennifer Baldwin, de 31 anos. Seu livro, *Como manter seu marido atraído por você durante a gravidez*, virou um best seller instantâneo. Mulheres do país inteiro mal podiam esperar para comprá-lo. Porque, é claro, manter seu marido atraído por você durante a gravidez deveria ser a maior preocupação de uma mulher durante essa época tão especial de sua vida. Então aquela semana estávamos indo aos mais prestigiados programas de TV matinais. *Today, The View, Regis and Kelly*. WPIX, NBC e CNN, até agora neste dia, tinham se deliciado. Como não amar um bloco inteiro ensinando grávidas de oito meses a tirar a roupa para seus maridos? Agora a autora, sua assessora pessoal, sua agente literária e a assessora da agente literária estavam esperando ansiosamente por mim no carro alugado estacionado do lado de fora. Eu era a encarregada da dose de cafeína de todos.

— Realmente acha que vai se matar, Georgia? Porque se for, vou ligar pra 911 agora mesmo e pedir uma ambulância para ir até aí. — Eu tinha lido em algum lugar que as ameaças de suicídio devem ser levadas muito a sério, ainda que pensasse que ela estava apenas tentando ter certeza de que eu iria levá-la para beber.

— ESQUECE A AMBULÂNCIA, JULIE, VOCÊ É A ORGANIZADORA DE TUDO, A QUE FAZ AS COISAS ACONTECEREM. LIGA PARA AQUELAS SUAS AMIGAS SOLTEIRAS COM QUEM ESTÁ SEMPRE SAINDO E VAMOS NOS DIVERTIR!

Enquanto eu continuava com meu ato equilibrista até o carro, percebi quanto ficava cansada só de pensar naquilo. Mas sabia que Georgia estava passando por um período difícil e provavelmente ainda ia piorar muito antes de melhorar.

É uma história tão velha quanto a humanidade. Dale e Georgia tiveram filhos, pararam de transar regularmente e começaram a brigar. Eles se distanciaram, e Dale disse a Georgia que estava apaixonado por uma *vagabunda de quinta categoria*, uma professora de samba de 27 anos, que ele conheceu na Equinox. Pode me chamar de louca, mas acho que sexo bom pode ter tido alguma coisa a ver. Além disso — e não quero ser desleal, e nunca poderia nem *sugerir* que Georgia teve qualquer culpa, *de jeito algum*, porque Dale é um *babaca*, e *nós o odiamos agora* —, não consigo evitar achar que Georgia sempre o tratou como se ele estivesse garantido para sempre.

Agora, para ser franca, sou especialmente crítica quanto à Síndrome Das Mulheres Casadas Que Acham Que O Marido Está Garantido. Quando vejo um homem encharcado segurando o guarda-chuva para a esposa, depois de andar cinco quarteirões apenas para pegar o carro e dirigir de volta até o restaurante sem que ela nem sequer diga obrigada, isso me deixa muito irritada. Eu percebia que Georgia não dava valor a Dale, principalmente quando falava com ele *naquele* tom de voz. Você pode dar o nome que quiser, mas a verdade é que aquele tom significa nada menos do que o velho desprezo. O tom é de nojo. O tom é impaciente. O tom é um revirar de olhos sonoro. É a prova irrefutável de que o casamento é uma instituição horrivelmente falida resumida num simples "Eu já te disse, a panela de pipoca está na prateleira *em cima* da geladeira". Se você for capaz de viajar ao redor do mundo colecionando esses tons de voz quando saem das bocas decepcionadas de homens e mulheres casados, mande-os para um deserto em Nevada, e solte todos — a Terra iria literalmente afundar, para depois explodir de pura irritação global.

Georgia falava com Dale naquele tom. E é claro que esse não foi o único motivo da separação. Pessoas são irritantes e é disso que se trata o casamento: dias bons e dias ruins. E, francamente, quem sou eu para falar? Tenho 38 anos e estou solteira há seis anos. (Sim, eu disse seis.) Não celibatária, não fora da pista, mas decididamente, completamente, aí-vai-mais-um-fim-de-ano-sem-ninguém, solteira. Então nos meus devaneios, sempre iria tratar meu homem direito. Nunca seria grosseira com ele. Sempre faria com que ele soubesse que é desejado, respeitado e minha prioridade. Estaria sempre uma gata e seria sempre doce, e se ele pedisse, deixaria crescer uma longa cauda de peixe e guelras, e nadaria de topless pelo oceano com ele.

Então agora Georgia tinha passado de esposa e mãe semicontente a mãe solteira de duas crianças e com tendências suicidas. E ela quer *diversão*.

Alguma coisa deve acontecer quando se volta a ser solteira. Desperta um instinto de autopreservação equivalente a uma lobotomia completa. Porque Georgia de repente voltou no tempo para quando tinha 28 anos e agora quer simplesmente ir "para uns bares, sabe como é, pra conhecer homens", esquecendo que já temos quase 40 e algumas de nós têm feito isso sem parar há alguns anos. E francamente, eu não quero sair e conhecer homens. Eu não quero passar uma hora, usando um dos muitos utensílios de beleza que tenho, alisando meu cabelo só para me sentir bonita o suficiente para sair para beber. Eu quero ir para a cama cedo para acordar cedo, fazer minha vitamina e sair para correr de manhã. Eu sou uma maratonista. Não literalmente, corro apenas 5,5 quilômetros por dia. Mas na corrida das solteiras, sei como é o meu ritmo. E tenho noção de como pode ser uma jornada longa. Georgia, é claro, quer começar logo a entrevistar possíveis babás e começar a correr a toda velocidade.

— É SUA OBRIGAÇÃO SE DIVERTIR COMIGO! NÃO CONHEÇO MAIS NENHUMA SOLTEIRA ALÉM DE VOCÊ! TEM QUE SAIR COMIGO. EU QUERO SAIR COM AS SUAS AMIGAS SOLTEIRAS! VOCES ESTÃO SEMPRE SAINDO JUNTAS!! AGORA QUE ESTOU SOLTEIRA, QUERO SAIR TAMBÉM!!!

Ela também está esquecendo que é a mesma mulher que sempre me olhava com pena quando eu contava sobre a minha vida de solteira e exclamava num único suspiro "AhmeuDeusissoétãotristequedávontadedemorrer".

Mas Georgia fazia uma coisa que nenhuma das minhas outras amigas felizes no casamento ou comprometidas sequer pensaria em fazer um dia: ela pegava o telefone e organizava um jantar e juntava uns homens solteiros para me apresentar. Ou quando ia ao pediatra, perguntava se ele conhecia solteiros interessantes. Ela se envolvia ativamente na minha busca por um Homem Bom, por mais confortável e satisfeita que estivesse em seu próprio relacionamento. Isso é uma rara e bela qualidade. E é por isso que naquela sexta-feira de manhã, enquanto eu secava gotas de café da minha camisa branca, concordei em ligar para três de minhas amigas solteiras e ver se concordavam em sair e se divertir com minha amiga recém-solteira e ligeiramente histérica.

Como Alice é Solteira

Georgia tem razão. Eu e minhas amigas solteiras estamos nos divertindo muito. Sério. Ah, meu Deus, ser solteira é hilário. Por exemplo, deixe-me contar sobre o furacão cômico que é Alice. Para sobreviver, ela era ridiculamente mal paga para defender os direitos da população pobre de Nova York — contra juízes insensíveis, promotores incansáveis e um sistema legal sobrecarregado. Ela se dedicou a ajudar os desvalidos, usando o sistema, convencendo o júri e defendendo a Constituição. Ah, sim, de vez em quando ela também tinha que defender um estuprador ou assassino que ela sabia ser culpado e que, quando é bem-sucedida, acaba ajudando a colocar de volta nas ruas. Oops. O ganho de alguns é... o ganho de outros também.

Alice é defensora pública. Apesar de a Constituição garantir seu direito a um advogado, infelizmente não pode prometer que você vai ser defendido pela Alice. Primeiro de tudo, ela é deslumbrante. O que, é claro, é superficial; quem liga? Porque aqueles jurados sentados naquela corte verde-oliva industrial com as luzes fluorescentes e aquele juiz de 80 anos presidindo sobre a miséria generalizada de todos vão reparar em qualquer coisa esteticamente agradável que estiver disponível. E quando a ruiva e sexy Alice fala com sua voz grave e suave, com seu forte sotaque sou-do-povo-porém-muito-mais-adorável-que-você, herança italiana do Staten Island, você seria capaz de entrar no presídio de Sing Sing e libertar até o último dos prisioneiros, se fosse isso que ela pedisse.

Ela era tão estonteante com sua astúcia legal e seu carisma à moda antiga que se tornou a mais jovem professora da Universidade de Nova York. De dia, Alice estava salvando o mundo. De noite, estava inspirando estudantes yuppies de direito a abandonar seus sonhos de lindos apartamentos em Manhattan e casas de verão nos Hamptons para entrar na Defensoria Pública e fazer algo importante. Ela era incrivelmente bem-sucedida. Ela fez insubordinação e compaixão parecerem coisas bacanas de novo. Ela fez com que eles realmente acreditassem que ajudar o povo era melhor do que ganhar dinheiro.

Ela era uma deusa.

Sim. Eu disse *era*, porque estou meio que mentindo. A verdade é dura. Alice não é mais defensora pública.

— OK, essa é a única situação em que acredito na pena de morte.
— Alice, sendo uma amiga fantástica, estava me ajudando a transportar os livros do meu escritório na Oitava Avenida para uma noite de autógrafos na rua 17. (O livro era *O guia do idiota para ser um idiota* e foi, é claro, um grande sucesso). — A única exceção à regra é quando um homem sai com uma mulher desde que ela tem 33 anos até ela fazer 38 para então descobrir que tem problemas com compromisso; quando dá a essa mulher a impressão de que não tem nada contra o casamento e que vai ficar com ela para o resto da vida; que fica dizendo a ela que isso vai acontecer, até finalmente, um dia, dizer que acha que

casamento "não é para ele". — Alice pôs os dedos na boca e soltou um assovio de parar o trânsito. Um táxi encostou para nos apanhar.

— Abra o porta-malas, por favor — disse Alice, pegando uma das caixas com os livros *Idiota* de meus braços e jogando-os no porta-malas.

— Foi mesmo uma sacanagem — sugeri.

— Foi mais do que sacanagem. Foi criminoso. Foi um crime contra meus ovários. Foi um delito contra meu relógio biológico. Ele roubou cinco de meus preciosos anos de fertilidade e isso deveria ser considerado furto de maternidade, passível de morte por enforcamento. — Ela agora estava arrancando cada uma das caixas das minhas mãos e arremessando-as no porta-malas. Achei melhor deixá-la terminar sozinha. Quando acabaram as caixas, andamos para lados opostos do táxi para entrar no carro e ela continuou falando comigo por cima do teto do carro, sem nem tomar fôlego. — Não engolir mais essa sem reagir. Sou uma mulher poderosa, estou no controle. Posso recuperar o tempo perdido, posso sim.

— O que quer dizer? — perguntei.

— Vou pedir demissão e começar a namorar. — Alice entrou no carro e bateu a porta.

Confusa, também entrei.

— Desculpe, como é que é?

— Para a Barnes & Noble da Union Square — Alice ladrou para o motorista. Então continuou: — Isso mesmo. Vou me inscrever em todos os sites de relacionamento e encontros, e vou mandar um e-mail para todas as minhas amigas pedindo que me apresentem a alguns caras solteiros que conhecem. Vou sair todas as noites e conhecer alguém logo.

— Você vai pedir demissão para *namorar*? — Tentei dizer isso com o mínimo sinal possível de horror e julgamento na voz.

— Exatamente. — Ela continuou a assentir vigorosamente com a cabeça, como se soubesse exatamente do que estava falando. — Vou continuar dando aulas, tenho que ganhar algum dinheiro. Mas basicamente é isso, esse é meu novo emprego. Você ouviu muito bem.

Então agora minha querida e boa samaritana Supermulher, *Xena: A Princesa Guerreira*, Erin Brockovich, amiga Alice, ainda está gastando todo o seu tempo e sua energia em ajudar os desvalidos. Mas dessa vez a desvalida é ela mesma: uma mulher de 38 anos solteira em Nova York. Ela ainda está tentando achar "o cara". O último tinha sido Trevor, que roubou seu precioso tempo e a fez se sentir velha, mal-amada e assustada.

E quando perguntam a Alice o que ela faz com seu tempo livre que antigamente usava para manter jovens e réus primários longe das grades e do iminente e horrível abuso físico, ela geralmente faz o seguinte discurso: "Além da internet e de encontros arranjados, faço questão de ir a todos os lugares para os quais sou convidada, toda reunião ou coquetel, almoço ou jantar. Por pior que eu esteja me sentindo. Lembra quando tive aquela gripe horrível? Saí de casa e fui para uma noite dos solteiros no New York Theatre Workshop. Na noite seguinte à cirurgia que fiz na mão, tomei uns analgésicos e fui ao megaevento beneficente para o Central Park Conservatory. Você nunca sabe quando pode conhecer o homem que vai mudar sua vida. Mas também tenho meus hobbies. Eu me obrigo a fazer o que gosto porque, sabe como é, quando menos esperar, pode ser que conheça alguém."

— Quando menos esperar? — perguntei, durante um de seus discursos. — Alice, você escolheu pedir demissão para dedicar sua vida a conhecer alguém. Como pode de algum jeito, *em algum momento*, menos esperar?

— Me mantendo ocupada. Fazendo coisas interessantes. Faço aula de caiaque no rio Hudson, escalo as pedras do Chelsea Piers, faço aulas de carpintaria na Home Depot, o que você deveria fazer comigo, a propósito, fiz um armário incrível, e também estou pensando nesse curso de velejador no South Street Seaport. Estou me mantendo ocupada fazendo coisas que acho interessantes, e assim me engano para esquecer que na verdade só estou à procura de um homem. Porque não se deve parecer desesperada. Isso é o *pior*.

Quando conta isso, ela costuma parecer um pouco descontrolada, até porque normalmente está engolindo antiácidos em série enquanto fala. Seu problema de indigestão vem, acredito eu, de um pequeno distúrbio de refluxo gástrico chamado "pavor de ficar sozinha".

Então, é claro, para quem mais eu ligaria primeiro quando precisasse sair com um bando de amigas em busca de diversão além de Alice, que, a essa altura, era praticamente uma especialista no assunto? Ela conhece todos os barmen, hosts, maîtres, bares, boates, lugares escondidos, points de turistas, clubes e cenários da moda na cidade de Nova York. E, claro, Alice estava pronta para ir junto.

— Tô dentro — disse. — Não se preocupe. Vamos fazer com que amanhã à noite Georgia se divirta mais do que em toda a vida.

Desliguei o telefone aliviada. Sabia que podia contar com Alice, porque por mais que o estilo de vida dela tivesse mudado, ela ainda amava uma boa causa.

Como Serena é Solteira

— Tem muita fumaça, de jeito nenhum.
— Nem sabe pra onde a gente vai.
— É, mas sei que vai ter muita fumaça. Todos os lugares têm muita fumaça.
— Serena, existe uma lei antifumo em Nova York; não é permitido fumar em bares.
— Eu sei, mas ainda parece ter muita fumaça. E sempre tem barulho demais nesses lugares.

Estamos sentadas no Zen Palate — o único lugar em que tenho conseguido encontrar Serena nos últimos três anos. Serena não gosta de sair. Serena também não gosta de comer queijo, glúten, erva-moura, verduras não orgânicas e abacaxi. Nada disso combina com o tipo sanguíneo dela. Se ainda não adivinhou, Serena é muito, mas muito magra. Ela é uma dessas garotas loiras lindas e de corpo frágil que você vê nas aulas de ioga em qualquer cidade grande da América. Ela é a chef de uma família de celebridades de Nova York, sobre a qual não tenho permissão para falar devido a um contrato de confidencialidade que Serena me fez assinar só para não se sentir culpada em quebrar o contrato de confidencialidade que *ela* assinou com seu empregador quando fofoca sobre ele comigo. Sério. Mas digamos apenas que eles se chamam Robert e Joanna, e o filho deles se chama Kip. E, para falar a verdade, Serena realmente não tem nada de ruim para dizer sobre eles; eles a tratam muito bem e parecem gratos por seu jeito gentil. Mas por Deus, quando a Madonna os visita durante o almoço e faz um comentário sobre o talento de Serena na cozinha, ela precisa contar para alguém. Ela é humana.

Serena também estuda hinduísmo. Acredita na tranquilidade em todas as coisas. Ela tenta ver a perfeição divina em tudo na sua vida, até mesmo no fato de literalmente não sair com ninguém nem fazer sexo há quatro anos. Ela vê isso como perfeição, o mundo mostrando a ela que precisa trabalhar mais nela mesma. Porque como você pode ser uma verdadeira parceira para alguém antes de se tornar um ser humano completamente realizado sozinho?

Então Serena tem trabalhado nela mesma. Ela tem feito isso com tanto empenho que se tornou um labirinto humano. Tenho pena do homem que um dia tentar entrar pelos corredores sinuosos e becos sem saída de suas restrições alimentares, horários para meditação, workshops new age, aulas de ioga, regimes de vitaminas e necessidades de água destilada. Se ela trabalhar um pouco mais em si mesma, vai virar uma presidiária.

Serena é aquela amiga que você sempre encontra sozinha; a que ninguém mais conhece. A que, se você um dia a menciona ao acaso, faz com que suas outras amigas perguntem: "Serena? Você tem uma amiga chamada Serena?" Mas as coisas não foram sempre assim. Conheci Serena na faculdade, e ela costumava ser igual a todo mundo. Sempre foi um tanto obsessiva-compulsiva, mas na época era uma mania diferente e não um estilo de vida. Durante seus 20 e poucos anos, ela conhecia homens e saía com eles. E teve um namorado fixo durante três anos também. Clyde. Ele era um doce e louco por ela, mas Serena sempre soube que ele não era o homem certo. Ela meio que se acomodou numa confortável rotina com ele — e se ainda não adivinhou, Serena gosta muito de rotinas. Então nós a encorajamos a não ficar enrolando Clyde, sem jamais poder adivinhar que aquele seria o último relacionamento real dela pelo resto de sua vida sem trigo. Depois de Clyde, ela continuou saindo; não tanto, mas sempre que aparecia alguém bacana. Mas por volta dos 35, quando ainda não tinha achado ninguém que realmente a interessasse, ela começou a se concentrar em outros aspectos da vida. O que, pra falar a verdade, é o que muitos dos livros de autoajuda nos quais trabalho dizem às mulheres para fazer. Esses livros também dizem para você amar a si mesma. Se você pudesse resumir todos os livros de autoajuda em quatro palavras, seriam "ame a si mesma". Não sei explicar por quê, mas isso me irrita profundamente.

Então Serena passou a se concentrar em outras coisas, e assim começou as aulas e as dietas doidas. Diferentemente de Alice, pelo menos no quesito namoro, Serena desistiu rápido. A decisão de abrir mão do amor em sua vida é uma descida escorregadia ladeira abaixo. Porque se for uma decisão pensada, pode fazer com que relaxe, aproveite a vida e permita que sua luz interior brilhe com mais força e intensidade do que nunca. (Sim, eu disse luz interior — estamos falando de Serena, afinal.) Mas na minha opinião, essa estratégia, se seguida errado ou por tempo demais, pode lentamente ir apagando sua luz, dia após dia. Você pode se tornar assexuada e isolada. Mesmo que eu ache muito radical largar o trabalho para começar a namorar, não acho que dá pra simplesmente esperar sentada até o amor te encontrar. O amor não é tão esperto. O amor na verdade não está tão preocupado com você. Acho que o amor está por aí encontrando pessoas cujas luzes estão brilhando tanto que você seria capaz de vê-las de uma nave espacial. E, francamente, em algum momento entre as lavagens intestinais e as aulas de dança africana, a luz de Serena se apagou.

Mesmo assim, ela tem um efeito calmante em mim. Ela é capaz de me escutar reclamando sobre quanto odeio meu trabalho com a paciência de Gandhi. Além dos livros que já mencionei, ajudei a publicar pérolas como *O relógio está correndo! Como encontrar o homem dos seus sonhos e casar com ele em dez dias, Como saber se o seu homem realmente ama você*, e o best seller do momento *Como ser encantadora* (supostamente o segredo de toda a felicidade feminina).

Eu cresci em Nova Jersey, não é tão longe assim, fica apenas a uma ponte ou túnel da cidade dos meus sonhos. Eu me mudei para cá para ser escritora, então pensei que podia ser diretora de documentários, e depois até fiz uns cursos de antropologia, pensando em me mudar para a África e estudar os soldados Masai ou outra tribo quase extinta qualquer. Sou fascinada por nossa espécie, e adorava a ideia de descrevê-la de alguma maneira. Mas percebi que herdei uma forte veia prática de meu pai. Eu gostava de encanamentos e de saber que tinha plano de saúde. Então arranjei um emprego numa editora.

A essa altura, a novidade de poder comprar coisas com meu próprio dinheiro, decididamente, perdera a graça inicial. E durante toda a minha sessão de reclamação, Serena escutava quieta.

— Por que não pede demissão?

— Pra fazer o quê? Outro trabalho em publicidade? Odeio publicidade. Ou ficar desempregada? Sou dependente demais de um salário estável para ser tão desprendida.

— Às vezes você tem que arriscar.

Se *Serena* achava que eu estava presa a uma rotina, as coisas deviam estar feias mesmo.

— E fazer o quê? — perguntei.

— Bem... Você não vive dizendo que queria escrever?

— Sim. Mas meu ego não é grande o bastante para ser escritora.

Minha vida profissional estava meio emperrada. Minha "voz da razão", em que os outros confiavam tanto, só fez me convencer a recusar quase tudo. Mas toda sexta-feira, Serena me ouvia reclamar das minhas frustrações no trabalho como se fosse a primeira vez.

Então pensei, por que não? Minhas amigas sempre tiveram curiosidade sobre ela. Por que não tentar convencê-la a sair?

— As chances de qualquer uma de nós sair amanhã e conhecer o homem dos nossos sonhos são praticamente inexistentes. Então pra quê? — Serena perguntou enquanto dava outra mordida em seu hambúrguer de soja.

O que ela estava dizendo até fazia sentido. Há tempos tenho saído à noite na esperança de conhecer o homem que vai me adorar para o resto de minha vida. Digamos que tenho feito isso duas ou três vezes por semana durante, hum, 15 anos. Conheci homens e namorei, mas, até hoje, nenhum deles tem o nome escrito no meu grande livro da vida como sendo "o certo". Isso significa um monte de noites que eu saí e *não* conheci o homem dos meus sonhos.

Eu sei, eu sei, não estamos saindo só para conhecer homens. Estamos saindo para nos divertir, para comemorar o fato de sermos solteiras e meio jovens (ou pelo menos não velhas ainda), vivas e moradoras da melhor cidade do mundo. É meio engraçado quando você finalmente conhece alguém, começa a namorar, e a primeira coisa que os dois fazem é ficar em casa aninhados no sofá. Porque sair com as amigas era mesmo muito divertido.

Então não podia exatamente discordar de Serena. Todo o conceito de "sair" é meio defeituoso. Mas continuo me esforçando.

— Não vamos sair para conhecer homens. Vamos sair só para sair. Para mostrar a Georgia que é divertido simplesmente sair. Para estar lá fora no mundo, comendo, bebendo, conversando, rindo. Às vezes algo inesperado acontece mas, na maior parte do tempo, você simplesmente volta para casa. Mas você sai, sabe como é, para *sair*. Para ver o que *poderia* acontecer. Essa é a graça.

O argumento dos benefícios da espontaneidade e do desconhecido não costumava ser a melhor maneira de convencer Serena, mas por algum motivo ela concordou.

— Tudo bem. Mas não quero que seja em nenhum lugar com muita fumaça ou barulhento demais. E veja se eles têm uma opção vegetariana no cardápio.

Como Ruby é Solteira

E finalmente chegamos a Ruby.

Era sábado, 2 horas da tarde, e eu tinha ido até o apartamento de Ruby para tentar recrutá-la a sair naquela noite — e porque eu sabia que ela podia não ter saído da cama até agora.

Ruby abriu a porta de pijamas. Seu cabelo estava seriamente embolado, quase num estado pré-dreadlocks de tantos nós.

— Já saiu da cama hoje? — perguntei, preocupada.

— Sim. É claro. Acabei de sair — disse, ofendida. Ela então andou de volta até o quarto. Seu apartamento estava impecavelmente arrumado. Nenhum dos típicos sinais de depressão, como potes de sorvete mofados, donuts pela metade ou pilhas de roupas sujas espalhadas. Ela era uma depressiva bem arrumadinha. Aquilo me deu esperança.

— Como está se sentindo hoje? — perguntei, seguindo-a para dentro do quarto.

— Melhor. Quando acordei, ele não foi a primeira coisa em que pensei. — Ruby engatinhou de volta até sua incrivelmente fofa, felpuda e florida cama e puxou as cobertas sobre si. Parecia muito confortável. Eu mesma estava começando a pensar em tirar uma soneca.

— Ótimo! — disse eu, sabendo que estava prestes a escutar muito mais do que aquilo. Ruby é uma adorável morena de cabelos compridos, uma criatura perfeitamente feminina e curvilínea, de tons calmantes e palavras tenras. E Ruby gosta de conversar sobre seus sentimentos.

Ela se sentou.

— Meu primeiro pensamento essa manhã foi "Me sinto bem". Sabe do que estou falando, né? Aquele primeiro momento antes de você se lembrar de quem é e dos reais fatos de sua vida? Meu primeiro pensamento, no meu íntimo, no meu corpo, era "me sinto bem". Não me sentia assim há muito tempo. Geralmente, abro os olhos e já me sinto uma merda. Como se no meu sonho eu estivesse me sentindo uma merda, e acordar fosse apenas uma extensão disso, sabe? Mas essa manhã, meu primeiro pensamento foi "me sinto bem". Como se meu corpo não estivesse mais guardando tristeza, sabe?

— Isso é ótimo — comentei alegremente. Talvez as coisas não estivessem tão ruins quanto pensei.

— Sim, bem, é claro, quando me lembrei de tudo comecei a chorar e não parei mais durante três horas. Mas acho que foi um progresso, entende? Me fez ver que estava melhorando. Porque Ralph não pode ficar tão presente na minha memória, ele não pode. Logo vou acordar e vão demorar três minutos inteiros até começar a chorar por causa dele. E depois 15 minutos. E depois uma hora, e depois um dia inteiro, e então finalmente terei superado isso. — Ela parecia prestes a começar a chorar de novo.

Ralph era o gato de Ruby. Ele morreu de insuficiência renal três meses atrás. Ela estava me mantendo atualizada sobre as sensações físicas de sua depressão profunda todos os dias desde então. Isso é particularmente difícil para mim porque não faço ideia nenhuma de por que alguém despejaria toda a sua energia emocional numa coisa que não pode nem te dar uma massagenzinha nas costas. E não é só isso, mas me sinto superior ao problema. Acredito que qualquer pessoa com um animal de estimação é mais fraca do que eu. Porque quando pergunto por que amam tanto seu animalzinho, invariavelmente dizem algo como "Você não faz ideia do amor incondicional que Beemie me dá". Bem, quer saber? Não preciso de amor incondicional. Eu preciso de amor condicional. Preciso de alguém que ande sobre duas pernas e formule frases inteiras e que saiba usar ferramentas e me lembre de que foi a segunda vez em uma semana que grito com algum atendente de telemarketing quando não consegui o que queria e que *eu deveria refletir sobre isso*. Preciso ser amada por alguém que possa compreender totalmente que, quando ele me vê trancada do lado de fora do meu apartamento três vezes no mesmo mês, essa pode ser muito bem aquela Coisinha a Meu Respeito Que Nunca Vai Mudar. E ele vai me amar mesmo assim. Não porque é amor incondicional, mas porque ele realmente me conhece e resolveu que pela minha mente fascinante e meu corpo sexy vale a pena talvez perder um voo ou outro porque esqueci meus documentos em casa.

Mas essa não é a questão agora. A questão é que Ruby se recusa a sair para tomar um café, fazer compras, ou até dar uma caminhada comigo porque ela é um desastre quando se trata de encarar decepções. Principalmente do tipo romântico. Por mais que tenha tido bons momentos com algum companheiro, nunca vai compensar a quantidade de dor e tortura que ela se obriga a vivenciar quando não dá certo. A matemática pura e simples não funciona. Se ela namora alguém durante três semanas e depois termina, passa os dois meses seguintes enlouquecendo a si mesma e a todos em volta.

Porque sou uma expert no modus operandi emocional de Ruby, posso te dizer exatamente o que acontece durante sua queda. Ela conhece alguém, um homem, digamos, em vez de um felino. Ela gosta dele. Ela sai com ele. Seu coração se enche da possibilidade e da excitação que vem quando achamos alguém de quem realmente gostamos e que está disponível e é gentil, decente, e que parece gostar de nós também.

Como disse antes, Ruby é bonita; muito delicada, muito feminina. Ela pode ser curiosa e atenciosa, e tem um ótimo papo. E quando ela conhece homens, eles gostam dela por todos esses motivos. Ruby é inclusive muito boa no ato de namorar, e quando está num relacionamento fica claramente à vontade.

No entanto, isso é Nova York, essa é a vida, e assim é namorar. As coisas muitas vezes não dão certo. E quando não dão, e Ruby é rejeitada, não importa por que motivo e a maneira como as más notícias são dadas, todo um processo tem início. Ela normalmente está bem no Momento da Decepção. Como quando um tal de Nile terminou com ela porque queria voltar para a ex-namorada. No momento do impacto, ela é até filosófica a respeito. Um surto de sanidade e autoestima recai sobre sua mente, e ela diz que sabe que ele simplesmente não era o homem certo, e que não pode levar para o lado pessoal, e que a perda foi dele. Então algumas horas se passam e o tempo a afasta cada vez mais daquele momento de clareza mental, e ela começa a entrar no modo Hospício. Seu amado, que um dia ela viu no tamanho normal, começa a crescer mais e mais e mais, e em uma questão de horas ele se torna o monte Everest do planeta dos homens desejáveis e ela fica inconsolável. Ele foi a melhor coisa que já lhe aconteceu. Nunca mais vai haver ninguém tão bom quanto ele. Nile fez a coisa mais poderosa que podia fazer com Ruby — ele a rejeitou e agora ele é TUDO e ela é nada.

Acostumei-me tanto a ver Ruby passando por isso que faço questão de estar perto dela durante essas críticas horas seguintes à rejeição, para ver se consigo freá-la antes de ela descer as escadas para a loucura. Porque, deixe-me dizer, uma vez que ela desce, ninguém sabe quando subirá de volta. E ela não gosta de ficar lá embaixo sozinha. Ruby gosta de ligar para todas as amigas e descrever em detalhes vívidos, durante horas, como é lá no porão dos corações partidos. O papel de parede, o estofado, os azulejos. E não há nada que possamos fazer. Temos apenas que esperar passar.

Então você pode imaginar que depois de alguns anos desses altos e baixos, sempre que recebo um telefonema de Ruby dizendo que conheceu esse "cara maravilhoso" ou que o segundo encontro foi "muito,

muito bom", não dou necessariamente pulinhos de alegria. Porque, novamente, a matemática não é muito promissora. Se três semanas podem resultar em dois meses de lágrimas, imagine como fico apavorada quando Ruby comemora seu aniversário de quatro meses de namoro com alguém. Se algum dia ela terminar com alguém depois de alguns anos morando juntos, não acho que vão sobrar anos suficientes em sua vida para superar.

E foi por isso que ela decidiu pegar Ralph. Ruby estava cansada de ser desapontada. E desde que mantivesse as janelas e portas fechadas, Ralph nunca a deixaria. E Ruby nunca se decepcionaria de novo. Mas ela não sabia sobre insuficiência renal crônica em felinos. E agora, bem, agora Ralph era o melhor gato que já existira. Ralph a fez mais feliz do que qualquer outro animal ou ser humano poderia ter feito e ela não faz ideia de como vai viver sem ele. Ela ainda consegue trabalhar. Ela tem sua própria empresa de recursos humanos, e tem clientes que contam com ela para conseguir emprego. E graças a Deus por eles, porque ela sempre vai sair da cama para ajudar alguém precisando de uma boa vaga. Mas um sábado à tarde é muito diferente. Ruby não está se mexendo.

Até eu contar sobre Georgia. Sobre seu marido que a largou por uma professora de samba e sobre como ela está arrasada e quer sair e se sentir de bem com a vida. Então Ruby entendeu tudo. Ela entendeu que há momentos em que, por pior você esteja se sentindo, é sua obrigação sair de casa e ajudar a fazer a recém-solteira acreditar que vai ficar tudo bem enganando-a. Ruby sabia, intuitivamente, que esta era uma dessas noites.

Como Eu Sou Solteira

Vamos ser honestas. Eu mesma não estou muito melhor que elas. Eu saio, conheço homens em festas e no trabalho, ou por meio de amigas, mas as coisas parecem nunca dar certo. Não sou maluca, não namoro homens malucos. As coisas simplesmente não funcionam. Fico olhando os casais andando pelas ruas juntos e quero sacudi-los, implorar a eles que respondam à minha pergunta: "Como vocês conseguiram?" Isso virou a esfinge para mim, o mistério eterno. Como é que duas pessoas conseguem se conhecer nessa cidade e fazer dar certo?

E o que eu faço a respeito? Eu fico chateada. Eu choro. Eu paro. E então me alegro e saio e simplesmente sou encantadora e me divirto horrores o máximo que posso. Eu tento ser uma boa pessoa, uma boa amiga e uma boa integrante da família. Eu tento ter certeza de que não existe uma razão inconsciente para ainda estar solteira. Eu sigo em frente.

— Você está solteira agora porque é muito esnobe. — Essa é a resposta de Alice toda vez que o assunto vem à tona. Apesar disso, não consigo imaginá-la casada com o belo rapaz que trabalha na banca de frutas da esquina da rua 12 com a Sétima Avenida e que parece bastante impressionado com ela. Ela baseia seu julgamento no fato de que me recuso a marcar encontros on-line. Nos bons e velhos tempos, namorar pela internet era considerado um constrangimento medonho, algo que ninguém admitiria fazer nem sob ameaça de morte. Eu adorava aqueles tempos. Agora a reação das pessoas quando escutam que você é solteira e não está tendo algum tipo de namoro virtual é que então *não deve querer tanto assim*. Essa tornou-se a chave, a prova final que mede quanto você está disposta a fazer para encontrar o amor. Como se houvesse alguma garantia de que o seu Sr. Perfeito estivesse on-line. Ele está esperando por você, e, se não estiver disposta a passar as 1.500 horas, 39 xícaras de café, 47 jantares e 432 drinques para conhecê-lo, então simplesmente *não quer conhecê-lo tanto assim e merece envelhecer e morrer sozinha.*

— Não acho que esteja aberta para o amor. Não está pronta. — Essa foi a resposta de Ruby. Não vou nem me dar ao trabalho de responder; exceto para dizer que não sabia que encontrar o amor tinha virado algo equivalente a se tornar um cavaleiro Jedi. Não sabia que eram necessários anos de treinamento psíquico, provas metafísicas para superar e círculos de fogo para pular antes de arrumar um par para o casamento do meu primo em maio. E, ainda assim, conheço mulheres tão loucas que podiam estar latindo como cachorros a essa altura e que ainda arranjam homens que as adoram e por quem elas, em meio à sua loucura, acham que se apaixonaram. Mas não importa.

Minha mãe acha que ainda estou solteira porque gosto de ser independente. Mas ela raramente pensa no assunto. Ela vem da geração de mulheres que não sabiam que tinham outra opção senão casar e ter filhos. Não havia escolha para ela. Então ela acha simplesmente uma graça que eu ainda seja solteira e não precise depender de um homem. Não acho que minha mãe e meu pai tiveram um casamento particularmente feliz, e depois que ele morreu, ela virou uma dessas viúvas que finalmente pôde começar a viver para ela mesma — as aulas, as férias, o bridge e os clubes de leitura. Quando eu ainda era apenas uma menina, ela achava que estava me fazendo um grande favor me dando esse maravilhoso presente ao me lembrar de que não preciso de um homem para ser feliz. Posso fazer o que quiser, ser quem eu quiser, sem um homem.

E agora... Eu não tenho coragem de dizer a ela que não sou realmente feliz como solteira, e que se você quer ser a namorada ou esposa de alguém, e é hétero, *desculpe, mamãe,* mas você meio que precisa *sim* de um homem, pois sei que ela iria ficar preocupada. Mães não gostam de ver seus filhos tristes. Então mudo o foco da conversa para longe da minha vida amorosa e ela não pergunta, nós duas não querendo revelar ou conhecer nenhuma infelicidade incômoda.

— Ah, por favor — diz Serena, que das minhas amigas é a que me conhece há mais tempo —, não tem mistério. Você namorou bad boys até os 30 e poucos anos e agora que finalmente caiu em si, os bons já estão tomados.

Bingo.

Meu último namorado, seis anos atrás, foi o pior de todos. Tem alguns caras que você namora que são tão ruins que quando você conta a história deles, parece tão feio para você quanto para eles. O nome dele era Jeremy e estávamos namorando havia dois tumultuados anos. Ele resolveu terminar comigo não indo ao funeral do meu pai. Nunca mais ouvi falar nele depois disso.

Desde então, nada de bad boys. Mas nada de grande amor também.

Georgia deu sua opinião sobre o motivo de eu ainda estar solteira numa noite particularmente sombria, solitária e pesarosa:

— Ah, pelo amor de Deus, não tem motivo. Você é gentil, bonita, tem o cabelo mais lindo de Nova York. — (É realmente comprido e cacheado, mas nunca arrepiado, e quando quero alisá-lo, fica bonito como se fosse natural. Tenho que admitir, é meu ponto forte.) — Você é sexy, esperta, engraçada, e uma das melhores pessoas que conheço. Você é perfeita. Pare de se fazer essa pergunta horrível porque não existe uma porcaria de motivo para que o homem mais sexy, legal e charmoso de Nova York não esteja perdidamente apaixonado por você.

É por isso que eu amava Georgia. E foi assim que nesse fim de semana acabei organizando uma saída coletiva com meu grupo de amigas nada a ver umas com as outras para fazê-la sentir que valia a pena viver. Porque no final do dia, é noite. E em Nova York, se está de noite, tem vida noturna, e onde há vida, sempre há esperança. E acho que essa é a melhor parte de ser solteira. Esperança. Amigas. E a certeza de que você vai sair da sua droga de apartamento.

REGRA NÚMERO
2

Não dê uma de louca, independentemente de como esteja se sentindo, porque só ajuda a queimar o nosso filme

Quando você sai à noite com o objetivo de fazer uma amiga parar de ameaçar, apesar de não muito convincentemente, se suicidar, deve ter cuidado ao escolher para onde vão. Alice e eu discutimos isso com a ponderação de generais planejando um ataque aéreo à meia-noite. A verdade é: em qualquer noite que resolva sair, você deve fazer seu dever de casa direitinho. Porque uma noite ruim pode ser humilhante até para a mais em forma de nós, mulheres solteiras. Então deve fazer muitas perguntas: São quantos homens para quantas mulheres? Os drinques são caros? A música é boa? É a noite certa para ir lá? Você tem que levar todos esses fatores em consideração e, se necessário, usar gráficos, diagramas e alguns telefonemas convenientes para bolar o melhor plano de ataque. Nesse caso, a estratégia foi bem simples: lugares com muitos homens. Porque a última impressão que você quer passar para sua amiga recém-solteira é exatamente aquele conceito tão penetrante e opressivo que vai ser o primeiro pensamento de qualquer mulher sensata quando se dá conta de que agora está oficialmente solteira: *Não sobrou nenhum homem bom*. Então o pensamento seguinte seria *Vou ficar sozinha para o resto da vida*.

Agora, a questão de realmente não ter sobrado nenhum homem bom na cidade de Nova York é algo que provavelmente poderíamos discutir para sempre, mas por enquanto vamos deixar os fatos reais para as pesquisas do censo e os serviços de encontros. O que me interessa essa noite é a *impressão* de que há um monte de homens solteiros bonitos lá fora, literalmente caindo do céu, das árvores, pulando em cima de você nas ruas, querendo transar com você. Considerando isso, escolher aonde íamos jantar era fácil na cabeça de Alice. Tinha que ser uma churrascaria, e a maior de todas. E neste caso seria a Peter Luger, em Williamsburg, no Brooklyn. Agora, você deve estar se perguntando o que estamos fazendo, levando nossa recém-solteira amiga para o Brooklyn. Alô, dorminhoca! Brooklyn é a nova Manhattan e Williamsburg é o novo Lower East Side, e Peter Luger serve tanta carne vermelha que é garantido achar hordas de homens héteros lá dentro (ou mulheres se enchendo de proteína para o próximo concurso de halterofilismo). De qualquer modo, torna nossas chances muito boas, gente. A impressão de abundância é tudo, não apenas pelos bifes de 1 quilo, mas também pela quantidade de machos sentados ao redor de mesas de madeira imensas em grupos de oito ou dez, devorando suas carnes como homens das cavernas.

Não sei se alguma vez você já foi responsável por reunir um grupo de pessoas e decidir para onde vão sair uma noite. Mas se nunca foi, deixe-me dizer que é uma experiência surpreendentemente estressante. Digo "surpreendentemente" porque se você nunca foi a organizadora, vai se questionar por que sua normalmente tranquila amiga já perguntou três vezes se você gostou do seu tortellini. Mas se você já fez isso, pode entender que até a pessoa mais confiante do mundo vira uma nervosa e insegura anfitriã, obcecada com cada piada, revirar de olhos e comentário à parte feito por suas companheiras. E se tudo não transcorre bem, vai ficar marcado na mente das pessoas como a noite em que você as levou para sair e elas não se divertiram.

Agora, o segredo para se divertir é, naturalmente, uma boa mistura de pessoas. Então deixe-me lembrá-la de com que estamos lidando aqui: Georgia, uma mulher recém-solteira flertando com a ideia de um colapso nervoso; Ruby, que ainda está de luto pela morte de seu gato; Serena, a garota na bolha sem lactose ou trigo; e Alice, que Deus a abençoe apesar de estar quase desenvolvendo uma úlcera com sua agenda de encontros, mas minha única esperança de sair inteira dessa experiência.

Veja bem, nenhuma delas conhece a outra direito. Elas se conhecem das minhas várias festas de aniversário ao longo dos anos, mas definitivamente não somos um grupo. Conheci Alice na aula de spinning cinco anos atrás. Trabalhei com Georgia até ela deixar o emprego para cuidar dos filhos. Serena foi minha melhor amiga na faculdade e Ruby e eu viramos amigas há 15 anos num horrível emprego temporário e depois dividimos um apartamento durante três anos. Elas são basicamente estranhas umas para as outras. Na verdade, posso dizer com certeza que Alice, Georgia, Serena e Ruby não ligam muito uma para a outra, por nenhum motivo especial exceto que nenhuma é exatamente o mesmo "tipo" que a outra. Eu sempre quis um grupo de amigas, sempre desejei uma horda, minha pequena família de amigas, mas isso nunca aconteceu. Teria sido bom se em algum emprego eu tivesse pescado um monte delas logo, como lagostas numa rede. Mas conhecer um grupo de mulheres que terminam morando na mesma cidade e continuam amigas que dividem os mais íntimos detalhes de suas vidas pessoais é raro, lindo e definitivamente algo para se sonhar, ou pelo menos assistir na televisão.

— Ai meu Deus, está tão frio, eu devia ter escolhido um casaco mais quente. Odeio outubro. Outubro é o mês mais irritante porque a gente nunca sabe como se vestir — disse Serena "0% de gordura corporal".

Tínhamos combinado de nos encontrar na rua 23 com a Oitava Avenida e pegarmos um táxi para Williamsburg juntas. Todo mundo parecia razoavelmente animado, mas eu já podia notar que Serena, que não estava tão à vontade, seria o problema. Não que eu não estivesse preocupada com Georgia também, que usava uma blusa decotada e uma minissaia. Georgia é uma mulher linda que certamente pode usar isso. Ela é magra, tem um 1,70m de altura, cabelos castanhos-claros e longos, e franjas compridas o suficiente para caírem com perfeição na frente dos olhos. Ela tem lábios naturalmente vermelhos e carnudos que muitas mulheres não pensariam duas vezes em injetar nelas mesmas. Antes da separação, ela sempre parecia moderna sem fazer o menor esforço. Agora, no entanto, era outubro. E frio. E dava para ver sua bunda. Nós todas nos amontoamos num táxi e partimos.

Enquanto Serena se perguntava alto se teria alguma opção vegetariana no cardápio e Alice ladrava ordens para o motorista, tive uma epifania a respeito de como essa noite poderia dar certo. Eu entendi que existe uma presença divina cuidando de nós nesse mundo. Porque existe essa coisa chamada álcool. E, naquele momento, álcool parecia uma ideia tão boa que eu sabia que tinha que existir um Deus que nos amava o suficiente para criá-lo.

Quando entramos na churrascaria, vi que Peter Luger era exatamente como meu Deus criador-do-álcool teria querido: repleta de homens bonitos e claramente empregados. O nó em meu estômago relaxou. Sabia que a primeira etapa da caça ao tesouro chamada "Sair em Nova York à Procura de Diversão" ia ser vitoriosa para nosso time.

— Ah, meu Deus, eu sou um gênio — disse Alice com orgulho.

— Oba! — disse Georgia.

— Adorei esse lugar — falou Ruby.

— Já vi que não vai ter uma única coisa aqui que eu possa comer — disse Serena, enquanto passávamos pela multidão de mesas repletas de carne animal cozida.

A pressão da sociedade é uma coisa engraçada: funciona em qualquer idade. Enquanto olhávamos o menu, Serena pediu uma vodca tônica. Pode não parecer grande coisa para você, mas foi uma ocasião memorável para mim. E aconteceu simplesmente porque minhas três amigas, que mal conheciam Serena, disseram a ela para relaxar. E ela ficou com vergonha. Depois de eu passar os últimos três anos implorando-a para tomar um mojito, foi fácil assim. Ainda assim, ela pediu um prato de brócolis para jantar, mas eu não podia negar que havia alguma espécie de mágica já começando no grupo de amigas.

É sempre melhor quando se tem um objetivo, tanto na vida quanto apenas para uma noitada, e hoje o objetivo era simples: Georgia precisava paquerar alguém desesperadamente. E ali estávamos, na terra dos grandes bifes e das iniciativas ousadas. Então conforme fluía a carne vermelha e a bebida, chegava a hora de entrar no esquema loucura.

Alice resolveu abordar a mesa adjacente à nossa, que, por coincidência, tinha cinco homens.

— Oi, pessoal, estamos tentando divertir nossa amiga recém-solteira e achamos que seria legal nos juntarmos a vocês.

Alice não tem medo. Depois que você supera alguns assassinos pulando sobre você para tentar enforcá-la, ir até um grupo de homens para puxar conversa é moleza. E graças a Alice lá estávamos nós, mudando nossos pratos e talheres para a mesa ao lado e nos espremendo bem perto de um monte de caras bonitos. E Georgia, felizmente, estava recebendo mais atenção que uma leoa na selva, como uma futura noiva em sua despedida de solteira. Nada como abrir o jogo sobre sua situação romântica logo de cara para as pessoas se empolgarem. Olhei para a mesa e foi isso que vi:

Georgia rindo como uma colegial.

Ruby rindo como uma colegial.

Serena rindo como uma colegial.

Alice rindo como uma colegial.

E, quando me dei um tempo e parei de me preocupar se todo mundo estava se divertindo, eu estava rindo como uma colegial também.

E pensei *Meu Deus, que criaturas patéticas nós somos. Somos advogadas e assessoras de imprensa e executivas e mães com cabelos escovados e batom, todas só esperando que o sol de atenção masculina brilhe sobre nossas cabeças para nos sentirmos vivas novamente.*

Eles nos ensinaram jogos com bebidas, fizemos piada sobre as gravatas deles. Ruby falava com um homem que parecia particularmente fascinado por ela e todos os outros disseram a Georgia como ela era linda e sexy e não tinha nada com que se preocupar. Achamos ouro naquela churrascaria.

— Meu Deus, isso foi tão divertido! — Georgia disse, rindo, enquanto saíamos do restaurante.

— Não acredito que bebi vodca! — disse Serena, radiante.

— Aquele cara que estava conversando comigo quer nos acompanhar aonde a gente for agora! — disse Ruby, dando risadinhas. — Para onde vamos!

Agora, o problema de ser responsável pela diversão das pessoas é que as expectativas ficam cada vez maiores ao longo da noite, não interessa o que acaba de acontecer no momento anterior. Se o jantar tivesse sido chato, então eu ia ter que compensar com um bar ou boate incrível em seguida. E se o jantar foi muito legal, o que no caso foi, então é bom não estragar tudo escolhendo um lugar que pudesse quebrar o clima. Então me reuni de novo com meu guru pessoal, Alice. Íamos continuar com o tema "It's Raining Men", então Alice decidiu rápido. Fomos para o 'Sports', um chique bar esportivo com um nome claramente sem muita imaginação no Upper West Side. Ruby e seu novo amigo Gary pegaram um táxi e nós entramos em outro. Não foi a corrida mais barata do mundo, mas o que é dinheiro quando se tem cinco garotas bêbadas tentando se divertir?

Quando chegamos, percebi imediatamente que foi um erro. O problema desses bares esportivos aparece assim que você pisa lá dentro: os caras realmente estão lá para ver esporte. Porque se eles realmente quisessem conhecer mulheres, não iriam a um bar esportivo. Alice estava pensando a mesma coisa que eu.

— Vamos ao Flatiron, então.

Mas Serena já tinha pedido outra vodca e Georgia, ido até o cara mais bonitinho do lugar e começado a tentar conversar com ele. Infelizmente, uma importante partida de basquete com os Knicks estava passando — o que não entendo, considerando que a temporada oficial ainda não tinha começado e os Knicks não estão mais envolvidos em partidas "importantes". Apesar disso, Georgia tinha conseguido sua atenção durante um intervalo comercial e estava usando aqueles quatro minutos para paquerar o máximo possível.

Ruby estava falando com Gary, que claramente tinha se apaixonado por ela e queria ficar com ela para sempre. Mas Serena, Alice e eu logo estávamos sentadas no bar com nossos drinques, olhando uns vinte telões que exibiam vários esportes para os quais não dávamos a mínima.

Mas Alice sabia de uma coisa que nós duas não tínhamos ideia.

— Ah, meu Deus, tem uma mesa de totó ali! — disse Alice, um pouco animada demais.

— Eu não jogo totó — disse Serena, já carrancuda.

— Acha que devemos ir para outro lugar? — perguntei, ignorando a história do totó.

— Não, você não está entendendo. É uma verdade absoluta que um grupo de mulheres não consegue jogar totó por mais de dez minutos sem que homens venham jogar com elas.

— Passou muito tempo provando essa teoria? — indaguei, em tom reprovador. Por acaso contei a vocês que Alice era uma advogada que defendia os direitos dos fracos e oprimidos, fazendo-os se sentir respeitados e ouvidos, geralmente na pior época de suas vidas?

— Sim. E vou provar a você agora.

Então pegamos nossos drinques e fomos até a mesa de totó. Alice e eu jogamos enquanto Serena olhava o relógio. Passaram-se exatamente três minutos e meio até dois caras virem até a gente. Nos quatro minutos e meio, eles nos desafiaram para uma partida.

Alice me assusta às vezes.

Naturalmente, ela é brilhante no totó, então continuamos ganhando e sendo desafiadas, e os pretendentes faziam fila para provar um pouco da nossa mágica. Continuamos bebendo e as risadas começaram de novo e, quando olhei, Serena estava comendo asinhas de frango do prato de um de nossos adversários. Uma partida depois, ela estava lambendo o molho picante dos dedos e pedindo ela mesma um prato de asinhas. Era uma vegana descontrolada. Olhei rapidamente pelo salão e vi Ruby ainda conversando com Gary, e Georgia ainda tentando conversar com o cara bonitinho entre os melhores momentos do jogo. Nunca tinha visto Georgia dando mole antes; ela já era casada quando a conheci. Mas só dessa rápida olhada já percebi que ela estava se esforçando demais. Ela estava falando um pouco animada demais, ouvindo com atenção demais, rindo um pouco excitada demais. Estava tentando competir com os Knicks, mas, apesar de eles serem uma porcaria, ela não tinha a menor chance. Mas em vez de tirar o time de campo, Georgia continuava a tocar o braço dele, a rir alto e a pedir mais drinques.

Enquanto Alice e eu continuávamos a derrotar esses dois caras (Bruce e Todd), eu a ouvi, quando perguntada sobre qual sua profissão, responder na maior seriedade que era "esteticista". Olhei surpresa e ela fez uma cara de "Eu explico depois". Eu já tinha tido minha cota de totó e paquera e pedi licença, fazendo com que Serena parasse de se empanturrar com frango por tempo suficiente para tomar meu lugar, e fui até o bar. De um lado ouvia Georgia guinchando "Ai meu Deus, eu amo Audioslave!" (como se ela soubesse que banda é essa), e, de outro, Ruby dizia a Gary: "Eu amava o Ralph, mas sinceramente, ele era apenas um gato, sabe?"

Alice acabou se juntando a nós para pedir um drinque também. Olhei para ela de cara feia e com o máximo de desaprovação e decepção que consegui expressar no rosto. Alice entendeu.

— Não leu aquele estudo que acabaram de fazer na Inglaterra? Quanto mais inteligente você é, menos chance tem de arrumar um cara. As garotas burras estão conseguindo todos os homens.

— Então você diz que faz limpeza de pele para sobreviver, em vez de dizer que é uma advogada que se formou com notas máximas em Harvard?

— Digo, e funciona.

— E o que acontece se começar a namorar um desses caras?

— Só estou fazendo com que se interessem atingindo seus instintos mais primários. Quando já estão interessados, lentamente começo a mostrar que sou inteligente, mas a essa altura já estão fisgados.

Chocada, me viro bem a tempo de ver Georgia agarrando o rosto do bonitinho e beijando-o na boca. Tipo do jeito que uma pessoa louca faz. Reação do bonitinho: não muito animado. Ele deu aquela coisa que é meio uma risadinha, meio um murmúrio "opa opa opa, você é bem doidinha", enquanto tentava educadamente tirá-la de cima dele. Foi um momento doloroso para todas nós.

Serena correu até a gente, o rosto engordurado de molho picante.

— Bruce e Todd acham que devíamos ir ao Hogs and Heifers.

Serena, que antes de hoje à noite não havia ido a nenhum lugar que não tocasse Enya ou sons de cascatas, achava que Hogs and Heifers era uma ideia brilhante. Percebi então que ela estava ligeiramente bêbada.

— Legal, conheço todos os barmen de lá — respondeu Alice.

Ruby e seu novo namorado, Gary, também acharam uma ótima ideia. Novamente, a diretora de entretenimento dentro de mim estava preocupada. Nossa noite tinha se degradado de Bifes e Vodca para Cerveja e Asinhas, e daí para Hogs and Heifers*. Nova York é uma cidade grande, moderna e glamourosa, e não há necessidade de terminar nossa noite num ultrapassado bar de motoqueiros e turistas. Disse isso a elas, mas era tarde, as bruxas estavam soltas e prontas para voar até o centro

---

* "Porcos e Novilhos" em inglês. (*N. do E.*)

em direção ao Hogs and Heifers, com ou sem mim. Ruby apareceu, animada.

— Gary vai nos encontrar lá; ele só tem que buscar um amigo. Julie, não ia ser uma história incrível se Ralph tivesse morrido, mas eu tivesse conhecido o amor da minha vida logo depois? Não ia ser ótimo? Gary é bonitinho, não é?

— Ele é muito bonitinho, Ruby. Totalmente. — E era. Ele parecia bem legal e dava a impressão de gostar dela, e, por Deus, as pessoas se conhecem e se apaixonam todos os dias da semana, então o que tem de mais?

Alice, Georgia e Serena já estavam lá fora chamando táxis com Bruce e Todd. Ruby saiu para se juntar a eles. Resolvi ir junto. Minha experiência com mulheres que não estão acostumadas a beber ou ficar fora até tarde é que até chegarem de táxi ao centro, vão estar com sono, ligeiramente enjoadas e querendo ir para casa.

Infelizmente, não foi o caso. No trajeto até o bar, Todd disse a Georgia sobre como o Hogs and Heifers era famoso pelas mulheres que sobem no balcão do bar, dançam e depois acabam tirando o sutiã. Demi fez isso, Julia fez isso e Drew também fez. É o que se deve fazer. Pelo menos, foi isso que Alice me contou quando cheguei lá, explicando como e por que Georgia já estava em cima do balcão rodando o sutiã pelos ares. Ruby gritava e gargalhava. Serena estava assoviando e gritando e o lugar estava fervendo. O Hogs and Heifers é famoso pela estética "motoqueiro caipira". As paredes são cobertas de centenas de sutiãs descartados a perder de vista. Nos poucos lugares ainda com algum pedacinho de parede sobrando, está pendurada uma bandeira americana ou um chapéu de caubói. As garçonetes todas estão usando jeans apertado e camisetas mais justas ainda e o lugar está lotado. Bruce e Todd sumiram, mas aposto que também estavam assoviando e gritando de onde quer que estivessem. É tão estranho como basta algumas pessoas dançando numa mesa de bar para todos sentirem que estão tendo uma hilariante e louca noitada.

Agora, você precisa entender por que ver Georgia em cima de um balcão de bar era tão perturbador para mim. Lembre-se, conheci Georgia quando ela já era casada. E Georgia e Dale nunca foram o tipo de casal que você podia um dia flagrar se agarrando na cozinha. Então nunca tinha visto Georgia na pista, por assim dizer, e isso não era algo a que eu tivesse vontade de assistir. Olhei para ela no bar, rodando e se esfregando, e me lembrei de um dia que passei na praia com ela e seus dois filhos, Beth e Gareth. Ela passou o dia inteiro no mar com eles, acostumando-os com as ondas. Ajudei um pouco, brincando com os dois uma ou duas horas, mas ela ficou lá dentro por mais tempo que qualquer ser humano adulto devia ser obrigado a aguentar, sem uma só reclamação. Depois ela deixou os dois cobrirem seu corpo inteiro com areia, ficando apenas com seu rosto cansado e cheio de sal para fora. Essa é a Georgia de que me lembro — Georgia esposa e mãe de duas crianças.

Mas agora Georgia estava se soltando. Estava solteira, estava fora de casa, e queria DIVERSÃO!

O bar estava lotado de homens, a maioria de fora da cidade, alguns motoqueiros, alguns caubóis (não pergunte), todos compartilhando a distinta característica de nutrir profundo respeito pelas mulheres e suas lutas neste planeta. Brincadeira. Serena então subiu no balcão também, a cerveja numa das mãos, bebendo e dançando. Tudo bem, eu admito, era divertido assistir. Serena não estava apenas num bar, mas em cima de um balcão e tentando fazer passinho. Alice então resolveu subir também — minhas próprias Rockettes caipiras. Ruby, no entanto, estava parada ao lado da porta, olhando constantemente do celular para a rua lá fora, esperando Gary. Era como ficar sentada no peitoril da janela, igual ao seu gato de estimação, Ralph, esperando o dono chegar. Meu estômago começou a apertar de novo pela possibilidade de uma nova e iminente decepção a caminho de Ruby.

A música country mais longa da história finalmente acabou, e Alice e Serena, como as mulheres bêbadas mas ainda não-completamente-fora-de-si fazem, desceram do balcão. Georgia, no entanto, ainda não estava se sentindo pronta para deixar os refletores. Um motoqueiro grandalhão cerca de 50 anos, uma barba grisalha abundante e cabelo comprido também grisalho ajudou Serena a descer. Ouvi por alto ele perguntando a ela se podia lhe pagar um drinque.

Ela disse "Pode, e umas costelinhas também cairiam bem". Não entendi exatamente o que aconteceu, mas em algum momento depois da sua primeira vodca tônica, a carnívora adormecida dentro de Serena acordou e ela virou um bonitinho lobisomem. O motoqueiro disse a Serena que seu nome era Frankie e que era um marchand que tinha acabado de visitar umas galerias de Chelsea e entrado no bar para uma pausa.

— Uau, pra você ver como as coisas são. Nunca imaginaria que é um marchand. Não sei nada sobre as pessoas, Frank. — Enquanto falava, ela embriagadamente passou o braço por cima dos ombros de Frank. — Tenho vivido encarcerada. E não sei de nada. *Nada.*

Alice também tinha conseguido atenção de alguns homens. Acho que a dancinha sob os refletores foi como um comercial de trinta segundos para paquera. Então, lá estava eu novamente, preocupada com minhas amigas e não me divertindo nada. Comecei a me perguntar se ficaria tudo bem se eu fosse embora. Estava cansada de ser a voz da razão, e francamente, estava indo ladeira abaixo numa espiral de preocupação e medo. *O que vai ser de todas nós? Vamos arranjar maridos e ter filhos? Será que vamos todas continuar em Nova York? O que vai ser de mim? Vou acabar empacada naquele odioso emprego, trabalhando em algo que não me satisfaz, solteira, sozinha, tentando fazer o meu melhor pelo resto da vida? Algum dia vai ficar melhor que isso? Um bar de motoqueiros yuppie num sábado às 2 da manhã?*

Foi então que chegou um cara e começou a conversar comigo. E foi o suficiente para me alegrar. Porque, acho que você deve lembrar, somos criaturas patéticas. Ele era bonitinho e me escolheu para conversar e fiquei lisonjeada como se estivesse na minha primeira festinha da escola. Esqueci toda a rabugice ou pensamentos hipoteticos profundos e simplesmente comecei a flertar o máximo que podia.

— Então, o que a traz aqui? — perguntou ele. Seu nome era David e ele tinha vindo de Houston com seu amigo Tom. Apontei para Georgia, que ainda estava dançando loucamente.

— Ela acabou de se separar do marido e estamos tentando animá-la.

Ele olhou para Georgia e disse:

— Parece que conseguiram.

Como se a linguagem universal para se mostrar animada fosse dançar em cima de um balcão rodando o sutiã no alto.

Então ele disse:

— Terminei com minha namorada há dois meses. Foi bem difícil, então entendo pelo que ela está passando. — Por acaso ele estava tentando ter uma conversa séria comigo enquanto "Achy Breaky Heart" tocava e todas as mulheres estavam tirando os sutiãs num bar? Isso foi meio fofo. Nos sentamos numa mesa e começamos uma ótima conversa, o tipo que se pode ter a qualquer hora em qualquer lugar quando se está com alguém com quem realmente gosta de conversar. Contei a ele sobre nossa noite e como estava preocupada e ele imediatamente começou a me provocar dizendo que eu era controladora. Adoro quando eles provocam. E ele contou sobre ser um pouco mandão, considerando que é o filho mais velho de quatro, e o quanto se preocupa com todos os irmãos. Fofo.

Acredito que estávamos batendo papo fazia uma hora, se bem que podia ser cinco horas ou dez minutos. Não tenho como ter certeza. Tinha parado de me preocupar, pensar e julgar, e estava apenas tentando ter uma noite boa também.

Finalmente olhei para o alto e vi uma mulher gesticulando para que Georgia descesse do balcão. Sim, Georgia ainda estava no bar, e para todo mundo ali a novidade tinha passado e queriam que outra pessoa aproveitasse aquele valioso pedaço de terra. Vi Georgia balançando a cabeça como se dissesse "De jeito nenhum, porra". Na verdade, acho que ouvi Georgia dizer isso. Fui até ela e notei que Alice agora estava servindo drinques, sabe-se lá por que; Alice sabe servir drinques e resolveu ajudar. Vi Serena começando a cochilar num canto com o motoqueiro marchand. Ele a segurava para não cair e, enquanto o fazia, uma das mãos segurava firmemente o seio direito dela. Não fazia ideia de onde Ruby estava. Então um cara na multidão gritou:

— Desce essa bunda velha e cansada do bar e da uma chance àquela outra garota! Ela é mais gata e mais nova e você nem dançar sabe!

O bar inteiro riu. Me virei para ver que babaca tinha dito aquilo — e era David. David, com quem eu estava falando agora mesmo. David. O provocador fofo, David.

Georgia ouviu isso, e pude ver as palavras chegando a seus ouvidos, entrando em seu cérebro e tirando a cor de seu rosto. Ela estava mortificada. E naquele momento, a Georgia que eu conhecia provavelmente teria descido do bar encabulada e corrido até o banheiro aos prantos. Mas a nova Georgia, por mais humilhada que pudesse estar se sentindo, mostrou o dedo médio a David e se recusou a sair do lugar. A gata em questão agora estava com raiva e começou a agarrar as pernas de Georgia para puxá-la de cima do bar. Um imenso segurança, talvez um gigante, chegou até o bar com rapidez e tentou acalmar os ânimos. E ainda assim Georgia não descia. Ela queria ficar lá no alto e dançar música country até quando bem entendesse. Ela ficaria lá em cima até a dor ir toda embora e ela finalmente se sentir bonita, inteira e amada de novo. E se isso demorasse até o Natal seguinte, então, por Deus, acho que ela planejava ficar lá até o Natal.

Agora Georgia tinha começado a dançar ainda mais sugestivamente, como uma stripper entupida de anfetaminas. Era a coisa mais dolorosa de se assistir que você pode imaginar. Exceto, talvez, pela cena que presenciei dez segundos mais tarde, quando vi Serena vomitando nela mesma. Ah, sim. Eu estava prestes a correr até ela quando vi Georgia chutar o segurança, que então a puxou para fora do bar. A garota gata aproveitou a oportunidade para chamar minha amiga de piranha, e agora, pendurada no ombro do segurança, Georgia deu um jeito de agarrar o cabelo da gata e puxar o máximo que conseguia. A gata então deu um tapa na cara de Georgia enquanto o segurança se contorcia e girava, tentando separar as duas. Ele tirou Georgia do ombro e uma das amigas da garota gata deu um soco no braço dela.

Foi quando Alice pulou por cima do bar e começou a distribuir socos na tal da gata, nas amigas da gata e em todo mundo que se metia na sua frente. Você pode tirar a garota da briga, mas não pode tirar a briga da garota, e, até aquele momento, eu não fazia ideia de como Alice era boa numa luta corpo a corpo. Estava impressionada. Como não sou muito boa de briga, corri até Serena.

— Que bom, é melhor você cuidar dela. Essa vadia tá toda fodida — disse delicadamente o marchand motoqueiro para mim, enquanto se levantava. Como se aproveitando a deixa, Serena vomitou em si mesma de novo. A única vantagem disso era que ela estava completamente apagada, então foi poupada da humilhação de ver seu corpo inteiro coberto de asas de frango e costelas digeridas pela metade.

— O que eu faço? — perguntei.

— Leva ela pro hospital. Deve estar em coma alcoólico. — Ele olhou para ela, com nojo.

Georgia e Alice ainda estavam puxando, arranhando e balançando. Passei pelo meio da multidão tentando evitar qualquer dano físico e consegui gritar para Georgia e Alice que Serena precisava ser levada ao hospital e tínhamos que ir. Elas nem precisaram concordar comigo, porque na hora foram agarradas pelas golas das camisas por dois outros caras também gigantescos e basicamente atiradas na rua. Frank tinha depositado Serena lá fora também.

— Jesus, estou coberto da porra do vômito dela. Porra. — Ele balançou a cabeça e entrou no bar de novo.

Era uma bela cena pra se admirar: Alice e Georgia arranhadas e machucadas e Serena coberta de vômito, todas embaixo de um grande neon que dizia "Hogs and Heifers". Percebi que ainda não sabia onde

Ruby estava, mas tinha um palpite. Entrei de volta no bar e andei pela multidão até o banheiro feminino. Entrei só para encontrar, como suspeitava, Ruby sentada no chão, seu lindo rosto em formato de coração retorcido de dor, sua maquiagem escorrendo pelo rosto. Ela soluçava.

— Ele não apareceu. Por que ele diria que vinha se não fosse verdade? — Sentei no chão com ela e coloquei o braço ao seu redor. — Como as pessoas conseguem fazer isso? Como as pessoas continuam dando a cara a tapa por aí sabendo que vão apenas se machucar? Como alguém lida com tanta decepção? Não é natural. Não é para vivermos tão expostos. Por isso as pessoas se casam. Porque ninguém devia viver assim tão vulnerável. Ninguém devia ser forçado a conhecer tantos estranhos que acabam fazendo você se sentir mal!

Eu não tinha nada a acrescentar a isso. Concordava plenamente com ela.

— Eu sei. É brutal, não é?

— O que devemos fazer, então? Não quero ser a garota que fica em casa e chora por causa do gato. Não quero ser a garota sentada aqui agora! Mas o que eu posso fazer? Eu gostei dele e queria que ele viesse até o bar, como disse que viria, e ele não apareceu e eu *estou tão decepcionada*!

Catei Ruby e saímos juntas. No caminho até a porta, passei por David e meio que o empurrei. Com força. Ele deixou o drinque cair. Eu estava com raiva dele — ele tinha humilhado minha amiga Georgia e acabou não sendo meu marido.

Quando pisamos lá fora, expliquei a Ruby toda a história da briga e do vômito. Então Georgia nos disse que Alice já tinha levado Serena para o hospital. Nós entramos num táxi e fomos até o hospital Saint Vincent.

Ao chegarmos lá, já estavam fazendo uma lavagem estomacal em Serena, o que ouvi dizer não ser uma experiência muito agradável sob nenhum ponto de vista que se imagine. Achava que isso era um pouco exagerado até a enfermeira me dizer que Serena tinha consumido cerca de 17 drinques ao longo da noite.

Como eu não notei? Estava tão ocupada me sentindo feliz por ela ter finalmente relaxado que nem percebi que ela estava se anestesiando. Alice e Georgia voltaram com curativos nos seus machucados e cobertas de gaze como uma dupla de patinadoras de roller derby.

Tinha alguma coisa errada, terrivelmente errada. Éramos solteiras, bonitas, realizadas, sexies e inteligentes, e éramos também um desastre. Se fosse para inspirar um daqueles livros de autoajuda seria *Como não ser a gente*. Estávamos fazendo tudo errado, toda essa história de "ser solteira", e mesmo assim eu não tinha ideia de como fazer melhor.

Enquanto meus pensamentos se esvaíam para dar lugar às reflexões de uma vida melhor, olhei ao redor e vi duas mulheres à nossa frente, conversando muito animadas em francês. Ambas eram bonitas, magras, impecavelmente vestidas e com cerca de 40 anos. Uma usava um grande chapéu de feltro marrom com pesponto branco na frente; a outra usava um curto casaco de camurça marrom com franjas. De alguma maneira ficava bom. Nunca reparo em sapatos, nem me dou ao trabalho, mas um belo e leve casaco que faz com que você ignore todo o resto, bem, isso me impressiona. Essas damas perfeitas obviamente estavam enojadas com alguma coisa. O que é muito francês. Enquanto me lembrava dos meus dois anos de aulas de francês na faculdade, entendi o básico: o sistema de saúde nos Estados Unidos é *deplorável*, essa sala de emergência é imunda, e a América é basicamente uma droga. Agora eu estava curiosa quanto ao que elas estavam fazendo ali. Pareciam tão elegantes, tão perfeitas. O que poderia ter dado errado em suas adoráveis vidas francesas para virem parar na emergência daquele hospital? Será que uma de suas amigas tivera uma overdose de desprezo?

— Com licença, posso ajudar? — Tentei parecer amigável, mas só me senti uma pessoa intrometida.

As duas mulheres pararam de conversar e olharam para mim. A do casaco de franjas olhou para Ruby e Alice com ar de superioridade e disse:

— Nossa amiga torceu o tornozelo.

A outra mulher, passando os olhos por cada uma de nós, decidiu ser curiosa também:

— O que traz *vocês* aqui? — perguntou com seu lindo sotaque francês.

Estava pensando em mentir quando Alice simplesmente soltou:

— Tivemos uma briga com umas garotas.

— Elas me obrigaram a descer do balcão onde eu estava dançando — disse Georgia. Ela as encarou como que para dizer "e estou pronta para outra rodada". As francesas franziram o nariz como se tivessem acabado de sentir cheiro de queijo Brie estragado.

Elas se entreolharam e falaram em francês. Era algo como "As americanas não têm o mínimo [*alguma coisa*]. Onde estão as mães delas? Não ensinaram a elas a ter [*alguma coisa*]?".

Eu entendi tudo menos aquela única palavra. Droga não ter continuado com minhas aulas de francês. Ah, foda-se.

— Com licença, o que significa *orgueil*? — perguntei um pouco desafiadoramente.

A do casaco comprido me olhou bem nos olhos e disse:

— Orgulho. Vocês, americanas, não têm orgulho.

Alice e Georgia endireitaram as costas, prontas para a briga. Ruby parecia que ia começar a chorar. Mas eu estava intrigada.

— Mesmo? E todas as mulheres francesas têm orgulho? Vocês todas andam orgulhosas e dignas o tempo todo?

As francesas se olharam e assentiram com a cabeça.

— Sim, na maior parte do tempo andamos. — E então foram para outro canto da sala de emergência. Ai. Humilhada pelas francesas controladas.

Mas não dava para discordar muito delas. De jeito nenhum estávamos nos comportando como as fortes e independentes mulheres solteiras que nos disseram que poderíamos ser. Perguntei-me como chegáramos tão baixo. Não é que não tenhamos bons exemplos. Nós tivemos. Tivemos nossas Gloria Steinem, Jane Fonda, Mary e Rhoda e tantas outras. Temos exemplos e mais exemplos de lindas mulheres solteiras que tinham vidas divertidas, realizadas e eram sexies. E ainda assim muitas de nós — não vou dizer todas, me recuso a dizer todas, mas muitas de nós — ainda andamos por aí sabendo que não estamos fazendo o nosso melhor com a realidade de não ter amor romântico em nossas vidas. Temos trabalhos e amigos, paixões e igrejas e academias e ainda assim não conseguimos evitar nossa natureza essencial de precisar ser amada e se sentir próxima de outro ser humano. Como seguir em frente quando não foi isso que a vida nos deu? Como ir a encontros, tendo que agir como se aquilo não fosse tudo para nós, enquanto sabemos que um bom encontro pode mudar o rumo de nossa história? Como continuar perante todas as decepções e incertezas? Como sermos solteiras e não enlouquecermos?

Tudo o que eu sabia era que estava enjoada e cansada disso tudo. Estava de saco cheio das festas e das roupas, das agendas e dos táxis, e dos telefonemas, dos drinques e almoços. Estava cansada do meu trabalho. Estava cansada de fazer uma coisa que odiava, mas ter medo demais para mudar. Estava francamente cansada dos Estados Unidos, com todas as nossas indulgências e miopia. Estava empacada e cansada.

E de repente entendi o que queria fazer. Queria conversar com mais solteiras. Queria conversar com elas pelo mundo todo. Queria saber se alguém lá fora estava fazendo essa coisa de ser solteira melhor do que a gente. Depois de ler todos os livros de autoajuda que li, era irônico — eu ainda estava atrás de conselhos.

Na manhã seguinte sentei ao computador e passei o dia pesquisando sobre mulheres solteiras ao redor do mundo. Aprendi estatísticas de casamento e divórcio de Nova Delhi à Groenlândia. Até descobri as práticas sexuais em Papua Nova Guiné (leia sobre o festival de linha deles, é fascinante). Pelo resto do domingo andei por Manhattan e pensei em como seria largar tudo. Enquanto andava na Oitava Avenida, por todos os diferentes bairros e comunidades, pelo East Village, onde vi os estudantes da NYU correndo pra lá e pra cá com grande urgência, depois pela South Street Seaport, onde os turistas tiravam suas fotos, fui até o rio Hudson e fiquei pensando sobre como seria me desgrudar dessa bolha de atividade e intensidade que é Nova York. Quando voltei para a Union Square e observei todas aquelas pessoas vendendo ou comprando coisas no Farmer's Market, tive que admitir: se eu saísse da cidade por um tempinho, Manhattan ia ficar muito bem sem mim. Ia sobreviver.

Então na segunda-feira entrei no escritório da minha chefe e lancei a ela uma ideia para um livro. Seria intitulado *Como ser solteira* e eu viajaria pelo mundo para ver se existe algum lugar no planeta onde as mulheres são melhores em ser solteiras do que aqui. Quer dizer, não necessariamente vamos ter todas as respostas aqui nos Estados Unidos; talvez pudéssemos aprender uma coisinha ou outra. Sabia que a primeira parada seria a França. Aquelas mulheres nunca querem ler nossos livros de autoajuda e não dão a mínima para Bridget Jones. Por que não começar lá? Minha chefe, Candace, uma mulher extremamente desagradável, com cerca de 60 anos, bastante temida e respeitada, respondeu que era a pior ideia que já tinha escutado.

— *Como ser solteira?* Como se precisassem ser boas nisso porque vão ser solteiras por muito tempo? É deprimente. Ninguém quer ser solteira. É por isso que precisa dar às mulheres a esperança de que em breve vão deixar de ser solteiras, que o homem dos seus sonhos está logo ali na esquina e o horror vai acabar em breve. Se quer escrever um livro, escreva um chamado *Como não ser solteira*. — Ela disse isso tudo sem levantar os olhos do computador. — E a propósito, quem liga para o que estão fazendo na França ou na Índia ou no Timbuktu, se for o caso? Estamos nos Estados Unidos, e sinceramente sabemos mais e não damos a mínima para o que estão fazendo na Tanzânia.

— Ah — disse eu. — Então aquela nova estatística de que há oficialmente mais mulheres solteiras do que casadas vivendo nos Estados Unidos não significa nada para você?

Ela levantou os olhos por cima dos óculos.

— Continue.

— E que talvez as mulheres precisem de um livro que não seja sobre como arranjar ou segurar um homem, mas sobre como lidar com um estado que em sua própria natureza está cheio de conflito, emoção e mistério?

— Ainda estou entediada — disse Candace enquanto tirava os óculos. Eu continuei:

— E que talvez as mulheres queiram ler um livro que as ajude a lidar com uma situação que pode durar, e que não floreiem isso para elas? É fato que no mundo todo as mulheres estão se casando mais tarde e se divorciando mais facilmente. Talvez as mulheres possam estar interessadas numa perspectiva global de algo tão pessoal. Quem sabe podem achar isso reconfortante.

Candace cruzou os braços sobre o peito e pensou por um momento.

— Reconfortante é bom. Reconfortante vende — disse, finalmente olhando para mim.

— E eu vou pagar por todas as minhas despesas com a viagem — acrescentei. Depois de todos esses anos, eu sabia o que dizer para realmente vender algo.

— Bem, a ideia certamente está ficando menos insuportável — disse ela de má vontade, enquanto pegava um bloco de notas. Ela escreveu alguma coisa no papel e passou a mim pela mesa.

— Esse seria seu adiantamento, se estiver interessada. É pegar ou largar.

Olhei o valor no pedaço de papel. Era incrivelmente baixo. Não baixo o bastante para eu sair bufando de raiva, mas também não alto o suficiente para parecer grata. Aceitei a oferta.

Aquela noite voltei ao meu pequeno apartamento quarto e sala, sentei no sofá e olhei em volta. Ainda vivia como se tivesse 25 anos. Tinha meus livros, meus CDs, meu iPod. Meu computador, minha televisão, minhas fotos. Não tinha o mínimo talento para decoração. Nenhum toque só meu. Era um lugar extremamente depressivo. E era hora de partir. Raspei quase toda a minha poupança, ficando com uma soma miserável de dinheiro. Então entrei no Craigslist.com e até o fim da semana já tinha alguém alugando meu apartamento, já tinha comprado uma passagem de avião "ao-redor-do-mundo" (basicamente a versão aérea do Eurail Pass para o mundo todo) e tinha explicado à minha mãe o que estava fazendo.

— Bem, acho fantástico. Sempre achei que você precisava de um tempo do trabalho de 9 às 17. É hora de fazer algo diferente — foi tudo o que minha mãe incrivelmente apoiadora foi capaz de me dizer.

Mas então ela acrescentou:

— Só não vá para nenhum lugar muito perigoso. Não preciso ouvir notícias de você explodindo em algum mercado por aí.

Então, logo antes de partir, liguei para minhas quatro queridas amigas e pedi a elas que, por favor, cuidassem umas das outras. Pedi para Serena, Ruby e Georgia se certificarem de que Alice não tivesse uma overdose de antiácidos ou encontros. Pedi a Alice, Georgia e Serena cuidarem para que Ruby saísse de casa, e pedi a Alice e Ruby para ter certeza de que Serena e Georgia não saíssem de casa de jeito nenhum. Descobri que pelo menos uma dessas preocupações já tinha sido resolvida.

— Resolvi virar swami — disse Serena pelo telefone.

— Desculpe, virar o quê? — foi minha brilhante fala.

— Larguei meu emprego e vou renunciar a todos os desejos mundanos e fazer um voto de celibato no meu centro de ioga. A cerimônia é semana que vem. Você não pode adiar sua viagem para ir? Convidei Georgia, Alice e Ruby também.

Menti (sim, eu menti para uma futura integrante do sacerdócio) e disse que não podia, que tinha uma importante reunião na França com alguém sobre meu novo e excitante livro e simplesmente não tinha como mudar meus planos. Então desliguei o telefone e me arrumei para dar o fora de Nova York. Eu estava ficando louca? Não tinha certeza. Pode parecer uma coisa insana para se fazer na hora, mas de algum modo... ficar em Nova York teria sido mais loucura ainda.

REGRA NÚMERO
3

*Escolha no que vai acreditar
e se comporte de acordo*

—Bem, consegui arranjar quatro mulheres para hoje à noite. Estão empolgadas para falar com você.

— Estão? Fez mesmo isso por mim?

— Você me disse que queria conversar com francesas solteiras, então arranjei para você francesas solteiras.

Steve é meu amigo mais antigo no mundo. Conheci-o no primeiro dia de aulas do meu primeiro ano colegial. Ele se sentou atrás de mim na primeira aula. Me virei para dizer que ele parecia com o Jon Bon Jovi e somos amigos desde então. Continuamos próximos mesmo quando fomos para faculdades diferentes, e até quando Steve se mudou para estudar cravo e regência em Paris. Nunca aconteceu nada romântico entre nós, o que também nunca nos pareceu estranho, e então, em algum momento durante seu primeiro ano fora do país, Steve percebeu que era gay. Ele agora mora em Paris, viaja o mundo regendo óperas e acompanhando cantores, e nada o agrada mais que ser um maravilhoso anfitrião para os amigos que o visitam e levam de presente junk food dos Estados Unidos — bolinhos recheados, barras de chocolate recheadas, jujubas.

Ele deu um gole em seu café e sorriu para mim. Tinha raspado a cabeça dez anos antes, quando percebera que estava ficando calvo, e agora usava uma muito estilosa... não diria barba, e sim uma estampa, no rosto. Ele tem uma fina linha de pelos ao longo da mandíbula, como o contorno de uma barba. De algum jeito o efeito ficou muito distinto — o que é crucial quando se é um homem de 38 anos trabalhando com ópera. Dei uma mordida no croissant mais delicioso da história da humanidade e me perguntei como pude achar que ia conseguir não comer pão enquanto estivesse na Europa.

— Elas sugeriram que as encontre no Régine's, o que é uma grande ideia.

— O que é o Régine's?

— É esse lugar aonde centenas e centenas das mais bonitas jovens de Paris vão aos sábados à noite para se encontrar e conversar.

Fiquei confusa.

— Centenas de mulheres vão para uma boate para se encontrar e conversar? Isso não faz sentido.

Também não consigo entender. Mas aparentemente as mulheres têm três horas para ficarem sozinhas, sem serem perturbadas. Têm até comida de graça. Depois das 23 horas os homens podem entrar. Supostamente eles fazem fila porque sabem que centenas de mulheres bonitas estão lá dentro. É uma jogada de marketing genial, na verdade.

— Mas — continuo, minha mente já entrando no modo pesquisa — elas entram só para se encontrar? Isso é estranho.

— Vocês não fazem isso nos Estados Unidos? — perguntou ele.

— Não, as mulheres não precisam de uma noite especial para ficarem sozinhas juntas. Podemos fazer isso em qualquer dia da semana.

Depois de alguma consideração, Steve disse:

— Bem, não acho que as mulheres francesas andem em bando como vocês fazem nos Estados Unidos. Talvez essa seja uma oportunidade de fazer novas amigas.

Isso era excitante. Só estava ali fazia algumas horas e já tinha deparado com uma grande diferença cultural: *As mulheres francesas gostam de sair em bando só para estar em algum lugar sem homens.* Comecei a pensar nas ramificações disso. Seriam os homens franceses tão agressivos que as mulheres precisassem de um lugar para ficar longe deles? Seriam as francesas tão antissociais no seu dia a dia que precisassem de um lugar específico para fazer amizade? Mal podia esperar para entender tudo.

— É gentil da parte dessas mulheres concordar em conversar comigo. Mas não sei o que vou perguntar a elas. Isso é tudo novidade. Talvez eu apenas deixe todas elas bêbadas e veja o que acontece.

— Mulheres francesas não ficam bêbadas — disse Steve.

— Como assim? — perguntei desapontada.

— Elas podem até tomar uma ou duas taças de vinho, mas nunca vi uma francesa bêbada.

— Bem, então, é a diferença número dois. Nada de senhoritas francesas bebuns. — Tomei um grande gole do café com leite.

— Não se preocupe. Mulheres são mulheres. Coloque todas juntas e em uma hora vão estar conversando.

— É isso que espero. — Engoli o resto da minha bebida. — Posso tirar uma soneca agora? Por favor? Seria quebrar as regras do jet lag?

— Pode tirar uma soneca agora, sim. Mas só por algumas horinhas.

— Obrigada, *mon chéri*, obrigada.

E com isso, Steve me levou até seu flat francês de dois quartos e me colocou na cama.

Tinha uma multidão na frente do Régine's. Centenas de jovens mulheres estonteantes convergindo numa única boate. Estavam a postos, arrumadas, e querendo desesperadamente entrar.

— Essas mulheres estão se reunindo aqui só para fazer novas amigas: Isso é loucura! — eu disse para Steve enquanto éramos empurrados por uma beldade de 1,80m (que certamente ia conseguir entrar).

Foi quando ouvimos uma voz aguda gritar "Steef! Steef!". Passando no meio da multidão estava uma mulher baixa e gordinha, usando uma calça preta simples e uma camiseta. Ela não parecia vestida para uma noitada.

— É a Clara — explicou Steve. — Ela cuida de todos os assuntos de negócios da Ópera de Paris. Quando você me disse do que estava precisando, liguei primeiro para ela. Clara conhece todo mundo.

— *Bon soir* — disse Clara, enquanto ia até Steve e beijava-o na bochecha.

Steve nos apresentou, depois esticou o rosto para eu dar um beijo nele também e disse:

— *Au revoir*.

— O quê? Vai me deixar sozinha? — disse eu. Subitamente tive um acesso de timidez.

— Sabe das regras, homens não entram... — disse Steve. E com isso nos beijamos e ele foi embora. Clara então imediatamente me pegou e me levou até o segurança. Ela falou com ele com firmeza e nos colocou para dentro do clube.

Enquanto descíamos um grande lance de escadas e meus olhos se ajustavam à escuridão, perguntei:

— Mas e quanto às outras mulheres? Como vamos achá-las?

— Vou buscá-las depois. Vamos apenas sentar nessa mesa.

A boate parecia ser toda feita de banquinhos de veludo vermelho e iluminação rosa. Havia mais mulheres ali do que os olhos podiam ver, como se tivessem jogado uma bomba num lago de moças bonitas e essas tivessem sido as que emergiram até a superfície. Eu estava muito impressionada. Não fazia ideia de que as francesas eram capazes de brigar e discutir e se arriscar a possíveis humilhações com o dono de uma boate só para aproveitar algumas preciosas horas sozinhas umas com as outras. Isso era um triunfo da proximidade feminina. Claro, mais tarde todas iriam conhecer homens. Mas ali estava eu, 8 da noite, e havia uma grande fila para o buffet e as banquetas estavam ficando cheias. Havia uma pequena área isolada onde uma marca de cosméticos francesa estava fazendo maquiagem de graça. Isso era fantástico. Meu primeiro dia em Paris e já tinha encontrado uma moda cultural digna de derrubar estereótipos: mulheres francesas querendo ser mulheres francesas juntas. Talvez isso não fosse uma ideia tão louca, afinal.

Um garçom musculoso e sem camisa usando apertadas calças saruel passou com champanhe, champanhe *grátis*. Adorei, fabuloso. Peguei um para mim enquanto Clara voltava com três mulheres: Patrice, Audrey e Joanne. Levantei-me para dar oi, mas Clara me mandou voltar e todas vieram se sentar na banqueta. Cumprimentos foram trocados. Patrice era uma bonita editora de livros na casa dos 30, com o cabelo puxado para cima num elegante penteado; Audrey era uma cantora de ópera morena e muito sexy com cabelo comprido e bagunçado e um vestido transpassado que mostrava seus lindos e adoráveis... pulmões; e Joanne, uma designer de joias, parecia ter cerca de 45 anos com cabelo castanho em longas e bonitas tranças penduradas desarrumadamente de cada lado do rosto. Clara, apesar de não tão elegante quanto as outras, era bonita de um jeito meio de garota do interior. Peguei um caderninho moleskine que comprei em Nova York já pensando em usar para minhas anotações. Estava tentando parecer profissional. Elas me olharam com expectativa. Era hora de me explicar.

— Tenho 38 anos, sou solteira e moro em Nova York. Conheci umas francesas num pronto-socorro de hospital, não que isso seja relevante, e elas pareciam, bem, saber algo que nós americanas não sabemos. Sobre como ser solteira. — Parecia bobo saindo da minha boca, mas felizmente Joanne começou a falar na mesma hora:

— Ah, por favor, nós não temos resposta nenhuma. — Ela dispensou a ideia imediatamente com aquele sotaque francês superior dela. As outras pareceram concordar.

— Verdade? Você não sabe nada que possa me ensinar? — perguntei. Todas fizeram que não com a cabeça de novo. Decidi que deveria tentar cavar mais fundo. Afinal de contas, era uma audiência cativa. — Por exemplo, elas falaram que as mulheres francesas têm orgulho. Isso faz sentido para vocês?

— O que quer dizer? — perguntou Patrice.

— Bem. Digamos que saia com um cara para um encontro...

Patrice me interrompeu:

— Não saímos para encontros aqui.

— Não saem?

Todas as mulheres balançaram as cabeças de novo. Nada de encontros.

— Bom, para onde saem então?

— Nós saímos juntos, tomamos um drinque, mas não chamamos isso de encontro. Estamos apenas tomando um drinque.

— Sim, mas se você gosta da pessoa, se é um homem em quem está interessada, não é um encontro?

As mulheres apenas balançaram a cabeça para mim, dizendo que não.

— Mas digamos que um homem com quem trabalha te chame para tomar um drinque, e é um homem de quem você gosta muito. Não ia ficar um pouco animada e talvez, digamos, iria se arrumar um pouco mais? — Podia ver pelas expressões delas que já estavam começando a não entender. — Então não seria, de fato, um encontro?

Elas continuaram balançando as cabeças. Claramente *encontro* não era uma das palavras americanas que os franceses gostavam de usar. Eu não estava chegando a lugar nenhum, então mudei de tática:

— OK, e se transaram com um cara. Alguém de quem gostaram. E ele não liga para vocês depois. Iam se sentir mal, não? — As mulheres todas deram de ombros numa espécie de concordância. — Então vocês seriam capazes de, num momento de fraqueza, ligar para ele e dizer que gostariam de vê-lo novamente?

Elas começaram todas a sacudir a cabeça violentamente.
— Não, nunca — disse Audrey.
— De jeito nenhum — falou Patrice.
— Realmente não, não — respondeu Joanne.
Clara também balançou a cabeça:
— Não.
— É mesmo? — eu disse surpresa. — Não ficariam tentadas?
— Não, é claro que não — disse Audrey. — Temos nosso orgulho.
E todas acenaram com a cabeça que sim, concordando.
Então lá estava de novo. Orgulho.
— Bem, quem ensinou isso a vocês? Essa ideia de orgulho?
— Minha mãe — disse Clara.
— Sim, minha mãe — disse Patrice.
— Nosso mundo, nossa cultura. Está no ar — disse Audrey.
— Então se um homem, um namorado, começa a se afastar de vocês, passa a ligar cada vez menos, diz que talvez não esteja pronto para um relacionamento, o que vocês fariam?
— Eu não ligaria para ele de novo.
— Para mim o azar seria dele.
— Eu não ia nem perder tempo com ele.
— Mesmo se gostassem dele?
— Sim.
— Sim.
— Sim.
— Sim.
Lá estava eu sentada, encarando essas quatro mulheres que eram boas em lidar com rejeição. Essas senhoritas não pareciam ser da França, elas pareciam ser de Marte.
A elegante Patrice tentou me explicar:
— Julie, você tem que entender, não é que não sintamos as coisas; nós sentimos. Nos apaixonamos, temos os corações partidos, somos

decepcionadas e ficamos tristes, mas fomos ensinadas a sempre manter o orgulho. Acima de tudo.

De novo, muitos acenos de cabeça concordando.

— Então isso significa que vocês todas amam a si mesmas ou coisa assim? — perguntei.

Elas todas sorriram, mas dessa vez discordaram.

— Não — disse Patrice.

— Não necessariamente — disse Audrey. — Apenas aprendemos a esconder nossas inseguranças.

— Sim — disse Joanne, a bonita de 45 anos e tranças. — Eu me amo. Muito.

— Não se preocupa em envelhecer e não sobrarem homens suficientes para sair e tudo o mais?

— Não — disse Joanne. — Tem muitos homens por aí. Você apenas sai e os conhece. O tempo todo.

As outras concordaram. E justo quando estava prestes a perguntar onde estavam todos esses homens, uma figura passou por nós vestido como Lawrence da Arábia. Enquanto ele se dirigia para a pista de dança, todas as mulheres começaram a se virar em sua direção. As luzes da pista de dança começaram a girar e uma música do Oriente Médio começou a tocar. Mulheres começaram a correr até a pista de dança. Audrey revirou os olhos.

— Ah. Os strippers chegaram. — A pista de dança estava agora repleta de mulheres paradas assistindo.

— Strippers? — perguntei surpresa. — Tem strippers?

— Steve não te contou? Por isso todas as mulheres vêm para cá às 8. Para comer de graça e ver os strippers.

Eu estava perplexa.

— Então quer dizer que tudo isso é um clube de mulheres francês? Steve fez parecer que as mulheres vinham aqui para fazer novas amigas.

As mulheres fizeram caretas.

— Por favor... — A elegante Patrice torceu o nariz. — Quem precisa disso?

Então talvez não sejamos tão diferentes, afinal. Fomos para a pista de dança e conferimos o show. Era o mesmo que estar no Hunk-o-Rama, no Brooklyn. Os dois homens que dançavam tiraram seus roupões esvoaçantes e ficaram com nada mais que sungas fio dental mínimas. Então eles puxaram duas mulheres da plateia, as sentaram em cadeiras na pista e começaram a dançar e a esfregar seus Jean-Pierres no rosto delas. Todas as outras na boate estavam gritando e incentivando. Essas mulheres estavam fazendo novas amigas, pois sim. Mal podia esperar para contar para Steve. Para onde tinha ido toda aquela atitude parisiense indiferente e descolada? Foi uma boa lição. Às vezes até as mulheres francesas precisam tirar seu orgulho e perder a linha por uma noite.

Cerca de uma hora mais tarde, subimos as escadas para ir embora enquanto hordas de homens se organizavam como touros prestes a serem libertados. Lá fora era agora uma massa de homens desesperadamente tentando entrar.

— Isso é genial. Você deixa entrar apenas as mulheres mais bonitas, dá a elas comida e bebida de graça, deixa-as bem loucas e soltas com strippers, então deixa os homens entrarem e cobra deles toneladas de dinheiro. É diabólico — disse eu enquanto saíamos da boate, o ar fresco batendo no meu rosto.

— Você precisa conhecer o dono, Thomas. Ele é quase uma celebridade por aqui. É dono de três restaurantes e duas boates, além de vários outros lugares pelo mundo. Ele é muito interessante — disse Clara, se acotovelando para sair da multidão. — E é meu irmão — acrescentou.

— Seu irmão? — perguntei surpresa.

— Como acha que conseguimos entrar esta noite? — perguntou Clara. Tentei não levar para o lado pessoal. — Sei que ele está aqui. Acabei de mandar uma mensagem dizendo para ele sair e dar um oi. Ia ser bom para você conversar com ele. Ele tem umas teorias bem interessantes sobre o assunto. — Clara procurou pela multidão. — Thomas! *Viens ici!* Aqui!

Pensando nisso agora, parecia que a multidão tinha começado a se separar em câmera lenta enquanto um homem magro e alto emergia do mar de pessoas. Ele tinha cabelo curto preto e ondulado, era pálido e tinha olhos azuis brilhantes. Ele parecia da realeza. Dei uma olhada nele e pensei: *Elegante. É disso que estão falando quando usam a palavra elegante.*

— Thomas, essa é a mulher de quem lhe falei, a que está pesquisando sobre as mulheres e sobre ser solteira — disse Clara, falando educadamente em inglês.

— Ah, sim — disse Thomas, olhando bem para mim. — Então, o que achou de minha noite?

— Acho que você é maquiavélico — eu disse sorrindo. Ele riu.

— Isso é muito específico. Maquiavélico, sim. — Ele olhou para mim. — E por que está fazendo isso? Conte-me.

— Para um livro que estou escrevendo. Sobre mulheres solteiras. Sobre como ser... solteira. — Eu parecia uma idiota falando.

— Ah! Há tanta conversa sobre mulheres solteiras nos Estados Unidos! Relacionamentos são muito mais interessantes.

— Hum... Sim, mas mulheres solteiras são interessantes também.

— Sim, mas às vezes um pouco obsessivas, não concorda?

Senti que esse perfeito estranho estava me insultando e eu não sabia ao certo como me defender.

— Então qual é o problema? Muitas mulheres solteiras e poucos homens? É isso? — Mesmo que tentasse, ele não podia fazer com que isso soasse mais triste.

— Bem, sim, acho que esse é o maior problema, sim. Não tenho certeza.

Ele continuou:

— Mas vocês, mulheres americanas, vocês idealizam muito o casamento. Em todos os filmes tem um casamento. Ou algum homem está pulando de um píer ou entrando num helicóptero para pedir a mulher que ama em casamento. É infantil, realmente.

Ergui as sobrancelhas.

— Ao contrário dos filmes franceses, em que todo mundo está traindo todo mundo?

— É a realidade. São as complicações. É a vida.

— Bem, se não gosta, acho que sempre pode parar de assistir a filmes americanos ruins... — respondi rapidamente.

— Mas ajuda a me sentir superior — disse ele, sorrindo.

— Você não parece precisar de ajuda com isso — disse eu, olhando um pouco irritada para ele.

Thomas explodiu em risos.

— Ah, que bom para você, Srta. Mulher Solteira. Bom para você! — Ele então colocou uma das mãos em meu ombro, se desculpando. — Não quis te ofender. Só quis dizer que as coisas estão mudando. No mundo todo. É muito difícil entender o que cada coisa significa, solteiro, casamento, tudo isso. Não é?

Eu não sabia exatamente do que ele estava falando.

— Eu moro nos Estados Unidos. Não sabemos realmente o que acontece no mundo todo.

— Bem, então é perfeito que esteja fazendo essa viagem não é? — disse ele, seus olhos azuis faiscando para mim. — Jante comigo. Vou explicar melhor. Adoro conversar sobre essas coisas.

Surpresa, me virei para Clara para ver se tinha ouvido errado. Clara riu:

— Eu te disse, ele tem muito a dizer sobre o assunto. — Não sabia o que responder. Thomas entendeu como um sim, e acho que foi isso mesmo.

— Venha. Vou te levar para outra de minhas boates.

Saímos do carro de Thomas e andamos meia quadra até um casarão indescritível. Ele tocou a campainha e um cavalheiro de terno e gravata abriu a porta. Ele cumprimentou Thomas com deferência e nos levou até uma sala escura e elegante com um longo bar de madeira e um candelabro de cristal. Do outro lado do bar, pessoas bem-vestidas estavam sentadas e jantavam, bebendo champanhe em bancos altos de couro preto com um corrimão de metal dourado separando-as do resto da sala.

— Também é dono daqui? — perguntei, impressionada.

— Sou.

— Bem, isso é bastante diferente de homens de fio dental e tortellini morno — brinquei. Sentamos numa pequena banqueta no canto.

— Sim — disse Thomas, sorrindo como se guardasse um segredo. Não tinha certeza do que estava acontecendo; de por que Thomas tinha me convidado para sair ou do que estávamos fazendo ali. Mas quem liga, na verdade? Esse era um jeito fantástico de passar minha primeira noite em Paris. Quando o champanhe chegou, ataquei:

— Então, tem mais alguma coisa levemente ofensiva a dizer sobre as americanas solteiras? Ou acabou? — Eu estava tentando ser ousada e charmosa.

Thomas sacudiu a cabeça e riu:

— Desculpe se achou que eu estava te ofendendo. Vou tentar me comportar de agora em diante. — Ele olhou em volta da boate. — Eu te convidei para te dar uma perspectiva diferente. Para mostrar que todo mundo está tentando entender. Não há respostas fáceis.

— Uau. Nos poucos minutos em que me conheceu já dei a impressão de ser tão ignorante? Obrigada por estar tão preocupado com minha perspectiva sobre o mundo.

— Nós franceses fazemos o possível. — Thomas me fitou bem nos olhos e sorriu. Eu corei. Não podia evitar. Ele era fantástico.

— Por exemplo, eu tenho um casamento aberto.

— Como é? — perguntei, tentando soar indiferente.

— Sim. Um casamento aberto, acho que é como vocês americanos descreveriam.

— Ah. Que interessante.
— É uma maneira de viver, de lidar com esse problema.
— Qual problema? — perguntei. O garçom nos trouxe pequenas xícaras com algum tipo de sopa espessa e aperitivo morno.
— Do tédio, da estagnação, do ressentimento.
— E vocês resolvem isso dormindo com outras pessoas?
— Não. Nós resolvemos isso não tendo regras para nós mesmos. Sendo abertos para a vida. Quando você se casa, diz ao outro que, daquele dia em diante, você nunca mais vai ter permissão para fazer sexo com outra pessoa, para sentir uma paixão, explorar uma faísca, uma atração. Você está começando a assassinar uma parte da sua natureza. A parte que te mantém vivo.
— Mas... isso não torna as coisas complicadas?
— Sim, às vezes bastante, até. Mas como eu disse, é a realidade. É a vida.
— Não entendo. Você simplesmente diz "Ei, querida, estou saindo para transar com alguém, te vejo mais tarde..."?
— Não. Somos educados. Você tem que ser educado. Mas por exemplo, agora mesmo eu sei que minha esposa tem um namorado. Ele não é muito importante para ela; ela o vê uma vez por semana ou menos. Se realmente me incomodasse, ela terminaria com ele.
— Mas não o incomoda?
— É apenas sexo. Só paixão. É a vida.
Eu engoli meu champanhe.
— Para mim parece um pouco de vida demais. Está me dando dor de cabeça. — O garçom veio e anotou nossos pedidos.
Thomas sorriu maliciosamente:
— Por exemplo: essa boate. Temos um ótimo restaurante. Mas lá em cima é um lugar onde as pessoas podem transar.
— Hum... o quê?
Thomas serviu mais champanhe em minha taça.

— Você me ouviu. É o que vocês chamam de clube de swing; para casais. Todo mundo tem que entrar com um parceiro.

— Quer dizer que essas pessoas, todas essas aqui em volta, vão lá para cima depois e... umas com as outras?

— Provavelmente sim. — Thomas olhou para mim. Ele falou educadamente: — Não quero te chocar; apenas achei que gostaria de saber.

— Não chocou. Estou muito interessada. Estou. Nunca jantei num clube de swing antes...

Thomas então baixou os olhos para suas mãos entrelaçadas sobre a mesa. Ele olhou de volta para mim.

— Se quiser fazer um tour, ficaria feliz em lhe mostrar.

Olhei fixamente para Thomas. Ele deu de ombros. Acho que uma espécie de desafio. E odeio recusar um desafio. E, além disso, era tudo em nome da pesquisa, não era?

Dei outro gole em meu champanhe e pousei a taça na mesa, decidida.

— Claro. Vamos lá.

Nos levantamos. Thomas e eu fomos até a área do bar. Só então notei que a televisão do bar estava mostrando mulheres de lingerie, dançando. Thomas pegou minha mão e me levou até um canto escuro da sala. De lá eu podia ver uma escada em espiral, com um delicado corrimão de ferro. Ele me olhou por um momento e sorriu. Lentamente começamos a subir. Tenho que admitir, estava curiosa. E ligeiramente nervosa. Quando chegamos ao segundo andar, olhei em volta. Podia ver uma sala escura e comprida, mas não conseguia distinguir mais do que isso. Thomas me levou até o banheiro masculino ao lado das escadas. Tudo bem, é só um banheiro masculino. Tem um buquê de flores ao lado da pia, OK. E então ele abriu uma porta.

— Aqui é o chuveiro. — Dei uma olhada e vi uma grande sala de azulejos com um único chuveiro no meio. — Cabem seis pessoas. — Fiquei parada ali olhando, até ele pegar no meu ombro e me apontar a outra extremidade do andar. Passamos por uma sala sem porta com uma gigantesca cama numa plataforma. Não havia ninguém lá dentro. Começamos a nos aproximar do centro da comprida sala. Foi então que comecei a ouvir, hum, barulhos. A iluminação era fraca, mas o que acho que vi, e não poderia afirmar nada sob juramento, mas o que acho que vi foram três pessoas de um lado de uma larga plataforma transando. A única mulher, acredito eu, estava em pé de braços e pernas abertas. Do outro lado da sala estava um casal fazendo sexo contra uma parede. Abaixei a cabeça e tentei não soltar um engasgo americano. Nos fundos da sala, tinha outra escada que felizmente levava lá para baixo. Enquanto descia, podia escutar Thomas rindo atrás de mim.

— Você teve sorte. A noite ainda nem começou.

— Não vou demonstrar estar chocada, por mais que eu realmente esteja — disse eu, rindo.

— E é por isso que eu a acho tão atraente, Srta. Nova-Iorquina Durona.

Quando nos sentamos novamente, nosso jantar chegou. Agora eu estava muito curiosa.

— Agora me diga o que tem de tão bom nessa ideia — perguntei com os cotovelos firmes sobre a mesa, meu corpo todo se inclinando para a frente.

Thomas deu de ombros:

— É um jeito de as pessoas tentarem manter seus casamentos excitantes.

— Transando com outras pessoas na frente um do outro? — perguntei com certo sarcasmo.

Thomas de repente ficou sério, falando comigo como se eu fosse uma criança rude e um pouco tola.

— Julie, você já dormiu com a mesma pessoa por mais de três anos? Por mais de dez anos? Por mais de vinte anos? Alguém com quem divide a cama toda noite, com quem tem filhos, divide as fraldas, as doenças, os deveres de casa, as pirraças, ouve os problemas chatos no trabalho, todo santo dia?

Fiquei envergonhada e em silêncio. Odeio o assunto "qual foi o máximo de tempo em que já esteve num relacionamento?". Mas o que ele dizia fazia sentido. Me senti como uma romeira. Uma romeira muito imatura.

— Então, como pode julgar? — ele perguntou, se acalmando. Bebi mais champanhe e olhei em volta para todas as pessoas tão certinhas. Não conseguia evitar imaginá-las lá em cima sem suas pérolas, camisas de seda ou jaquetas de lã fazendo Deus sabe o quê umas com as outras.

— Isso não seria procurar encrenca? Não há muitos divórcios por causa do que acontece nesse lugar?

— Pelo contrário. A maioria desses casais vem aqui há anos.

— Pensei que Paris fosse um lugar tão romântico, e hoje descobri que é tudo só sexo.

— Não, Julie. Está descobrindo sobre pessoas que tentam manter seu amor vivo. Ao contrário de vocês, americanos, que engordam e param de transar, ou que mentem um para o outro e têm casos com seus vizinhos.

— Desse jeito parecemos um episódio de *Jerry Springer*.

— Estou exagerando para mostrar meu ponto de vista — disse ele, sorrindo. — O que estou dizendo é que o casamento não é a única saída. E um casamento monogâmico não é a única maneira de ser casado. Tudo está indo em direção à liberdade, qualquer que seja a forma que ela assuma. Ser solteira vai ser apenas uma das muitas escolhas de vida.

— Mas vamos lá, a maioria das pessoas não concordaria que estar apaixonado e num relacionamento é melhor do que não estar?

— Sim, definitivamente. Mas quantas pessoas você conhece que estão apaixonadas e num relacionamento?

É claro que eu já tinha pensado nisso antes.

— Não muitas.

Thomas baixou as mãos na frente, como um professor.

— Existem apenas dois tipos de vida interessantes que você pode ter, em minha opinião. Você pode estar apaixonado. Isso, para mim, é interessante. E pode ser solteiro. O que é *muito* interessante também. O resto é papo furado.

Entendi exatamente o que ele queria dizer.

— Está apaixonado por sua esposa? — perguntei, resolvendo ser intrometida.

— Sim, com toda certeza.

Um surpreendente sentimento de decepção me acertou o peito.

— E tentamos não nos entediar um com o outro. Porque nos amamos. E por causa disso é uma vida muito interessante. Por exemplo, no minuto em que me chamou de maquiavélico, quis passar mais tempo com você. Porque parecia engraçada e interessante e porque é linda.

Comecei a suar um pouquinho.

— Isso não quer dizer que não amo minha mulher, ou que não quero estar casado com ela. Simplesmente quer dizer que sou um homem e estou vivo.

Tentei fazer uma piada:

— Escute, se acha que essa conversa vai me fazer voltar para aquela selva lá em cima, é melhor pensar de novo.

Thomas riu.

— Não, não, Julie. Hoje à noite, estou apenas aproveitando sua companhia. Inteiramente. — Ele me olhou, tímido. Quase poderia jurar que o vi corando.

— Sabe, acho que o jet lag está começando a fazer efeito — soltei desajeitadamente. Thomas concordou com a cabeça.

— É claro, esta é sua primeira noite em Paris. Deve estar bastante cansada.

— Sim. Estou sim.

Thomas parou na frente do apartamento de Steve e desligou o motor. De repente fiquei muito nervosa, não sabendo o que exatamente esperar em seguida desse sujeito francês.

— Então, obrigada pela carona e pelo champanhe e pelo sexo, digo, você sabe, a visão... você sabe... — Eu estava gaguejando um pouco.

Thomas sorriu para mim, se divertindo com meu constrangimento.

— Acredito que você vá à Ópera na terça-feira e depois à recepção. Sim?

— O quê? Ah, sim, Steve falou sobre isso. Ele vai reger.

— Fantástico. Estarei lá com minha esposa. Vejo você lá.

E com isso ele saiu do carro e abriu a porta para mim. Tirando a parte do vou-te-mostrar-pessoas-fazendo-um-ménage, ele era um perfeito cavalheiro. Ele me beijou nas bochechas e se despediu.

Estados Unidos

Elas todas se arrumaram para o funeral. Era uma ocasião feliz no fim das contas. O velho eu repleto de egoísmo, desejo e apego ao mundo material de Serena estava prestes a morrer, e Georgia, Alice e Ruby concordaram em ir ao funeral celebrar. Era a uma hora e meia da cidade, num ashram perto de New Paltz, Nova York, e Georgia se ofereceu para ir dirigindo. Ruby se atrasou para encontrá-las porque ela está sempre atrasada, o que imediatamente irritou tanto Alice quanto Georgia, porque elas nunca perdem a hora e não queriam dirigir até New Paltz para ver Serena se convertendo em swami para início de conversa. Mas tinham me prometido, e apesar de não estarem prestes a fazer um voto de celibato no altar de Shiva, elas ainda assim idolatravam o altar da amizade e de manter promessas.

A princípio, imperava um silêncio desconfortável no carro. Eram 9 da manhã, estavam todas cansadas e rabugentas, e nenhuma delas tinha a mínima ideia do que estavam prestes a testemunhar. No entanto, se você sabe alguma coisa sobre as mulheres, sabe que há alguma coisa na atmosfera de confinação e intimidade de um carro que faz até senhoritas rabugentas começarem a tagarelar.

Alice logo começou a expor a Georgia sua teoria de sobrevivência para ser solteira. Ela desenhou verbalmente para Georgia todos os mapas e diagramas que descreviam os princípios básicos de seu dogma de namoro: você tem que sair por aí, você tem que sair por aí. Enquanto subiam a 87, Alice falou sobre os sites Nerve.com e Match.com, sobre não gastar tempo demais mandando e-mails para esses caras, mas em vez disso marcar logo um encontro para um drinque ou um café, nunca um jantar. Ela ensinou a Georgia a imediatamente deletar caras que usam insinuações sexuais nas duas primeiras mensagens, e a não se sentir mal se não sentir nada por caras que ache muito velhos, muito baixos ou muito feios para ela.

Enquanto Georgia saía da avenida e começava a dirigir pelas estradas cercadas de árvores e ao longo de fazendas, vacas e cabras, Alice lhe contava sobre escalar o Chelsea Piers, nadar de caiaque e se pendurar na West Side Highway. Ela indicou as melhores boates e bares e em quais noites deveria ir em cada um.

Georgia, já num estado emocional de pânico e surto, realmente não precisava do estímulo extra. Apesar de ser apenas uma hora e meia dentro de um Acura em direção ao norte do estado, era quase a mesma coisa que 48 horas encurralada num hotel barato com um bando de cientologistas privando-a de sono, comida e telefonemas. Quando elas estacionaram em frente ao Centro de Meditação Jayanada, Georgia já tinha recebido uma completa lavagem cerebral do evangelho segundo Alice, e estava viciada.

No banco de trás, Ruby dormiu a viagem inteira. Ela acordou bem na hora em que Alice chegava à entrada de cascalho.

— Alguém sabe o que exatamente vamos testemunhar aqui? — perguntou Ruby enquanto passavam pela placa com o nome do Centro.

— Não faço ideia — disse Georgia.

— Só espero que não tenhamos que cantar uma daquelas músicas malucas — acrescentou Alice.

Elas saíram do carro e ajeitaram suas roupas amassadas. Georgia e Ruby usavam vestidos com meia-calça e botas, e Alice tinha optado por um conjunto de blazer e calça mais estilo profissional. Enquanto seguiam o punhado de gente subindo um monte de grama após um pequeno caminho de pedras, viram que estavam claramente arrumadas demais. Os outros convidados usavam blusas e saias esvoaçantes, os homens tinham diversos estilos de barba, e as mulheres em sua maioria eram adeptas de pernas cabeludas. Havia alguns homens indianos de roupão laranja e sandálias. Quando Georgia, Alice e Ruby chegaram ao final da colina, viram onde ia acontecer a cerimônia. A alguns metros estava um templo de pedras a céu aberto. Era circular, com chão de mármore e colunas de pedra, e fotos de várias figuras hindus nas paredes. As pessoas estavam tirando os sapatos e sandálias do lado de fora do templo. O cheiro de incenso pairava no ar.

— Isso é muito estranho — sussurrou Georgia.

Elas tiraram com dificuldade seus calçados e entraram. Imediatamente assumiram um ar de solenidade que se adequava à ocasião. No meio do templo havia uma cova de pedra, com um pequeno fogo ardendo quietamente. A "congregação" começava com as pessoas sentadas no chão, de pernas cruzadas. Minhas amigas não estavam vestidas para a posição de lótus, mas com jeito arrumaram suas saias e calças de modo que pudessem sentar suas belas bundas no chão gelado de pedra.

Um homem indiano mais velho de roupão laranja que parecia ser o chefe *swami* começou a ler um trecho de um livro em sânscrito. Havia dois outros swamis homens o cercando, um mais velho que parecia italiano e outro de uns 40 anos realmente bonito. Ao seu lado estava uma swami extremamente gorda. Eles ficaram em silêncio enquanto o *swami* chefe continuava a ler. Depois de um tempo, os iniciados foram trazidos. Havia cinco deles: três homens e duas mulheres. E uma dessas mulheres era Serena.

Alice, Ruby e Georgia engasgaram coletivamente quando a viram. Ela tinha raspado todo o cabelo. Tudo, exceto por uma pequena trilha de fios descendo pelas costas. Seus lindos cabelos loiros. Passado. Apenas um magro resquício de tudo continuava lá. Serena. Num sári laranja. Quando ela ligou para Alice no dia anterior para dar as coordenadas, explicou o que estava fazendo. Ela acreditava que sua missão era passar o resto da vida meditando e estando a serviço, na esperança de atingir algum tipo de iluminação espiritual. Serena acreditava estar quite com esse mundo material, e se sentia pronta para largar tudo. Alice não tinha entendido direito do que ela estava falando, mas agora, vendo-a no roupão laranja e sem cabelo, percebeu que Serena não estava brincando. Os iniciados ficaram imóveis enquanto o swami terminava de ler um parágrafo do livro. Então o *swami* bonito começou a falar. Ele parecia ser o intérprete, o relações-públicas do templo, designado a explicar a todo mundo o que estava acontecendo.

— Quero dar as boas-vindas a todos aqui presentes para este funeral. Hoje é o dia em que estes estudantes viram *sannyasins*. Eles farão votos de pobreza, de celibato, de desapego a família, amigos e todos os prazeres deste mundo físico. Esse fogo representa a pira funerária...

— Ele é muito sexy — sussurrou Georgia. — Que tipo de sotaque acha que é esse?

— Não sei bem — sussurrou Alice de volta. — Australiano?

Ruby olhou feio para elas. Elas calaram a boca.

— ... onde seus velhos eus vão ser queimados para sempre, para abrir caminho para seu novo eu como *sannyasins*.

E, com isso, o velho swami indiano pegou algumas tesouras que estavam largadas no chão e, enquanto cada iniciado se ajoelhava em sua frente, ele cortava os últimos resquícios de cabelo e jogava-os no fogo. Depois que terminou, os cinco quase-*swamis* se sentaram de pernas cruzadas no chão. A swami gorda colocou três cones de incenso na cabeça de todos, um a um; Serena foi a última. Georgia, Alice e Ruby assistiram perplexas a tudo. Uma garota que só encontraram em algumas poucas ocasiões, que da última vez que viram estava recebendo uma lavagem estomacal, estava agora careca e equilibrando incenso na cabeça. Os seis olhos se arregalaram de espanto enquanto olhavam o *swami* indiano acender os cones, um a um. O *swami* sexy explicou:

— Enquanto os cones de incenso queimam até chegar a sua cabeça, esses cinco novos *sannyasins* vão meditar sobre seu novo caminho de abstinência; os cones em fogo podem fazer uma cicatriz permanente em suas cabeças, criando um símbolo eterno de seu novo compromisso com autonegação.

Alice engasgou. Ruby levantou as sobrancelhas e Georgia apenas revirou os olhos. Serena olhou pela multidão e sorriu. Ela parecia estar quase reluzindo. Alguma coisa em seu olhar tirava o fôlego de todas. Paz. Calma.

Imagine só.

— Eu convido a todos vocês para meditar com nossos sannyasins por alguns momentos.

Todos os olhos no templo se fecharam. Mas Georgia olhou em volta enquanto todo mundo começava a inspirar e expirar lentamente. Ela começou a contemplar a ideia de queimar seu eu interior. Se Serena podia se livrar de seu antigo eu, ela também podia. Ela não precisava ficar com raiva de Dale. Ela não precisava se sentir humilhada por ter quebrado recentemente a promessa que fizera a 230 de seus amigos e parentes mais próximos se separando do homem que devia ter amado até que a morte os separasse. Ela podia deixar ir embora o sentimento de que fora um fracasso em seu casamento, e consequentemente em sua vida. Ela podia deixar ir embora a agonia de saber que alguém com quem compartilhou intimidades e vergonhas e alegria e sexo e o nascimento de duas crianças tinha achado outro alguém com quem preferia estar.

Enquanto estava sentada ali, com um pequeno rasgo abrindo a lateral de sua saia, sua voz interior disse: *Posso deixar tudo isso ir embora. Não tenho que ser uma divorciada amarga. Posso fazer tudo do jeito que eu quiser. E eu quero sair com caras bonitos e jovens.*

Alice, enquanto isso, sentia câimbras nas pernas cruzadas, mas não podia deixar de notar como era bom ficar parada sentada por um momento. Paz. Calma. Respirar. Parar. Ela fechou os olhos.

Sim, sua voz interior disse. *Passei meu conhecimento para Georgia. Ela vai ser uma estudante corajosa e leal. É hora de parar. Estou exausta pra cacete.* Alice continuou inspirando e expirando, inspirando e expirando lentamente até sua voz interior por fim dizer: *É hora de casar com o próximo homem que eu conhecer.*

A imagem na cabeça de Ruby, para sua surpresa, mostrava-a segurando um bebê nos braços, cercada de todos os seus amigos e família numa nuvem de amor e aceitação. Seus olhos se abriram pelo choque da súbita ideia de maternidade.

— Enquanto os *sannyanins* meditam, sintam-se à vontade para se juntar a nós na casa principal para apreciar o curry e o *chapatis*.

Depois de dirigirem de volta até o West Village, onde estacionaram o carro, Ruby, Georgia e Alice se despediram educadamente.

Num modo contemplativo, Ruby decidiu caminhar até um parque e pegar um pouco de ar fresco. Mas ela não foi até um parque qualquer. O playground da rua Bleecker tem meros 300 metros quadrados, mas é absurdamente cheio de crianças — crianças correndo, escalando, cavando, gritando, rindo, brigando, lutando. Havia grandes baldes, caminhões e coisas com rodas em cores berrantes onde elas podiam se sentar e fazer funcionar com seus pequenos pés de criança. Havia mães e babás, todas reluzindo com o brilho dos chiques de West Village. Havia alguns pais, todos lindos com seus cabelos grisalhos e bíceps torneados na academia. Ruby ficou parada olhando tudo, as mãos na grade que protegia os frequentadores de molestadores e sequestradores. Ela foi até a entrada, um grande portão de metal com um aviso que dizia "Adultos não entram sem crianças". Ela ignorou a advertência e, fazendo uma cara de linda-mãe-procurando-sua-adorável-criança-e-amada-babá, entrou direto.

Ela observou o parque. Não tinha muita certeza do que estava procurando, mas sabia que era ali que ia encontrar. Ela se sentou ao lado de duas mães; brancas, magras, luzes bem-feitas nos cabelos. Ela estava colhendo informação, absorvendo tudo: as crianças, as mães, as babás, tudo. De repente, teve uma comoção bem no meio do parque, perto do trepa-trepa. Uma garota de 4 anos endiabrada, com cabelos castanhos longos e cacheados, gritava e batia num pobre menininho indefeso, jogando-o no concreto e depois berrando a plenos pulmões. Seu rosto estava vermelho e seus olhos rolavam quase para trás da cabeça, como se fosse ela a agredida da história. Uma jovem mulher correu até a menina e a abraçou. Outra mulher correu também e apanhou o menininho, que agora também estava berrando. A mãe da monstrinha repreendeu sua criança-demônio, mas claramente não estava adiantando. Essa pequena maçã podre já estava na Terra da Pirraça, gritando, chorando e batendo na mãe. Quando as duas mães sentadas ao lado de Ruby viram o olhar de horror no rosto dela, sacudiram a cabeça e, quase em uníssono, disseram duas palavras que explicavam tudo: "Mãe solteira."

Ruby concordou com a cabeça.

— Isso é tão triste — disse, estimulando-as.

— Foi um caso de uma noite só. Ela ficou grávida e decidiu encarar tudo sozinha. Foi muito corajoso — disse a mulher magra de reflexos loiros.

— Mas agora, mesmo com a ajuda da irmã e das babás, é um pesadelo — disse a outra mulher magra, a dos reflexos ruivos.

— Um pesadelo — disse a loira, para enfatizar. Ruby não conseguiu se conter:

— Bem, sei que eu nunca conseguiria. E vocês? — Ruby disse inocentemente. Pela expressão no rosto das duas ela já sabia a resposta, mas decidiu continuar falando: — Quer dizer, conseguem imaginar fazer tudo sozinha? — Ela tentou parecer o mais casual possível, mas esperava pelas respostas como se a Arca Perdida estivesse prestes a ser aberta.

— Nunca. Sem chance. É difícil demais. Solitário demais.
— Com certeza. Eu me matava.

Exatamente como Ruby suspeitara — ser mãe solteira é ainda mais deprimente do que ser solteira. Mas e quanto às alegrias da maternidade? O relacionamento íntimo entre uma mãe e seu filho? A gratificação de criar um ser humano desde o nascimento e depois soltá-lo no mundo?

— Mas não acham que ainda seria bom apenas ser mãe? Mesmo sem marido?

— Não vale a pena. Eu preferia morrer.

A mãe de reflexos loiros explicou melhor:

— Imagine fazer tudo sozinha. Mesmo se tivesse toda a ajuda do mundo, no fim do dia é só você se preocupando se estão doentes, decidindo em qual escola vão estudar, ensinando-os a amarrar os cadarços, andar de bicicleta. É você que ia ter que levá-los para andar de trenó, que ia ter que organizar todos os seus encontros com amiguinhos, que ia ter que alimentá-los e colocá-los na cama todas as noites. Ia ter que se certificar de que chegassem na escola na hora, preparar seus almoços, lidar com os professores, ajudá-los com os deveres de casa. Você ia receber sozinha a ligação de que seu filho passou mal na escola, ou estava metido em encrenca, ou — disse ela com um pouco mais de ênfase — que tem um problema de aprendizado.

— Isso, e imagine se tivesse uma criança doente, tipo com câncer ou coisa assim — disse a mãe de reflexos ruivos.

— Ah, meu Deus, só de pensar em ficar no hospital, ter que ligar para uma amiga ou membro da família para ficar lá com você, sozinha e sendo esse tipo de estorvo para todo mundo... Se eu fosse solteira, só essa imagem já me faria usar cinco camisinhas toda vez que fizesse sexo.

— Imagine então ser mãe solteira de um adolescente.

— Isso, e você tem que ensiná-los, estabelecer limites, lidar com drogas e namoros e sexo, e acrescente a isso o fato de que vão te odiar também

— E se tivesse uma menina, imagine passar pela menopausa vendo sua filha desabrochando e se tornando sexualmente desejável justo enquanto você está enrugando e secando e se tornando sexualmente inútil.

Essas mulheres estavam ficando bem sombrias agora, até mesmo para Ruby. Ela tentou parecer inabalada e tentou colocar algum otimismo na conversa:

— Bem, pode ser que não continue mãe solteira quando eles virarem adolescentes. Afinal, ela pode conhecer alguém.

Ao mesmo tempo, as duas mães encararam Ruby.

— Como se você fosse ter tempo — disse a loira.

E a ruiva continuou:

— Quem ia querer? Esses homens de Nova York podem ter quem eles quiserem. Por que iriam escolher uma mulher com filho?

O otimismo de Ruby saiu agora num sussurro:

— Bem, se um homem se apaixonasse por você, ele não ligaria...

As duas mães olharam de novo para Ruby, como se ela fosse uma ingênua completa. A loira então perguntou a ela:

— Bem, o que você acha? Conseguiria fazer tudo sozinha?

Ruby olhou para o playground com as crianças que ela considerava, em sua maioria, adoráveis, bem-vestidas e bem-criadas. Pensou nos encontros com amiguinhos e nos deveres de casa, em colocá-los na cama e no câncer infantil. Pensou em como ficava deprimida só de um cara não ligar mais para ela depois de dois encontros.

— Não. Não conseguiria. Nunca poderia ser mãe solteira.

As mães concordaram com as cabeças. Ali no parque infantil do West Village, três mulheres estavam de completo acordo sobre uma coisa: *Ser mãe solteira devia ser muito, muito ruim.*

Ruby foi caminhando até a Broadway. Ela estava perto da rua 76 quando se conformou com o fato de que nunca seria mãe solteira. Achou que podia riscar isso da lista agora. Aquelas mulheres estavam certas e sabiam mais do que Ruby — era difícil demais. Então a única coisa a fazer era continuar saindo. Mas como? Era tão deprimente. Enquanto andava, pensou em Serena. Serena acreditava tanto em Deus e na iluminação espiritual que renunciara a tudo e queimara incenso na cabeça. Isso era bastante radical e fez Ruby se perguntar em que acreditava. *Será que eu devo desistir também? Será que devo simplesmente parar de namorar e me dedicar a outras coisas?* Não era um pensamento tão repulsivo. Mas enquanto andava e pensava, Ruby percebeu que ainda não estava pronta para isso. Ela ainda tinha algo contra o que lutar dentro de si. E lá pela rua 96, finalmente a resposta apareceu. Ela precisava se reerguer, amar de novo. Ela não precisava ter medo de se envolver emocionalmente outra vez. Ela tinha que voltar à vida.

Era hora de arranjar outro gato.

Agora ela andava com um propósito: voltar ao abrigo de animais onde tinha adotado Ralph. Seu tempo de luto tinha acabado.

O abrigo ficava num prédio de concreto de dois andares na rua 122 com a Amsterdam. O bairro era um pouco perigoso, mas deixava Ruby mais nostálgica do que assustada. Não temos mais muitas ruas desse tipo. Quando chegou lá, ela se sentiu orgulhosa por estar fazendo uma coisa tão positiva para sua vida quanto escolher amar de novo.

Quando abriu a porta do abrigo, o cheiro de animais acertou-a em cheio. Era um cheiro sufocante, que faz com que você queira imediatamente dar meia-volta e sair. Mas Ruby foi até o balcão onde estava uma jovem que parecia ser irlandesa, com uma presilha segurando o cabelo frisado no alto da cabeça. As paredes estavam cobertas de pôsteres alegres de animais lembrando você que "Me amar é me castrar", ou "Me dê uma coleira com identificação por U$8 hoje, e poupe os U$300 da recompensa amanhã!". As paredes de cimento estavam cobertas de pinturas de cachorros e gatos, mas na verdade nada disso ajudava muito. O lugar parecia um abrigo nuclear, não importa quantos filhotinhos estivessem desenhados nas paredes.

Ruby disse à jovem que queria adotar um gato e ela apertou a campainha que abria a porta em direção a um lance de escadas.

O fedor de animais ficava mais forte a medida que Ruby subia os degraus. Quando abriu a porta do segundo andar, o som de um cachorro uivando inundou seus ouvidos. Era um som cortante; um lamento que parecia vir do fundo da alma do cachorro. A familiaridade deixou Ruby tonta. *É esse barulho que tenho vontade de fazer todo dia quando acordo*, pensou.

Era macabro andar por aquele corredor industrial com aquele uivo; parecia muito *Um estranho no ninho*, mas com cachorros. Ruby rapidamente entrou na sala estreita onde ficavam as gaiolas com os gatos. Ela fechou a porta e os gritos do cachorro foram abafados um pouco. Ela olhou os gatos, um a um. Eram todos fofos, macios e ligeiramente letárgicos. Mas ainda dava para ouvir aquele maldito cachorro enlouquecendo. Ruby parou num gato que parecia excepcionalmente fofo, um filhote de pelo branco e cinza chamado "Vanilla". Quando Ruby colocou o dedo na gaiola, Vanilla agarrou-o com as patas. Estava decidido — ia adotar Vanilla. Ruby saiu da sala para avisar ao homem da recepção que havia se decidido. Enquanto passava pelo hall, o cachorro continuava latindo. Ruby resolveu dar uma olhada naquela coisa. Abriu a porta do estranho no ninho, passou pelo que pareciam gaiolas com pit bulls e finalmente chegou ao escandaloso. Ruby leu a descrição colada na sua jaula: "Kimya Johnson tem 4 anos, é uma mistura de pit bull branco e foi adotada quando filhote. Nós a encontramos perdida recentemente e não conseguimos encontrar seu dono. É uma cadela muito dócil, amigável e carinhosa, e parece ser bem treinada. Bem, a perda de seu antigo dono vai ser o ganho de um novo. Quem sabe esse novo dono não é você?"

O coração de Ruby caiu. Ser tirada do canil e depois trazida de volta. Isso que é abandono. Kimya estava em pé, a pata dianteira na jaula, uivando com todas as suas forças. Era quase como se estivesse batendo nas grades com uma caneca de latão. Foi quando uma garota de uns 16 anos entrou na sala. Ela usava o uniforme marrom dos funcionários com um adesivo em que estava escrito "Felicia" com caneta azul, e embaixo, "Voluntária".

— Ela é tão barulhenta, né? — disse a garota, com forte sotaque hispânico. — Por isso ninguém quer ficar com ela. É muito barulhenta.

Ruby olhou para Felicia. Isso não era jeito de uma voluntária falar. Kimya continuava chorando.

— Mas ela é tão bonitinha — disse Ruby, tentando ser gentil.

Felicia olhou para Kimya e deu um sorriu forçado.

— É, mas é muito escandalosa. Por isso acho que vão sacrificá-la amanhã. Ela late muito alto. Putz.

Ruby olhou para Kimya.

— Sério? Amanhã? — Sua voz tremeu.

Felicia lambeu os dentes.

— Foi o que ouvi. — Ela deu de ombros.

Ruby estava horrorizada.

— Bem... Você não deveria estar tentando me convencer a levá-la comigo?

Felicia olhou para Ruby sem expressão, fazendo uma longa pausa para efeito dramático.

— Bem, você a quer? Porque se quiser, pode ficar.

Quando Ruby respondeu que seu prédio não permitia cachorros, Felicia revirou os olhos, deu um sorriso falso, abanou as mãos exasperada e saiu pela porta.

Ruby encarou Kimya. Por um momento, a cadela ficou quieta. Ela olhou para Ruby, seus olhos pretos e vermelhos implorando por ajuda.

Ruby saiu rapidamente da sala e desceu o lance de escadas. Ela foi até a menina do balcão.

— Sinto muito por não poder adotar Kimya. Sinto mesmo. Mas eu realmente seria expulsa do meu prédio. Não faz ideia de como o condomínio é rígido.

A garota do balcão a encarou sem expressão no rosto.

— Mas posso adotar Vanilla — disse Ruby, orgulhosa. — E gostaria de ser voluntária uma vez por semana.

A menina parecia surpresa. Ela entregou a Ruby outro formulário.

— Ótimo. O treinamento é quarta-feira, às 7 horas.

Ruby sorriu alegremente.

— Maravilha. Obrigada. — Enquanto esperava que trouxessem Vanilla, ela suspirou de alívio. Sabia que seria ótima em convencer as pessoas a adotarem animais sem-teto. Iria salvar a vida de dúzias de gatos e cachorros. Precisavam dela ali.

. . .

Georgia foi para casa aquela noite, vestiu uma calça jeans de 200 dólares, uma blusa de cashmere apertada e um par de botas da moda estilo motociclista, e foi para o mercado Whole Foods comprar mantimentos.

Dentro do carro aquele dia, sua nova guru do namoro, Alice, contou que o Whole Foods da Union Square era um ótimo lugar para se conhecer caras bonitos num sábado à noite. Você podia ficar sentada assistindo a uma demonstração de culinária ou parar numa degustação de vinho orgânico ou apenas ir procurar húmus caseiro e o amor da sua vida.

Enquanto empurrava seu carrinho por esse moderno supermercado, Georgia percebeu que se sentia ótima. Pode ter tido alguma coisa a ver com o funeral de Serena, porque se sentia centrada. Otimista. Dale ia ficar com as crianças o fim de semana inteiro, então ela estava livre para ser apenas mais uma pessoa solteira no mundo; uma pessoa solteira que era bonita, divertida, esperta e realmente alegre por estar viva. Isso não deve ser muito sexy? Enquanto passava pelas verduras orgânicas, percebeu que não precisava acreditar em nada do que já ouvira sobre achar amor verdadeiro em Nova York. Não havia por que acreditar na história de que não sobrou nenhum homem bom, que os homens dali eram todos uns cachorros, que a cada segundo que passa ela fica mais velha e menos desejável. Ela não precisava acreditar em nada daquilo. Porque aquela não era a vida dela. Ela conheceu Dale em Nova York, na Universidade de Columbia. Ela estava se formando em jornalismo e ele, em administração. Tinham ficado juntos desde essa época. Então, até que passasse pessoalmente pela experiência de sentir que não restam homens bons no mundo, ela acreditaria no oposto. Enquanto empurrava o carrinho pelas montanhas de queijos — os franceses, os italianos, os que vêm em círculo, os de cabra —, ela percebeu que podia simplesmente ignorar todos os medos associados a namorar em Nova York. Até acontecer com ela, nenhuma dessas histórias importava. Ela era uma página em branco, cheia de otimismo, intocada pela amargura; e por causa disso sentia que tinha uma vantagem sobre as outras solteiras andando por aí. Os homens iam perceber seu *joie de vivre* para namorar e ia ser irresistível.

Ela deu uma volta pela loja toda, passeando com calma em seu tour de comida saudável. Estava junto a uma fileira de beterrabas orgânicas, imaginando como pareceria desejável para toda a humanidade, quando um homem alto e magro veio falar com ela. Ele perguntou se alguma vez já tinha cozinhado rabanetes. Ela olhou para ele e sorriu. Ele tinha cabelo castanho cacheado e separado no meio e a quantidade certa de barba no rosto para parecer sexy, mas não como integrante de uma banda.

Viu?, ela pensou consigo mesma. Não precisa ser tão difícil. Então ela explicou gentilmente ao homem bonito que já tinha, sim, cozinhado rabanetes, e que também ficam deliciosos fritos com apenas um pouco de óleo, alho e sal.

— Uau, obrigado. Estou tentando cozinhar, sabe como é? Comer mais verduras.

— Bem, isso é ótimo. São muito nutritivos.

Então o homem bonito sorriu para Georgia, um tipo de sorriso malicioso e tímido ao mesmo tempo, e acrescentou:

— Que tal foi essa puxada de assunto? Estou te seguindo desde os chocolates orgânicos, mas não consegui pensar em nada esperto para dizer. Mas aí você parou nas beterrabas e pensei, Ah! Rabanetes! Isso sim é bom pra puxar assunto!

Georgia riu, corando, e rapidamente disse:

— Foi perfeito. Não pareceu nem um pouco forçado, foi muito natural, porém encantador.

O homem bonito estendeu a mão e disse:

— Oi, meu nome é Max.

Georgia apertou a mão dele e respondeu:

— Prazer, Georgia. — E depois de conversarem por cerca de vinte minutos ao lado das beterrabas, combinaram de sair para jantar em breve. Georgia saiu do Whole Foods com três pimentões amarelos por 8 dólares e seu recém-descoberto otimismo ainda mais forte. Ela pensou consigo mesma *Essa coisa de encontros vai ser moleza*.

• • •

Naquela noite, Alice, nossa força sobrenatural no quesito namoro, estava em sua "missão" seguinte. O nome dele era Jim. Aquele seria um encontro arranjado, um amigo de um amigo que tinha recebido um dos famosos e-mails de Alice. O e-mail de Alice era um e-mail em grupo, parecido com o que você manda para quase todo mundo quando está à procura de alguém que cuide bem do seu gato quando vai viajar. O e-mail de Alice, no entanto, era em busca de um homem. Ela mandava para todos os amigos, e pedia que mandassem a todos os amigos de seus amigos, um tipo de caçada humana em massa. Por causa deles, ela acabou conhecendo vários homens que nunca teria conhecido. Infelizmente, ela preferia nunca ter visto a maioria deles, mas isso não a incomodava nem um pouco. Ela estava na pista e assim eram as coisas. Jim era um engenheiro elétrico de Nova Jersey. Tinha 37 anos e, pelos seus e-mails, parecia inteligente e simpático. Iam se encontrar num barzinho no Ioho, aonde Alice levava todos os seus primeiros encontros. É um pequenino e escuro bar turco com luminárias de veludo e miçangas, e sofás excessivamente estofados. Se não conseguisse sentir algum clima romântico nesse lugar, com sua iluminação fraca e suas enormes taças de vinho tinto, então não ia rolar em nenhum outro lugar.

Enquanto Alice entrava no bar, pensou em todos os inúmeros encontros que já havia tido aquele ano. Pensou em todos os homens que havia conhecido e se perguntou por que nenhum deles tinha sido o cara certo. Chegou a ter alguns rápidos relacionamentos, alguns casos, mas na maioria das vezes era com homens com quem não queria gastar seu tempo. Ela se perguntou por um momento se essa tática de quantidade estava funcionando para ela. Certamente estava conhecendo muitos homens, mas talvez por aumentar tanto sua oferta estivesse apenas aumentando suas chances de conhecer caras desinteressantes. Talvez o amor seja tão especial, tão mágico, que não tenha nada a ver com números. Talvez seja apenas destino e sorte. E destino e sorte não precisam de chances. Até aquele momento, Alice sempre achara que acreditava nas probabilidades, na matemática. Mas pensando no último ano, ela parou. Todos aqueles homens... Uma onda de exaustão caiu sobre ela. Ela tentou esquecer, abriu seu melhor sorriso, passou os dedos pelos cabelos e entrou no bar.

Alice olhou em volta e viu um homem sentado num dos sofás que parecia estar esperando por alguém. Ele era quase bonito, mas não realmente o que você chamaria de bonito; um pouco pálido demais, um pouco cheinho no rosto.

Ela foi até ele e perguntou:

— Você é o Jim? — Ele imediatamente se levantou, estendeu uma das mãos e deu um caloroso sorriso. — Alice, muito prazer.

Ela percebeu de imediato que ele era um homem bom.

Eles começaram a conversar sobre o que as pessoas conversam nos primeiros encontros: emprego, família, apartamento, estudo. Assim como em todos os primeiros encontros, apenas setenta por cento do cérebro deles estão falando, ouvindo e respondendo o que o outro está dizendo. Os outros trinta por cento estão imaginando: *Quero beijar essa pessoa? Quero transar com ela? O que meus amigos achariam dela?* Jim fez a Alice várias perguntas sobre ela, do jeito que os homens gentis fazem quando gostam mesmo de alguém. Conforme contava suas histórias e ria das piadas quase engraçadas, Alice podia perceber, pelo jeito que Jim a olhava, que ele a achava legal.

— Sério, se conseguir lembrar, bem antes do momento em que acorda de verdade, para ter certeza de que não vai alterar a respiração, quase como se fingisse que ainda está dormindo, mas na verdade já está acordado, você pode se flagrar roncando — dizia ela.

Jim apenas olhava Alice, balançava a cabeça e sorria. Ele estava completamente fascinado. Mas isso não era novidade para a sexy e ruiva Alice. Os homens a achavam ótima o tempo todo. Mas por causa de sua abordagem direta, se Alice não sentisse a mesma coisa, apenas 25 por cento de seu cérebro escutava o homem, e os outros 75 por cento já tinham pago a conta, pegado um táxi para casa e estavam assistindo a reprises de *Seinfeld* na TV. Se ela também estivesse interessada no cara, então se empenhava ao máximo em ser ainda mais adorável enquanto parecia não estar fazendo nada mais do que ser ela mesma. Mas hoje à noite, ela estava apenas se permitindo a alegria de ser admirada por alguém. E era uma sensação acolhedora. Relaxante. Ela começou a formigar e ficar meio alta com sua segunda taça de vinho, mas também estava de pileque por causa dessa nova descoberta: às vezes é bom não se esforçar tanto.

França

A cena era fantástica. Quando desci do táxi, vi mulheres e homens bem-vestidos e glamourosos saindo de táxis e andando pela rua em direção ao Palais Garnier. Subi as escadas da Ópera e me virei para observar a imagem. Paris. Que clichê ficar impressionada. Mas eu estava.

É um presente inacreditável poder viajar. Simplesmente é. Só o fato de existirem essas gigantescas máquinas de aço que conseguem nos levantar até o céu já parece ser um feito inacreditável. Mais ainda ter tempo e dinheiro para aproveitar isso. Que emocionante. Como é emocionante estar num lugar diferente, onde todas as visões e cheiros parecem estranhos e exóticos. Paris, onde estive tantas vezes antes, ainda era uma cidade estrangeira para mim. Os cafés, o pão, o queijo, os homens com seus rostos corados e bigodes grisalhos. E o cheiro. Tinha cheiro de velho e de história. Europeu. Adoro.

Estávamos indo assistir à ópera *Lohengrin*, a história de uma princesa que sonha com seu cavaleiro de armadura reluzente indo resgatá-la. Quando ele aparece, tudo o que ela tem a fazer é nunca perguntar quem ele é ou de onde vem. É claro que ela não aguenta e pergunta, perdendo-o para sempre. Igual a qualquer mulher.

Enquanto eu observava toda a *mise-en-scène*, ouvi uma voz de mulher me chamando alto:

— Allorah, Julie. Hallo! Hallo! — Audrey e Joanne, todas arrumadas, estavam subindo as escadas para se juntar a mim. Steve tinha arranjado convites para sentarmos uma ao lado da outra.

Audrey sorriu e perguntou:

— Gostou da nossa conversa no outro dia? Ajudou em alguma coisa?

— Sim, ajudou muito — disse, enquanto entrávamos na ópera.

— Fiquei surpresa em saber como as mulheres francesas lidam com a rejeição.

— Estive pensando sobre isso — disse Joanne enquanto passávamos pelo lobby. — Acredito mesmo que tem alguma coisa a ver com nossa criação. Talvez nos Estados Unidos seja considerado muito ruim fracassar, ter dificuldade em alguma coisa. Os pais nunca querem dizer aos filhos que não são fantásticos, nunca querem que seus filhos percam. Mas aqui — Joanne franziu os lábios e deu de ombros —, se somos fracos em alguma coisa, nossos pais nos dizem que somos ruins naquela coisa; se fracassarmos, paciência. Não temos vergonha disso.

Demos nossos convites para os lanterninhas e entramos. Poderia ser verdade que se nossas mães e professoras não tivessem nos mimado tanto na infância saberíamos lidar melhor com as rejeições?

Eu estava muito ocupada conversando com Audrey e Joanne para realmente prestar atenção aonde estava. Mas então o lugar me acertou em cheio. Estávamos agora na plateia do Palais de Garnier, um dos dois teatros que fazem parte da Ópera de Paris. Era incrivelmente opulento. Balcão após balcão, assentos de veludo vermelho e ornamentos folheados a ouro se encontravam em todo lugar que eu olhava. O palco estava escondido por uma cortina de veludo vermelha, e acima dele havia um candelabro que, de acordo com a descrição no programa, pesava 10 toneladas. Sentamos em nossos lugares e olhamos em volta.

Como se já não tivesse visto beleza, grandeza e charme parisienses suficiente por uma noite, Thomas entrou na fila atrás de nós com a mulher mais magra e elegante que eu já vira. Ela tinha cabelos loiros e lisos como raios de sol que batiam abaixo dos ombros. Estava usando um vestido azul-claro que abria na cintura e fazia-a parecer uma bailarina de caixa de música. Poderia jurar que senti um vento com o cheiro de perfume de bom gosto vindo de onde ela estava sentada. Thomas sorriu e acenou. Ele me apontou para sua esposa e eu o vi se inclinando para ela e sussurrando em seu ouvido. Ela sorriu e acenou graciosamente para mim. De repente me senti como André, o gigante, e desejei ter me vestido melhor.

A orquestra começou a tocar e Steve emergiu do fosso da orquestra. Ele fez uma reverência para a plateia, que o aplaudiu loucamente. Meu querido amigo de colegial começou a balançar os braços e parecia que a orquestra estava fazendo exatamente o que ele mandava. Era muito impressionante. A ópera começou e nos acomodamos para assistir à história da princesa que podia ter tido tudo se tivesse conseguido manter a maldita boca fechada.

Quando a ópera terminou, 27 horas mais tarde, ou talvez apenas quatro, fomos levadas a uma sala na área dos camarins. Era outra extravagância de folheados a ouro e rococó, e bem grandiosa, no velho estilo parisiense. Observei orgulhosa enquanto Steve era cumprimentado e elogiado por seu apaixonado e bem-educado público. Thomas apareceu enquanto eu ia até um garçom que servia champanhe. Ele me viu e veio até mim. Tomamos nosso champanhe juntos.

— Para onde foi sua esposa? — perguntei casualmente.

— Ela decidiu ir para casa. Ópera lhe dá dor de cabeça. — Ele olhou em volta pela sala lotada, e então seus olhos caíram de novo em mim.

— Gostaria de dar uma volta? — perguntou, sem tirar os olhos de cima de mim.

— Agora? — perguntei.

— Por favor. Isso é muito chato. Temos que sair daqui.

— Não posso... Meu amigo Steve, estou acompanhando ele... Não poderia.

Apontei para Steve, que no momento estava falando perto demais de um jovem de rosto saudável com cerca de 25 anos.

— Acredito que Steve tenha outra companhia esta noite. Mas vou pedir permissão a ele. — E, com isso, Thomas pegou uma de minhas mãos e me puxou até Steve.

— Não, por favor — disse, sentindo sua mão surpreendentemente áspera na minha.

Quando o alcançamos, Steve tirou o olhar de seu amigo e viu Thomas parado ali segurando a minha mão.

— Você deve ser Thomas — disse Steve, com um tom malicioso.

Thomas registrou o comentário com um sorriso.

— Sim, sou eu, e estava pensando se posso pegar sua amiga emprestada esta noite. Parece que ela é a única com quem quero conversar hoje, e está uma noite tão quente para outubro, adoraria tirar proveito.

— Dela? — perguntou meu amigo babaca Steve, sorrindo.

— Não, não, é claro que não — disse Thomas, rindo. — Do clima. Da noite.

— Ah. É claro. Naturalmente.

Thomas apertou a mão de Steve.

— Fez um trabalho extraordinário esta noite. Bravo, Steve, de verdade. — Ele então colocou a mão de volta na minha e gentilmente me guiou até a porta.

Enquanto andávamos pela Avenue de l'Opéra, não consegui evitar ir direto ao assunto:

— Sua esposa é muito bonita.

— Sim, ela é.

Eu não tinha muito mais a dizer além daquilo. Apenas senti que era importante mencioná-la.

— O que ela faz? Em que trabalha, quero dizer.

— Ela é dona de uma loja de lingerie muito bem-sucedida. Todas as modelos e atrizes compram lá.

Pensei comigo mesma: *É claro que ela é dona de um negócio que celebra a feminilidade e sexualidade. Tenho certeza de que também fica perfeita usando roupas mínimas.*

Deixe-me esclarecer uma coisa logo. Sou uma mulher morando numa cidade grande dos EUA que vê televisão e vai ao cinema, então, sim, odeio meu corpo. Sei o quanto politicamente incorreto, clichê, não feminista e antigo isso é. Mas não posso evitar. Sei que não sou gorda, sou um respeitável tamanho 40, mas se eu pensar mais um pouquinho, devo admitir para mim mesma que acredito que eu não arranjo um namorado por causa da minha celulite e das minhas coxas enormes. Mulheres são loucas, assunto encerrado.

— Gostaria de sentar em algum lugar e tomar um café? — perguntou Thomas. Estávamos em frente a um café com lugares vagos do lado de fora.

— Sim, seria ótimo.

Uma garçonete nos entregou cardápios de plástico, o tipo com pequenas fotos dos *croque-monsieurs* e filés com fritas.

— Então, conte-me, Julie. Como uma mulher solteira, qual é o seu maior medo? — Olhei para Thomas, surpresa.

— Nossa, você vai direto ao assunto, hein? — Eu ri nervosamente.

— A vida é curta demais e você é muito interessante. — Ele inclinou a cabeça, me dando total atenção.

— Bem, acho que é óbvio. Que nunca encontre alguém, você sabe... para amar. — Olhei para o cardápio, encarando fixamente a foto de uma omelete.

A garçonete voltou e Thomas pediu uma garrafa de chardonnay.

— Mas por que deveria estar tão preocupada em encontrar o amor? Vai acontecer. Sempre acontece, não é?

— Hummm, sim. Na verdade, não. Não parece ser assim para mim e para minhas amigas. Lá, as estatísticas nos dizem que é muito difícil achar um homem bacana, e que vai ficar cada vez mais difícil. Parece um pouco uma crise. — Um garçom voltou com nossa garrafa de vinho. Thomas aprovou e o garçom serviu duas taças.

— Sim, mas como tudo na vida, deve se perguntar: sou uma pessoa de estatísticas? Ou uma pessoa de místicas? Para mim, parece que se deve sempre escolher ser mística, não? Como conseguiria suportar de outro jeito? — disse ele.

Mística versus estatística. Nunca havia pensado dessa forma. Olhei para Thomas e decidi que o amava. Não no sentido real de amor. Mais no sentido de amor "estou-em-Paris-e-você-é-lindo-e-diz-coisas-inteligentes-sobre-a-vida-e-amar". Ele era casado e eu nunca transaria com ele, mas decididamente era meu tipo de galã.

— É uma teoria interessante — foi tudo o que consegui dizer.

Bebemos nosso vinho e conversamos por mais três horas. Eram 4 da manhã quando tomamos o último café e andamos todo o caminho de volta até o apartamento de Steve. Me senti rejuvenescida, lisonjeada e atraente, inteligente e divertida. Quando paramos em frente ao prédio, Thomas me beijou em ambas as faces.

Então sorriu maliciosamente para mim e disse:

— Devíamos ter um caso, Julie. Seria tão bom.

Eu então comecei a ter um acesso prolongado de tosse que só acontece quando me sinto excepcionalmente nervosa. Também me deu tempo de pensar numa resposta.

Quando consegui parar de tossir, disse:

— Sim, bom, você sabe, mas não sei se acredito que vou achar o amor da minha vida em breve, e não sei se acredito ser uma pessoa mística ou uma pessoa estatística, mas sei que acredito que não deveria dormir com um homem casado.

Thomas concordou com a cabeça.

— Entendo.

— Não importa se suas esposas aprovam ou não. Pode me chamar de provinciana.

— Tudo bem, Senhorita Julie Provinciana — disse ele, sorrindo.
— Mas me diga, quanto tempo ficará aqui na França?

Foi quando me dei conta de que não tinha feito planos de verdade sobre o tempo que iria ficar ou para onde iria em seguida.

Enquanto estava ali parada, me perguntei: *Será que Paris já me ensinou o suficiente sobre ser solteira?* Aprendi sobre orgulho. E alguma coisa sobre os diferentes tipos de casamentos que existem. Talvez eu tivesse aprendido tudo o que precisava saber por enquanto. Talvez fosse hora de partir.

— Eu não sei. Talvez vá para Roma em seguida.

Os olhos de Thomas se acenderam.

— Você tem que ir! Paris é muito bonita, sim, mas até nós franceses reconhecemos que Roma é... — Ele revirou os olhos em reverência. — Sou sócio de um café lá. Você tem que ir. Conheço muitas solteiras lá.

— Aposto que sim — disse eu, sarcástica. Ouvi como iria soar antes mesmo de terminar a frase. Soava tão dura, tão cínica, tão Nova York.

Thomas olhou para mim, sério e ligeiramente irritado.

— Sabe, Julie, se desgosta tanto de si mesma que acha que devo ser desse jeito com toda mulher que conheço, isso é entre você e seu terapeuta. Mas por favor, não me veja como um cachorro. Não é justo.

Repreendida com razão, não tive uma resposta espertinha para dar.

— Por favor, me diga se precisar de ajuda em Roma. Vai ser perfeito para você — disse ele. — Na verdade, acho que é exatamente o que está precisando.

Enquanto eu o via ir embora, percebi no que eu acreditava, pelo menos naquele momento: às vezes a princesa realmente deveria calar a maldita boca.

Estados Unidos

Uma semana depois de Georgia dar seu número a Max no Whole Foods, ela não sabia a quem recorrer. Como eu não estava por perto, e Ruby e Alice eram as únicas solteiras que conhecia, ela ligou para as duas e combinaram um encontro num restaurante mexicano no West Village que servia margaritas a 5 dólares.

— Por que um cara pediria seu número para depois não ligar? — Georgia perguntou a Ruby e Alice, incrédula. — Por favor, me expliquem.

Ruby e Alice não tiveram nem tempo de tirar os casacos. Elas olharam Georgia congeladas, sem saber o que responder.

— Sério. Não fui eu quem puxei assunto com ele, não pedi o telefone dele. Eu estava lá cuidando da minha vida. Mas então ele me pediu meu telefone, e eu fiquei animada. Quero vê-lo de novo. Sair com ele. Isso acontece muito? — Ruby e Alice se entreolharam. Ruby não conseguiu evitar a pergunta:

— Desculpe, mas alguma vez já conheceu um homem novo?

Um garçom veio e anotou os pedidos de drinques. Margaritas de pêssego para todas.

— Tive um namorado durante toda a faculdade, então conheci Dale no último período, então na verdade, não. Nunca saí com homens novos antes. Sempre escutei Julie e suas histórias, mas acho que não estava prestando muita atenção, considerando que eu era, sabe, casada.

— Georgia de repente parecia muito culpada. E confusa. Ela olhou para Alice e Ruby, seus olhos em busca de respostas. — Me digam, os homens são tão canalhas em Nova York?

Ruby e Alice se entreolharam de novo. Estavam enfrentando o dilema que você enfrenta quando uma amiga vai tirar o siso e pergunta como foi a experiência, porque você já passou por isso. Você conta a verdade e diz que passou duas semanas com uma dor torturante, inchada como um esquilo, ou mente, permitindo que ela descubra sozinha e secretamente torce para que as coisas sejam melhores para ela?

Ruby deu um gole em sua margarita, que era do tamanho de um carro pequeno, e pensou no assunto por um momento. Ela pensou em quantos dias e noites passara decepcionada e chorando por causa de um cara qualquer. Alice mordia um delicioso e crocante salgadinho de milho e pensou em quantos homens havia conhecido, em quanto tempo dedicara a toda essa história de namorar. Naquele breve momento, as duas pensaram no que realmente acreditavam em relação ao amor e a procurar alguém na cidade de Nova York. Ruby começou:

— Não... Não é que todos os caras sejam uns merdas. Você não pode pensar assim, não deve pensar assim. Existem caras legais por aí. É só que, bem, pode ser duro lá fora, e você tem que se proteger, sabe? Mas não se proteger tanto que pareça frágil. Mas tem que ter cuidado, tem que levar bem a sério... Algumas coisas, mas não tudo, entendeu?

Georgia olhou confusa para Ruby, que percebeu que não estava ajudando muito. Alice, por ser uma ex-advogada, se sentiu mais confortável para dar as más notícias a Georgia de maneira rápida, direta e sem floreios:

— Escute, Georgia, a verdade é que alguns caras em Nova York são realmente péssimos. Eles não estão por aí para conhecer a mulher dos seus sonhos, sossegar e casar. Estão por aí para transar com o máximo de mulheres que conseguirem, enquanto continuam procurando pela próxima mulher mais bonita, mais sexy, melhor de cama. Agora, quanto a esse cara,

Max. Ele pode estar por aí colecionando mulheres só para se sentir mais homem. Ele pode estar fazendo isso só por diversão.

Georgia escutava Alice em êxtase de tanta atenção.

— E a única proteção que temos contra isso é nossa resiliência. Nossa habilidade de voltar e conhecer outra pessoa; ser capaz de reconhecer, filtrar, dispensar e se recuperar de todos os caras ruins para chegar num cara bom. É nossa única defesa.

Georgia tomou um grande gole de margarita.

— Bem, OK. Mas não acho que esses homens deviam poder se safar de... Ai! Meu cérebro congelou! Meu cérebro congelou! — O rosto de Georgia subitamente se enrugou enquanto segurava a testa com as mãos. Ela parou por um momento até seu rosto relaxar e a sensação passar. Por um segundo ela pareceu completamente louca. — Tudo bem, de qualquer maneira, não acho que deviam conseguir se safar tão fácil. Acho que precisam ser reeducados. Se nenhuma de nós nunca disser como isso faz a gente se sentir, vão achar que podem continuar pedindo telefones de mulheres por aí para nunca ligar. Mas temos que fazê-los saber que não está tudo bem. Temos que retomar o poder!

E, com isso, Georgia pegou a bolsa, tirou a carteira, pegou 20 dólares e jogou na mesa.

— Obrigada pela ajuda. Eu pago os drinques.

Ruby perguntou com medo:

— Aonde está indo?

Georgia colocou o casaco e se levantou da mesa.

— Para o Whole Foods. Vou esperar lá até ele aparecer. E depois vou tentar fazer uma revolução em Nova York.

Georgia saiu com pressa do restaurante, deixando Ruby e Alice para trás, sozinhas, sem saber exatamente o que dizer uma para a outra.

Georgia rondava os corredores do Whole Foods como um tigre em busca de um inocente desavisado. Não tinha por que Max estar no

Whole Foods essa noite, essa hora exata, mas Georgia tinha uma missão. Ela esperava que a pura força do pensamento pudesse conjurá-lo a aparecer na seção das verduras orgânicas naquele mesmo minuto. Ela andou de uma ponta a outra dos corredores pensando em como ia falar com ele, com calma, ensinando como suas ações afetavam os outros, e assim fazendo do mundo um lugar melhor para todas as mulheres. Ela andou pelos corredores durante duas horas. Agora eram 10 da noite. Ela tinha decorado onde ficava cada seção da loja e agora estava se familiarizando com todos os produtos de cada gôndola, quando o viu perto da soja verde congelada.

Ele estava conversando com uma bonita e jovem loira que carregava uma mochila da Universidade de Nova York. Outra vítima. Georgia não hesitou. Ela foi até Max e parou bem na frente dele e da universitária bonitinha.

— Oh, ei, oi. Bom te ver por aqui — disse Max, talvez com um pouco de desconforto na voz.

— Oi, Max. Só queria dizer que, quando você pega o telefone de uma mulher e depois não liga para ela, pode magoar. A maioria das mulheres não sai por aí dando o número para qualquer um. A maioria nem fica empolgada o suficiente com alguém com quem esteja conversando para dar o próximo passo. Então quando elas te dão o número delas, existe um acordo não dito, uma expectativa, de que você vai ligar. Até porque, só para ser clara, foi você quem pediu o número para começo de conversa.

Max começou a olhar pela loja, seus olhos se movendo rapidamente de novo. A garota olhou para Georgia sem expressão.

— Tenho certeza de que acha que pode fazer isso porque tem se safado até agora. Mas estou aqui para te dizer que na verdade não vai mais poder. É falta de educação.

Mas ele apenas olhou para seus tênis e murmurou:

— Meu Deus, não precisa ficar psicótica.

É claro que ele ia usar logo a defesa da psicose. Homens sempre gostam de usar a defesa da psicose. Só por esse motivo nunca devíamos ficar psicóticas com um cara: só para nunca provarmos que estão certos. ENFIM, agora Georgia estava meio puta.

— Ah, é claro que vai me chamar de psicótica. É óbvio. Porque a maioria das mulheres não enfrenta os homens e seu mau comportamento, porque já se machucou tantas vezes que tem certeza de que não vai fazer diferença nenhuma. Mas dessa vez, eu estava apenas querendo te informar. Só isso.

A essa altura, as pessoas já estavam começando a olhar para eles. A menina da NYU não se mexia; estava gostando da cena. Max estava perdendo a calma.

— OK, tudo bem, psicótica, terminou?

Georgia agora ficou totalmente puta:

— ESCUTA AQUI, NÃO ME CHAME DE PSICÓTICA. NÃO VAI MENOSPREZAR MEUS SENTIMENTOS DESSE JEITO.

A universitária, que até agora tinha ficado em silêncio, começou a falar:

— Sim, também acho que não deve chamá-la de psicótica. Ela está só dizendo como se sente.

— Ótimo, outra psicótica — disse Max.

— Não me chame de psicótica — disse a menina então, um pouco mais alto.

— Não a chame de psicótica — disse Georgia, ainda mais alto que a menina. Felizmente para todos os envolvidos, exceto talvez pelos espectadores se divertindo, um homem hispânico e baixinho de camisa branca veio acabar com a briga:

— Desculpe, mas vão ter que sair da loja agora mesmo. Estão perturbando os outros clientes. — Georgia olhou em volta. Ela virou-se para Max, fazendo uma expressão arrogante.

— Tudo bem, vou embora. Acho que ele entendeu o recado. — Georgia começou a andar orgulhosamente para fora da loja, a cabeça erguida. Ela nem notou os sorrisos sem graça e as risadinhas enquanto saía porta afora. Mas quando já estava na rua e olhou de volta pela vitrine da Whole Foods, não pôde deixar de ver que a menina da NYU ainda estava parada ali conversando com Max. E que ele estava rindo e fazendo aquele movimento circular com o dedo na cabeça que significa "doida".

Georgia virou as costas para a loja. Ela andou pela rua, tentando manter seu orgulho, tentando manter sua dignidade. Ela andou mais dois quarteirões e começou a chorar. Ela pensou que gritar com ele ia fazê-la se sentir melhor. E realmente fez, durante aqueles cinco minutos em que esteve gritando. Mas ainda era uma principiante na arte de namorar, então não importa no que acreditasse, ainda tinha muito o que aprender.

REGRA NÚMERO
4

Deixe-se levar
(Mesmo que seja impossível saber quando
ou se vai terminar em desastre)

Alice sempre se orgulhara de como conhecia Nova York bem; ela podia ser guia turística dessa imensa cidade desde o Bronx até a Staten Island porque sabia melhor do que ninguém como tudo funcionava.

Mas isso foi antes de ter um namorado. Foi só então que ela lembrou que havia toda uma outra Nova York lá fora apenas para casais. No último ano como namoradora profissional, Alice tivera acesso aos melhores bares, boates, restaurantes e eventos esportivos que a cidade tinha a oferecer. Mas porque não tinha namorado, havia um lado de Nova York em que não era admitida.

Por exemplo, havia o Jardim Botânico do Brooklyn, onde estava com Jim. OK, ele não era seu namorado oficial; haviam se passado apenas duas semanas. Mas depois daquele primeiro encontro, ela havia decidido deixá-lo adorá-la desde que os dois estivessem gostando. Pegaram o trem para o Brooklyn juntos e estavam agora andando pelo pavilhão tropical e o museu dos bonsais, de mãos dadas. Era divino. Eles deram uma paradinha para ouvir uma palestra sobre as árvores douradas do gingko.

Uma mulher baixinha de cabelos brancos estava falando com um grupo de pessoas sobre como diferenciar uma gingko de outras gimnospermas pelas suas folhas em forma de leque e lobuladas. Alice começou a relembrar os últimos 14 dias com Jim. Tinham descoberto outros lugares bons para casais, como o Planetário Hayden na primeira sexta-feira do mês (quando fica aberto até mais tarde), o Zoológico do Bronx (quem iria num desses sem uma criança ou um namorado?) e a pista de patinação no Chelsea Piers (Alice sempre quis ir, mas nunca conseguiu arrastar ninguém para lá). E agora estava no Jardim Botânico aprendendo sobre folhas.

Isso é tão bonitinho, pensou Alice. *Ser parte de um casal é bonitinho.*

Aula terminada, eles andaram por um caminho cheio de folhas. Jim pegou a mão de Alice e uma onda de pura alegria a aqueceu. Ela sabia que provavelmente não teria importado se aquela mão estivesse presa ao braço de um serial killer — ficar de mãos dadas era muito bom. Segurar a mão de alguém significava que você pertencia a essa pessoa. Não de um jeito profundo ou irrevogável, mas naquele momento, estava ligado a alguém. Enquanto andavam, Jim disse:

— Devíamos ir colher maçãs na semana que vem.

— Que fofo — disse Alice, feliz.

Eles andaram até o lago do Jardim Japonês. O ar estava fresco, mas não frio, com o sol brilhante aquecendo tudo. Era um perfeito dia de outono. Eles se sentaram embaixo de um pequeno pagode com vista para o lago. Para alguém que achava que sabia tudo sobre namorar, Alice estava chocada ao descobrir como podia se divertir com alguém por quem não estivesse louca. Ela tentou entender por que ainda não tinha se apaixonado por Jim. Ele era bonito. Seus modos eram impecáveis, e Alice percebeu, à medida que ficava mais velha, que isso era importante para ela. Ele era divertido e às vezes até um pouco bobo, o que ela sempre adorou. E ela realmente gostava da sua risada. E ela o achava hilário. Ele se aproximou um pouco mais de Alice. Ela colocou a cabeça em seu peito. Na semana anterior, quando transaram pela primeira vez, ela ficara aliviada em descobrir que meio que tinha gostado.

Se não tivesse gostado, ia ser o fim dessa história maluca. Mas o sexo foi bom. Legal. Se por um lado havia alguma preocupação de que não fora gostoso o suficiente, também tinha todo o outro lado daquela experiência humana reservada apenas aos casais: sexo regularmente. A experiência de ter consistentemente uma conexão física e íntima com alguém. Ou não ter que se preocupar que o alinhamento propício entre atração mútua, segurança e circunstâncias adequadas (ele não ser um babaca, ele não ser ex de uma amiga que ainda está apaixonada por ele, ou não ser amigo de um amigo porque se não der certo é tão desastroso que é melhor nem tentar etc.) permita que você faça sexo. Não há nada pior do que olhar na sua agenda e se dar conta de que não faz sexo há mais de seis meses e que parece que se passou apenas um dia. E então o medo de que se passem mais seis meses num piscar de olhos sem que seu corpo nu chegue perto do de outra pessoa. Por causa de Jim, esse medo agora estava fora da parada, e se não era sexo selvagem, tudo bem, Alice pensou — pelo menos acontecia regularmente. E isso mais do que compensava qualquer paixão que ela pudesse estar perdendo.

Alice notou duas pequenas tartarugas nadando no lago. Não eram do tipo que a gente cria numa caixa com uma palmeirinha de plástico e dá carne de hambúrguer para ela comer. Essas eram maiores e mais gordas, e estavam nadando no laguinho, que devia parecer infinito para elas.

Ela ficou pensando sobre Jim, sobre como isso tudo era bom, e em como pedia a Deus para que conseguisse se apaixonar por ele. Mas ela também sabia que deveria se dar um tempo. Não ia se torturar apenas porque não conseguia se apaixonar por todos os caras legais que conhecia. Se Jim não fosse o grande amor da sua vida, não significava que Alice tinha medo de compromisso, ou que só gostava de homens emocionalmente indisponíveis, ou qualquer uma dessas besteiras das quais as pessoas gostam de te culpar. Se Jim não era o cara certo, não era culpa de ninguém, era a vida. Mas enquanto estava sentada ali e pensava em como as duas últimas semanas tinham sido boas e bonitinhas, ela desesperadamente esperava que continuasse bom assim por um longo tempo.

Alice olhou para Jim, que olhava para o nada. Ele estava agindo meio estranho a manhã toda; seu jeito normalmente relaxado tinha uma pequena aflição escondida. Ficava balançando a perna direita para cima e para baixo, fazendo agora o banco inteiro vibrar. Alice pôs a mão em sua perna doida e perguntou qual era o problema.

— Só estou um pouco nervoso, só isso.

— Por quê? — Alice perguntou.

— Porque preciso conversar com você.

O coração de Alice começou a bater mais rápido. Homens normalmente não falam isso a não ser que sejam más notícias ou...

— Só queria que você soubesse que estou me divertindo mais com você do que já me diverti com qualquer outra pessoa em toda a minha vida.

O coração de Alice acelerou ainda mais e sua respiração ficou mais rápida do jeito que qualquer um no planeta fica quando outro ser humano está prestes a passar pelo constrangimento de revelar um grande sentimento a você.

— E só quero que saiba que é a mulher certa para mim. E se preferir ir mais devagar ou mais rápido, tudo bem por mim. Se quiser se casar na semana que vem, eu faria isso feliz, mas se quiser ir bem, bem mais devagar, eu também faria isso. Não tão feliz, mas faria.

Alice olhou direto para Jim. Era difícil imaginá-lo mais vulnerável do que estava naquele momento. Ela olhou de volta para o lago e viu suas duas tartarugas pegando sol em cima de uma rocha. Ela decidiu se deixar levar.

— Também tenho me divertido muito. Sei que não nos conhecemos muito bem, mas quero dar uma chance também.

Jim soltou o fôlego que estava segurando pelos últimos três minutos e meio e sorriu.

— Ótimo. Isso é ótimo.

— Não sei exatamente o que mais dizer agora. Tudo bem?

— Sim, claro, não, tudo bem. Ótimo. Estou apenas feliz que não tenha me dado um soco na cara e me atirado no lago.

— Ah, por que eu faria isso? — perguntou Alice docemente. Eles se beijaram. Ela estava feliz, a salvo, contente. Porque às vezes depois de dar voltas e mais voltas nadando num lago negro, é bom poder se sentar numa rocha e pegar um pouco de sol por um tempo.

Rumo a Roma

Faltavam dez minutos para o voo e eu estava hiperventilando um pouco. Bem, na verdade muito.

É estranho quando você de repente se dá conta de que está com alguma maluquice nova. Dizem que você fica com mais medos e fobias à medida que fica mais velha, mas ainda é chocante perceber que tem que acrescentar mais uma coisa à sua lista de maluquices. Eu não tinha nenhuma preocupação quando agendei aquele voo. Mas agora, enquanto estava sentada na minha poltrona e os minutos passavam, ficava cada vez mais nervosa. Como os aviões se mantêm no ar? O que evita que despenquem no chão? Não seria completamente aterrorizador estar consciente durante todos aqueles minutos enquanto o avião está caindo? No que eu estaria pensando...? E conforme o funcionamento da aviação ia me parecendo cada vez menos plausível e eu me convencia de que nunca chegaria a Roma viva, comecei a arfar com o que imaginei ser um ataque de pânico. Comecei a suar e respirar pesadamente. Por que agora? Não faço ideia. Tinha ido de Nova York a Paris sem uma preocupação na cabeça. Talvez um psicólogo dissesse que eu estava nervosa por me aventurar sozinha em uma cidade estranha, sem ninguém conhecido para encontrar lá; que estava planejando fazer toda essa "pesquisa" em Roma, mas não sabia muito bem por onde começar. Talvez finalmente tivesse me dado conta de que largara meu emprego e deixara minha casa sem um plano concreto. Qualquer que fosse a razão, eu percebi: quem melhor para conversar agora do que minha guru particular? Felizmente, consegui encontrá-la pelo telefone.

— OK, então, Julie, feche os olhos e respire pelo diafragma — disse Serena numa suave voz de *swami*. — Imagine uma luz branca emanando do seu umbigo e se espalhando pelo avião.

Eu estava imaginando.

— É uma luz branca de paz, segurança e proteção e está preenchendo o avião, o céu e depois o mundo todo. E você está completamente a salvo — Serena falava, calmamente.

Minha respiração começou a se acalmar. Meus batimentos cardíacos diminuíram. Estava funcionando. Abri os olhos. E Thomas estava parado bem na minha frente.

— Bem, olá, Srta. Provinciana. Acredito que minha poltrona é ao lado da sua.

Uma corrente elétrica de surpresa correu pelo meu corpo, e o trabalho de Serena se desfez em um instante.

— Er... Serena, vou ter que te ligar outra hora.

— OK, mas só queria te dizer uma coisa. Você deveria ir para a Índia. Quer dizer, a espiritualidade deles, a cultura... Todo mundo diz que ir à Índia é uma experiência muito poderosa.

— Tudo bem, vou pensar no assunto. Obrigada.

— Não, verdade. Dizem que pode mudar a sua vida.

— OK. Falo com você depois. Tchau, e obrigada! — Desliguei. Olhei para cima em direção a Thomas, que emanava seu próprio tipo de luz branca.

— O que está fazendo aqui?

— Decidi ir com você. Pensei que eu podia fazer alguns negócios lá. — Ele gesticulou com uma das mãos, pedindo para eu levantar para que ele pudesse se sentar a meu lado. Fiquei em pé no corredor. — É claro que normalmente não vou na classe econômica — disse Thomas enquanto ia até seu assento e nos sentávamos. — Mas decidi abrir uma exceção. — Enquanto ele apertava o cinto e olhava em volta, acrescentou: — Meu Deus, econômica. Que tragédia.

Ele percebeu que eu estava com dificuldade para entender.

— Peguei seu itinerário com Steve. Além disso, conheço alguém da Alitalia. — Ele sorriu para mim e apertou meu pulso. Eu corei, peguei um chiclete de menta e joguei dentro da boca. Os avisos sobre a decolagem do avião começaram e tentei esconder que estava suando e ofegando. Imagina como seria humilhante ter meu primeiro ataque de pânico na frente de Thomas? Existe uma diferença entre Nova-Iorquina Doidinha e Nova-Iorquina Doida de Pedra. Só porque eu estava começando a entender qual das duas eu era, não significava que ele precisava saber logo de cara. Enquanto ele estava ocupado tentando achar uma posição confortável para acomodar os joelhos e as comissárias de bordo estavam checando nossos cintos de segurança, soltei um pequeno grito. Thomas parecia assustado.

— Desculpe. Só estou... Alguma coisa está acontecendo. Sinto que estou morrendo. Ou me afogando. Alguma coisa. Desculpa — sussurrei.

Thomas se inclinou para mais perto:

— Isso já aconteceu alguma vez antes? — perguntou ele. Eu fiz que não com a cabeça. — Está tendo uma espécie de ataque de pânico, certo?

Assenti.

— Sim, acho que sim. — agarrei os descansos de braço de ambos os lados com força, mas acidentalmente agarrei junto o braço de Thomas. Eu me inclinei para a frente e comecei a arfar em busca de ar.

— Com licença, está tudo bem? — a aeromoça perguntou a Thomas.

— Sim, é claro. Ela está apenas com dor de estômago. Vai ficar bem.

— Enquanto a aeromoça ia embora, Thomas pegou sua mala de mão.

— Julie, você tem que tomar um desses agora mesmo. Vai deixá-la mais calma.

Recostei de volta na cadeira e engasguei:

— Não acredito que esteja me vendo desse jeito. Que vergonha.

— Vamos nos preocupar com isso depois, mas por enquanto, apenas pegue essa pílula e engula rápido, por favor.

— O que é?

— Lexomil. O Valium francês. Tomamos isso como bala por aqui.

Engoli a pequena pílula branca a seco.

— Muito obrigada. — E tomei outro fôlego de ar. Já começava a me sentir mais calma.

— Provavelmente vai estar dormindo em breve. — Ele pôs a mão em cima da minha. — É uma pena, não vamos poder conversar — disse ele, seus olhos azuis cintilando.

Você fica bem próximo de alguém quando viaja na classe econômica. É como se tivesse realmente que se esforçar para não encostar seus lábios nos dos outros.

Rapidamente adormeci.

Acordei com Thomas dando tapinhas bem fortes nas costas de minha mão e dizendo em seu doce sotaque francês:

— Julie, Julie, é hora de acordar. Por favor.

Como se levantando halteres de 200 quilos, foi preciso cada grama de força dentro de mim para abrir os olhos. Numa névoa, eu via o belo Thomas no corredor, parecendo calmo e ligeiramente entretido enquanto uma comissária se inclinava sobre ele.

— *Signore*, precisamos sair do avião. Tem que fazê-la descer. — Foi então que vi que o avião tinha aterrissado e que a cabine estava completamente vazia. Grunhi alto e coloquei as mãos sobre os olhos para de algum modo me esconder da humilhação. Por que não me deixavam voltar a dormir?

Thomas gentilmente me ajudou a levantar. Tentei me equilibrar, agarrei a bolsa e me ajeitei o mais rápido possível. Enquanto passávamos pelas muitas, muitas filas de assentos até a porta, perguntei a Thomas:

— Só me diga uma coisa, eu babei em algum momento?

Thomas riu e disse:

— Julie, você não ia querer saber. — Ele me ajudou a sair pela porta do avião.

Algum tempo depois naquela tarde, acordei num quarto de algum tipo de *pensione*. Estava um pouco desorientada, então me levantei e olhei pela janela para uma *piazza* com um grande prédio circular de um lado — o Pantheon. Não me lembrava de ter chegado lá. Thomas me contou mais tarde que passei pela alfândega e fui confundida com uma viciada em drogas, tive todas as minhas malas revistadas, e depois desmaiei num táxi com a cabeça em seu colo. Aquele Lexomil não é brincadeira.

Na mesa encontrei um bilhete: "Estou no café ao lado com meu amigo Lorenzo, por favor, venha quando acordar. Beijos, Thomas." Tremendo, entrei no chuveiro, me arrumei e saí para encontrá-lo.

Ao lado do hotel tinha um pequeno café, bem na praça. Thomas estava com um homem de 30 e poucos anos que falava animadamente, gesticulando como um louco. Thomas me viu e se levantou, seu amigo fazendo o mesmo.

— Como está se sentindo, minha Bela Adormecida? — perguntou Thomas.

— Bem Um pouco grogue.

— Vou pedir um cappuccino imediatamente para você. — Thomas acenou para um garçom e nos sentamos.

— Este é meu amigo Lorenzo. Está com o coração partido e me contando tudo.

Lorenzo era um italiano bonito, com olhos grandes e cansados, e cabelo castanho e comprido que ele pegava e puxava sempre que exclamava alguma coisa, o que era sempre.

— É horrível, Julie, horrível. Meu coração está partido, você não entende. Arrasado. Estou arrasado. — Ele empurrou o cabelo para trás. — Não quero mais viver, mesmo. Quero me jogar de um prédio. Ela simplesmente me deixou. Disse que não me ama mais. Assim. Me diz, Julie, você é mulher. Me explica. Como isso é possível? Como uma mulher pode te amar em um minuto e te destruir em seguida? Como pode não sentir mais nada por mim da noite para o dia?

Felizmente meu cappuccino chegou naquela hora, então pude colocar alguma cafeína para dentro.

— Hã... Eu não sei. Foi mesmo tão de repente?

— Foi! Três noites atrás fizemos amor, e ela disse que me amava. Que queria passar o resto da vida comigo. Que devíamos ter filhos juntos. Então, ontem ela me ligou e me disse que não queria mais ficar comigo.

— Por quanto tempo ficaram juntos?

— Um ano. Um ano lindo. Nós dois nunca tivemos um relacionamento tão bom. Como isso é possível, Julie? Diga para mim. Apenas três noites atrás. Não consigo dormir. Não consigo comer. É terrível.

Olhei para Thomas, imaginando no que tinha me metido. Como se lendo meus pensamentos, ele riu e disse:

— Lorenzo é ator. Ele é muito dramático.

— *Ma no*, Thomas, vamos lá — disse Lorenzo, ofendido. — Isso não é exagero. É uma verdadeira tragédia.

— Sua namorada também é atriz?

— Não. É dançarina. Devia ver o corpo dela. O corpo mais lindo que já vi. Seios perfeitos. Perfeitos. E as pernas longas, como uma obra de arte. Me diz, Julie, me diz. Como isso pôde acontecer?

Thomas viu a expressão confusa em meu rosto e decidiu se juntar ao coro:

— Por favor, Julie, você tem que ajudá-lo.

Eu ainda estava meio lenta por causa da overdose de tranquilizante, mas tentei pensar rápido.

— Acha que ela conheceu outra pessoa?

— Impossível! Estamos sempre juntos.

— Tem certeza? Porque pode ser por...

— Não. Não é possível. Conheço todos os amigos dela. Seus parceiros de dança também. Não.

— Bem, será que ela surtou?

— Não. Estava perfeitamente bem. Sã.

— Talvez — eu disse devagar — ela não estivesse realmente apaixonada por você. — Lorenzo bateu com as mãos na mesa.

— *Ma no!* Como pode ser? Como? — Ele realmente queria que eu explicasse.

— Bem, se ela não está saindo com outra pessoa, não surtou e simplesmente mudou de ideia sobre você, talvez ela não te amasse de verdade. Ou talvez apenas não saiba o que é amar.

Esse tipo de análise americana não entrava na cabeça de Lorenzo. Ele apenas deu de ombros e disse:

— Ou talvez tenha parado de me amar.

— Acha que o amor é tão passageiro que pode ir embora assim?

— É claro que acho, Julie. Ele te encontra, como mágica, como um milagre, e depois pode ir embora bem rápido.

— Acha mesmo que o amor é uma emoção misteriosa que vem e vai como mágica?

— Sim, é claro. É claro!

Thomas interferiu gentilmente:

— Acredito que chamaria meu amigo de romântico.

Lorenzo agitou os braços no ar:

— Que outra maneira existe de viver? Julie, não acredita nisso também?

— Bem, não. Acho que não acredito — falei.

— Me diga, então, *no que* você acredita?

Thomas se inclinou:

— Agora está ficando interessante.

De novo aquela pergunta. Enrolei, bebendo meu café. Eu já passei um bom tempo nas sessões de terapia analisando por que me senti atraída pelas pessoas por quem me senti atraída. Quais efeitos exercem sobre mim que me fizeram querê-las em minha vida. Já passei um bom tempo analisando por que minhas amigas se sentem atraídas pelos tipos de homem com quem se relacionam. Já assisti a elas jurando que são suas almas gêmeas, que nunca se sentiram daquele jeito antes e que é o destino — para então terminar com aquela alma gêmea em menos tempo do que demora para um sofá novo ser entregue em sua casa. Já vi amigas (amigas inteligentes, equilibradas) se casarem e depois se separarem. E vi casais completamente ridículos ficarem juntos por dez anos ou mais.

E estive tão ocupada procurando o amor e ficando frustrada por não encontrar que nunca realmente defini o que era para mim. Então eu estava sentada nesse pequeno café enquanto o sol se punha, e finalmente pensei nisso.

— Acho que não acredito muito em amor romântico — declarei. Thomas ergueu as sobrancelhas e Lorenzo parecia que tinha acabado de ver um fantasma.

— Em que acredita, então? — perguntou Thomas.

— Bem, acredito em atração. E acredito na paixão e na *sensação* de estar se apaixonando. Mas acho que não acredito que isso seja real.

Thomas e Lorenzo pareciam estar em choque.

— Por quê? Por que às vezes não dura?

— Porque na *maioria* das vezes não dura. Porque tudo se resume ao que você está projetando naquela pessoa, o que quer que ela seja, o que você mesmo quer ser, e muitas coisas que não têm nada a ver com a outra pessoa.

— Não fazia ideia — disse Thomas — de que temos uma grande cínica aqui.

— Isso é um desastre. — disse Lorenzo, jogando as mãos no ar. — E achei que eu estava mal.

Eu ri.

— Eu também não sabia como eu era cínica até agora!

— Mas Julie — perguntou Thomas, preocupado —, como o amor pode te encontrar se você não acredita nele?

Olhei para os dois me encarando com grande preocupação e então... comecei a chorar. Engraçado como essas coisas acontecem. Um momento você é uma mulher forte e independente falando sobre amor e relacionamentos. E no momento seguinte alguém diz um conjunto de palavras que de algum jeito destrói você.

— Não, Julie. Não foi isso... — Thomas estava horrorizado. — Por favor, não foi nada!

Coloquei as mãos sobre o rosto.

— Não, eu sei, não se sinta mal. Não sei por quê... Estou apenas muito... Por favor. Não se preocupem. Mesmo. — Mas enquanto eu falava, as lágrimas rolavam pelo meu rosto. Ali estava ela de novo, a pergunta que sempre parece surgir do nada quando menos espero. *Por que está solteira? Por que não tem um amor?* E agora em Roma, uma resposta: *Porque você não acredita nele.*

— Vou ficar no meu quarto um pouco — disse eu, me levantando.

Thomas pegou minha mão enquanto Lorenzo dizia alto:

— *Ma no*, Julie, vamos lá! Não pode fugir para seu quartinho e chorar. Isso é inaceitável.

Thomas acrescentou gentilmente:

— Como é que um dia vamos ser amigos se você corre e se esconde toda vez que sente alguma emoção?

Voltei a me sentar.

— Desculpe. Deve ser o Lexomil ou algo do tipo.

Thomas sorriu.

— Sim, tenho certeza. Está relaxada demais. Suas defesas estão baixas.

Me virei para Lorenzo, envergonhada:

— Sinto muito. Geralmente não sou assim. — Ele me olhou com admiração.

— Mulheres! São fantásticas. Olhe só para vocês. Vocês sentem, vocês choram. Tão fluidas. *Che bella! Che bella!* — Ele agitou os braços em volta e riu. Caí na gargalhada também, e Thomas parecia mais feliz do que qualquer homem poderia ser.

• • •

Depois que fomos a outro restaurante para jantar e comi a melhor massa à carbonara que já experimentei, com grandes tiras de bacon dentro — não pedaços, não cubinhos, mas tiras de verdade (não parece que fica bom, mas fica) —, era hora de dormir. Lorenzo foi para casa, e Thomas e eu voltamos a pé para o hotel, passando por *piazzas* e mais lindas *piazzas*, a Fontana di Trevi, a Escadaria Espanhola. Roma é tão antiga, tão linda, é difícil absorver tudo. Quando chegamos ao hotel, Thomas foi até uma moto que tinha dois capacetes presos. Ele pegou uma chave, abriu o cadeado e me deu um capacete.

— E agora — disse ele em tom solene —, você tem que conhecer Roma de moto.

— Quando você arranjou isso?

— É do Lorenzo. Ele tem algumas dessas. Ele me emprestou enquanto você dormia.

Não gosto de motos. Nunca gostei. Porque esta é a verdade — elas são perigosas. E ia me dar frio. Não gosto de sentir frio. Mas a ideia de explicar isso a ele e parecer mais uma vez uma americana nada espontânea, nada romântica e apavorada, bem, me deixou exausta. Então peguei o capacete e subi na moto. O que posso dizer? Quando em Roma...

Dirigimos rápido por ruínas romanas e pelo Fórum. Acabamos dando em pequeninas ruas e correndo pela via principal e subindo uma rua que levava direto à Praça de São Pedro.

Lá estava eu, na traseira de um veículo perigoso que ia muito rápido com um motorista que, vamos confessar, tomara algumas taças de vinho no jantar. Eu estava com frio. Estava assustada. E muito vulnerável. Imaginei a moto batendo, Thomas perdendo a direção enquanto fazíamos uma curva, nossos corpos indo de encontro ao tráfego. Imaginei um policial qualquer ligando para minha mãe e contando o que tinha acontecido, e ela e meu irmão tendo que lidar com o horror e o trabalho de levar meu corpo de volta para casa.

E então, enquanto seguíamos como foguetes de volta ao hotel, demos a volta no Coliseu. De repente me dei conta de que: nenhuma dessas construções era cercada de muros, portões ou vidros. Elas ficam desprotegidas, esperando para nos encantar, aceitando sua vulnerabilidade perante a qualquer grafiteiro ou vândalo ou terrorista que queira chegar perto. E pensei comigo mesma, *Bem, se é assim que quero levar as coisas, é um ótimo jeito de começar*. Então apertei um pouco mais meus braços em volta de Thomas e tentei absorver cada detalhe do magnífico esplendor romano.

• • •

Quando voltamos ao hotel, Thomas tirou o capacete e me ajudou a tirar o meu. Não há nada menos sexy que usar um capacete de moto, de verdade. Atravessamos o lobby até o elevador. Eu subitamente voltei ao mundo real, não sabendo onde Thomas ia dormir aquela noite. E como se tivesse lido meu pensamento, Thomas disse:

— Meu quarto é no terceiro andar. Acho que o seu é no segundo, certo?

Concordei com a cabeça. Tinha conseguido decorar o número do meu quarto. Thomas apertou os botões do segundo e terceiro andares no elevador e as portas se fecharam. Quando elas abriram de novo, Thomas me deu um beijo educado na bochecha e disse:

— Boa-noite, minha querida Julie. Durma bem. — Eu saí do elevador e andei pelo corredor até o quarto.

Estados Unidos

Georgia sabia exatamente o que deveria fazer. Dale chegaria em alguns minutos, e ela sabia a regra básica que todo mundo, não importa quanto inexperiente é em assuntos românticos sabe: você sempre tenta ficar extremamente sexy quando vai se encontrar com um ex. Mas nessa manhã em particular, Georgia disse "que se foda". Ela não ia tomar banho e secar o cabelo por causa de Dale. Foda-se ele. Ela não queria conquistá-lo de volta. Foda-se ele. Ele que vá morar com sua sambista menor de idade.

Georgia e Dale iam se encontrar para falar sobre como iam dividir a custódia dos filhos oficialmente. Sem advogados, sem brigas. Dois adultos sem interesses exceto o bem-estar de seus filhos.

Quando ela abriu a porta, Dale entrou parecendo, hum, sexy, infelizmente, mas foda-se ele. A primeira coisa que ele fez quando entrou foi olhar para cima e ver que a portinha do detector de fumaça estava aberta e o espaço para bateria, vazio.

— Meu Deus, Georgia, você ainda não comprou uma bateria para o detector de fumaça?

— Merda, ainda não. Mas vou comprar.

— Bem, não acha que isso é meio importante?

— Sim, eu acho, mas tenho andado meio ocupada por aqui, sabe como é.

Ele balançou a cabeça.

— Não acha que isso deveria estar no topo da lista das prioridades? Uma bateria para o detector de fumaça e monóxido de carbono da casa onde moram nossos filhos?

Georgia sabia que isso podia dar numa briga e que nova-iorquinas modernas e bem-educadas não brigam com seus ex por causa de coisas idiotas. Mas ela não ligava.

— Se quiser, pode dar meia-volta agora e ir até uma loja comprar baterias para o detector de fumaça e monóxido de carbono da casa onde moram nossos filhos. Fique à vontade para fazer isso se quiser.

— Vou fazer depois que terminarmos de conversar, OK?

— OK. Muitíssimo obrigada.

Os dois tomaram fôlego. Eles foram até a mesa da cozinha e se sentaram. Houve um longo silêncio.

— Quer alguma coisa? Café? Refrigerante?

— Vou querer um copo d'água — disse Dale, enquanto se levantava da cadeira. Mas Georgia já estava na geladeira. Essa era sua casa agora e era bom Dale saber que não podia simplesmente se levantar e se servir. Enquanto ele voltava a se sentar, ela encheu um copo com água e foi até ele para entregar a bebida. Ele deu um gole. Georgia se sentou, as mãos dobradas em cima da mesa. Ela sentia que se mantivesse as mãos dobradas a sua frente, as coisas não sairiam do controle.

Desde a separação, Georgia tinha custódia total dos filhos, e Dale ficava com eles sempre que os dois concordassem, e sempre que Georgia precisasse de uma folga. Mas ambos sabiam que agora era hora de estabelecer algumas regras.

— Estava pensando que talvez você possa ficar com as crianças durante a semana e eu no fim de semana — propôs Dale.

O sarcasmo saiu jorrando antes mesmo de Georgia ter uma chance de impedir:

— Isso parece ótimo. Eu os levo à escola e ajudo com os deveres de casa e dou jantar e os ponho na cama e depois *você* sai e se diverte com eles?

Georgia nem sabia pelo que estava lutando; na verdade até parecia mesmo um bom acordo. Se Dale ficasse com as crianças no fim de semana, ela podia sair e se divertir. Dale não precisava dos fins de semana para sair e se divertir porque estava em casa com sua sambista fazendo sexo selvagem todas as noites da semana. Mas ela não estava a fim de concordar com ele ainda. Ela estava com vontade de fazer pirraça, e sentiu que deveria deixar uma coisa perfeitamente clara:

— Ela nunca pode ficar com as crianças. Sabe disso, não sabe?

— Georgia.

— Estou falando sério, se eu escutar que ela ficou perto das crianças, vou matar você.

— Vamos falar disso depois — disse Dale, a cabeça baixa, tentando soar neutro.

As mãos de Georgia não estavam mais dobradas. Elas agora estavam se agitando em volta, ajudando-a a enfatizar.

— Como assim, falamos disso depois? Como se eu fosse mudar de ideia? Como se daqui a duas semanas eu de repente fosse falar "Ei, pode, por favor, deixar aquela vadia brasileira perto das minhas crianças para elas verem quem destruiu o casamento da mamãe e do papai?".

— Ela não destruiu nosso casamento, Georgia.

Georgia se levantou: a civilidade de ficar sentada à mesa da cozinha enquanto discutia alguma coisa agora estava indo para o espaço.

— Oh, como se você tivesse ido embora para ficar sozinho sem uma rede de segurança? Tá bom. Foi embora no minuto em que tinha outra pessoa para estar junto.

Dale não hesitou em responder:

— Talvez seja verdade, mas isso não significa que nosso casamento já não tivesse terminado muito antes disso.

Georgia agora andava de um lado para outro e sua voz tinha subido uns dois decibéis.

— Mesmo? OK. Quanto tempo antes? Há quanto tempo nosso casamento já tinha terminado antes de você conhecer a professora de samba? Alguns meses? Um ano? Dois anos? — Georgia parou bem na frente de Dale, que ainda estava sentado. — Quanto tempo?

Dizem que se você está no inferno, então é melhor abraçar o capeta. Dale decidiu fazer justamente isso.

— Cinco anos. Começou a ficar ruim para mim há cinco anos.

Georgia parecia que tinha sido eletrocutada.

— Quer dizer logo depois de Beth nascer? Naquela época?

— Sim, se quer saber, naquela época. Sim.

Georgia começou a andar de um lado para o outro de novo. Era um animal ferido agora, de olhos selvagens e imprevisíveis.

— Então está me dizendo que pelos últimos cinco anos que moramos juntos, não me amava mais?

— Sim.

Antes de Georgia conseguir segurar, ela soltou um pequeno grunhido. Ela tentou engolir, esperando que Dale tivesse escutado apenas um engasgo. Ela andou até a bancada da cozinha, tremendo. Mas sendo um animal forte e selvagem, Georgia reuniu suas forças e voltou direto ao ataque:

— Conversa. Está dizendo isso apenas para se sentir melhor, para não ter que encarar a verdade. E a verdade é que teve sorte o bastante para achar alguém que quisesse ir para a cama com você, então você largou seu casamento e seus filhos por isso. Vai me dizer que não me ama há cinco anos? Eu digo que é mentira. Não estava apaixonado por mim quando Gareth andou de bicicleta pela primeira vez sem as rodinhas e você me pegou, me rodopiou em seus braços e me beijou? Não estava apaixonado por mim quando foi promovido e eu fiz as crianças escreverem cartões dizendo "Parabéns, papai" e os colamos pela casa toda e fizemos um grande jantar para você quando chegou em casa?

— Eu te amava, mas não, não estava mais apaixonado por você. Nunca fazíamos sexo, Georgia. Nunca. Nosso casamento não tinha paixão. Estava morto.

Georgia segurava os cabelos pela raiz, tentando de alguma maneira se recompor. Desde o fim de seu casamento, houve lágrimas, houve gritos, mas nunca tiveram a conversa cara a cara. Agora, aparentemente, estavam tendo.

— Então qual é a questão? Sexo bom, suado? Um casamento não é isso, Dale. Isso é um caso. Um casamento são duas pessoas construindo uma vida juntas e criando filhos e às vezes se sentindo entediadas.

— E às vezes fazendo sexo, Georgia. A GENTE NUNCA TRANSAVA.

— ENTAO POR QUE NÃO FALOU COMIGO SOBRE ISSO? — Georgia guinchou. — POR QUE NÃO ME DISSE QUE QUERIA MAIS

SEXO? POR QUE NÃO FIZEMOS TERAPIA DE CASAL OU VIAJAMOS POR UMA PORRA DE FIM DE SEMANA? ACHEI QUE ESTAVA TUDO BEM.

Dale levantou da mesa.

— COMO PODIA ACHAR QUE ESTAVA TUDO BEM? A GENTE NÃO TRANSAVA. SOU MUITO JOVEM PARA NÃO TRANSAR, GEORGIA. AINDA QUERO PAIXÃO E FOGO E EXCITAÇÃO NA MINHA VIDA.

— ÓTIMO. VAMOS TRANSAR. SE FOR ESSE O PROBLEMA VAMOS TRANSAR AGORA MESMO. — Georgia ficou parada, com seu cabelo oleoso e suas calças de moletom, com os braços esticados. Dale começou a andar para trás, balançando a cabeça.

— Georgia, qual é.

— O quê? Não acha que vai ser bom e suado agora mesmo? Não acha que vai ter fogo e paixão comigo? — Georgia soluçava entre os acessos de fúria. — Você não quer apenas sexo, Dale, você quer sexo novo. Se quisesse transar comigo, teria tentado transar comigo. Mas tudo o que quer é sexo bom, suado e novo. — Georgia o cutucava enquanto falava, empurrando os ombros e o peito.

Dale colocou o casaco.

— Isso não vai levar a lugar nenhum. Deveríamos estar conversando sobre as crianças.

— Sim. — Georgia o seguiu, parando bem perto dele. — As crianças que você abandonou porque precisava fazer sexo BOM E SUADO.

Dale deu meia-volta e agarrou Georgia pelos ombros:

— DETESTO TE DIZER ISSO, MAS EU AMO A MELEA, GEORGIA, E VOCÊ VAI TER QUE SE ACOSTUMAR COM A IDEIA DE QUE ELA VAI ESTAR NA MINHA VIDA POR UM LONGO TEMPO.

Dale então levantou Georgia pelos ombros e a tirou de seu caminho, saindo porta afora. Georgia estava oficialmente louca.

— ELA NÃO CHEGA PERTO DOS MEUS FILHOS, ENTENDEU??

Ela o seguiu pelo corredor, enquanto Dale voava pela escada, claramente não querendo esperar o elevador. Georgia gritou com ele enquanto ele descia correndo as escadas:

— O QUE FOI? NÃO VAI VOLTAR COM AS BATERIAS PARA A PORRA DO DETECTOR DE FUMAÇA QUE TE PREOCUPA TANTO?

Dale parou no último degrau e olhou para Georgia três andares acima olhando para baixo em sua direção.

— Vai comprar você mesma, Georgia. — E bateu a porta.

Roma

Enquanto Thomas ia a suas reuniões de negócios, ele tinha arranjado pequenos encontros com algumas de suas amigas para mim, para falar sobre amor, homens e relacionamentos. Eu estava lá, afinal, para pesquisar.

Logo de cara aprendi algumas coisas muito importantes sobre essas italianas. Primeiro de tudo, nenhuma delas tinha transado com Thomas. Essa podia até não ser a descoberta mais culturalmente monumental ou antropológica, mas era bem interessante para mim. Não que eu tenha perguntado diretamente, mas tudo que você tem que fazer é perguntar a uma mulher se ela conhece alguém e normalmente dá para ver na expressão de seu rosto o que já rolou.

A segunda coisa que aprendi foi que elas pareciam meio tímidas, o que é surpreendente. Na terra de Sophia Loren e... bem, na verdade não me vêm muitas atrizes italianas à cabeça, o que, pensando bem, pode confirmar o que descobri... fiquei surpresa em ver quanto as mulheres eram evasivas ao falar de seus sentimentos. É claro que podiam ser apenas aquelas que conheci, mas era impressionante. No entanto, logo depois comecei a notar outra coisa.

Nas suas conversas sobre relacionamentos, as mulheres italianas frequentemente mencionavam "estapear". Por exemplo, "Ah, fiquei com tanta raiva que tive que dar uns tapas nele". Ou "Eu o esbofeteei e corri porta afora de tanta raiva que estava". Parecia que essas tímidas mulheres não eram tão quietas quando se tratava de agressão física. Naturalmente, só falei com algumas poucas mulheres italianas, e normalmente não gosto de generalizar, mas o que seriam de histórias sobre uma viagem ao redor do mundo sem generalizações? Mesmo assim, não querendo perpetuar um estereótipo, isso era digno de nota.

Em meu terceiro dia, conheci Cecily. Ela tinha apenas 1,50m, pesava cerca de 80 quilos e falava bem baixinho. Mas naquele suspiro, ela casualmente contou que seu último namorado a tinha deixado com tanta raiva numa festa que ela o estapeou e foi para casa.

— Hã... você o estapeou bem ali? Na festa?

— Sim, eu estava furiosa. Ele ficou conversando com uma mulher a noite inteira. Parecia que ia beijá-la, estavam tão pertinho. Foi humilhante.

— Você é mais ou menos a quarta mulher com quem falo que mencionou bater no namorado.

Sua amiga Lena interrompeu:

— É porque eles nos deixam com muita raiva. Eles não escutam.

Estávamos sentadas num movimentado café perto da Fontana di Trevi. Eu comia um croissant recheado de chocolate e coberto de açúcar.

Cecily tentou explicar:

— Julie, não me orgulho disso, não acho que é certo. Mas fico muito chateada. Não sei mais o que fazer!

— Eu entendo, mesmo — eu disse, mentindo descaradamente. Porque a verdade era que eu nunca sonharia em fazer uma coisa dessas. Sim, porque fui ensinada que bater é errado, e que a pessoa tem que aprender a controlar seus impulsos violentos. Mas também porque nunca imaginaria ter tanta audácia. *Não que eu não tivesse vontade, na verdade.* Mas ainda assim, sou traumatizada a ponto de não pedir para um homem passar creme nas minhas costas por medo de parecer carente demais. Então a ideia de parecer confortavel arremessando a palma da minha mão bem na cara de algum homem ia além da minha imaginação.

Lena acrescentou:

— Não podemos evitar. Ficamos com tanta raiva que precisamos bater.

Cecily compreendeu a expressão no meu rosto.

— As mulheres nos Estados Unidos não batem?

Eu não queria parecer superior, mas também não queria mentir.

— Bem... Tenho certeza de que algumas batem, mas não parece ser tão comum quanto aqui.

Lena então perguntou:

— Você já bateu?

Balancei a cabeça, peguei meu croissant açucarado e disse não. Elas duas absorveram a informação, quietas.

Depois de um momento, Cecily perguntou:

— Julie, mas certamente um homem já a enfureceu tanto que você *quis* estapeá-lo, não?

Olhei para meu cappuccino.

— Não.

As duas me olharam com pena. Olhei de volta para elas com inveja.

— Então nunca se apaixonou — disse Lena.

— Pode ser.

As duas então me observaram como se eu tivesse revelado o segredo mais trágico do mundo.

— Isso é terrível. Você tem que sair aqui em Roma e se apaixonar imediatamente — disse Cecily, muito séria.

— Sim, hoje à noite — disse Lena. — Já perdeu tempo demais.

— É fácil assim? Simplesmente sair e se apaixonar?

Lena e Cecily apenas se entreolharam e deram de ombros.

— Em Roma pode ser — disse Cecily, sorrindo.

Lena acrescentou:

— Você devia apenas tentar e se manter aberta. Fique aberta para se perder por amor.

— Me perder? Pensei que isso era ruim.

Lena sacudiu a cabeça:

— Não. É aí que vocês americanas se enganam. Tentando ser tão independentes. Você tem que estar disposta a se perder, arriscar tudo. Se não for assim, não é amor.

Finalmente, aquelas tímidas mulheres tinham algo que queriam me ensinar.

Mais tarde, quando fui encontrar Thomas para jantar, ainda estava perturbada. Aquelas mulheres — aquelas mulheres tímidas, passionais, ciumentas e temperamentais — fizeram eu me sentir tão seca por dentro, tão emocionalmente limitada! Como alguém começa a acreditar no amor? Como você desliga seu cérebro e esquece tudo o que já viu e ouviu nos últimos vinte anos? Como é que do nada posso começar a acreditar que essas grandes emoções não são apenas um monte de hormônios e ilusões? Como subitamente devo acreditar que o amor romântico é uma coisa real e concreta que mereço ter? Fiquei preocupada em estar pensando como um livro de autoajuda enquanto entrava no pequeno restaurante da Piazza di Pietro. Thomas já estava no bar, uma taça de vinho numa das mãos.

Os últimos dias passados com Thomas tinham sido simples, mas extraordinários. Uma felicidade inocente e contínua. Houve jantares e drinques com amigos, e vimos muito Lorenzo, cuja namorada ainda não tinha retornado suas ligações, e que estava insistindo que precisava ser hospitalizado. Tínhamos feito caminhadas e tido conversas e discussões acaloradas e dado muita, muita risada. Tivemos mais passeios de moto e taças de Prosecco tarde da noite. É engraçado como a gente começa a se sentir parte de um casal rápido. São necessários apenas alguns dias para se pensar "nós" em vez de "eu".

E durante tudo isso ele não me deu nem uma cantada. Nenhuma. Pelas últimas quatro noites, ele educadamente me deu um beijo de boa-noite nas bochechas e foi para a cama. Não que eu quisesse que ele me cantasse. Verdade. Não que... Deixa pra lá.

Enquanto eu me sentava, perguntei:

— Já namorou alguma italiana e ela te bateu?

Ele riu:

— É isso que adoro em você, Julie. Também não é muito boa de conversa fiada. Compartilhamos esse talento.

Tudo o que computei é que ele adorava algo em mim.

— Estive com algumas italianas, mas elas nunca me bateram. Acho que devem saber que um homem francês seria capaz de bater nelas de volta.

— Parece que os italianos aceitam numa boa.

— Não sei bem. Não acho que gostem. Mas sei que acontece com bastante frequência.

Balancei a cabeça.

— Fascinante. — Já estava ficando meio de pileque com minha primeira taça de vinho.

O celular de Thomas tocou. Enquanto escutava, ele começou a parecer preocupado.

— Agora, por favor, se acalme. Não vá fazer uma coisa dessas. Pare com isso. Estou indo até aí. Sim. — Achei que podia ser a esposa dele, querendo saber quando ele ia arrastar a bunda de volta para Paris. Thomas desligou o telefone. — Era Lorenzo. Ele está ameaçando se jogar da janela do apartamento.

Peguei meu casaco e minha bolsa e saímos correndo.

Quando chegamos lá, Lorenzo estava transtornado. Estava chorando, e parecia não ter dormido nada. Havia alguns pratos quebrados no chão.

— Ela me ligou hoje, Thomas. Não estava com raiva, não conheceu ninguém, ela só não quer mais ficar comigo. Ela me disse para parar de ligar! Acabou! Acabou mesmo!

Ele puxou seu longo cabelo castanho, sentou numa cadeira e soluçou. Thomas sentou num dos braços da cadeira e ternamente colocou uma das mãos nas costas de Lorenzo. Então Lorenzo deu um salto e rasgou a camisa, os botões voando, e a jogou embolada no chão, ficando apenas com uma camiseta branca.

— Vou me matar. Só pra ela ver.

Por que ele precisava estar só de camiseta para isso eu não sei, mas conseguiu chamar nossa atenção. Ele correu até a varanda e abriu as portas. Thomas correu até ele e o agarrou pelo braço, puxando-o para trás. Lorenzo se soltou e foi até a janela de novo; Thomas o alcançou. Os dois caíram no chão e Lorenzo engatinhou até a janela enquanto Thomas segurava sua perna. Lorenzo tentava chutar a cabeça e os ombros de Thomas com a outra perna.

— *Basta*, Lorenzo!

— Me deixe em paz, me deixe em paz!

— O que fazemos? Pedimos ajuda? — perguntei.

Thomas conseguiu subir em cima de Lorenzo. Era uma cena ridícula. Lorenzo agora estava deitado de costas, se debatendo, enquanto Thomas estava sentado em sua barriga, dando bronca alto:

— Por favor, Lorenzo, isso é demais. Não vou levantar até você se acalmar. E se acalmar de verdade. Por favor.

Depois de alguns minutos, a respiração de Lorenzo ficou mais lenta.

— Hum, posso pegar um copo d'água para vocês? — perguntei, não tendo nada melhor para dizer. Surpreendentemente, os dois assentiram com a cabeça. Corri até a cozinha e peguei dois copos de água da torneira. Thomas bebeu a sua ainda em cima de Lorenzo, e Lorenzo conseguiu beber ainda deitado no chão.

Lorenzo tentou, ou fingiu que tentou, se jogar de uma janela por causa de uma mulher. Isso era loucura? Guerras começaram, impérios foram ameaçados, tudo por causa de amor. Músicas são tocadas, poemas escritos, por causa de amor. Historicamente falando, esse sentimento parece ser muito real. E nesse momento, vendo Thomas sentado em cima de Lorenzo, vindo em seu resgate, era difícil não achá-lo perfeito. Era difícil não projetar todas as minhas esperanças e desejos e hipóteses nele. Ele era arrojado, era interessante, ele podia confortar um amigo aos prantos sem nem piscar. Mas também era capaz de prendê-lo junto ao chão como um jogador de futebol americano. Ele era um grande amigo e um homem plenamente realizado.

É tão engraçado, mas quando acontece, realmente parece que você está caindo. E eu queria sentir cada momento, me perder. Por que não? Antes de entender o que estava acontecendo, antes de conseguir me convencer a cair fora, corri até Thomas, me ajoelhei a seu lado, o envolvi com os braços e dei um grande beijo em sua boca. Lorenzo, olhando de baixo para nós, começou a aplaudir.

— *Brava americana*. Está começando a entender algumas coisas.

Levantei-me depressa. Thomas olhou para mim; ele reluzia, quase orgulhoso.

— Estava só tentando, sabe como é, quebrar o gelo — disse eu, me afastando deles.

— Não estrague tudo com desculpas — disse Lorenzo, ainda no chão. — Foi *bellissimo. Si*.

Eu podia ter sido *bellissima*, mas agora estava envergonhada. Será que Lorenzo conhecia a esposa de Thomas? Quantas mulheres já teria visto se atirando nele? Será que ele queria que eu o beijasse? Não tinha como se perder de amor quando eu tinha essa mente me guiando. Andei até a cozinha e peguei um copo d'água para mim dessa vez.

Olhei para eles e vi Thomas fitando Lorenzo e falando em italiano com voz gentil. Lorenzo pareceu dizer algo para tranquilizá-lo. Thomas se levantou. Lorenzo também se levantou devagar e se sentou calmamente no sofá.

Só por precaução, Thomas deu a Lorenzo uma dose do Lexomil mágico e uns vinte minutos depois ele estava dormindo.

Voltamos a pé para o hotel, estranhamente quietos. Depois de um tempo, Thomas quebrou o silêncio:

— Então. Minha querida Julie. Sinto muitíssimo em dizer isso, mas acho que devemos voltar. Acho que Lorenzo vai ficar bem e já terminei meus negócios por aqui.

Então essa era a resposta à minha dramática demonstração. Ele precisava ir embora da cidade. Bem feito para mim. Bem feito por me humilhar daquele jeito. Fiz papel de boba. Eu sabia; me deixar levar não era nem um pouco o meu estilo.

— Ah, é claro. Sim. Isso faz sentido. Bem, obrigada! Obrigada por tudo.

Queria parecer alegre, tentando ser como uma francesa e manter minha dignidade. É claro que tinha que acabar logo. Não tinha por que ficar choramingando. Estávamos passando pelo Coliseu de novo. Roma é uma loucura. Você está andando e conversando e sentindo isso e aquilo, e então vira a cabeça para o lado e é tipo, *Oh, olá 2 mil anos atrás*.

— Por quanto tempo vai ficar aqui? — perguntou Thomas.

— Não sei bem. Tenho que resolver para onde vou em seguida.
— Eu realmente precisava planejar melhor essa viagem.

Paramos e demos uma longa olhada no Coliseu, antigo e resplandecente.

Thomas se virou para mim.

— Então me diga, Srta. Nova York. O que se passa nessa sua cabeça atribulada agora?

— Nada.

— É mesmo? Não sei por quê, mas acho difícil de acreditar.

— Eu só, sabe como é, me sinto meio boba, só isso. Quer dizer, eu te beijei porque achei que devia me deixar levar, como todo mundo fica me dizendo para fazer. Mas me senti uma idiota. Você é casado, antes de tudo, e tão bonito e charmoso, você deve... Só não quero parecer uma boba...

— Mas me diga, Julie, como se sentiu essa semana? Conte-me.

Pensei por um momento. Não queria contar a verdade. Eu tinha achado tudo perfeito e sentia que estava me apaixonando por ele. Nem sei o que tudo isso significa, mas era assim que me sentia.

— Pare de pensar, Julie, apenas fale.

Não é realmente certo ficar parada na frente de uma das grandes maravilhas do mundo e mentir. Até eu sabia disso. Então contei a verdade. O que tinha a perder?

— Me senti fantástica. Como... um milagre. Como se as horas tivessem passado em segundos e eu nunca quisesse sair do seu lado. Tudo o que você disse parecia muito interessante, muito engraçado. E eu simplesmente adorei ficar olhando para você, seu rosto. Eu amei simplesmente ficar perto de você. Sentar ao seu lado, ficar em pé perto de você. Então quando o vi lutando com Lorenzo, me fez adorá-lo completamente.

Thomas andou para mais perto de mim.

— E você acreditaria que durante a semana toda, me senti exatamente igual?

— Bem, eu nunca lutei com Lorenzo, então...

Thomas ergueu as sobrancelhas.

— Entendeu o que eu quis dizer.

Eu olhei para ele e queria dizer: "Não, na verdade, não entendi. Porque coisas assim nunca acontecem comigo. E não me acho boa o suficiente para entender o que você achou tão cativante em mim, então, não, não acredito nem um pouco." Mas em vez disso, pensei nas horas que passamos juntos, nas refeições e conversas e ideias partilhadas. Parecia real. E mútuo. Pensei nas mulheres italianas e no que disseram sobre me perder de amor. Acho que as pessoas se conhecem e se apaixonam ou se encantam sem muito motivo mesmo, afinal. Simplesmente acontece. E você só pode acreditar de verdade no que sente, porque pode não fazer sentido nenhum. Você tem que confiar nos seus sentimentos e no momento.

— É difícil para mim acreditar, mas acho que posso tentar — foi o que acabei dizendo. Então Thomas pôs os braços em volta de mim e me beijou. Em frente ao Coliseu, com sua história, decadência e grandiosidade, nós nos beijamos. Como dois adolescentes. Como duas pessoas que acreditavam nas maravilhas do amor.

Acordei na cama de Thomas na manhã seguinte. Olhei para o lado e o vi dormindo profundamente. Pensei na noite anterior. Como voltamos para o hotel e fomos até seu quarto. Como me deixei levar. Examinei minha consciência. Como estava me sentindo? Culpada? Sim. Sim, me senti culpada. Mesmo se fosse tudo bem para os dois, ele ainda *era* o marido de alguém. Então eu me sentia culpada. Mas se eu me arrependi? Não, não me arrependi. Então me senti culpada por não me arrepender. O que mais eu sentia? Felicidade? Sim, definitivamente. Estava feliz. Tinha me permitido aproveitar um momento. Olhei para Thomas e sabia que eu tinha sentido alguma coisa, algo como se apaixonar, e parecia real e não tinha magoado ninguém. E era o bastante por agora. Senti-me pronta para deixar Roma. Tinha aprendido tudo o que precisava por ali.

REGRA NÚMERO
5

Resolva toda a questão do sexo —
quando quer, como conseguir, com quem fazer
(mas certifique-se de que vai fazer de vez em quando;
apenas minha opinião)

Parecia uma boa ideia na hora. Georgia e eu estávamos no Rio de Janeiro experimentando biquínis caros numa loja em Ipanema.

Georgia saiu do provador para me mostrar o seu: pequeno e laranja, com detalhes brancos na costura e pequenos aros prateados nos quadris e bem no meio do decote, segurando o tecido. Muito anos 1960, muito Bond girl. Tinha esquecido o corpo maravilhoso que Georgia tinha — e ela também, pelo visto, porque parecia bem animada quanto a isso.

— Olhe para mim. Olhe como estou gostosa. Como se aquela mulherzinha fosse a única gostosa. Por favor. Olhe como eu estou gostosa!

— Ela girava e olhava para sua bunda pequena e dura no espelho e disse para a vendedora: — Vou levar. — Então ela se virou para mim, ainda vestida com seu modesto biquíni, tremendo levemente.

— Sua vez.

Acho que já contei. Odeio meu corpo. E justo quando tinha me convencido de que está tudo na minha cabeça, me olhei no espelho e percebi — não, está tudo na minha bunda. Hectares e hectares de celulite. Naquela loja de biquínis, segurando minha pequena peça, me senti tão debilitada pelas minhas celulites que deveriam ter me cedido uma cadeira de rodas.

Georgia estava decidida. Tinha me ligado em Roma e me contado toda a sua briga com Dale. Estava chateada e disse que precisava se afastar de tudo. Não foi muito surpreendente, mas quando ela sugeriu ir para o país natal da Outra, fiquei confusa. Aquilo não parecia se afastar de tudo, e sim mergulhar de cabeça. Mas concordei. Seus pais estavam loucos para ficar com as crianças, então pegaram um avião e as buscaram.

Usei minha passagem para voltar a Miami, onde encontrei Georgia, e pegamos um voo para o Brasil juntas e sem pânico. Tinha ouvido falar tanto sobre o Rio, sua sensualidade, sua diversão, seu perigo, que estava ansiosa em conhecer tudo pessoalmente.

Mas Georgia queria provar alguma coisa. Estava claro desde o minuto em que a encontrei em Miami e dividimos um prato de cogumelos fritos recheados num daqueles restaurantes chiques de aeroporto.

— O que ela tem de tão maravilhoso? Oooh, ela é brasileira. Oooh, que exótico. Quer saber? Sou uma americana sexy. Isso também é sensual. — Ela enfiou uma garfada cheia de cogumelo com queijo na boca. — Putz, como isso é gostoso.

Então agora Georgia estava saltitando na loja como uma criança tentando provar o que queria provar usando o mínimo possível de roupas.

Então, primeiro, deixe-me dizer uma coisa sobre biquínis: são roupas de baixo. Por que não admitimos logo isso? Por algum motivo, quando você junta areia, água e sol, permitem, e até incentivam, que você saia em público usando suas roupas de baixo. Esperam que você se exponha para amigos e membros da família, às vezes até colegas de trabalho, de um jeito que nunca faria em outras circunstâncias. Se Georgia estivesse andando *por essa mesma loja* de calcinha e sutiã, eu diria: "Ei, Georgia, vista alguma coisa. Está andando de roupa íntima e isso é esquisito." Mas porque a roupa íntima é feita de lycra laranja, tudo bem.

Não quero usar roupas íntimas em público.

Minha solução tem sido usar uma parte de cima do biquíni bem bonitinha com bermudas de surfe masculinas. Todas as áreas problemáticas ficam cobertas, mesmo na hora de nadar. O único problema é que posso me safar com essa apenas por mais uns dois anos até ouvir alguma criança qualquer na praia perguntando "Quem é aquela velha esquisita vestida igual a um menino?".

Enquanto Georgia se trocava, eu explicava minha filosofia de vida na questão biquíni até ela me interromper:

— Estamos no Rio. Você vai usar biquíni na praia. Vai experimentar. Sério. Chega disso.

Seu tom de voz era tão perfeitamente "Sou a mãe, obedeça ao que estou mandando", que não tive escolha senão concordar. Enquanto me trocava atrás de uma cortina, ouvi Georgia falando com a vendedora, tentando me animar:

— As mulheres do Rio adoram seus corpos, não é? Têm orgulho de seus corpos e gostam de mostrá-los, não é verdade?

— Ah, sim — escutei a jovem vendedora dizer. — No Rio idolatramos nossos corpos.

Dei uma olhada na minha imagem refletida no espelho. Não acho que ia colocar essa imagem num altar e ficar rezando para ela tão cedo. E então fiquei muito triste. Simplesmente sou nova demais para odiar meu corpo. Vou ser velha em tipo, dois minutos, e meu corpo vai estar realmente difícil de amar. Mas agora, bem, está legal. Por que eu não deveria admirá-lo? É meu e me mantém saudável e eu deveria aceitá-lo do jeito que é. Existem pessoas doentes e incapacitadas que matariam para ter um corpo forte e saudável, e a última coisa com que estão se preocupando é uma porra de celulite. É uma demonstração de ingratidão à minha saúde e mobilidade e juventude odiar tanto meu corpo.

Então me virei. Tinha tanta celulite na minha bunda e nas coxas que deu vontade de vomitar em mim mesma.

— Que merda! — eu disse. — A iluminação aqui é tão ruim quanto nos Estados Unidos. Por que fazem essas coisas com iluminação? Pra gente ter vontade de se matar em vez de comprar? Não entendo!

— Julie, saia daí, está exagerando.

— Não. Nem pensar. Vou vestir minhas roupas.

— Julie, pelo amor de Deus, saia daí. Agora — disse Georgia naquele tom de voz, e, por Deus, funcionou de novo. Eu saí e elas me olharam.

— Você é maluca. Está fantástica. Olhe sua barriga. É uma loucura.

— Ooh, bonita, moça, muito bonita — disse a vendedora.

— Ah é? — eu disse com raiva. Minha necessidade de provar meu argumento ganhava de qualquer vaidade que tinha me restado. Então me virei e mostrei a elas a vista de trás. — E agora, o que acham?

Aqui vai a parte chata sobre as mulheres: é muito fácil perceber quando estão mentindo. Não sobre coisas grandes, pois nesses casos estamos preparadas para mentir como mestres. Mas sobre coisas pequenas, como essa? Deus, como somos transparentes. A voz de Georgia imediatamente subiu duas oitavas.

— Ah, por favor, do que está falando?

— Ah, acho que sabe do que estou falando.

— Está louca.

— Sério, estou louca? Está dizendo que não tenho celulite da parte de trás dos joelhos até a bunda? Quer dizer que é apenas uma "alucinação de celulite" maluca que tenho tido há cinco anos?

— Não é tão ruim quanto está pensando, sério.

— Viu!? Acabei de ir de "fantástica" a "não tão ruim quanto está pensando".

Notei a vendedora de repente ficar muda.

— Então, o que você acha? Estou horrível, não estou?

Ela ficou em silêncio por mais um minuto. Dividida, eu sei, entre seu trabalho de vendedora de biquíni e seus deveres de cidadã. Ela inspirou profundamente e disse:

— Talvez não precise ir à praia. Tem outras coisas para se fazer no Rio.

Georgia engasgou alto. Fiquei parada ali com a boca aberta e os olhos escancarados, sem fala. Finalmente, soltei:

— O qu...?

Georgia interrompeu:

— Como pode dizer isso? Achei que tinha dito que todas as mulheres do Rio amavam seus corpos, idolatravam seus corpos.

A vendedora continuou calma.

— Sim, mas todas essas mulheres fazem ginástica, fazem dieta, fazem lipoaspiração.

— Então você só pode amar seu corpo se tiver feito lipoaspiração?! — Georgia gritou.

Eu estava vendo estrelas. Consegui balbuciar:

— Então eu não deveria ir à praia por causa da minha celulite?

— Ou usar uma canga se resolver ir.

— Está querendo dizer que minha celulite não deve ser vista em público?

A vendedora jovem, magra e de bunda certamente lisa deu de ombros:

— É só minha opinião.

— Ai, meu Deus, acho que vou desmaiar — eu disse, séria.

Georgia estava pronta para brigar.

— Isso é uma coisa horrível de se dizer para alguém. Devia ter vergonha por falar com ela assim. Você é uma VENDEDORA DE BIQUÍNI, pelo amor de Deus. Cadê sua chefe? Quero falar com ela.

— Eu sou a chefe — disse ela, baixo. — Eu sou a dona dessa loja.

Georgia cerrou os punhos enquanto eu via o lugar girando em meu próprio espiral de celulite.

— Bem, ótimo. Vamos dar o fora daqui. Não vamos comprar nada da sua loja. Não vamos dar um centavo a você. — Georgia me empurrou de volta até o provador. — Vamos lá, Julie, vamos nos vestir e ir embora.

Coloquei minhas roupas apressadamente e fomos até a porta, Georgia ainda furiosa. Quando chegamos à rua, ela se virou e entrou novamente.

— Pensando bem, não. Você não pode nos dizer quem pode usar biquíni e quem não pode. Ninguém te contratou para ser a Polícia de Celulite do Rio. Foda-se. Vou comprar aquele biquíni que ela experimentou. E ela vai usá-lo na praia e vai ficar linda. — Tentei protestar, porque seria preciso o Rio congelar antes de eu vestir um biquíni de novo. Na verdade, não tinha certeza se ia deixar alguém me ver nua de novo um dia.

Mais uma vez, a vendedora apenas deu de ombros.

— Por mim, tudo bem. — Georgia me olhou com aquela cara de vamos-mostrar-a-ela. — Não se preocupe, eu pago. — Ela então olhou para a vendedora, que estava embrulhando meu biquíni, e disse, um pouco mais acanhada: — E vou levar o laranja também, considerando que estamos aqui.

Quatrocentos e oitenta e cinco dólares depois — 242 e 50 centavos dos quais nunca veriam a luz do dia, nem areia, nem água —, saímos da loja.

Sim, mostramos a ela.

Então lá estávamos na praia, bem em frente ao nosso hotel em Ipanema. Georgia usava seu biquíni Bond girl, e eu, meu short de surfe masculino, a parte de cima do biquíni, calças de esqui e casaco com capuz. Brincadeira. Ainda estava me recuperando da sessão de tortura, quero dizer, de compras. Enquanto estávamos deitadas em silêncio, eu podia ouvir o som de três mulheres rindo e conversando. Com os olhos fechados, eu conseguia diferenciar as três vozes. Uma era meio grave e imediatamente me atraiu. A outra era suave, leve e feminina, e a terceira era mais de menina. A de voz grave estava contando uma história e as outras mulheres riam e falavam mais. Abri os olhos, me virei de lado e olhei para elas. A mulher que contava a história era alta e a coisa mais linda e mais cheia de graça... Na verdade, ela era alta e negra, bem negra, a pele da cor de ônix — ela era linda. Suas duas amigas eram igualmente bonitas. Uma tinha cabelo ruivo e enrolado que passava bastante dos ombros, e a outra tinha cabelo preto-azulado num corte bonitinho e curto. Elas pareciam ter 20 e muitos anos e estavam todas usando biquínis de lacinho. Georgia se sentou e me viu observando-as.

— Será que elas também gostam de roubar maridos?

— Georgia...

— Só estou curiosa. Por que não pergunta a elas? Para a sua pesquisa. Pergunte a elas se gostam de roubar maridos de outras mulheres.

— Pare com isso.

As mulheres viram que estávamos olhando. A alta, de voz grave, nos olhou com desconfiança. Eu resolvi ser extrovertida e me apresentar:

— Oi. Nós somos de Nova York e estávamos só escutando vocês falando português. É uma bela língua.

— Ah, Nova York, eu amo Nova York — disse a garota de cabelo curto e preto.

— É uma cidade linda — disse eu.

— Sim, eu vivo indo a trabalho, é fantástica — disse a de voz grave.

— Estão aqui de férias? — perguntou a ruiva.

— Mais ou menos — disse eu.

Mas Georgia, sendo a amiga boa e forçadora de barra que era, disse:

— Na verdade, minha amiga Julie está aqui tentando conversar com mulheres solteiras. Vocês parecem tão bonitas e livres. Queremos saber o segredo. — Ela estava sorrindo. Não creio que as moças notaram qualquer sarcasmo em sua voz, mas eu sabia que estava escorrendo de ambos os cantos da boca.

Elas sorriram. A ruiva disse:

— Não é a gente, é o Rio. É uma cidade muito sexy.

Todas concordaram.

— Sim, a culpa é do Rio — disse Georgia. Então ela acrescentou, num sussurro: — Ou talvez vocês sejam todas umas vagabundas.

— Georgia! — sussurrei, olhando-a com desaprovação.

A de voz grave disse:

— A gente estava falando justamente disso. Ontem à noite eu saí e um cara veio para mim e disse: "Oh, você é tão linda, tenho que te beijar agora mesmo!" E beijou!

— Mas essa não é a parte estranha. Isso acontece o tempo todo no Rio — disse a ruiva.

— Acontece? — perguntei.

— Sim. O tempo todo — disse a de cabelo preto.

— Mesmo? — perguntou Georgia. Agora ela estava interessada.

— O estranho é que — continuou a de voz grave — decidi usar essa cantada nesse tal de Marco, um gato. Fui até ele e disse que ele era muito gato e que eu tinha que beijá-lo naquele momento. Então ele me agarrou e me beijou durante dez minutos! — As outras garotas começaram a rir.

— E então eles ficaram — disse a garota de cabelo preto, rindo.

Então a garota de voz grave falou alguma coisa em português, parecendo reprovar sua amiga.

— Por favor, elas são de Nova York.

— O que é ficar? — perguntei.

A mulher de voz profunda meio que franziu os lábios para o lado e deu de ombros:

— Tipo um namoro de uma noite só.

— Oh! Ótimo — disse eu, sem saber muito bem o que deveria responder. Mas estava tentando fazer amizade. — Foi bom?

— Sim, foi legal. Ele é de Buenos Aires. Muito gostoso.

— Buenos Aires, é lá que estão os homens bons. Nunca saímos com homens do Rio — disse a ruiva.

— Não, nunca — disse a de voz grave.

— Por que não? — perguntei.

— Porque eles não querem compromisso.

— Eles traem.

— Espere aí! — A moça de cabelo preto começou a rir.

— A Ana é noiva de um cara do Rio. Então não gosta de ouvir essas coisas!

— Nem todos os homens do Rio traem! — disse a de cabelo preto, cujo nome pelo visto era Ana.

— Bem, parabéns — disse eu. — A propósito, meu nome é Julie e essa é minha amiga Georgia.

— Ah! Igual ao estado!

— Sim — disse Georgia secamente —, como o estado.

— Sou a Flávia — disse a de voz grave —, essa é a Caroline — apontou para a ruiva —, e Ana.

Georgia foi logo perguntando:

— Me conta, Ana. Tem medo de que outras mulheres tentem roubar o seu marido?

— Georgia! — Balancei a cabeça. — Por favor, desculpem minha amiga aqui; ela não tem educação.

— Sou de Nova York — argumentou Georgia. — Vamos direto ao assunto.

Flávia brincou:

— Não. Mulheres não roubam maridos. Maridos gostariam de ficar casados para sempre. E trair.

— Além disso, não é com outras mulheres que temos que nos preocupar tanto. É com as prostitutas — disse Caroline.

— Prostitutas?

— Sim, esses caras adoram prostitutas. Vão todos juntos. Para se divertir — disse Caroline.

— É um problema, na verdade — disse Ana. — Fico preocupada.

— Se preocupa que seu marido saia com prostitutas? — perguntou Georgia.

— Sim. É bastante comum. Talvez não agora, porque estamos apaixonados. Mas no futuro. Fico preocupada.

Flávia falou:

— Quem liga se ele transa com uma prostituta? Quer dizer, falando sério. Se ele enfia o pênis numa outra mulher qualquer, quem liga? Especialmente numa que está sendo paga. Ele é homem, ela é um buraco. Ele fode ela. É assim que os homens são. Não vai mudá-los.

Isso é o que adoro nas mulheres. Não temos problema em falar abertamente.

— Eu ligo. Não gosto — disse Ana.

Caroline agora entrou na conversa:

— Ana, por favor. Ele vai casar com você. Vai ter filhos com você. Vai cuidar de você quando estiver doente, você vai cuidar dele. E daí se ele vai transar com uma prostituta?

— Se ele trair, não vou deixá-lo, é claro. Só não vou gostar.

Georgia e eu nos entreolhamos, surpresas.

— Se descobrisse que ele transa com prostitutas ou dorme com outras mulheres, não ia deixá-lo? — perguntou Georgia.

Ana balançou a cabeça:

— Acho que não. Ele é meu marido. — Ela enrugou a testa. — Mas eu não ia gostar.

Georgia e eu ficamos boquiabertas.

Flávia sorriu.

— É muito americana essa ideia de fidelidade. Acho que é muita ingenuidade.

Já ouvi isso antes. E pensei em meu papel na infidelidade de Thomas. Uma onda de culpa atravessou meu corpo e fiquei triste. Tinha saudades dele e, mesmo que desejasse não querer que ele ligasse, eu queria que ele ligasse.

Caroline concordou:

— Homens não foram feitos para serem fiéis. Mas tudo bem; quer dizer que podemos trair também.

Ana olhou para nós com tristeza:

— Eu tento ser realista sobre essas coisas. Quero ficar casada para sempre.

Georgia olhou para as três garotas. Não sabia se ela estava prestes a armar um barraco ou se ia convidá-las para um drinque. Ela resolveu usar outro método de interrogatório:

— Então me digam. Existem prostitutos para mulheres?

As três mulheres disseram que sim com a cabeça.

— Sim, com certeza — disse Flávia. — Não é tão comum, mas existem sim.

— Existem agências para eles — disse Caroline.

Os olhos de Georgia se acenderam.

— Bem, pelo menos tem alguma coisa para as mulheres também. Pelo menos há alguma igualdade nisso.

Flávia disse:

— Vocês duas deviam sair com a gente hoje à noite. Vamos sair para dançar na Lapa.

— Vai poder conhecer meu noivo, Frederico — disse Ana. — Vai ser divertido.

— Dançar samba? — perguntei animadamente.

— Sim, é claro, samba — disse Flávia.

— Vai ter gente se beijando nesse lugar? — perguntou Georgia.

— Ah, com certeza — disse Caroline.

— Então estaremos lá! — disse Georgia.

Você sabe que está na Lapa quando vê o grande aqueduto de concreto te olhando de cima. Foi construído em 1723 por escravos — uma estrutura massiva de arcos que antigamente trazia água do rio Carioca. Agora é a porta de entrada gigante para a melhor noitada da cidade. Flávia e suas duas amigas nos buscaram no hotel num micro-ônibus. Não muito chique, mas parece que o micro-ônibus é o meio de transporte preferido dos turistas americanos ricos quando visitam o Rio (geralmente acompanhados de um ou dois seguranças armados). Mas Flávia pegou o carro emprestado de sua empresa, um famoso estúdio fotográfico. O motorista, que depois descobrimos ser irmão de Ana, Alan, era um cara bronzeado e de boa índole, com um sorriso amigável e nada a dizer. E naquela noite, esse micro-ônibus estava pronto para a festa. Caroline, Ana e Flávia já estavam bebendo quando entramos no carro. Elas abriram o cooler e nos mostraram uma pilha de Red Bulls e uma garrafa de rum. Elas prepararam os drinques e partimos.

Vinte minutos depois passamos pelos arcos, que levam diretamente à rua principal da Lapa, onde ficam as boates, os bares e os restaurantes. O samba enchia os ares e havia gente por toda parte. Era uma festa coletiva gigante. Estacionamos e andamos pelas ruas de paralelepípedos. Comprei uma barra de chocolate de uma criança vendendo doces de uma caixa que carregava, com a alça em volta do pescoço. Havia alguns travestis se prostituindo na esquina. Muitas das boates tinham grandes janelas que deixavam você olhar lá dentro, geralmente para ver corpos dançando conforme a música. Tudo parecia meio surreal e perigoso. Entramos no Carioca da Gema, um clube pequeno lotado de gente de todas as idades.

Tinha uma brasileira cantando, com dois homens tocando tambores atrás, mas ninguém dançava ainda. Fomos até o final do salão, onde achamos uma mesa, e Flávia pediu comida. Comecei a ter a impressão de que ela conhecia todo mundo ali. E por que não conheceria? Enquanto andava pelo lugar e cumprimentava todos com beijos, Flávia era a estrela do show — ela usava uma calça jeans apertada que se acomodava perfeitamente em volta de sua bunda brasileira e redonda, e um top frente-única bege com pequenas miçangas dos lados. Flávia era linda, durona, gostava de se divertir e tinha aquela risada gostosa e genuína. Quanto mais a observava, mais eu gostava dela.

Quando a comida chegou, era um grande prato de carne seca, cebolas e o que parecia ser areia. Não me pergunte como carne seca, cebola e areia podem ter um gosto tão bom, mas tinham. Flávia pediu caipirinhas, mas com vodca em vez de cachaça, a bebida oficial do Brasil. Tínhamos recebido ordens expressas do irmão de Ana para ficar longe daquilo.

Vi Flávia de longe, conversando com algumas mulheres que me olhavam curiosas. Não fazia ideia do que ela estava dizendo, mas não ligava. Estava ocupada demais enfiando aquela areia deliciosa na boca, ouvindo música e me lembrando de que estava, de fato, no Rio, numa boate. Não é o máximo?

Georgia estava se balançando com as batidas ritmadas dos tambores. Ela se inclinou e disse:

— É bom alguém me beijar essa noite!

Um casal com uns 60 anos estava na nossa frente, ouvindo a música. Eles começaram a fazer aquela coisa louca com os pés, os passos rápidos, belos e misteriosos que compõem o samba. Era fantástico. Não conseguíamos tirar os olhos deles. Flávia veio até nós.

— Julie, tenho algumas amigas que querem conversar com você sobre como é ser solteira no Rio.

— Verdade? Agora? — perguntei, surpresa.

— Sim, vou trazê-las até aqui.

Durante a hora seguinte, minha nova adida cultural, Flávia, trouxe solteira após solteira para mim. Eu bebia e comia areia e carne, e escutava a música e ouvia suas histórias. Eu escrevia em meu caderno o mais rápido que conseguia.

Agora, sei que eu era apenas uma mulher falando com uma mínima parcela da população feminina do Rio, mas todas pareciam concordar numa coisa: os homens do Rio não prestam. Eles não querem compromisso e não precisam disso. Tem mulheres lindas de biquínis (sem nenhuma celulite) em qualquer lugar que olhem. Quem precisa sossegar? São eternos solteirões. Ou se sossegam, traem. Não estou dizendo que todos os homens do Rio são assim; estou dizendo apenas o que elas me contaram.

Então o que uma mulher solteira no Rio pode fazer? Elas malham muito. E viajam para São Paulo, onde, todo mundo parece concordar, os homens são mais sofisticados, mais maduros, menos crianças do que os cariocas.

Mas elas também concordavam que os cariocas beijam fantasticamente bem e são amantes passionais, sexies e experientes. Todas concordavam muito nesse quesito, e, apesar de eu sentir vergonha demais para perguntar o que os tornava tão bons assim, não tive como não ficar curiosa. Principalmente porque a noite toda um homem alto, moreno e lindo com braços grandes e musculosos estava parado num canto olhando para mim. Estava começando a entender por que "ficar" foi a primeira palavra em português que aprendi.

As mulheres também falavam sobre "maridos", e homens com quem eram "casadas", e demorei um pouco a entender que não eram necessariamente casadas no sentido legal, mas usavam o termo para se referir a um relacionamento longo e sério. Perguntei a Flávia sobre isso mais tarde.

— Ah, sim, usamos para definir qualquer relacionamento longo, quando você mora com alguém.

É tudo bastante confuso. Morar com alguém significa "casado", mas "casado" também pode significar "transo com prostitutas".

O Frederico da Ana chegou. As apresentações foram feitas e ele se desculpou docemente pelo atraso. Ele ficou preso no seu descolado serviço de instrutor de asa-delta.

— Com licença, a gente vai dançar agora — disse Frederico enquanto pegava a mão de Ana e a levava até a pista. Ana, que até agora estava razoavelmente quieta e falando baixo, de repente começou a brilhar. Ela movia os pés e balançava o bumbum e de uma hora para outra virou a criatura mais adorável que eu já vira. E Frederico a acompanhava, mexendo os pés e a girando à sua volta. Como seria possível duas pessoas não terem um sexo maravilhoso se dançavam desse jeito juntas? Essa cidade era incrível.

— Vou dar uma volta — disse Georgia, se levantando da mesa. Acho que todo o suor e dança sexy a estavam afetando.

Olhei para o alto e vi Flávia conversando com alguém; ele tocava nos braços dela e se inclinava para falar mais perto dela. Virei-me para Caroline, que estava sentada ao meu lado.

— Ei, quem é o cara bonito com quem a Flávia está falando?

— É o Marco, o que ela ficou ontem à noite. Ele ligou hoje e ela disse para se encontrarem aqui.

— Interessante. O homem com quem você fica, liga... Isso acontece muito?

— Não muito, eu acho. Mas às vezes.

— Nos Estados Unidos, algumas pessoas acham que se você quer que alguém ligue, não deveria ficar antes.

Caroline revirou os olhos.

— Você e suas éticas puritanas. No Rio, um cara com quem você ficou, ou não ficou, pode ligar ou não. Não importa como se conheceram.

Flávia e Marco vieram até nós, e ela nos apresentou. Ele tinha cabelo comprido preto e muita barba por fazer. Tinha um grande sorriso meio bobo e muita energia.

— Ah, Nova York! Adoro Nova York! Adoro!

Era tudo o que ele sabia dizer em inglês, e repetiu isso para mim a noite toda. Eu respondia "Rio! Adoro o Rio!". Não era muita coisa, mas era divertido.

Vi Georgia andando pela multidão. Por um momento não entendi por quem ou o quê ela estava procurando. Estava meio que andando por ali, mexendo no cabelo, parecendo meio perdida. Observei-a um pouco mais, enquanto ela deu a volta em todo o bar, parando nos caras mais bonitinhos. Foi então que entendi o que ela estava procurando: ela estava atrás de beijos. Eu não tinha certeza se beijos eram algo que se devia procurar, mas admirei sua ousadia.

Ana voltou até a mesa com Frederico e ficou em pé, dançando no mesmo lugar.

— O que é que seus pés estão fazendo? — perguntei, meio alegrinha por causa da minha segunda caipirinha.

— Vem, vou te mostrar. — Me levantei e ela começou devagar, movendo os pés, para a frente e para trás, calcanhar para dedão, dedão para calcanhar. Eu a copiava, pegando o jeito, até ela começar a acelerar e juntar o rebolado na mistura. Então não conseguia acompanhar mais. Mas eu só fingia, balançando os pés e sacudindo a bunda. Acho que eu parecia mais um peixe se debatendo numa calçada que uma dançarina de samba, mas arranquei um sorriso do drinque de cachaça alto e moreno parado no canto, então valeu a pena. Todos continuamos a dançar ao lado da mesa, a música aos berros, os cantores gritando sobre os tambores, fazendo a multidão virar uma massa suada e de pés pulantes.

Georgia, enquanto isso, deu de cara com Frederico, que estava a caminho do banheiro masculino. Ele perguntou o que ela estava fazendo ali, longe de suas amigas.

— Ouvi dizer que as pessoas gostam de beijar no Rio. Estou esperando alguém tentar vir me beijar.

Frederico sorriu. Ele era extremamente bonito: jovem, bronzeado, com uma pequena barba no queixo e cabelo castanho ondulado. Com seus olhos castanhos e lindos dentes brancos, ele parecia um pop star latino.

— Bem, aposto que não vai demorar. — E com isso ele sorriu e se afastou.

Georgia tinha aprendido sua lição; não ia partir para o ataque dessa vez. Ela tinha aprendido no bar aquela noite que a diversão não era agarrar alguém e beijar. A emoção mesmo era alguém escolher beijar *você*. Então ela ficou andando, molhando os lábios e tentando parecer beijável.

Eu ainda estava dançando, ciente de que meu homem no canto continuava olhando. Enquanto eu batia os pés, vi Flávia e Marco irem até ele. Ela colocou os braços em seu ombro. É claro que Flávia, prefeita da cidade, o conhecia. Quando Flávia e Marco voltaram, perguntei:

— Conhecem aquele cara?

Flávia sorriu:

— Sim, é um velho amigo meu.

— O que ele está fazendo ali no canto? — perguntei.
— Ele trabalha aqui, de segurança.
Eu assenti com a cabeça e pensei comigo mesma: *Gostoso*.
— O que foi, gostou dele? — perguntou Flávia, sorrindo. Nós duas nos viramos e olhamos para ele, que percebeu na hora. Rapidamente olhei de volta para Flávia.
— Bem... Ele é só... sexy, só isso — respondi.
— Paulo. Ele é um doce, também. É como um irmão para mim — disse Flávia.

Olhei de novo para ele. Ele me viu e sorriu. Sorri de volta. Quando me virei, senti uma súbita pontada de alguma coisa. Culpa. Era a coisa mais estranha. Senti-me culpada por estar atraída por Paulo porque pouco antes tinha transado com Thomas-casamento-aberto. Só de pensar em Paulo e sorrir para ele eu me senti vulgar. Tinha recentemente transado com um homem por quem era louca. Um homem que, sejamos honestas, não tinha me ligado desde então, e que eu provavelmente nunca mais veria. Mas mesmo assim, eu tinha acabado de transar com alguém, e era estranho pensar em atração por outra pessoa tão rápido. Não saberia que isso era um problema para mim, considerando que não tenho esse tipo de questão em Nova York.

Outro bom motivo para viajar, é tudo que tenho a dizer sobre *isso*.

Georgia voltou até nós, frustrada, bem a tempo de ver Frederico começar uma sessão de amassos com Ana. Georgia revirou os olhos, com inveja e repulsa ao mesmo tempo. Ela se sentou ao lado de Alan, o Silencioso.

— Me conta, Alan. Você sai com prostitutas?

Eu ri, surpresa, e olhei para Alan para ver qual seria a resposta dele. Alan apenas sorriu, se inclinou para Georgia e deu uma piscadela.

— Puxa. Bem, acho que os quietinhos são os piores — disse Georgia, bebendo seu drinque inabalada. Mas ela não estava satisfeita. — Mas e se você pegasse o Frederico traindo sua irmã. Ia matá-lo?

Alan olhou para Georgia como se ela fosse de outro planeta. Ou dos Estados Unidos. Ele riu e balançou a cabeça. Agora eu estava totalmente interessada na conversa.

— Verdade? Por que não? — perguntei.

Alan tomou um gole de cerveja e disse:

— Nós, homens, temos que permanecer unidos.

Georgia ergueu as sobrancelhas.

— Está brincando? Mesmo se for sua irmã? — Alan apenas deu de ombros e bebeu de sua cerveja. Georgia olhou para ele e para Caroline.

— Não entendo. Se nem os irmãos estão cuidando das irmãs, então quem está?

Caroline também deu de ombros:

— Acho que ninguém.

Georgia e eu nos encaramos, deprimidas. Olhei meu celular e vi que eram 3 da manhã. Todos concordaram que era hora de ir embora.

Estávamos na saída comprando CDs da música que tinha tocado quando vi Paulo abrindo caminho pela multidão. Ele parecia estar procurando por alguém. Saí até a rua. Olhei para trás para tentar vê-lo uma última vez. Foi quando ele saiu da boate e pousou os olhos bem em mim. Ele foi até mim e estendeu uma das mãos.

— Olá, meu nome é Paulo. Você é muito bonita. — Meus olhos se arregalaram e comecei a rir, olhando em volta para ver se Flávia tinha armado tudo aquilo.

— Bem, obrigada... Meu nome é... — E antes que eu pudesse dizer outra palavra, Paulo colocou seus lábios de veludo sobre os meus. Suavemente, gentilmente, como se ele tivesse todo o tempo do mundo e tivesse esperado a vida inteira por esse momento. Quando ele me soltou eu corei e mantive os olhos no chão, não querendo olhar para cima e saber quem tinha visto.

— Me empresta seu celular, por favor — exigiu ele docemente. Como que num transe, tirei o celular da minha bolsa e entreguei a ele. Mantive meus olhos fixos em seus sapatos, enquanto ele gravava seu nome e número no meu telefone, devolvia para mim e ia embora. Quando tive coragem de olhar para cima, Flávia, Alan, Caroline, Frederico, Ana e Georgia estavam todos me olhando, rindo e aplaudindo. Até Marco começou a rir.

Fui até eles, vermelha.

— Bem, pelo menos uma de nós foi beijada essa noite — disse Georgia, sorrindo. E com isso passamos sob os arcos novamente em direção ao hotel. A festa, pelo menos por hoje, tinha terminado.

Quando acordei, por volta do meio-dia, Georgia estava sentada na mesinha da suíte, virando as páginas de alguma coisa e bebendo de uma xícara de café.

— O que está fazendo? — perguntei meio grogue, me sentando na cama.

— Estou olhando um book de garotos de programa — disse Georgia calmamente.

Esfreguei os olhos com os dedos. Achei melhor perguntar de novo:

— O que foi que disse? — perguntei.

— Estou olhando um book de garotos de programa que pedi de uma agência. Tive que pagar 100 dólares só para olhar.

— O quê? Do que você está falando?

Georgia continuava a folhear o catálogo.

— Perguntei a Flávia ontem à noite e ela me deu o nome de uma agência. Liguei para eles de manhã e mandaram isso para cá.

— Georgia, você não vai mesmo transar com um prostituto.

Ela me olhou.

— Por que não? Não seria ótimo transar com alguém sem nenhuma expectativa? Não poderia se sentir mal por não ligarem, porque é um *prostituto*.

— Mas não acha que é meio...

— O quê, nojento?

— Sim. Um pouco.

— Bem, talvez seja algo que precisemos superar. Acho que é uma ótima ideia, pagar por sexo. Conheço muitas mulheres que realmente precisam transar. Acho que seria bom superarmos toda essa coisa de nojo.

— E toda a coisa da Aids, e toda a coisa de "eles não são todos gays"? Georgia baixou a xícara de café.

— Escute. Não quero ser uma dessas solteiras que não faz sexo há três anos. Quero o peso de alguém em cima de mim. Me beijando. Me abraçando. Mas não quero transar com babacas que fingem que gostam de mim quando na verdade não gostam. Acho que contratar um garoto de programa é a saída.

— Mas você está pagando. Não faz perder a graça?

Georgia deu de ombros:

— Talvez. — Ela ainda estava formulando sua teoria. — É isso que quero descobrir. Porque acho que é assim que se deve ser solteira. Tentar permanecer sexualmente ativa, a qualquer custo.

— *Literalmente* a qualquer custo. — Não resisti acrescentar, ainda chocada: — É diferente para as mulheres. Os homens vão estar penetrando a gente. É estranho.

— Julie, vem ver esses caras. Não são nojentos. São bonitos.

Eu suspirei e tirei os pés da cama, indo até a mesa da cozinha com meu short largo de flanela e minha camiseta. Georgia me entregou o book.

— Bem, pensei em rosquinhas para o café da manhã, mas acho que vai ser bolinhos em vez disso — eu satirizei.

Georgia não estava achando graça. Olhei as fotos. Havia fotos de homens de terno, e depois eles sem camisa. Enquanto eu virava as páginas, tinha que, admitir que apesar de serem bregas de um jeito meio garanhão, produzidos demais e ligeiramente gays, não eram terrivelmente nojentos.

Eu não podia imaginar um lado inocente para isso. Talvez fossem apenas homens que por acaso possuíam um talento nato para dar prazer às mulheres, um talento que resolveram usar para ganhar dinheiro. Talvez gostassem de pensar que eram assistentes sociais do sexo ou personal trainers. Talvez porque fossem homens, não precisássemos ver essa troca remunerada como um tipo de exploração. Esses homens em página depois de página usando ternos e gravatas e sungas pareciam os agradáveis strippers que vimos em Paris. Musculosos demais, um pouco cafonas, e loucos para agradar. É claro, olhando de outro ângulo, também pareciam serial killers.

— Acho que não são tão ruins assim — falei.

— Eu te disse. Vou fazer. Se ninguém me beijar hoje à noite, a primeira coisa que vou fazer amanhã é ligar. Quero ter algum tipo de contato físico com um homem antes de ir embora amanhã à noite.

Fiquei de boca fechada, pensando em como eu ia arranjar alguém para beijá-la aquela noite. Georgia acrescentou:

— Flávia convidou a gente para uma festona hoje à noite, em alguma quadra de samba. Disse que adoraríamos ir. Ela vem nos buscar às 8.

— Isso significa que alguém vai nos ensinar a sambar? — perguntei, esperançosa.

— Bem, se não ensinarem, pode sempre pedir para a namorada do meu marido, Melea, quando voltarmos para casa. Aposto que ela tem um fã-clube e tanto — Georgia disse enquanto bebia seu café.

— Imagino se vai ser uma sala cheia de professoras de samba e ladras de maridos. Não ia ser divertido?

Ela levantou a mão direita e colocou o cabelo atrás da orelha. Nunca havia acordado com Georgia antes, e, sem maquiagem e com o sol batendo em seu rosto, ela parecia muito jovem e bonita. Naquele momento, seu futuro parecia cheio de possibilidades e promessas de felicidade e luz. Queria que ela tivesse percebido. Mas eu sabia que, enquanto ela pensava em Dale e Melea, eu era a única que podia ver o que seria possível para minha amiga divorciada, ressentida, engraçada e ligeiramente maluca.

Estados Unidos

Usando as calças de pijama de Jim e uma camiseta de alcinha, Alice estava na cozinha da casa dele se servindo de um copo d'água, pensando em todo esse fenômeno chamado sexo frequente. Enquanto bebia a água, admitiu para si mesma que agora tinha uma mosca no mel.

Transar com alguém o tempo todo só funciona se você está verdadeiramente animada com essa pessoa. Nesse caso é a melhor coisa do mundo. Mas se calhou de você não estar tão apaixonada por aquele alguém, pode ser um problema. Nas duas últimas vezes que Alice e Jim transaram, ela percebeu que estava entediada. Ele não fazia nada errado, era bom em tudo. Mas ela simplesmente não sentia paixão por ele. Enquanto estava ali em pé perto do balcão, pensou em como seria horrível fazer sexo sem paixão pelo resto da vida.

Alice queria desesperadamente que desse certo. E ela sabe resolver problemas; não existe uma situação difícil no mundo que ela não consiga consertar. Se ela soubesse mais de geofísica, acabaria com toda essa história de aquecimento global num piscar de olhos. Enquanto Alice colocava o copo na pia, se convenceu de que o problema de sexo sem paixão com Jim simplesmente não podia ser tão complicado assim de resolver.

Alice seguiu pelo corredor até o quarto de Jim. Ele estava na cama, lendo. Ele olhou para cima e sorriu.

— Oi, baby — disse.

— Oi — disse Alice. Mesmo nas calças de pijama de Jim e na camiseta de alcinhas, ela ficava gostosa, e Jim não tinha como não notar. Alice olhou-o por um longo momento, se perguntando sobre o que realmente era a paixão; quais eram os ingredientes, quais partes a compunham. Quando se descreve algumas pessoas, sempre dizem: "Ele é uma pessoa muito passional." Mas o que significa isso? Alice foi até o seu lado da cama e se sentou de costas para Jim enquanto pensava: *Significa que são excitáveis,* pensou. *São entusiasmadas. Ficam empolgadas por causa de coisas nas quais acreditam de verdade.* Jim pôs uma das mãos em suas costas e fez carinho. Alice estava animada por estar num relacionamento, animada por não ter que ficar saindo, por se sentir segura. Estava animada porque Jim era um homem bom e parecia amá-la. Alice fechou os olhos e tentou direcionar todo esse ânimo para sua virilha. Afinal de contas, emoção é apenas energia. Então ela podia pegar aquela energia e torná-la sexual. Ela sentiu a mão de Jim em suas costas e deixou a imaginação correr solta. É bom ser tocada. É bom transar. Ela se virou para Jim e colocou as mãos de cada lado de seu rosto e o beijou profundamente. Ela subiu em cima dele e pressionou seu corpo com força contra o dele. Ele colocou uma das mãos embaixo da camisa dela para tocar seus seios. Ela suspirou de prazer.

Alice sorriu consigo mesma. Ela não precisava ser passional por Jim para fazer sexo com paixão. *Porque ela é uma pessoa passional.* Ela acredita passionalmente nos direitos para os prejudicados. Ela é passionalmente contra a pena de morte. Ela é passional quanto à paz mundial. Ela continuou beijando Jim profundamente enquanto o abraçava com força. Ela girou o corpo o suficiente para Jim rolar para cima dela. Ela tirou sua camiseta. Ela agarrou seu short. Jim tirou a calça de pijama que ela usava e colocou uma das mãos entre suas pernas. Alice arfou de excitação. Ela pensou em como ia ter alguém que fizesse isso para o resto de sua vida. Ela arfou de novo, mais alto. Jim não podia ter ficado mais animado; nunca tinha visto Alice assim. Ele estava duro, respirando forte enquanto entrava nela. Alice envolveu as costas dele com suas pernas e puxou seu cabelo enquanto eles se beijavam passionalmente, línguas e dentes e lábios, e ofegando. Alice gemia alto. Ela amava pênis, ela amava pênis dentro dela e ia amar Jim, que a puxou e levantou para ele. Ela estava sentada sobre ele agora, enquanto se balançavam para a frente e para trás. Ele beijava o pescoço dela e enquanto Alice ia para cima e para baixo, um pensamento passou por sua mente: *Como é que vou sustentar isso?* Eles continuaram se movendo e Alice estava gemendo, concentrada em gozar quando outro pensamento pipocou na sua cabeça: *Isso está dando muito trabalho.* Jim continuou se mexendo e a beijando enquanto Alice teve a melhor ideia que já tinha tido na vida. Uma ideia que a fez entender como tudo isso era possível, como podia sustentar isso para sempre e como não ia dar tanto trabalho: ela podia simplesmente pensar no Brad Pitt. Era uma escolha óbvia, mas ela não ligava. Ela analisou toda a obra dele. Pensou no torso magro de Brad Pitt em *Thelma & Louise*, seu torso musculoso em *Clube da luta*, e seu torso ainda mais musculoso em *Troia*. Pensou em como ele jogou Angelina Jolie contra a parede em *Sr. e Sra. Smith*. Quando estava perto de gozar ela percebeu que podia pensar no Brad Pitt pelo resto da vida. Estava numa porra de um país livre e ninguém precisava saber. Ela podia pensar em Brad Pitt e Johnny Depp e até no Tom Cruise, que ela sabia que era esquisito, mas ela adorava peitos nus, não interessa em quê o peito acreditasse como religião. Quando sua paixão interior não foi suficiente, eles sempre estariam lá à sua disposição. E enquanto ela imaginava Brad Pitt na armadura dourada pulando pelos ares em câmera lenta, ela gozou.

— Ah, meu Deus! — Alice gritou. Jim só tinha mais duas metidas até gozar também. Tinha sido difícil para ele se conter até aquela hora, com toda essa excitação acontecendo. — Ah, meu Deus — disse Alice novamente, recuperando o fôlego enquanto um novo pensamento passava pela sua mente: *Posso fazer isso! Eu vou realmente conseguir fazer isso.*

• • •

Como qualquer pessoa que faça dieta sabe, no minuto em que diz a si mesma que não pode fazer alguma coisa, é exatamente quando não para de pensar em fazer aquilo. Serena não transava havia quatro anos e seu desejo sexual, devido à falta de atenção, tinha ido para muito longe Então na hora em que lhe disseram que nunca mais poderia fazer sexo, bem, foi o bastante para despertar sua libido adormecida.

Serena agora estava num centro de ioga no East Village. Essa organização específica tinha filiais no mundo todo e Serena conseguiu ser encaixada num bonito prédio de pedras marrons a menos de 4 quilômetros de sua antiga casa. Andando pelo East Village com sua cabeça raspada e suas roupas laranja, ela estava acesa com os pensamentos mais sujos que qualquer ser humano poderia ter. Toda manhã, enquanto se sentava de pernas cruzadas no chão da sala de meditação, o cheiro de incenso flutuando pelos ares, em sua mente corriam pensamentos de carne nua e homens em cima dela. Ela tinha um sonho recorrente no qual andava por uma rua de Nova York e ficava apenas agarrando homens e beijando-os enquanto passavam. Ela acordava suada e chocada. Serena achava que um voto de celibato seria uma mera formalidade. Essa avalanche de pensamentos pornográficos a pegou totalmente de surpresa.

E é por isso que foi tão fácil de as coisas acontecerem do jeito que aconteceram. Um dos trabalhos dados a Serena, agora conhecida como *swami* Durgananda, era acordar um pouco mais cedo do que todo mundo e preparar a bandeja do altar. Isso significava acordar às 5h45, cortar algumas frutas ou arrumar algumas tâmaras e figos numa bandeja, e depois colocá-la no altar como uma oferenda aos deuses hindus antes da meditação em grupo começar, às 6 da manhã. E toda manhã, *swami* Swaroopananda, também conhecido como "*swami* gostoso", estava na mesa da cozinha, lendo um livro e parecendo sexy. Às 5h45 da manhã, Serena não lembrava direito quais eram as regras de relacionamento para os *swamis* do centro, mas enquanto abria a porta da geladeira para resolver o que oferecer aos deuses, ela decidiu falar alguma coisa.

— É nesse horário que normalmente gosta de ler? Cedo assim? — Serena sussurrou suavemente.

Ele olhou para cima em sua direção e sorriu.

— Sim, parece que o único tempo que tenho para ler é essa hora.

— Nossa. Você realmente acorda cedo para ler. É impressionante.
— Ela pegou um abacaxi e o colocou no balcão. Pegou uma grande faca e começou a descascá-lo. Ele voltou ao livro. Enquanto ela fatiava o abacaxi, ela dava olhadas rápidas para ele. Para um homem de Vishnu, ele era bem forte. Será que era só de fazer ioga? Será que os *swamis* podiam frequentar academia? Ela achava que não. Seu rosto era difícil de descrever, mas era o rosto de um homem de verdade. Sua cabeça não era totalmente raspada — era mais como que um corte bem rente, e era um visual que ficava bem nele. Ele poderia ser um sargento do

Exército, alto, com um peito musculoso e braços longos e torneados. E seus roupões laranja, em vez de fazê-lo parecer bobo, faziam parecer, bem, gostoso e laranja.

Eles se falavam rapidamente, mas Serena não precisava de muito para incensar seu desejo. A cada manhã ela levantava um pouco mais cedo só para falar com ele. E toda manhã ele estava sentado num banco da cozinha, lendo quietamente, com seus pequenos óculos redondos na ponta do nariz.

Terça-feira, 5h30.

— Bom-dia, *swami* Swaroopananda.

— Bom-dia, *swami* Durgananda.

— Como está o livro? Está gostando?

— Sim, é um dos melhores que já li sobre Pranayama. — Ele baixou o livro dessa vez. — A propósito, está se adaptando bem à sua nova vida?

Serena foi até a geladeira.

— É surpreendente. Algumas coisas surgem, sabe, quando se está tentando acalmar a mente.

O *swami* Swaroopananda cruzou os braços sobre o peito e olhou para Serena.

— É mesmo? Como o quê?

Serena sentiu o rosto ficar vermelho e se perguntou se, careca, sua cabeça inteira iria corar também.

— Ah, apenas as inquietações de uma mente cheia, você sabe. Então, há quanto tempo faz parte do centro?

E então eles começaram realmente a conversar. Ele lhe contou que era da Nova Zelândia (daí o sotaque) e *swami* havia oito anos. Ele lhe contou sobre como suas práticas de meditação tinham ficado tão intensas, as experiências que estava tendo tão felizes, que sentiu a necessidade de dar o próximo passo e virar um renunciante. Serena queria saber mais. Enquanto conversavam, Serena preparava uma bandeja de oferendas bastante abundante.

Quarta-feira, 5h15.

— Bom-dia, *swami* Swaroopananda.
— Bom-dia, *swami* Durgananda. Como está essa manhã?
— Muito bem, *swami*. — Serena começou a separar a farinha, o mel e as amêndoas. Ia fazer seu famoso pão de banana com amêndoas para a oferenda daquela manhã. Afinal, tinha que fazer alguma coisa com seu tempo enquanto fingia que não estava flertando com um homem de hábito, esquecendo que agora ela mesma era uma mulher de hábito. Além disso, ela racionalizou, que melhor maneira de começar o dia do que com um gostoso aroma de pão de banana flutuando ao redor deles enquanto meditavam? E, também, podiam comer o que sobrasse no café da manhã. Ela começou a amassar as bananas numa tigela.

— Como estão indo suas práticas de meditação? Você mencionou muitos pensamentos surgindo, ontem. Tem alguma pergunta sobre a prática em si?

A única pergunta que Serena tinha era como seria possível transar e continuar celibatária, mas sabia que não deveria falar nisso. Então ela inventou:

— Bem, sim, eu tenho, *swami*. Quando medito, sinto meus pensamentos se desacelerando; sinto-me mais calma, mais em paz, mais em contato com o poder superior, então isso é bom. Mas não tenho nenhuma visão. Nada de luz branca, nada de cores se misturando em minha mente. Estou apenas meditando, entende? — Serena agora estava colocando a farinha e o açúcar em outra tigela. Ela quebrou um ovo e começou a bater à mão.

O *swami* Swaroopananda fechou seu livro.

— Isso é perfeitamente normal. Não deveria haver um objetivo para a meditação; seria a antítese da prática. A questão é meramente ficar parado. A experiência de cada um sempre vai ser diferente. A última coisa que devia estar esperando são fogos de artifício enquanto está meditando.

Serena sorriu. Ela despejou as bananas amassadas na massa e misturou tudo.

— Agora, falando de fogos de artifício, *swami* Durgananda, me diga. Tem pensado muito sobre sexo ultimamente?

Serena olhou para cima. Não sabia se tinha escutado direito. Pela expressão dele, séria e não desenvergonhada, parecia que era uma pergunta espiritual normal. Ela se virou para os armários da cozinha. Com as costas viradas para ele, admitiu:

— Bem, na verdade, sim. Tenho pensado muito sim. Como se não conseguisse pensar em outra coisa, na verdade. — Ela pegou três formas de pão de uma prateleira no alto e as levou até o balcão. Tentou não olhar para o *swami* Swaroopananda, mas não resistiu. Ela olhou para cima e ele estava sorrindo para ela.

— Não devia ficar com vergonha, faz parte do processo. Sua mente está apenas reagindo aos desejos de seu corpo. Vai sossegar logo, logo.

— Espero que sim. É igual a quando estou jejuando. Não paro de ler livros de receita o tempo todo. — Ela despejou a massa nas formas de pão e as colocou no forno uma a uma. Serena olhou o relógio. Eram apenas 5h30. Não fazia ideia de que podia preparar pão de banana tão rápido. Ainda faltavam trinta minutos para a meditação.

— Acho que vou sair e começar, sabe... a meditar.

O *swami* Swaroopananda fechou o livro.

— Não se apresse. Por que não se senta um pouco? Vamos conversar um pouco mais. De onde você é?

Serena sorriu e timidamente se sentou no banco ao lado do *swami* Swaroopananda, também conhecido como *swami* Swaroop. Ele olhou fixamente para Serena, e pelos trinta minutos seguintes fez a ela perguntas sobre sua família, os empregos que já tinha tido e qual costumava ser seu tipo de música favorito. No porão do centro de ioga, com o cheiro do pão de banana no forno, ela sentada ao lado de um homem de vestido laranja, ambos basicamente carecas, Serena percebeu que não tinha um encontro bom assim havia anos.

Quando chegou a segunda-feira seguinte, Serena estava assando pão fresco, fermentado, do tipo que se-acorda-muito-cedo-para-fazer-amassa-e-deixar-ela-crescer-socar-amassar-e-depois-fazer-tudo-de-novo. E ele estava sempre ali, às vezes lendo, às vezes olhando, mas sempre conversando com ela. Até o final da semana, já estavam misturando e socando juntos.

Pela última semana e meia, Serena não conseguia pensar em nada além dele. A expressão beatífica e em êxtase de seu rosto, que podia ser atribuída ao despertar espiritual, era na verdade apenas amor tolo e platônico. O dia inteiro, a noite inteira, ela pensava em vê-lo na manhã seguinte. E então de manhã, quando estava com ele, não era muito como se estivesse falando e ouvindo ele, mas o absorvendo. Durante a meditação e ioga e cantos e todo aquele trabalho, ela deveria estar tentando se unir a Deus. Mas em vez disso, enquanto preparava as mais elaboradas bandejas de oferendas da história do Centro de Ioga Jayananda toda manhã, Serena estava se unindo ao *swami* Swaroop. O jeito que ele falava, as opiniões que tinha, parecia tudo tão sintonizado com o que ela pensava e sentia que quando as palavras saíam da boca dele e atingiam seus ouvidos, era como se tivessem virado um líquido quente que se espalhava em seu cérebro.

Era alegria. Em cada minuto que passava com ele, ela experimentava uma inegável sensação de alegria. A ideia de adicionar sexo a essa intensa emoção era quase demais para ela compreender. *Quase* demais para ela compreender. E, enquanto isso, o centro de ioga inteiro estava engordando, se empanturrando num café da manhã com pão quente, broas de amêndoas e bolinhos.

Na quinta-feira às 4h30 da manhã, quando entrou na cozinha, Serena procurou por ele, seu coração acelerado, com medo de por algum motivo ele não estar lá. Mas ele estava parado ao lado do balcão. Ele sorriu timidamente para ela. Os cumprimentos formais de "Bom-dia, *swami* Swaroop" e "Bom-dia, *swami* Durga" já eram. Tinham sido substituídos agora por duas pessoas que se encontravam todas as manhãs radiantes um para o outro sem dizer nada.

Todo aquele amassa-e-mistura tinha que levar a alguma coisa. E nessa manhã, o *swami* Swaroop foi até Serena, pegou-a pelos ombros, olhou em volta para ter certeza de que não tinha mais ninguém por perto e a beijou na boca. Serena envolveu seu pescoço com os braços e o beijou profundamente. Agora, com os olhos fechados e seu corpo finalmente tocando o dele, Serena finalmente viu a luz branca, aquela da qual todo mundo fala, de união, paz e felicidade divina. Finalmente.

Então Serena ainda acordava às 4h30 da manhã, mas a bandeja do altar voltou a ter apenas algumas uvas-passas e alguns figos. Tinham finalmente descoberto o que mais podiam ficar fazendo durante aquele tempo, e estavam fazendo em qualquer lugar que conseguiam; a despensa, a sala da fornalha, o porão. Se Serena era o tipo de garota que perde o controle por causa de algumas asas de frango, pode imaginar como ela ficou agora que estava transando com alguém por quem estava perdidamente apaixonada. Com o tempo, não conseguiam mais esperar até de manhã, e estavam inconsequentemente achando lugares para se encontrar durante o dia também. Quando o *swami* Swaroop pegou a van do centro para comprar comida no Hunts Point, é claro que precisava de ajuda, e por que não pedir para a *swami* Durgananda? Então ali também, na traseira da van numa beira de estrada de algum lixão industrial no South Bronx, eles liberaram seu amor *swami* proibido. Podia ter sido necessário fazer um voto de celibato para isso, mas Serena finalmente tinha uma vida sexual. Sua seca era oficialmente coisa do passado.

Rio

Quando elas falaram dessa festa numa quadra de escola de samba, imaginei uma academia de dança com paredes espelhadas e barras de balé, e talvez algumas fitas penduradas e uma bacia com ponche, com professores disponíveis para ensinar aos iniciantes como se samba. Mas não. Flávia, Alan, Caroline, Ana e Frederico, Georgia e eu fomos numa van até o Estácio, um bairro longe das chiques áreas turísticas de Ipanema e Leblon. Estacionamos ao lado de uma estrutura maciça de concreto que parecia um porta-aviões, exceto pelo fato de que estava pintado de vermelho e branco e coberto de trabalhos de grafiteiros de estrelas e raios de luz. Em grandes letras brancas, estava o nome da escola, G.R.E.S. Estácio de Sá. Não parava de chegar gente, e nos juntamos à maré no que pode ser descrito apenas como uma mistura de grande festa de escola com festa de rua. O lugar era do tamanho de um campo de futebol. Todos andavam com copos de plástico cheios de cerveja, e o chão estava literalmente inundado de copos plásticos e latas. A excitação por saber que estava prestes a testemunhar algo que a maioria dos turistas nunca vê ao vivo já deixava meu coração disparado.

Mas aquilo não era nada comparado ao que os tambores fariam comigo. No momento em que entramos, a bateria mais alta e vibrante que já ouvira na vida e que sacudia o lugar atingiu em cheio meu coração. De uma arquibancada superior, cerca de quarenta bateristas deixavam a multidão em frenesi.

Subimos algumas escadas até um pequeno balcão VIP que dava para toda a cena. Na outra ponta da quadra estavam dois cantores num palco elevado, gritando alegremente. Essa não era a multidão de jovens da Lapa, arrumados para uma noitada. Eram homens de calça jeans e camiseta, shorts e tênis. Havia mulheres usando alguns dos jeans mais justos que eu já vira esticados sobre um corpo humano, e algumas saias tão curtas que dava vontade de jogar um casaco sobre elas e as mandar de volta a seus quartos de castigo. É verdade o que dizem, as brasileiras têm mesmo as bundas mais bonitas do mundo, e naquela noite estavam todas à mostra. A maioria das pessoas estava sambando e bebendo cerveja. E havia outras vestidas de roupas vermelhas e brancas apenas transitando. Eu não tinha muita certeza do que era esse lugar e do que estávamos fazendo lá, mas sabia que nunca teria visto coisa parecida se não fosse por nossa nova melhor amiga, Flávia.

— Eu não entendo: por que vocês chamam de escola de samba? — perguntei, gritando por cima dos tambores.

— Cada bairro tem uma escola onde tocam e sambam. Cada escola escolhe uma música que vai apresentar no Carnaval, e então todos competem uns com os outros.

— Então são como times de bairros diferentes?

— Sim, exatamente. Essa aqui é a minha escola de samba. E em alguns minutos eles vão apresentar pela primeira vez o samba-enredo com que vão competir no Carnaval. — Flávia olhou para baixo, onde estava a massa de pessoas, e de repente sorriu. — Olha o Marco!

Marco olhou para cima, viu Flávia e acenou. Flávia se virou para mim, um sorriso meio indiferente no rosto.

— Não me importo de ele estar aqui — disse ela, tentando não parecer feliz. Ela gesticulou para que ele subisse a escada. — Melhor eu ir lá para os seguranças o deixarem subir.

Olhei para os bateristas e tentei achar Ana. Essa era sua escola de samba também, e ela ia tocar na bateria com eles aquela noite.

A música de repente parou, e a bateria começou de novo, devagar a princípio, parecendo querer prender a atenção de todos. As pessoas começaram a ir para o centro do lugar, o espaço todo com uma nova energia. Frederico se virou para nós e disse:

— Vem, vamos pra pista. — Georgia, Frederico, Alan e eu descemos as escadas. A bateria agora estava a toda velocidade, e a quadra pulsava e pulava, todos unidos numa celebração.

Começamos a dançar. Bem, Frederico e Alan começaram a dançar. Georgia e eu meio que rebolamos um pouco, tentando sacudir a bunda o melhor possível, mas samba não é bem uma dança que dá pra se fingir saber. Então, os dançarinos começaram a desfilar. Havia dúzias deles, e a multidão abriu caminho, formando um largo corredor vazio para eles passarem dançando. Todos estavam usando seu uniforme de "time": lantejoulas vermelhas e brancas. As mulheres desfilaram primeiro, em pequenas saias vermelhas e saltos altíssimos, dançando tão rápido, seus membros inferiores se movendo tão rapidamente que pareciam estar vibrando em algum tipo de êxtase sexual. Seus braços se balançavam pelos ares, suas pernas rodopiavam e suas bundas sacudiam tão rápido que podiam fazer chantilly.

Seguindo as jovens e lindas mulheres de saias mínimas e tops de biquíni, estavam as senhorinhas. Também estavam vestidas de vermelho e branco, mas suas roupas eram saias na altura dos joelhos, blusas de manga curta e chapéus. Elas saíram numa única fila e se agruparam em volta das jovens, ou, mais especificamente, uma barreira de proteção contra possíveis lobos que poderiam chegar perto e devorar essas beldades por inteiro.

Elas dançavam como mulheres que já tinham visto de tudo. Não precisavam mais balançar a bunda e os braços no ar, apesar de eu ter certeza de que já tinham feito bastante disso. Agora, elas apenas desfilavam. Não sei como era o resto de suas vidas, e odiaria imaginar como devia ser difícil, mas eu sabia que naquele momento estavam no meio de uma celebração. Eram pavões vermelhos e brancos se empertigando e empinando para que todos pudessem ver, orgulhosas de si mesmas, de seu bairro e de seu samba-enredo.

Georgia, Frederico e Alan foram pegar cervejas. Enquanto estavam na fila, longe da pista de dança, Frederico se inclinou para Georgia e disse:

— Você não precisa ficar procurando alguém para te beijar, linda Georgia. Eu teria prazer em fazer amor com você na hora em que quiser.

E, com essa, o noivo Frederico beijou a solteira e assanhada Georgia, enquanto Alan, o querido irmão de Ana, ria e bebia sua cerveja. Frederico era sexy, jovem, brasileiro e lindo. A fantasia de vingança de Georgia era vir ao Brasil e roubar alguém de sua esposa. Agora Georgia tinha sua chance; Frederico era a versão masculina de Melea e ele a queria. Georgia, nova nas regras de namoro, ainda assim entendia instintivamente uma das regras básicas de ser solteira: *Nós mulheres temos que proteger umas às outras.*

Então Georgia gentilmente empurrou Frederico para longe e disse que eles deveriam voltar para a festa. Foi então que Georgia teve a resposta para a questão de quem está cuidando das mulheres do Rio; a resposta era ela mesma. Então virou-se para Alan e pôs o dedo bem em seu rosto:

— E você. Deveria ter vergonha. É irmão dela.

Nós todos nos reencontramos quando voltamos para junto de Flávia e Marco no balcão. O mestre-sala e a porta-bandeira da escola de samba agora dançavam no meio da loucura, o homem num bem passado terno branco e chapéu também branco, a mulher num vestido vermelho e com uma coroa. As pessoas balançavam bandeiras em volta enquanto eles dançavam separados e juntos, de mãos dadas.

Foi quando alguma coisa voou pelos ares vinda lá de baixo. Não vi o que foi, mas Flávia colocou a mão no rosto e tropeçou alguns passos para trás. Caroline estava bem ao lado, segurando o braço de Flávia e perguntando o que tinha acontecido. No chão, ao lado de Flávia, estava uma lata de cerveja. Alguém tinha jogado para cima em nossa direção de pura distração ou talvez com uma intenção mais maldosa. De um jeito ou de outro, foi Flávia que acabou levando a pancada no rosto. Caroline a sentou numa cadeira, e eu observei enquanto a minha nova amiga durona de voz grave retorcia os lábios num sorriso amarelo e tentava não chorar.

Todos estavam tentando entender que diabo havia acontecido, e o olho de Flávia começou a inchar. Caroline tinha ido pegar um pouco de gelo, e Georgia estava massageando suas costas. Ana estava lá agora, e quando viu o que tinha acontecido se ajoelhou e começou a fazer carinho na cabeça de Flávia. Mas Flávia apenas se inclinou e pegou a ofensiva lata de cerveja e a colocou sobre o olho, para parar de inchar. Marco ficou ali parado meio sem ação. Essa mulher, que ele mal conhecia, tinha se machucado, mas ele não sabia o que fazer ou de sua função na história. Então ele meio que só ficou andando de um lado para o outro, passando os dedos pelos cabelos. Depois de se recuperar do choque, Flávia disse a todos que estava bem. Ana sugeriu que era hora de ir embora, e nos amontoamos na van — Georgia, Flávia, Marco, Alan, Ana, Frederico e eu.

Então, considerando que estávamos no Rio e eram 3 da manhã, a única coisa lógica a fazer era ir à pizzaria Guanabara. Quando entramos, vi homens e mulheres crescidos, totalmente sóbrios e bem-vestidos, todos reunidos civilizadamente comendo pizza como se fossem 8 horas da noite, alguns até com crianças.

Todos nos sentamos e tentamos fazer Flávia rir, enquanto ela colocava gelo no olho inchado. Ela levou na esportiva da melhor maneira possível, sem nem um traço de autopiedade. Olhando para ela, senti que eu havia aprendido mais uma coisa sobre ser solteira: *Tem algumas noites em que você acaba levando uma lata de cerveja na cara. É assim que as coisas são, e é melhor não ficar choramingando por isso.*

Flávia começou a se dobrar gradualmente sobre Marco, apoiando-se nele enquanto ele passava o braço em volta dela. Ele tinha achado sua função, encorajando o corpo dela a se aninhar no dele e envolvendo-a com os braços para ela se sentir protegida. Ela podia até ser a garota mais durona e descolada do Rio, mas tinha se machucado. Não importa quantas amigas tivesse em volta para ajudar naquele momento, nada seria melhor do que a sensação de seu rosto contra um peito forte e braços musculosos a envolvendo.

Mais tarde, quando deixamos todos na casa de Flávia, Marco a ajudou a descer da van e a abraçou docemente. Mais uma coisa sobre ser solteira: *Na noite infeliz em que você leva a lata de cerveja na cara, nunca se sabe quem estará lá, pronto e disposto a confortá-la.*

Quando Alan finalmente parou em frente ao hotel, as únicas pessoas que sobraram na van eram Georgia e eu. Georgia olhou para Alan e disse pela última vez:

— Deveria ter vergonha.

. . .

— Está transando com um *swami*? — perguntou Ruby, confusa. Ela e Alice tinham sido intimadas por Serena a ir até uma lanchonete na rua 24 com a Oitava Avenida, e, francamente, estavam todas meio envergonhadas. Não por causa da confissão sobre sexo *swami* de Serena, mas porque ela estava parecendo um daqueles hare khrishnas que a gente nem vê mais nos aeroportos, e todo mundo estava olhando para elas.

Ruby acrescentou:

— Você não acabou de fazer um voto de celibato?

— E antes de fazer o voto você não fazia sexo, tipo... nunca? — perguntou Alice, meio sem tato.

— Eu não transava fazia quatro anos.

Ruby olhou para Serena sem muita comiseração. Alice continuou a interrogar a testemunha:

— Então, você não transa nunca, faz um voto de celibato, e agora está transando?

— Não é nada disso — disse Serena, defensiva. — Eu me apaixonei. Podia ter me apaixonado por alguém que conheci num café, ou numa aula da faculdade; apenas calhou de me apaixonar por alguém que conheci sendo uma *swami*. Isso é grande, é uma coisa que só acontece uma vez na vida.

As outras não sabiam o que responder. Ainda estavam tentando ignorar o fato de que todo mundo estava encarando Serena.

— Bem — disse Ruby —, acho que padres e freiras se apaixonam o tempo todo.

Alice deu um gole na sua Coca light e disse:

— E não é como se tivesse algo real nisso, certo? É tipo uma religião tipo faz de conta, não é? Ninguém vai dizer que você pecou e vai pro inferno ou algo assim, vai?

— Hindus não acreditam no inferno. Só em carma.

Alice roubou uma batata frita de Ruby.

— Então se você quebra seus votos, acredita que na próxima encarnação pode voltar como uma formiga, por exemplo?

— Mais provável como uma prostituta — disse Serena, culpada.

Alice riu.

— É verdade, provavelmente voltaria como uma prostituta barata de rua.

Serena não estava achando engraçado.

— Liguei para vocês duas porque Julie está viajando e eu não tinha mais ninguém com quem conversar. Fiz essa grande escolha e estou achando que foi a decisão errada.

Alice e Ruby prestaram atenção.

— Você perguntou a ele como se sente?

Serena pôs a cabeça nas mãos.

— Ele se sente culpado. Se sente péssimo.

Ruby acrescentou:

— Ele quer largar a igreja? Quer dizer, o templo, ou como quer que chamem?

— Ele não tem certeza. Disse que isso nunca aconteceu com ele antes.

Alice pegou mais duas batatas fritas e enfiou na boca.

— Se realmente for amor, vocês devem esquecer tudo e mergulhar fundo. É amor, por Deus. É um milagre. Nada mais importa.

— Mas isso não significa nada, não mesmo. Inúmeras pessoas se apaixonam e não conseguem fazer dar certo. No hinduísmo fala-se muito de como todo esse mundo, essa existência, são ilusões. Eu provavelmente me apaixonaria por *qualquer um* que fosse o primeiro a transar comigo depois de quatro anos. Ele é *swami* há oito anos. Como posso conversar sobre isso com ele quando não há garantia de que vai dar certo? Se apaixonar não significa nada.

Alice esperava que Serena tivesse razão. Ela esperava que se apaixonar não significasse nada. Ela esperava que respeito e gentileza e um pouco de Brad Pitt fossem o suficiente para ela e Jim. Talvez se apaixonar fosse apenas paixão cega e ninguém devesse fazer uma grande escolha de vida baseado nisso.

Ruby pensou sobre todos os homens por quem achou que estava apaixonada, com quem teve um sexo maravilhoso, e com quem não deu certo. Eles não significavam nada para ela agora. Serena estava certa. É uma ilusão. Antes de Ruby poder pronunciar as palavras, Alice já tinha dito:

— Talvez não deva fazer nada drástico por enquanto. Ainda é tão cedo, não dá para saber o que realmente está acontecendo entre vocês dois. Não se precipite.

Serena assentiu com a cabeça, aliviada.

— Você está certa. Está certa. É um bom plano. É melhor eu esperar.

Elas ficaram sentadas em silêncio, de algum modo satisfeitas porque pelo menos esse problema pôde ser resolvido. Ruby tomou um gole de seu café e olhou pela janela. Ela viu dois meninos de 13 anos vestidos com roupas estilo hip-hop, apontando para Serena e rindo. Ruby desviou o olhar rapidamente, fingindo não ter visto nada.

Rio

Na manhã seguinte, acordei e dei de cara com Georgia deitada em sua cama, me encarando.

— Vou contratar um garoto de programa hoje.

— Bom-dia pra você também.

— Por que não? Só tenho que estar no aeroporto às 20 horas. Tenho bastante tempo.

E, com isso, ela abriu o catálogo de fotos numa página que tinha marcado e pegou o telefone. Ela discou sem hesitação. Numa voz muito profissional, perguntou se podia ver Mauro às 13 horas daquele dia. Ela deu o endereço do hotel e o número de nosso quarto, concordou com o preço de 500 dólares e desligou o telefone. Ficamos sentadas em silêncio por um momento.

Então ela explodiu em gargalhadas:

— Não posso realmente fazer isso, posso? Sou mãe, pelo amor de Deus.

Soltei um suspiro, aliviada:

— Não, não pode. Que bom que finalmente recuperou o juízo. Ligue para eles de novo.

E então Georgia pensou melhor.

— Não, na verdade, acho que vou fazer. Quero saber se eu conseguiria gostar de pagar por sexo.

Eu não podia acreditar. Georgia estava realmente planejando transar com alguém que contratou. Eu estava envergonhada, nervosa, irritada e — admito — ligeiramente impressionada.

Ao meio-dia, Georgia e eu começamos a nos arrumar para seu "encontro" com Mauro. Concordamos que eu estaria lá quando ele chegasse, para que pudéssemos analisá-lo juntas antes de ela ficar sozinha com ele. Particularmente, eu esperava que ela desse para trás em algum momento antes de ele chegar. Isso parecia meio louco. Mas até lá, decidimos cuidadosamente o que ela iria usar. Depois de olhar em sua mala cheia de vestidos de verão, shorts, saltos altos e roupas para a noite, chegamos a uma decisão: jeans e camiseta. Por algum motivo, não queríamos que ela parecesse desesperada demais. Eu queria que ela usasse alguma coisa que, se por algum motivo a missão fosse abortada, não fizesse com que ela se sentisse uma boba. Quero dizer, o que pode ser pior que ficar sentada sozinha em seu quarto de hotel usando uma camisola minúscula depois de ter acabado de mandar embora um garoto de programa sem ter feito sexo? Jeans e camiseta pareciam adequados para nós duas. Porque, afinal de contas, não era para isso que serviriam os 500 dólares? Para transar e não ter que se preocupar com sua aparência?

Uma hora em ponto, o recepcionista avisou que um tal de Sr. Torres estava ali para ver Georgia.

— Obrigada. Pode, por favor, mandá-lo subir em cinco minutos? — Georgia disse num tom monótono, e então desligou o telefone. Nós duas gritamos e começamos a correr pelo quarto.

— O que a gente faz? O que vamos dizer quando ele entrar? — Eu dei gritinhos enquanto pulava no sofá.

— Primeiro temos que mostrar a ele que você não vai ficar, que não estamos tentando uma coisa do tipo pague-um-leve-dois.

— Como é que se diz isso sem parecer... Sei lá!

— Isso é loucura? Estou louca? Estou louca!! — disse Georgia, agora andando de um lado para o outro, tentando se recompor.

— Vinho! Precisamos beber! Como não pensamos nisso antes? — Agora eu estava começando a gostar, o trem estava nos trilhos e eu estava curiosa para ver até onde ele ia nos levar.

Georgia correu até o frigobar. Ela abriu uma minigarrafa de vinho e bebeu do gargalo. Ela a passou para mim. Não sei por quê, mas eu precisava encher a cara também.

— Sobre o que vamos conversar? — perguntou Georgia, nervosa. — Normalmente num primeiro encontro você faz perguntas como "Então, o que você faz?", "Gosta do seu trabalho?", "Onde você mora?". Mas o que eu vou dizer a ele?

Dei outro gole no chardonnay.

— Não sei. Conversa com ele sobre o Rio, pergunta sobre o Brasil. Pergunta o que é aquela coisa de que gostamos tanto. Aquela comida igual a areia.

— Rio e comida. OK.

Terminei a garrafa de vinho e abri outra.

— Vou servir duas taças, uma para você e outra para ele.

— OK, OK, certo, isso é bom pra quebrar o gelo. — Georgia pegou duas taças. Então ela parou.

— Espera, e se ele não beber?

— Um prostituto sóbrio? Acha? — disse eu enquanto servia o vinho, minhas mãos tremendo.

— Tem razão, tem razão. — Georgia colocou as duas taças cheias numa mesa. — Agora, temos que ter um plano. Precisamos de um código para se uma de nós sentir algo estranho em relação a ele.

— Entendi, certo — disse eu, agora apenas andando pra lá e pra cá.

— Que tal, hã, sambar? Eu digo que a gente foi sambar e foi divertido.

— Não, isso é muito positivo. Vou me confundir e achar que você gostou dele.

— OK, que tal "Fomos sambar, mas foi muito estranho"?

— Isso é bom, sambar, estranho, quer dizer que ele é estranho, entendi. Agora, e se eu gostar dele e quiser que você vá embora? — Georgia agora estava se olhando no espelho, afofando o cabelo. Ela se virou e correu até o banheiro. Pegou um Listerine e começou a gargarejar.

— Seja honesta. Diga "Bem, Julie, acho que está na hora de ir para aquele seu compromisso".

— OK, boa.

Georgia, agora de volta à sala, tomou um grande gole de vinho. Ela fez uma careta.

— Eca, Listerine e chardonnay, eca! — Ela correu e cuspiu no banheiro e gargarejou de novo. Então eu perguntei:

— Mas e se você me disser para ir embora, mas eu achar ele estranho?

— Então, depois que eu disser para você ir embora, diga "OK, mas posso falar com você um minutinho sobre uma coisa?", e aí vamos para o corredor e conversamos. — Georgia voltou à sala e tomou mais um gole de vinho. Ela não fez careta dessa vez e continuou entornando.

— Certo, parece bom. — Parei de andar. —Tudo bem. Acho que estamos prontas. — E, como se seguindo a deixa, bateram na porta. Georgia e eu congelamos. Então corremos uma para a outra e demos as mãos.

— Eu abro — disse eu, num surto corajoso. Fui até a porta e coloquei a mão na maçaneta. Antes de abrir, olhei para Georgia. Nós duas gritamos em silêncio uma pra outra. Virei-me e abri a porta.

Como se num daqueles jogos de tabuleiro antigos de detetive, lá estava ele, nosso Homem Misterioso. Mauro. Não sei o que há com esses brasileiros, mas ele tinha um sorriso radiante que imediatamente faz você relaxar. Ele podia ter sido um ator de novela com seu narizinho empinado e seu cabelo raspado. Ele era jovem, com cerca de 27 anos. Coincidentemente, também estava de jeans e camiseta. Meu primeiro pensamento foi *Não parece gay nem serial killer*. Meu segundo pensamento foi: *O que um cara bonito como você...?* Mas em vez disso eu falei:

— Você deve ser o Mauro. Entre, por favor.

Ele sorriu e entrou. Georgia tinha um sorriso tão escancarado no rosto que fiquei com medo de sua pele começar a rachar. Para evitar mal-entendidos, eu disse:

— Vou sair daqui a pouco. Só queria dar oi e ter certeza de que vai ficar tudo... bem.

Mauro assentiu.

— Sim, tudo bem. É claro.

Georgia foi até ele segurando uma taça de vinho. Podia ver que suas mãos tremiam.

— Gostaria de uma taça de vinho? — Sua voz parecia muito mais calma que suas mãos.

— Sim, seria ótimo. — Ele pegou a taça e continuou: — Por favor, sente-se, vamos relaxar. — Nós duas imediatamente nos sentamos, como dois cãezinhos obedientes. Georgia e eu estávamos no sofá, e Mauro se sentou numa poltrona à direita de Georgia. Eu percebi que no meio de todo o nosso nervosismo, tínhamos esquecido um detalhe importante: podia até ser nossa primeira vez fazendo isso, mas definitivamente não era a dele.

— Então, estão gostando do Rio? — perguntou Mauro alegremente. Enquanto Georgia falava da praia e da Lapa e o que mais que estivesse falando, tentei analisar o cara por completo. Ele não parecia odiar seu trabalho. Não parecia se drogar ou ter algum cafetão grandalhão usando casaco de pele e chapéu fedora esperando por ele lá embaixo para bater nele e pegar todo o seu dinheiro. Ele parecia perfeitamente contente por estar ali com a gente. Talvez estivesse aliviado; Georgia é bonita, mesmo de camiseta e jeans. Talvez ele simplesmente gostasse de transar com mulheres. Por que não ganhar dinheiro com isso? Mas como ele conseguia ficar duro para tantas mulheres, afinal? Não dá para exatamente fingir uma coisa dessas. E com as mulheres bem feias que ele devia conhecer? Será que ele tinha um Viagra injetável escondido em algum lugar? Eu tinha tantas perguntas que não resisti:

— Então, me diga, Mauro. Gosta desse tipo de trabalho?

Georgia me encarou, seus olhos arregalados tentando telepaticamente calar minha boca.

Mauro apenas sorriu. Novamente, não devia ser a primeira vez que encontrava uma intrometida.

— Sim, muito. Não é fácil ganhar a vida no Rio, e eu amo as mulheres — disse ele, agradável. Observei-o de novo e ele ainda me parecia seguro. Mas tinha alguma coisa nele que parecia vagamente vazia.

Eu pressionei:

— É difícil para você transar com mulheres que são... Você sabe, que não são... bonitas?

Mauro só levantou as sobrancelhas e balançou a cabeça.

— Nenhuma mulher é feia quando está tendo prazer.

Tudo bem, era uma frase diretamente saída da primeira página do Manual para Prostituição Masculina, mas funcionou. A frase seguinte que escutei foi "Julie, não está na hora de ir para aquele seu compromisso?". Olhei para Georgia, que agora tentava telepaticamente me transportar porta afora. Mulheres são tão fáceis de excitar quanto homens. Mas, em vez de pornografia, só precisamos de um homem que minta para a gente e nos diga que somos bonitas não importa como.

— Sim, é claro, eu realmente tenho que ir. — Levantei da cadeira e Mauro fez o mesmo. Ele era bem treinado. — Foi um prazer te conhecer. — Peguei minha bolsa, vesti um casaco leve e fui até a porta. Virei-me para olhar Georgia. Ela balançou os dedos para mim num aceno e sorriu. Sabia que ela ia ficar bem. Talvez melhor do que bem.

Decidi dar uma caminhada na praia para matar o tempo. Da areia, eu olhava as duas montanhas verdes saídas do oceano, as montanhas que muitos comparavam à forma do bumbum de uma mulher brasileira.

Eu não tinha para onde fugir. Até as montanhas tinham uma bunda mais bonita que a minha.

Enquanto eu andava pela praia, pensei em Thomas, sobre o tempo que passamos juntos. Talvez eu tivesse imaginado tudo, a conexão, o romance. Enquanto passava pelas mulheres em seus biquínis de lacinho com as bundas de fora, tentei encontrar alguma celulite. Até agora, nada.

Enquanto passava pelos corpos perfeitos e macios, me perguntei se o motivo pelo qual Thomas não tinha me ligado era a minha celulite. Ele devia ter transado comigo porque sentiu alguma coisa, mas depois, quando pensou nos horrores que tinha visto e tocado, recuperou o juízo. Sentei-me na areia e me perguntei quando aquilo ia terminar. Quando vou me sentir bem do jeito que sou? É muita coisa pedir para me amar sozinha? Mulheres heterossexuais precisam que os homens lhes digam como são bonitas, sexies e fantásticas; simplesmente precisamos. Porque todo dia o mundo nos diz que não somos bonitas o bastante, magras o bastante, ricas o bastante. É pedir demais esperar que consigamos nos sentir bem sobre tudo com apenas algumas afirmações e velas acesas. Mas quando comecei a ser sugada por um aspirador de autopiedade, me lembrei de uma coisa: aquele cara, o Paulo, tinha me dado seu telefone.

Quase tinha me esquecido desse delicioso detalhe. Como alguém agarrando uma boia salva-vidas, peguei meu telefone e procurei o número dele. Disquei. Não pude evitar. Afinal, estava no Rio. E Thomas não tinha me ligado.

Então lembrei que Paulo não falava inglês. Decidi mandar uma mensagem, para que se ele estivesse perto de alguém que falasse inglês, pudesse ter ajuda. Digitei no meu telefone: "Oi Paulo. Quer me encontrar hoje?" Então fechei o aparelho e me perguntei como estariam indo as coisas para Georgia.

Éramos nojentas? Transando com garotos de programa, com homens casados, ou só por uma noite. Essa era uma maneira de ser solteira? Antes que eu pudesse pensar melhor sobre isso, meu telefone apitou, indicando uma nova mensagem. Era Paulo. Ele disse que podia me encontrar no hotel em dez minutos. Como diria Thomas, "Você deve dizer sim à vida". E uma das melhores coisas em ser solteira é dizer sim à vida *quantas vezes quiser.*

Corri de volta ao hotel e usei meu cartão de crédito para pegar um quarto novo. Graças a Deus, tinham um quarto disponível. Mandei uma mensagem para Paulo com o número do quarto e ele apareceu logo em seguida. Quando abri a porta, seus olhos faiscavam.

— Oi Paulo! — disse eu, não sabendo muito bem quanto ele conseguiria entender. Mas antes de eu dizer outra coisa, ele envolveu os braços por minhas costas e me beijou. Sua língua era macia como uma pena e tocou a minha gentil e lentamente. Ficamos parados ali, suspensos juntos no tempo por nossas bocas e línguas. Era como se toda a sua concentração estivesse nesses beijos, fazendo com que sua língua nunca fizesse um movimento errado. Ficamos em pé no meio do quarto durante uns 15 minutos, nos beijando. Ele tinha o melhor beijo que eu já tivera o privilégio de receber.

Então ele me segurou pela cintura e me levantou. Estava me levantando e beijando e fez eu me sentir pequena. Delicada. Ele me colocou de volta no chão e começou a beijar meu pescoço, suavemente. Ele tocou minha cabeça, meus cabelos, massageando meus ombros enquanto beijava. Então gentilmente ele me virou, levantando meu cabelo e beijando minha nuca, mantendo nossos corpos próximos. Suas mãos passaram lentamente por meus seios, até minha cintura e por baixo da minha camiseta. Voltei a cabeça novamente para ele e ele se inclinou e me beijou, o tempo todo acariciando meus seios com uma das mãos. Sua mão esquerda estava agora lentamente descendo por minhas pernas, por cima da coxa. Ele colocou a mão por baixo da minha saia comprida e larga, e subiu com delicadeza. Nossas respirações estavam ficando mais rápidas e arfei quando sua mão entrou no meio de minhas pernas. Minha mão direita estava na mesa, para me dar equilíbrio enquanto ele apertava seu corpo contra o meu. Ele levantou minha perna esquerda para a cadeira perto da mesa. Meu braço esquerdo estava atrás de mim, passando por sua bunda, suas coxas. Eu podia sentir que estava duro contra a parte baixa das minhas costas. Ele passava os dedos pelas minhas pernas, procurando, explorando. Eu respirava muito rápido agora. Ele pegou ambas as mãos e devagar desceu minha saia e minha calcinha. Eu me livrei dela enquanto ele tirava minha camiseta pela cabeça. Então ele tirou a dele. Eu podia sentir sua pele quente e macia contra a minha. Queria me virar e passar as mãos por todo o seu peito, abraçar sua cintura e olhar em seu rosto, mas não ousei me mexer.

E então, como se esse homem não fosse genial o bastante, ele alcançou o bolso de trás de sua bermuda e tirou uma camisinha. Minha mente já estava temendo o momento que teríamos que nos afastar, alguém murmurando algo que lembrasse "Você tem uma...? Não é melhor a gente pegar uma...?", mas fui poupada. Paulo era um cavalheiro e um ator pornô amador, e ele pegou a camisinha, abriu o pacote e a colocou.

Imagino que existam mulheres muito boas com toda a questão da colocação de camisinha; abrir o pacote e tirar e colocar no homem ansioso. Mas eu não. Desde que eu tinha uns 35 anos, camisinhas passaram a representar para mim a grave possibilidade de uma ereção perdida. Não sei se foram os homens com quem estava ou algum problema comigo, mas houve tantas oportunidades perdidas uma vez que camisinhas eram sacadas, que elas começaram a me aterrorizar. Depois de certo número desse tipo de incidente, simplesmente me recusei a chegar perto delas. Eu uso, é claro, mas minhas mãos não chegam perto de uma. Virou problema do homem. Ele só tem como culpar a si mesmo se perder a ereção. ENFIM, Paulo ainda tinha uma ereção, sua camisinha e sua ginga toda, e ele graciosamente entrou em mim. Sua cabeça estava ao lado da minha, seus braços, ombros e bíceps me envolviam toda, me abraçando. Ele suspirou em meu ouvido "Você é tão linda". Ele beijou minha orelha. Então, sua língua lentamente lambeu minha orelha e se moveu em volta dela, seu hálito quente me fazendo cócegas. Ele valia por vários homens, enquanto sua mão direita estava de novo entre minhas pernas, apertando bem no lugar certo, sua língua me dando arrepios no pescoço, e ele também estava dentro de mim, se mexendo com perfeição. Tudo isso em pé, muito obrigada. Senti-me num ménage à trois, com todas as áreas sensíveis e sexuais sendo tocadas ou beijadas, mas esse homem maravilhoso estava fazendo tudo sozinho. Eu fazia os sons mais altos que já escutei saindo de mim em toda a minha vida. Ele não perdia tempo enquanto meu corpo se retorcia, arqueava e eu gozava. Virei-me para encará-lo e o beijei com força na boca. Ele me pegou e me carregou até a poltrona, onde ele se sentou comigo por cima, ainda dentro de mim. Eu queria dar a ele um prêmio. Ele pôs as mãos em meus quadris e ditou o ritmo. Agora era minha vez de trabalhar, e me movi com ele guiando, forçando minhas coxas a ficarem firmes — uma câimbra seria bem inoportuna nesse momento. Vi seus olhos se fecharem, sua concentração indo agora toda para seu prazer. Mas então ele me olhou e me puxou em sua direção, me beijando, suas mãos em meus cabelos. Nos movemos juntos, com meus braços em volta de seu pescoço, beijando e ofegando, até de repente ele agarrar os braços da poltrona, colocar minhas pernas em volta dele com firmeza e levantar. Ele foi até a cama e me colocou em cima. Por um momento, fiquei paranoica. Será que eu não estava fazendo direito? Perdi o ritmo? Às vezes, por cima, é difícil acertar o ritmo... Coloquei esse pensamento de lado enquanto seu corpo pressionava o meu, minhas pernas em volta de seu torso. Seus olhos se abriam de vez em quando para olhar nos meus e ele sorria e me beijava. Ele estava por sua conta agora, sabendo exatamente como se mexer para gozar — que ele fez, dizendo em português "Meu Deus, meu Deus!".

Ele rolou para o lado e eu rolei para olhá-lo. Nos beijamos gentilmente, nossos braços e pernas entrelaçados. Depois de vinte minutos assim ele sussurrou em meu ouvido: "Tenho que ir agora." E cerca de três minutos depois, ele estava vestido e me dando um beijo de despedida. Ele disse "Gostei de você", num tom suave, e então virou passado. E deitei de volta na cama para pensar em como me sentia com isso tudo, mas não tive muito tempo para devaneios porque Georgia me ligou no celular. Já podia voltar ao nosso quarto. *Ora, ora, não estaríamos parecendo praticamente duas swingueiras agora?*, pensei comigo mesmo.

Quando voltei, felizmente a cama estava feita e não havia sinais visíveis de sexo em lugar algum. Georgia estava de malas feitas e pronta para ir para o aeroporto.

— Oi, Julie — disse, não revelando nada.

— Oi! — disse eu, enquanto me sentava no sofá. Decidi não ser discreta: E aí, como é que foi?

Georgia se sentou na poltrona e pensou durante uns dois minutos.

— Devo admitir, não é nada mal pagar por sexo.

Georgia não parecia nada diferente. Sei que é uma coisa estranha de se notar, como se pagar por sexo mudasse imediatamente a aparência de alguém. Se fosse o caso, teria muito mais esposas pedindo divórcio em toda a América. *Enfim*, esperei ela responder.

— Foi bom. Foi muito bom.

— Então, me conta tudo!!

— OK, OK. — Georgia estava muito séria, como se fosse uma astronauta descrevendo como era andar na Lua. — Ele era ótimo na cama. Tipo, um verdadeiro profissional. Conseguiu ficar duro um bom tempo, era forte e me jogou pelo quarto todo. Foi muito satisfatório.

— Então, foi bom — disse eu. — Foi uma coisa boa. Está feliz por ter feito?

Georgia pensou de novo.

— Sim, estou. Quero dizer, fisicamente foi satisfatório. — Ela levantou da poltrona e foi até um espelho sobre a mesa. Ela pegou um batom de cima da mesa e começou a passar.

— E...?

— E... Só isso. Foi fisicamente satisfatório. Se eu fosse reclamar, diria que foi meio frio. Não frio tipo grosso, ou sem sentimentos. Frio, como...

— Como se estivesse transando com um profissional.

Georgia começou a rir.

— Exatamente. Como se eu estivesse transando com um profissional.

Foi quando o telefone tocou. O táxi de Georgia tinha chegado.

— Mas quer saber? — disse ela. — Completamente satisfeita fisicamente não é um jeito ruim de ir embora.

Eu sorri. Não era nem um pouco ruim.

Era hora de Georgia ir. Acompanhei-a até o táxi e dei um grande abraço nela. Pensei em como ia ser bom entrar junto com ela no carro e ir para casa. Mas resisti. Ela me entregou um pedaço de papel.

— Esse é o número da minha prima Rachel, na Austrália. Ela é muito divertida e conhece todo mundo lá.

— O quê? Austrália?

— Só uma ideia.

— Você tem família na Austrália? É meio longe.

— Eu sei, mas você não tem aquela passagem?

— Sim, mas parece longe demais. Não quero ter outro ataque de pânico e ficar sem Lexomil e ficar surtando sobre o Pacífico Sul.

— Aqui. — Georgia me deu um saquinho plástico com alguns comprimidos dentro. — Tome alguns dos meus Xanax. Só para complementar o Lexomil. São ótimos.

— Mas vou viajar sozinha. É uma viagem bem longa.

— Mas quando chegar lá vai conhecer minha prima Rachel. Ela vai ajudar você com tudo o que precisar.

Olhei para o saquinho. Definitivamente já tinha remédios o suficiente para a viagem.

— Bom, eu li que existe uma seca de homens lá. *Seria mesmo* um bom lugar para minha pesquisa?

Georgia me fitou com aquele olhar, e ordenou com aquele tom de voz:

— Julie. Vá.

Eu imediatamente obedeci.

REGRA NÚMERO
6

Conforme-se com as estatísticas, porque não pode fazer nada a respeito (ou pode?)

Sempre achei que vivíamos num mundo onde, se alguém quisesse ir do Rio de Janeiro para Sydney, esse alguém simplesmente pularia num avião, talvez faria uma paradinha, digamos, na Nova Zelândia e então estaria a caminho. Mas quando peguei meu itinerário impresso na recepção do hotel, parecia uma edição da *National Geographic*. Saindo do Rio, eu faria uma parada de quatro horas e meia em Santiago, no Chile. Parecia legal. Depois eu pegaria um voo de cinco horas do Chile para Hanga Roa. Onde fica Hanga Roa?, você pergunta. É a "capital" da Ilha de Páscoa. Onde fica a Ilha de Páscoa? É perto da costa do Chile. Os nativos chamam de Rapa Nui, 3 mil habitantes, e é famosa pelas estátuas gigantes de homens de pedra que ficam ao longo da costa. Supostamente é um lugar ótimo para se conhecer, com mergulho, passeios a cavalo, ruínas místicas e escaladas para vistas espetaculares. Mas eu ficaria apenas uma hora no aeroporto, esperando minha conexão para Papeete, Taiti. Chegar ao Taiti levaria mais cinco horas, o que daria por volta de 23h30. E depois de esperar em Papeete até as 3 da manhã, eu pegaria o voo de oito horas de duração até Sydney.

Lidei com a maior parte das minhas 22 horas e meia de viagem aérea com maestria, misturando minhas drogas como uma farmacêutica experiente. Tomei um Tylenol no trecho até o Chile, depois outro até a Ilha de Páscoa. Engoli um Lexomil até o Taiti e um Xanax até Sydney. Era genial.

Dessa vez não foi *durante* o voo que comecei a arfar, suar e ficar tonta. As drogas resolviam muito bem tudo isso. Não, dessa vez foi nos vários aeroportos que quase enlouqueci.

Tinha decidido começar a ler sobre essa "seca de homens" que supostamente assolava a Austrália e a Nova Zelândia durante minhas horas de espera nos aeroportos. Então, imprimi alguns dos artigos que achei na internet e os li. Em bares e saguões de aeroporto de todo o Pacífico Sul, descobri as más notícias: as mulheres neozelandesas de 32 anos em 2004 tinham tanta chance de encontrar um parceiro de sua idade quanto uma mulher de 82 anos; existem cinco mulheres para cada homem em Sydney. E tinha outro estudo britânico que dizia que para cada 16 pontos adicionais no QI de uma mulher, havia uma queda de 40 por cento nas chances de ela se casar; isso para não falar no conhecido conselho dado às mulheres australianas de 20 e poucos anos para "fisgar" seus homens antes dos 30, porque depois disso ninguém sabe se vai conseguir conhecer outro cara, muito menos fazer com que ele se comprometa.

Antes de chegar a Papeete, eu não estava mais em pânico por medo de mergulhar através das nuvens numa espiral rumo à morte, aqueles últimos minutos virando uma eternidade e me dando tempo de perceber que seriam meus últimos minutos na terra, que nunca mais veria meus amigos, minha família, que nunca me apaixonaria e teria filhos, que minha vida estava prestes a terminar. Não, aquilo não me preocupava mais. Agora era suficientemente assustador apenas ler sobre ser uma mulher solteira acima dos 35. Quando entrei no avião para Sydney e tomei o Xanax, estava perturbada. O que havia acontecido com o "Sempre há um chinelo velho para um pé cansado"? As pessoas têm que parar de dizer essas merdas. Porque aí vai a verdade: as estatísticas estão nos dizendo que definitivamente *não* existe um chinelo para cada pé. Parece que muitos dos chinelos deixaram o armário para achar pés cansados em outro lugar, ou talvez para achar pés mais jovens e bem-dispostos. Qualquer seja a razão, parece que há muitos pés cansados andando descalços por aí hoje em dia.

O Xanax estava tentando me manter sob controle enquanto minha cabeça disparava, obcecada e preocupada. O que ia acontecer com todas essas mulheres? Se não existe uma garantia de uma cara-metade para cada uma, no que essas mulheres devem acreditar? Que talvez nunca se apaixonem, se casem, tenham uma família? Ou então que algumas delas entendam que vão ter que se conformar: nem todo mundo consegue o amor da sua vida, então devem se consolar com o que tem? E o que elas devem pensar sobre a ideia de nunca ter alguém em sua vida que amem de verdade, que as ame de volta, profunda e passionalmente? E quando digo "elas", quero dizer "nós". E quando digo "nós", quero dizer "eu".

Então minha pergunta é: devemos achar isso muito triste? Por um lado, filmes, músicas românticas e nossas próprias experiências nos dizem que uma vida sem amor é uma tragédia; um dos piores destinos imagináveis. Por outro, também nos dizem que não devemos precisar de um homem para viver. Que somos seres vitais, fantásticos e fabulosos em todos os sentidos do jeito que somos. Então, em que acreditar? É uma tragédia nunca encontrar o amor que estamos procurando, ou essa é uma ideia ultrapassada e antifeminista? Ou teria o amor sido completamente superestimado? Talvez não superestimado, mas *super-simplificado*. Talvez devêssemos parar de assistir a filmes e ouvir músicas que fazem parecer que pessoas se apaixonam e vivem felizes para sempre com a mesma frequência que compram chiclete. Deveriam nos dizer que é mais como ganhar na loteria. Muitos jogam, mas poucos ganham.

Dependendo de qual estudo você levar em consideração, o americano vai passar, em média, mais anos *não casado* durante sua idade adulta se passar dos 70 anos. E um novo estudo do censo mostra que famílias com pais casados viraram oficialmente uma minoria.

As luzes dentro do avião estavam sendo desligadas. Adoro isso nos voos noturnos. As comissárias de bordo viram chefes de acampamentos e decidem a "hora de apagar as luzes", subitamente forçando uma cabine cheia de adultos a dormir. Mas eu não conseguia. Mesmo com o Xanax, estava obcecada com as estatísticas. O que deveríamos fazer com essas coisas odiosas? Quero dizer, qualquer mulher americana se lembra da estatística de 1986, publicada pela *Newsweek,* afirmando que se você tem mais de 40 anos e mora em Nova York, tem mais chances de ser atingida por um ataque terrorista do que de se casar. Mas então, por incrível que pareça, vinte anos mais tarde, depois de muitas mulheres com mais de 40 se mudarem para Vermont ou casarem com caras que não amavam, ou gastarem milhares de dólares em cursos de Marianne Williamson ou em cirurgia plástica, ou apenas acordarem toda manhã em puro terror por causa daquela maldita estatística, a *Newsweek* publicou um artigo dizendo, basicamente, "Ooops! Erramos! Desculpem. Vocês todas na verdade têm uma chance razoável de se casar. Agora, vão todas cuidar de suas vidas".

Mas aqui estão as minhas estatísticas. Uma: todo homem que conheço, vejo ou ouço falar, pobre, chato, careca, gordo, arrogante, ou o que seja, a não ser que esteja preso, consegue arranjar uma namorada a hora que quiser. E duas: conheço dúzias de mulheres espertas, engraçadas, deslumbrantes, sãs, financeiramente estáveis, profissionalmente realizadas, fascinantes e em forma de Nova York, entre 30 e 40 e poucos, que estão solteiras. E não apenas solteiras "entre um namorado e outro", mas solteiras há anos. Quando ouço falar que um casal se separou, sei que o homem vai ter um novo relacionamento muito antes que a mulher.

Peguei minha confiável máscara de dormir e a coloquei sobre os olhos. Porque sabia que ia ficar muito bem em mim. Brincadeira. Estava tentando desligar meu cérebro. Porque aqui vai mais uma coisa. Esse pequeno monólogo que estou fazendo? Tem sido feito há muitos anos; não apenas por mim, mas por muitas mulheres antes de mim, talvez da idade de minha mãe, e talvez até antes disso. E a reclamação continua a mesma: não há muitos homens bons por aí. Então o que fazer? Como continuar solteira quando as estatísticas (e a realidade) estão te dizendo que esse é o seu destino?

Cheguei ao hotel cansada e rabugenta; depois de mais de 24 horas viajando, eu só precisava deitar na cama. Enquanto o carregador tirava minhas malas do táxi, me virei e olhei na distância.

Mesmo na minha confusão mental de drogas e falta de sono, não consegui evitar um certo deslumbramento pela Opera de Sydney, sobressaindo-se do porto como um milagre. Não tenho muita paixão por arquitetura em geral, mas, de perto, fiquei surpresa em ver como achei aquilo algo de tirar o fôlego. Nunca tinha visto um prédio que parecesse uma extensão tão orgânica das paisagens naturais de uma cidade. Aparentemente, o arquiteto Jorn Utzon desenhou o teto para parecer um "navio em velocidade máxima". E foi isso que vi — a Opera de Sydney navegando diante de meus olhos.

Meu hotel era bem no litoral, e mesmo que tudo que eu quisesse fazer fosse dormir, tive que ficar ali olhando, enquanto minhas malas eram levadas para dentro, apenas para absorver tudo. Enquanto fazia isso, tive a certeza de que, danem-se as estatísticas, eu ia me divertir muito em Sydney. A corrida do aeroporto tinha sido agradável, o tempo estava quente e o sol, brilhando. Sydney parecia moderna e ao mesmo tempo curiosa; inglesa e ao mesmo tempo asiática. A tristeza e a maldição que eu sentia no avião tinham se dissipado. Estatísticas demais haviam me deixado enjoada. A realidade de Sydney era uma situação totalmente diferente.

Quando entrei em meu quarto, a boa notícia era que ele era bem bonito, com uma vista para o mar e muito espaço. A má notícia era que já tinha alguém dormindo numa das camas de casal. Subitamente engasguei e congelei. Pensando que tinha entrado por engano no quarto de alguém, lentamente andei para trás, tentando sair antes de a pessoa acordar. Então ouvi um som que teria reconhecido em qualquer lugar: o barulho da respiração de Alice dormindo. Não era bem um ronco, era muito mais delicado que isso. Era como um ronronar alto. Conhecia das viagens que fizemos às Bahamas e a Nova Orleans. Andei para mais perto da cama e vi que estava certa: era Alice, dormindo profundamente. Não sabia como ela tinha chegado lá, mas ali estava. Deitei na outra cama e apaguei.

Quando acordamos, Alice explicou que Georgia tinha ligado para ela do aeroporto do Rio para contar como tinha se divertido. Alice, que é um pouco competitiva e nunca gosta de perder uma festa, perguntou a Georgia para onde eu iria em seguida e decidiu se juntar a mim. Agora, eu não sabia muito bem o que estava acontecendo entre ela e Jim no momento, mas não achei bom sinal que Alice, no meio de um novo relacionamento, decidisse viajar pelo mundo. Então, como amiga, tive que perguntar:

— Então, me conte sobre esse tal de Jim, como está indo?

Alice balançou a cabeça para cima e para baixo e deu um meio sorriso.

— Ele é ótimo. Muito legal. Quer dizer, ah, meu Deus, ele é tão legal. — Alice rapidamente saiu da cama. — Vamos comer alguma coisa? Estou faminta.

Aquela noite encontramos a prima de Georgia, Rachel, para um drinque no bar do hotel. Estávamos sentadas numa mesa do lado de fora, olhando o porto. A água cintilava e o vento estava úmido e aquela maldita ópera estava se exibindo de novo. Era divina.

Rachel era uma garota descolada de 33 anos. Era divertida e animada, com cabelos cacheados longos e loiros. Ela era assessora de imprensa de uma empresa familiar muito bem-sucedida, dona de vários restaurantes e hotéis em Sydney. Ela falava muito rápido e meio que pelo nariz, como pessoas com sotaques australianos às vezes falam. Estávamos bebendo um adorável rosé australiano, e ela contava o que nos aguardava.

— Vai ser uma festa maravilhosa. Esse cara, que está fazendo aniversário, é muito rico. A família dele fez fortuna com gado. É uma coisa grande a que estamos indo. Meu amigo Leo conseguiu os convites. Não é o máximo?

— Sim, estamos muito animadas — disse eu, educadamente.

— E os homens em Sydney são simplesmente lindos, são *mesmo*.

— Mas e quanto a essa seca de homens? — perguntei. — É verdade?

Rachel assentiu vigorosamente com a cabeça.

— Parece mesmo que os homens estão no controle. Por isso nunca vou largar meu namorado, não importa o quanto ele seja troglodita.

— Ele não é bom para você? — perguntei, tentando adivinhar o que ela queria dizer com troglodita.

— Nem um pouco. Mas ele é uma *delícia*.

Quando chegamos à festa, já estava fervendo. Os homens e mulheres mais bonitos de Sydney estavam lá, todos em seu melhor visual de sábado à noite. As mulheres usavam blusas curtas e jeans ou vestidos esvoaçantes, com o cabelo todo volumoso e desarrumado, seus lábios brilhantes e rosados. Os homens pareciam modernos de casacos e jeans e cabelo arrumado. O pessoal de Sydney sabia se arrumar para a ocasião — podíamos chamar de "casual-fabuloso". A festa fechada parecia estar tentando imitar a estética de uma casa de ópera parisiense, com seus veludos vermelhos, folheados em ouro e murais.

Quando chegamos ao bar, um homem alto de cabelo preto cheio de gel veio até nós. Rachel nos disse que era nosso anfitrião, Clark. Ele beijou Rachel na bochecha.

— Então essas são as nova-iorquinas?

— Sim, essas são Julie e Alice.

Ele me olhou:

— É você que está entrevistando mulheres solteiras pelo mundo todo?

— Sim, acho que sou — respondi, um pouco envergonhada.

— Incrível — disse ele. — Posso pegar três Sammy's para vocês? É o que todos estão bebendo essa noite.

— Perfeito — disse Rachel. E ele se inclinou sobre o bar para pedir.

— O que é um Sammy? — Alice perguntou a Rachel.

— Um Semmilon. É um vinho branco local. Não é famoso nos Estados Unidos, mas tem na Austrália toda.

Clark trouxe o vinho.

— Gostaria que eu a apresentasse a algumas solteiras com quem gostaria de conversar?

— Claro — disse eu, tirando meu bloquinho da bolsa.

Alice agarrou meu pulso.

— Não, agora não — disse. — É hora de Julie conversar com alguns *solteiros*. — Ela então me levou até um grupo de homens. Então, acrescentou: — Seca de homens uma ova. Estatísticas não significam nada. Vou provar.

Alice fez amizade rapidamente com um grupo de quatro homens jovens, todos em ternos executivos. Ela tinha atenção cativa de todo o grupo quando começou a contar sobre como uma vez convenceu um juiz a liberar um traficante por falta de provas, e o traficante prontamente quis agradecê-la dando a ela 1 grama de cocaína. Eles estavam fascinados e impressionados.

— Isso é incrível, de verdade — um dos homens excepcionalmente bonitos disse.

— É impressionante, ser tão jovem e já ter feito tanto — disse o outro.

O Jim dos Estados Unidos deve ter feito algum bem a Alice, porque naquele momento ela não sentia a necessidade de mentir ou se diminuir em qualquer aspecto. Ela se sentia bem o suficiente consigo mesma para apenas falar a verdade:

— Bem, não sou tão jovem. Estou com 38 anos.

Todos os rapazes pareciam incrédulos. O excepcionalmente bonito disse:

— Achava que você tinha uns 32!

— Eu dava pra você uns 30 — disse o mais baixo e atarracado. Seus dois amigos murmuraram concordando.

— Não. Trinta e oito. — E então Alice teve que me meter na história: — Julie também tem 38.

Agora, sejamos honestas, a única reação adequada de qualquer homem naquela situação seria mostrar grande descrença, o que todos felizmente fizeram.

Sempre me sinto culpada por ficar feliz quando alguém acha que pareço muito mais nova do que realmente sou. Como se fosse tanta desgraça parecer ter sua idade real. Toda vez que digo "obrigada" quando alguém diz que pareço mais nova, sempre penso: *Ambos acabamos de reconhecer que é terrível para uma mulher ser velha.*

— Nossa, vocês duas estão ótimas para a idade — disse o baixinho atarracado. De alguma maneira, só pelo jeito que ele disse, me senti subitamente uma anciã. A música começou a ficar mais alta e as pessoas começaram a dançar. De repente, dois dos rapazes pareciam ter outro lugar para onde precisavam ir urgentemente. O loiro excepcionalmente bonito não ia se safar tão rápido. Alice o chamou para dançar. Ele disse tudo bem, e então o mais baixo e atarracado e eu ficamos parados ali nos encarando até eu perguntar a ele também se queria dançar. Ele educadamente disse sim.

Alice e eu chegamos à pista de dança com esses dois homens. Agora, não quero me gabar, mas nós duas sabemos dançar. Não ficamos doidas na pista, nada vergonhoso, fique sabendo, somos apenas duas garotas com um pouco de ritmo. Estava tocando "Groove is in the Heart", e quem não gosta de dançar essa música? Alice e eu estávamos a toda, sacudindo os quadris e mexendo os pés, batendo palmas, mas os homens estavam apenas mexendo um pouco os pés. OK, eles não gostam de dançar, tudo bem. Mas imediatamente estragou o clima. Comecei a balançar um pouco menos, mexer os pés mais devagar. Alice, por sua vez, continuou, dançando mais perto do bonitão, colocando uma das mãos nos quadris dele por um momento, depois tirando e girando o corpo. Ela não ia se fazer de idiota de jeito nenhum. Estava apenas se divertindo. Mas o Cara Bonito não parecia querer entrar na brincadeira. Eu ainda estava curtindo porque adoro essa música, mas foi difícil não notar que o baixinho atarracado estava olhando por cima da minha cabeça enquanto dançava comigo, não fazendo contato visual nenhum. Agora, eis uma coisa que adoro sobre dançar: é um momento em que você pode se sentir livre, sexy e paqueradora com alguém por quem não está necessariamente interessada. Como beijar no Rio, é uma boa maneira de atiçar seu lado sexual sem ter que transar com alguém com quem não queira.

Então eu estava olhando o baixinho atarracado, sorrindo, tentando ser amigável e charmosa. Ele tinha cabelo cortado bem rente e um rosto grande, redondo e vermelho. Ele sorriu de volta para mim, rapidamente, e voltou a meio que encarar 1,5m acima da minha cabeça. Era bastante desconcertante. Então, quando a música terminou e eu já planejava simplesmente sair da pista de dança e para longe do baixinho, começou a tocar "Hey Ya", do Outkast, e eu gosto muito, *muito*, de dançar essa também. Assim, continuei dançando, não dando chance ao baixinho de fugir.

Enquanto eu pulava para cima e para baixo, fiz um momento de contato olho no olho com ele e sorri. Ele meio que me ignorou e de novo direcionou sua atenção para 1,5m acima da minha cabeça. Naquele segundo entendi o que estava acontecendo: *Ele não me achou nem remotamente atraente*. É claro que já tinha me sentido assim antes, em encontros, em conversas, mas nunca numa pista de dança fazendo meus passos sexies. Uma onda de humilhação me atingiu.

— Você está analisando demais — disse Alice mais tarde, enquanto esperávamos por nossos Sammy's no bar. — Ele não gostava de dançar. Tive a mesma experiência com o meu. Por isso ele só balançava para a frente e para trás conforme a música. E eu não estou achando que foi pessoal.

— Alice, ele ficou olhando acima da minha cabeça o tempo inteiro. ACIMA DA MINHA CABEÇA. — Eu estava praticamente gritando.

Bebemos nosso vinho, que estava delicioso. A música ainda estava ótima para dançar.

— Vamos dançar sozinhas — sugeriu Alice. — Fodam-se esses caras.

Olhei em volta para toda aquela gente bonita. Era minha primeira noite em Sydney e de jeito nenhum eu ia ficar mal por causa de um encarador-de-teto qualquer. Deixamos nossas bebidas na mesa e fomos para a pista de dança.

Eu ainda estava empolgada. Gritando acima do volume da música, falei:

— Estou te dizendo, nem se eu estivesse pegando fogo, aquele cara ia ter chegado perto para apagar.

Alice gritou de volta:

— Estou te dizendo, Julie. Alguns caras não gostam de dançar! Não tem *nada* a ver com você!

Foi quando meus olhos pararam atrás de Alice. Lá estava o baixinho-atarracado-que-olha-pra-cima-da-minha-cabeça se esfregando numa loirinha de uns 22 anos. Ele estava suando de tanto dançar. Pela expressão em meu rosto, Alice se virou e o viu. Ela olhou de volta para mim, sem fala. Então, ao mesmo tempo, olhamos para nossa esquerda e vimos o Cara Excepcionalmente Bonito se esfregando numa mulher na pista. Ele tinha as mãos nos quadris dela e sua pélvis estava perto da dela. Ele devia tê-la conhecido cerca de três minutos e meio antes. Suas mãos estavam se movendo para as laterais de seu rosto e ele a beijou.

Eles pararam de dançar e simplesmente ficaram aos amassos na pista. Alice viu isso. E esse é outro motivo por que adoro Alice. Ela sabe admitir uma derrota. Ela se inclinou para mim e disse:

— Vamos dar o fora dessa merda.

Estados Unidos

A coisa mais fofa do par de Georgia naquele encontro era que ele estava nervoso. Tímido. Esse era o primeiro encontro de Sam desde que se divorciara, quatro meses antes, e ele parecia um garoto no baile de formatura da escola. Tudo tinha sido arranjado por Alice, que conhecia Sam de seu tempo como advogada. Agora que ela e Jim eram "monogâmicos", Alice tinha muito tempo livre e energia para dedicar-se a encontrar namorados para os outros.

Eles estavam num pequeno restaurante escondido numa quadra de que Georgia nunca ouvira falar, Tudor Place, e que ficava ligeiramente elevada em relação ao resto do bairro. Isso permitia uma vista de 360 graus da cidade de Nova York à noite, com um lado mostrando o prédio das Nações Unidas subindo os céus como um gigante. Georgia estava num transe. O restaurante era cheio de velas e cortinas, o que fazia o salão parecer uma tenda de amor de algum xeque. Sam tomou a iniciativa e pediu uma garrafa de vinho para eles, o que imediatamente impressionou Georgia. Dale sabia muito de vinho e, ela tinha de admitir, era uma coisa que sempre gostara nele. Na verdade, era uma coisa que sempre gostou *neles*. Antes de as crianças nascerem, eles faziam aulas de degustação de vinho numa loja local, e uma vez até foram para Sonoma para umas férias com degustações.

Naquela noite Sam pediu um adorável Shiraz, e então começou sua adorável e vencedora confissão:

— Este é meu primeiro encontro desde meu divórcio, e estou muito, muito nervoso. Experimentei três camisas diferentes antes de sair de casa. — Ele estava sorrindo, seus olhos mirando as mãos, que tamborilavam nervosamente na mesa.

Georgia já gostava dele. Um homem honesto e vulnerável que entendia de vinho.

— Bem, você está ótimo.

E estava. Ele era um poste de tão alto, com um belo cabelo liso que descia até depois das orelhas. Ele parecia um pouco James Taylor, se James Taylor ainda tivesse cabelo.

— Obrigado. — Sam olhou para Georgia e depois voltou a olhar as mãos. — Alice me disse que você era bonita e inteligente, então senti a pressão. — Sam agora olhou fixamente para Georgia. — Só não imaginava que você seria tão bonita. — Ele tirou o cabelo do rosto.

— Obrigado por aceitar jantar comigo. Agradeço muito.

Georgia riu.

— Não estou aqui como um favor. Você pareceu legal ao telefone e Alice disse que era um cara ótimo.

Sam riu, envergonhado.

— Certo. Acho que eu não devia soar tão patético, né? É só que, tendo passado por um divórcio, e os anos infelizes de um casamento, bem, isso meio que prejudica a sua confiança, sabe?

Georgia assentiu lentamente e disse:

— Ah, sim. Eu sei.

Mas o que ela realmente estava pensando, enquanto o olhava, era *ingênuo*. Ele era completamente sem malícia ou pretensão. Era um homem crescido e de coração aberto que disse que ela era bonita e praticamente corou. Ela queria enlaçá-lo, enjaulá-lo e levá-lo para sua casa, onde o guardaria só para si, intocado pelo mundo lá fora. Enquanto jantavam, ela soube que ele era do Centro-Oeste, o que talvez explicasse muita coisa. Seus modos eram impecáveis. Ele foi gentil com a garçonete, mas também tinha um senso de humor seco que entreteve Georgia até o fim. E o melhor de tudo, quando ele falava da ex-esposa, era claro que doía para ele dizer qualquer coisa ruim sobre ela; foi depois de muito papo que Georgia conseguiu arrancar dele a história de como a esposa o tinha traído. Muitas vezes. Eles conversaram e conversaram, dividindo suas histórias pessoais sobre seus casamentos e como terminaram. Além de estar completamente enamorada, Georgia estava totalmente impressionada. De alguma maneira aquele homem conseguia transformar um marido pesaroso, corneado e maltratado numa coisa sexy. Ele era nobre, gentil e engraçado por ter consciência de ser completamente encantador por causa do desastre que tinha sido seu casamento de 15 anos. Eles terminaram o jantar e pediram outra garrafa de vinho. Beberam essa inteira também e ficaram oficialmente um pouco bêbados. Ele esperou Georgia entrar em seu táxi e lhe deu um beijo de boa-noite. E então, com total sinceridade, Sam disse a ela que tinha se divertido muito e adoraria vê-la de novo. Marcaram um encontro para uma semana depois, o que parecia muito tempo para Georgia, mas ela sabia que era nova em toda essa história de namorar, então não queria forçar nada. Ela subiu até seu apartamento, pagou a babá e foi para a cama, feliz. Havia uma esperança agora, e seu nome era Sam.

Austrália

Acordei cedo na manhã seguinte para pesquisar mais estatísticas. Não me cansava delas. Na minha busca na internet por "seca de homens", encontrei vários artigos de uma mesma escritora. Seu nome era Fiona Crenshaw, ela era da Tasmânia e escrevia para as solteiras da Austrália. Ela fazia isso com o sagaz humor australiano, mas era inflexível em relação a uma questão: não importava o quão ruim estivesse a seca, as mulheres deveriam lembrar que são *deusas*, que não podiam se conformar, e deveriam manter o otimismo. Ela deu a uma mulher um conselho transformador: *Ela tem que amar a si mesma*. Não é uma novidade? Aparentemente, se você amar a si mesma os homens vão fazer fila.

Isso me irritou imensamente. Sentei na cama, ouvindo Alice ronronar, e fiquei furiosa. Ali estava uma mulher que citava as estatísticas em suas colunas, mas que dizia às mulheres para se amar e "se manter otimistas" mesmo assim. Se houvesse uma cidade inteira morrendo de fome, sem comida à vista, ninguém em sã consciência iria dizer ao povo que tudo o que tinham a fazer era amar a si mesmos e pensar positivo para a comida começar a aparecer. Mas o amor tem uma qualidade mística que faz com que achemos que podemos ignorar os fatos cruéis — sendo que um deles é a falta de homens.

Felizmente, não tive que pensar nisso por muito tempo, porque nossa anfitriã, Rachel, ligou para animar meu dia:

— Meu amigo Will quer levar vocês para um passeio de barco hoje. Podem ir? Parece que vai ser um dia ótimo para isso.

— Mesmo? Ele quer levar a gente para passear de barco?

— Sim, ele é executivo, então adora fazer essas baboseiras de sociais.

— Mas ele sabe que Alice e eu não somos...

— Ah, por favor, você está escrevendo um livro sobre relacionamento. Quem não adora isso? Ele vai levar alguns amigos também, para você ver as coisas por uma perspectiva masculina.

— Bem, isso é incrivelmente gentil... — Eu não estava acostumada a toda essa generosidade. Sou de Nova York e estamos todos ocupados demais para ser tão hospitaleiros com os outros.

— Vejo vocês duas no hotel. O barco vai pegar vocês aí mesmo.
— E ela desligou.

O barco era um Donzi — uma lancha que parecia muito cara e corria muito. Estávamos sendo balançadas no convés, nossa pele esticada para trás de nossos rostos enquanto o vento batia, nossos cabelos fazendo nós e virando emaranhados. Will nos mostrou onde Russell Crowe morava (mandou bem, Russell) e apontou o prédio do qual Rupert Murdoch era dono. Ele tinha levado dois amigos, John e Freddie. Tinham pouco mais de 30 anos, eram bonitos e, pelo que consegui entender, extremamente ricos. John era o primeiro homem moreno que vi em Sydney, parecia quase italiano. Freddie era dono, ou parcialmente dono, de cinco ou seis restaurantes ou hotéis só no centro de Sydney. Ele me lembrava um pouco Lance Armstrong: alto, magro, confiante e meio babaca. Tinha olhos estreitos e a habilidade de nunca sorrir ou olhar diretamente para você. Dei uma olhada nesses senhores bonitos e ricos, que viviam no meio de uma seca de homens, e percebi que eles pareciam *crianças numa loja de doces*.

Então foi essa a atitude que tomei quando Will finalmente desacelerou o barco e pude me sentar para um conversa com os rapazes. Will serviu champanhe a todos, e Rachel tinha trazido alguns "belisquetes" — pequeninos pedaços de pão preto com salmão e creme *fraîche* por cima. Eram deliciosos. Perguntei aos homens se algum deles tinha namorada. Disseram que não. Perguntei se era porque tinham opções demais, e todos apenas riram e deram de ombros. Bem, Freddie não riu porque era descolado demais para rir.

— Então isso quer dizer que sim — falei.

Todos apenas deram de ombros de novo, envergonhados. Mas John tentou explicar:

— Não é isso. Quero me comprometer, quero mesmo. Me apaixonar. Mas ainda não encontrei a garota certa.

— Mas não acham que vai ser difícil encontrar a garota certa porque sempre acham que pode ter outra garota certa vindo depois dela?

Will se pronunciou dessa vez:

— Não, quando você se apaixona, você sabe, não é? Você simplesmente sabe. Pode ter quinhentas supermodelos atrás de você, e você não dá a mínima.

Os outros concordaram. Eu realmente só tinha uma pergunta para a qual queria resposta. Era tudo por causa das malditas estatísticas.

— E como é que se sentem? Quer dizer, não ter que se preocupar em achar alguém para amar?

John me olhou com surpresa.

— Como assim? Eu me preocupo. Não tenho certeza.

Will concordou:

— Trabalho o tempo todo. Quando vou ter tempo para conhecer alguém?

John acrescentou:

— Só porque tem muitas mulheres por aí não quer dizer que é garantido que eu vá encontrar alguém por quem eu me apaixone.

Will se serviu de um pouco mais de champanhe.

— Na verdade, pode ser mais deprimente conhecer todas essas mulheres e nenhuma delas ser "a certa".

De jeito nenhum Will ia me fazer ter pena dele porque havia mulheres demais. Pressionei:

— Então está dizendo que é tão difícil para você achar amor aqui em Sydney quanto para as mulheres?

Os dois homens concordaram com a cabeça. Freddie apenas encarava o oceano, sem expressão. Resolvi não deixar por isso mesmo:

— Mas não seriam obrigados a concordar que suas chances de se apaixonarem são maiores do que as das mulheres, simplesmente porque estão conhecendo mais gente que possam ser "certas"? Não acha que isso aumenta suas chances?

John disse:

— Não acho que funcione assim.

Will disse:

— Só precisa de uma.

Esses homens tinham uma maneira de ver as estatísticas completamente diferente da minha. Aparentemente, para eles não importava se tem muitos peixes no mar. Achar o único peixe que vai amar pelo resto da vida é difícil, não importa onde esteja nadando.

Alice continuou o interrogatório:

— Então algum de vocês já se apaixonou?

Todos assentiram com as cabeças. Will falou primeiro:

— Quando era adolescente, eu me apaixonei. Fiquei com o coração partido. Tinha uma namorada de 19 anos que acabou comigo.

John concordou:

— Eu tratava minhas namoradas muito bem quando era mais novo. Comprava flores, escrevia poemas de amor..

Will riu e John continuou, envergonhado:

— Não conseguia evitar, eu era um romântico! Tive uma namorada aos 21 com quem teria casado. Eu era doido por ela. Mas ela terminou comigo porque disse que estava ficando sério demais.

Eu me perguntei onde estaria essa mulher agora. Esperava que não estivesse solteira e morando em Sydney.

Alice olhou para Lance Armstrong.

— Então, Freddie. Você está terrivelmente quieto.

Freddie apenas olhou para Alice e deu de ombros.

— Foi assim comigo também. Fui arrasado quando era mais novo. Mas descobri como funciona. Até a mulher ter uns 30, 32 anos, ela tem todo o poder. Damos em cima delas, brigamos por elas, corremos atrás delas. Então, por volta dos 32, 33, tudo muda. Nós ganhamos o poder e elas é que ficam brigando e correndo atrás da gente. Acho que é apenas o troco. Por todas as merdas que nos fizeram passar quando éramos mais jovens.

Os outros homens olharam para Freddie, não exatamente discordando, mas não querendo começar uma confusão. Alice estreitou os olhos, se mexeu em seu banco e calmamente tomou um gole de champanhe. Eu aproveitei:

— Algum de vocês consideraria sair com uma mulher mais velha? Alguém com mais de 35 ou 40?

— Prefiro o velho ditado: trocar uma de 40 por duas de 20, se é que me entende — disse Freddie, não exatamente brincando. Os outros riram.

Então isso significava que eles todos queriam sair com garotas de 20 anos? Fiquei com vontade de pular fora do barco ali mesmo.

Freddie acrescentou, com discernimento:

- Não conhecemos solteiras mais velhas quando saímos porque não tem nenhuma para conhecer.

Alice perguntou rapidamente:

— Como é?

Num tom frio e lento, como se estivesse falando com duas imbecis, Freddie explicou:

— Não tem mulheres dessa idade nas minhas boates ou restaurantes porque todas já estão casadas.

Tive que me intrometer agora:

— Está me dizendo que acha que todas as mulheres com mais de, digamos, 38 anos estão casadas? Por isso não estão por aí em boates?

— Sim. É claro. — Os outros concordaram.

Alice, confusa, disse:

— Está dizendo que literalmente não há nenhuma mulher solteira em Sydney com mais de 38 anos?

Freddie assentiu com a cabeça, confiante:

— Sim.

Encarei-o por um minuto e então limpei a garganta.

— Você sabe que as estatísticas, com as quais estou bastante familiarizada, não mostram nada disso?

Freddie deu de ombros.

— Sou dono de metade dos bares e restaurantes dessa cidade. Em quem você vai acreditar, nas estatísticas ou em mim?

Eu não conseguia parar de falar:

— Você acha, Freddie, que o motivo para você imaginar que não existem mulheres solteiras com mais de 38 anos seja talvez porque simplesmente não esteja prestando atenção nelas? Que talvez elas sejam invisíveis para você?

Freddie apenas deu de ombros.

— Talvez. — Alice e eu nos entreolhamos. Essa era a maior confissão que tínhamos arrancado daqueles sujeitos o dia todo.

— Bem, vocês duas não têm com que se preocupar durante anos, então por que tanta discussão? — perguntou Will. — Quantos anos vocês duas têm? Trinta e um? Trinta e dois?

Até ali, naquele barco e com aqueles homens, eu me senti bem ouvindo isso. Maldita seja eu. Dessa vez, Alice não sentiu necessidade de corrigir.

Naquela noite, Alice pode até ter secado o cabelo, passado rímel e colocado seus saltos, mas daria no mesmo se estivesse usando roupa cáqui, botas de escalada, um chapéu de safári e carregando um rifle. Ela estava louca para descobrir onde estavam todas as mulheres com mais de 35.

Fomos para um dos estabelecimentos de Freddie, espertamente chamado de "Freddie's World". Era um espaço cavernoso com um imenso bar circular no meio e hordas de pessoas se misturando. E não parecia ter nenhuma seca de homens ali.

— Você vai para a direita, eu vou para a esquerda. Nos encontramos embaixo daquele arco ali na frente.

Fui para a direita, meus olhos atentos para qualquer mulher com linhas de expressão na testa e rugas saindo da parte de baixo do nariz até os cantos da boca. Tudo o que via eram bonitinhas com carinhas de bebê, com pele radiante e de menos de 30. Cheguei embaixo do arco junto com Alice.

— Fui até duas mulheres que achei ter mais de 35. Elas me disseram que tinham 27. Uma delas quase me deu um soco e a outra foi correndo chorar no banheiro. — Alice olhou em volta de novo. — Fora isso, não achei nada.

— Vamos a um dos restaurantes dele — disse eu. — Afinal, mulheres com mais de 35 ainda precisam de comida, certo?

Andamos alguns quarteirões e achamos o Freddie's Fish, um restaurante japonês de esquina muito moderno, com janelas altas para mostrar todas as pessoas bonitas comendo arroz e peixe cru lá dentro. Felizmente, fomos acomodadas numa mesa bem no meio de tudo.

A mesa ao nosso lado estava vazia, mas, quando nosso saquê chegou, quatro mulheres, todas elas com linhas de expressão na testa e bolsas caras, sentaram ao nosso lado. Bingo.

Depois de fazerem seus pedidos, tentamos olhar para elas e sorrir de vez em quando, para parecermos simpáticas. Alice escondeu nosso molho shoyu com baixo teor de sódio para poder pedir, em seu mais forte sotaque de Long Island, o delas emprestado. Elas morderam a isca:

— Vocês são de Nova York?

— Sim. Sim, somos — disse Alice. — Minha amiga Julie está escrevendo um livro sobre como ser solteira ao redor do mundo. Meio que um livro de autoajuda sob uma perspectiva mundial.

As mulheres se interessaram. Uma delas perguntou:

— Então, veio para Sydney fazer pesquisa?

— Sim, eu vim.

— O que descobriu? — perguntou outra.

— Bem, ainda não descobri nada, mas tenho algumas perguntas — disse, timidamente.

As quatro mulheres se inclinaram em nossa direção. Eram todas muito bonitas. Uma delas sorriu e disse:

— OK. Manda.

Alice se intrometeu:

— Para onde vocês saem para conhecer homens? Bares?

— Não, não — disse uma delas. — Nunca vou a bares.

— Nunca — disse outra.

A terceira disse:

— Eu saio às vezes com algumas amigas, e geralmente é bem deprimente.

— Os homens da nossa idade agem como se fôssemos invisíveis.

Alice socou a mesa com o punho.

— Sabia! Vocês vão para alguma das boates de Freddie Wells?

— É difícil não ir — a quarta mulher disse. — Mas eu praticamente parei de ir. Tenho 37 anos e comecei a me sentir totalmente passada.

Todas as outras concordaram.

— Agora só saímos para jantar.

— Ou se for algum evento do trabalho.

— Se não for isso, fico em casa.

Talvez Freddie estivesse certo, afinal. Talvez aquela fosse a Cidade das Mulheres Perdidas, onde mulheres com mais de uma determinada idade são forçadas a ficar em casa vendo televisão. Olhei para aquelas mulheres lindas, cheias de vida e estilosas falando como se estivessem prestes a jogar paciência e operar a catarata.

Tive que perguntar:

— Vocês não pensam em se mudar? Para algum lugar onde tenha mais homens?

— Ou onde tenha bares para maiores de 25? — Alice acrescentou.

Uma delas disse:

— Estava pensando em me mudar para Roma.

— Sim, Europa. Lá acho que os homens te comem até se tiver 50 anos — disse a outra, esperançosa.

As outras mulheres pareciam comovidas com essa ideia. Achei que devia estar certo. Talvez pudesse ser outro livro de autoajuda para virar best seller: *Lugares onde os homens te comem quando você já tem 50*.

— Mas falando sério. Como poderíamos? Simplesmente empacotar tudo e deixar nossas casas para trás porque nossas vidas amorosas estão ruins? Isso parece ridículo — disse uma delas.

Enquanto estávamos sentadas comendo nossa soja verde e bebendo nosso saquê, pensei em mim e nas minhas amigas. Nossas vidas amorosas podiam ser consideradas desastrosas. Mas eu nunca sonharia em sugerir a uma de nós que deixasse Nova York para encontrar um homem. Ou sonharia? Não devíamos estar levando essas estatísticas um pouco mais a sério? Terminamos nosso sushi e, apropriadamente, como mulheres de 30 e muitos em Sydney, fomos embora para nossas camas.

Estados Unidos

A semana de Georgia teve dois breves e inteligentes e-mails de Sam, uma rápida conversa por telefone e até uma mensagem de texto dizendo "bom falar c/ vc!" O texto pareceu para Georgia meio atípico para o Sam doce e tradicional que conhecera uma semana antes, mas ela não deu muita atenção ao assunto. Estava apenas aliviada porque tinha uma promessa de romance — não importa o quão remota. Essa pequena esperança pode te ajudar durante muitos dias enquanto prepara o almoço das crianças sozinha, vai para a cama sozinha e fica imaginando seu marido transando com uma dançarina jovem de coxas grossas. Georgia tinha uma promessa, e mesmo quando Sam mandou um e-mail a ela perguntando se podiam adiar o encontro por uns dois dias porque "surgiu uma coisa", ela nem notou. Tudo o que importava era que ele não tinha cancelado, que ele ainda era uma promessa.

Eles se encontraram num bar do Brooklyn. Sam foi quem sugeriu, considerando que era perto de seu apartamento. Georgia não se importava. Por que não ser ela a ir até ele? Morando no Brooklin, ele devia ficar no metrô o tempo todo. Ele teve que acordar de manhã cedo para trabalhar, e teve que ir até mais longe ainda da última vez em que se encontraram. Parecia justo. Mas quando Georgia entrou, ficou surpresa ao ver como todos pareciam jovens; parecia um daqueles pubs de universitários.

E na hora que viu Sam, Georgia notou que havia algo diferente. Ele parecia literalmente corado de... alguma coisa. Confiança. Era isso. Ele parecia muito mais confiante que apenas uma semana e meia antes. Ela deixou essa observação passar e continuou focada na tarefa que tinha: ser encantadora.

— Não se importa se sentarmos no balcão, se importa? — perguntou Sam, casualmente, *confiantemente*.

— Não, não, é claro que não, está bom.

Sam apontou para um banco alto sozinho no canto do bar.

— Por que não se senta ali?

Georgia ficou um pouco confusa.

— Ah. OK, bem... Você não quer se...?

— Não. Fiquei sentado o dia inteiro; vai ser bom ficar um pouco em pé. — Georgia obedientemente se sentou no banco alto e olhou para Sam enquanto ele se apoiava no bar.

— O que quer beber? Eles têm uma ótima Guinness aqui.

Ela não conseguiu evitar a comparação: de restaurante para bar, sofá para banco alto, vinho para cerveja.

— Seria ótimo — disse Georgia. Sam fez o pedido ao barman e se voltou para ela, sorrindo. O sorriso que na semana anterior era envergonhado e rápido agora estava radiante. Ele estava usando o mesmo tipo de roupa, mas parecia diferente nele agora. Moderna. Eles tiveram uma conversa agradável, ele em pé, enquanto Georgia ficava sentada. Georgia não havia tido encontros suficientes para entender por que isso parecia tão incrivelmente esquisito. Por que ele não pode ficar em pé se quiser? É um país livre.

— Então, como andam as coisas desde que nos vimos pela última vez? — perguntou Georgia casualmente, bebendo sua Guinness.

— Ótimas. Realmente ótimas.

— Isso é maravilhoso. Então o que está acontecendo que é tão "realmente ótimo"?

— Você sabe. Estou apenas saindo por aí, sabe. Conhecendo pessoas, descobrindo quem eu sou sem Claire. Abrindo minhas asas. É excitante.

— Excitante. Uau. Isso é ótimo. Excitante. Bem, não tem nada melhor que excitante, tem?

— Não. Nada é melhor que excitante!

Georgia pensou em sua vida desde que se divorciara de Dale. Bem, ela transou com um garoto de programa brasileiro. Achou que isso podia ser considerado excitante.

Sam tomou um grande gole de cerveja e secou a boca com a manga da camisa. Georgia olhou para ele, sem saber se queria descobrir mais, mas não conseguia se conter:

— Então. O que está tornando tudo tão excitante?

— Bem, é bastante fascinante, para falar a verdade. Todas as mulheres que tenho conhecido, sabe?

Georgia ergueu as sobrancelhas. Sam se explicou:

— Bem, nós dois estamos saindo, estamos conhecendo gente, entende? Estamos voltando para a pista, vendo qual o nosso lugar em todo o esquema, não é?

Georgia assentiu educadamente.

— Sim. Exatamente.

— Então, eu admito. Marquei alguns encontros pela internet essa semana. Tipo, todas as noites da semana. Apenas resolvi mergulhar de cabeça. Splash! — Sam fez um grande gesto de mergulho e depois um grande esguicho com as mãos.

— Splash! — Georgia imitou, concordando.

— E é incrível o que aprendi. Quer dizer, minha esposa não transou comigo durante anos. Então eu achava que era porque eu era fisicamente repulsivo. Mas agora estou saindo, e as mulheres me querem de novo. Não ligam que eu tenha dois filhos e ganhe apenas 60 mil por ano. Elas me querem de novo!

Georgia deu a ele a resposta que ele queria:

— Isso é ótimo, Sam! Que bom pra você!

Sam se inclinou e tocou o braço de Georgia.

— A verdade é que, na minha vida toda, eu nunca conseguia as garotas. Eu era o cara legal que elas diziam que gostavam "como amigo". E então elas saíam com os babacas. Bem, adivinha só? Essas garotas até hoje não se casaram e têm entre 30 e 40 anos, e eu, o cara legal com um emprego decente? Pareço o próprio Jesus Cristo para elas.

Georgia sentiu seu estômago se revirando. Deu uma volta completa quando as palavras "o próprio Jesus Cristo" saíram da boca de Sam. Ela se apoiou no bar, tentando permanecer calma. Ela sabia que provavelmente era verdade, mas até agora ninguém tinha explicado de forma tão impiedosa. Em Nova York, quando se trata de encontros, caras legais com mais de 40 anos realmente levam a melhor. Eles são milagrosos como a partilha dos pães e os peixes caindo dos céus. Georgia se sentiu ficando vermelha, com lágrimas se formando no canto dos olhos.

— Sabe, não estou me sentindo muito bem.

Sam imediatamente ficou preocupado.

— O quê? Sério? Sinto muito. Quer alguma coisa? Água?

A verdade era que Sam era mesmo um cara legal — e era exatamente por isso que era um bom partido tão cobiçável em Nova York.

— Não, tudo bem. Acho que vou só pegar um táxi e ir para casa, se não se importa. Sinto muito. — Mas, na verdade, Georgia não sentia tanto. Sam tinha tantos encontros agendados que provavelmente ficaria aliviado por ter uma noite de folga. Ela agora entendia toda a história do ficar-em-pé-no-bar. Ele estava tendo tantos encontros que sua bunda doía. Ou talvez soubesse que ia ter que correr para seu encontro seguinte aquela noite e não queria que um banco alto o atrasasse. Georgia se levantou. Sam ajudou-a a vestir o casaco, foi com ela até a rua e chamou um táxi.

— Vai ficar bem?

Georgia olhou para ele, uma dor dilacerante tomando todo o seu corpo.

— Não se preocupe. Estou bem. Acho que comi alguma coisa estragada no almoço. Está me incomodando o dia inteiro.

Sam abriu a porta do carro e Georgia entrou.

— OK, eu te ligo em vinte minutos para ver se chegou direito. Tudo bem?

— Sim, é claro. Obrigada — Georgia murmurou. Ela virou o rosto para ele não ver que agora chorava, a tristeza tomando conta dela. Georgia tinha acabado de descobrir outra lição importante sobre ser solteira. Você pode estar por aí indo a encontros para achar o amor da sua vida, mas a outra pessoa pode apenas estar atrás de um bom filé num sábado à noite; ou apenas tentando "mergulhar de cabeça". Ela se sentia humilhada. Como pôde ter achado que ia ser tão fácil? Um cara legal a conhecendo, gostando dela e querendo estar com ela. Isso era Nova York, e ela agora sentia as estatísticas cuspindo em sua cara.

Cumprindo sua promessa, Sam ligou vinte minutos depois para ver como ela estava. Ele era muito legal. Que babaca.

. . .

Duas horas depois de começar seu primeiro turno como voluntária no abrigo de animais, Ruby observou enquanto levavam três cachorros para serem sacrificados. Eles não explicaram necessariamente o que ia acontecer, mas ela percebeu. Um homem de casaco branco tirava o cachorro da jaula e saía da sala com ele. O cachorro nunca mais voltava. Ruby estava horrorizada. Ela sabia que era isso que faziam lá, que era a política deles, mas não fazia ideia de que acontecia com tanta frequência. Parecia tão sem sentido, tão cruel. Quando o terceiro cachorro estava sendo tirado da gaiola, Ruby interrompeu o jovem:

— Com licença, senhor?

O jovem olhou para Ruby, com a porta aberta.

— Poderia, por favor, me explicar... como você escolhe?

O jovem fechou a porta da jaula, quase como se não quisesse que o cachorro escutasse.

— Quer dizer quem nós... levamos?

Ruby assentiu.

Obviamente era um assunto delicado. Ele pigarreou.

— Decidimos pelas chances de serem adotados, então consideramos idade, saúde e o temperamento de cada um.

Ruby sacudiu a cabeça.

— Temperamento?

O jovem assentiu.

— Então, quanto mais rabugento o cachorro, mais chance tem de ser sacrificado?

O homem concordou. Estava claro que não ficava feliz com isso, também. Ele deu a Ruby um sorriso educado, e então abriu a porta de novo. Ele tirou Tucker, um pastor alemão misturado. O cão não fazia nenhum som, parecia mesmo magro e doente. Ruby agora lutava contra as lágrimas.

— Posso segurar o Tucker, por favor?

O jovem rapaz olhou para Ruby. Ele analisou seu rosto para ter certeza de que não se tratava de uma maluca. Ele segurou o cão e foi com ele até Ruby. Ela se ajoelhou e deu um grande abraço em Tucker. Ruby fez carinho e sussurrou em seu ouvido que o amava. Ela não chorou, ela não fez escândalo. E depois ela simplesmente se levantou e o deixou ir.

Enquanto fazia isso, o pensamento mais estranho atravessou sua cabeça, um pensamento que não a deixava necessariamente orgulhosa: estava feliz por ter decidido ser voluntária nesse abrigo. E não porque achava que podia ajudar; não porque achava que os animais precisavam dela. Não. *Se eu conseguir fazer isso e não perder o controle*, pensou consigo mesma, *posso fazer qualquer coisa — inclusive namorar de novo.*

Em pouco tempo, isso virou rotina. Ruby virou a madre Teresa do abrigo animal. Ela se certificava de que o último rosto que eles viam antes de encontrar o criador era um rosto de amor. Então sempre que Ruby estava trabalhando, o que era uma vez por semana, nas quintas à noite, se tinha algum cachorro prestes a ser sacrificado, aquele jovem chamado Bennett o levava até Ruby. Ela então administrava os últimos ritos: um grande, grande abraço e muita afeição sussurrada. Então ele era levado para a salinha, onde recebia sua injeção e dormia para sempre.

. . .

Enquanto isso, Serena encontrava seu homem em toda parte: em armários de vassoura, despensas e até no banheiro feminino da Integral Foods na rua 13.

A única coisa que eles nunca arriscavam fazer era se encontrar num de seus quartos. É o primeiro lugar onde te procuram quando precisam de você, e não haveria explicação razoável para ela estar saindo de fininho do quarto do *swami* Swaroopananda. Mas qualquer outro lugar com um teto estava valendo. Se o propósito de virar *swami* era sentir um poderoso e envolvente amor que a deixava próxima do espírito transcendental de Deus, então aqueles votos loucos de *sannyasin* funcionaram perfeitamente.

Numa manhã em particular, enquanto ela estava sentada meditando, depois de já ter tido um breve tête-à-tête com o *swami* Swaroop no banheiro do porão, ficou recapitulando toda a cena: sua bunda na pia, ele na frente dela; depois os dois em cima da privada tampada; e então contra a parede. Esses eram definitivamente "pensamentos externos" que o mestre de meditação gostaria que ela tirasse da mente. Mas por mais que tentasse, Serena não conseguia. Porque estava apaixonada. E porque era sua primeira vez, ficava boba de como era apropriada essa palavra: *apaixonada*. Serena amava tanto aquele homem que sentia como se estivesse flutuando numa bolha. Uma bolha de paixão. Que agora ela existia, a cada momento, a cada hora, apaixonada. E isso era, ironicamente, a experiência mais espiritual que já tivera. Nenhuma aula de ioga, nenhum curso de meditação, nenhuma dieta de dez dias à base de apenas líquidos jamais a levara tão perto da exultação que sentia com essa sensação nova em folha que era estar apaixonada.

Durante a meditação, ela se permitiu dizer a si mesma tudo o que queria. "*É disso que todo mundo sempre falou tanto. Todas as canções de amor e poemas e filmes. É disso que se trata viver. Estar apaixonada. Amar alguém. Ter alguém que te ame.*" E enquanto inspirava e expirava, lentamente, ela foi mais além: "*Eu não fazia ideia do que era estar vivo.*

Sem amor em nossa vida, nada faz sentido." Pronto. Ela disse. E estava falando sério. Como poderia um dia voltar a viver no mundo sem esse sentimento? Isso é tudo, isso é vida, isso é verdade, isso é Deus. Felizmente, ela não precisava mais viver sem isso. Porque o *swami* Swaroop não ia a lugar algum. Estranhamente, ela ainda o chamava de *swami* Swaroop. Em seus momentos mais íntimos, ela dizia "Oh, *swamiji*", mas era o mais íntimo que já ficara. E o Sr. Oh, *swamiji* parecia estar vivendo na mesma bolha de paixão, sempre querendo estar com ela, tocá-la, conversar com ela. Roubando um olhar, um sorriso, um toque. Ele até dera a ela um presente, um sinal secreto de que ela era dele: uma pequena corda preta. Ele a amarrou em volta do tornozelo dela e disse que toda vez que a visse, saberia que estavam unidos. Para Serena, isso provava que ele também estava apaixonado, e ela ficava feliz em deixar as coisas correrem daquele jeito.

A única coisa que atrapalhava levemente a alegria desse encontro cósmico de almas era o fato de que ela ainda não tinha expressado a enormidade de suas emoções para ninguém. Eu estava viajando, mas continuamos trocando telefonemas, e ela não havia falado com Ruby, Georgia nem Alice por algum tempo. Certamente, ela não havia dito nada ao *swami* Swaroop. E isso estava começando a incomodá-la. Essa alegria presa dentro dela, a aquecendo, a alegrando, mas que também precisava ser libertada. Precisava ser solta no mundo, como uma verdade, como uma realidade, para ela poder voar ainda mais alto do que já estava voando. Para então aquele amor ter para onde ir, fora de seu coração, rumo ao mundo.

Era sua vez de dar a primeira aula de ioga do dia. Era cedo, 7h30, e havia apenas seis mulheres bastante dedicadas e um homem. Ela estava guiando todos pelo Pranayama, seus exercícios de respiração, dizendo para inspirar pela narina direita, apertar a outra com o polegar esquerdo e inverter o processo. Enquanto prosseguiam com esse processo de estimulação dos chacras, Serena tomou uma decisão. Ela iria dizer ao *swami* Swaroopananda como se sentia. Serena achava que era falta de respeito com o universo, com Deus, não admitir a benção que tinha sido concedida a ela.

Esse centro de ioga em particular era bem tradicional. Aquilo não era cardio-ioga ou ioga feita numa sala com a temperatura do inferno. Aquilo era a boa e velha ioga, e agora estavam trabalhando pernas. "Perna esquerda para cima, e para baixo. Perna direita para cima, e para baixo." Enquanto ela falava, sua mente divagava. Ela planejou como ia falar com ele. Decidiu que ia quebrar sua regra principal e entraria no quarto do *swami* Swaroop depois da aula. Ela gentil e docemente apenas diria a ele o que ambos já sabiam e sentiam. Ela descreveria a profundidade de suas emoções, não pediria nenhuma decisão ou compromisso, mas apenas para se libertar do segredo. Deveria ser uma celebração, esse sentimento, e ela devia poder celebrá-lo, mesmo que só entre os dois. Foi então que, quando olhou pela sala e todas as pernas estavam sendo levantadas no ar, viu uma coisa que a fez engasgar. Foi meio que assim: "Agora as duas pernas, para cima, e para baixo... para cima, e... kahhh!"

Das 12 pernas femininas erguidas na aula de ioga, quatro delas tinham tirinhas de corda preta amarradas no tornozelo.

Serena imediatamente tentou controlar sua respiração — ela era uma *swami* e professora de ioga, afinal. Ela se recompôs o suficiente para dizer:

— Desculpem. Agora as duas pernas para cima, e para baixo, para cima e para baixo.

Ela procurou em sua consciência por uma explicação. Talvez fosse alguma moda nova que Britney Spears ou alguma outra celebridade tivesse inventado para apoiar a luta contra alguma doença. Espera! As pessoas que frequentam a cabala não usam tirinhas? Aquelas mulheres eram todas da cabala. Isso explicava. Ela continuou a aula, em paz e tranquila. Ela se reconfortou com a noção de que aquelas mulheres todas trocavam de roupa no mesmo vestiário antes e depois das aulas — certamente teriam notado as tirinhas. O *swami* Swaroop sabia que ela ensinava ioga a essas mulheres, ele sabia que uma hora ela ia ver seus tornozelos durante exercícios de perna ou quando ficassem de ponta cabeça. Que tipo de homem daria a todas as mulheres com quem transava uma cordinha preta? Não. Tinha alguma outra explicação e ela estava apaixonada e ainda ia dizer a ele como se sentia.

Logo depois da aula, Serena procurou nas diferentes salas e estúdios de ioga para ver se o encontrava, mas não o achou em lugar algum. Ela foi até seu quarto e ouviu o som familiar da respiração profunda do *swami* Swaroop, fazendo seu Pranayama matinal. Ela entrou sem bater.

A primeira coisa que viu foi a cordinha preta. No tornozelo de Prema, a estagiária de 19 anos que trabalhava na livraria-butique. Aquela cordinha estava acima da cabeça de Prema. O *swami* Swaroop estava em cima dela na cama, enfiando e pranayamando com tudo. Ele olhou para cima e viu Serena o encarando. Com incrível tranquilidade, sua respiração lenta e estável, mesmo enquanto seu coração disparava e suas mãos tremiam, Serena fechou a porta em silêncio, se certificando de que não atrapalhava ninguém do centro.

Então ela desceu levemente as escadas até o porão e entrou no vestiário. Ainda havia três mulheres lá — as três nas quais ela tinha visto a tirinha no tornozelo. Elas todas pareciam prestes a sair.

— Oi, *swamiji* — disse a garota magra de 22 anos com o cabelo castanho-claro na cabeça e castanho e comprido no sovaco. Ela estava vestindo seu casaco. — A aula foi ótima.

— Sim, foi muito boa — disse a loira de 35 anos. Ela agora estava usando um terno de executiva e passava batom na frente do espelho.

— Obrigada, eu só... Alguém achou um moletom aqui? Alguém ligou e disse que tinha esquecido.

As mulheres, incluindo uma de 50 e poucos anos com um corpo sarado incrivelmente sexy, começaram a ajudar a procurar. Serena não sabia bem o que queria fazer ou dizer, mas sabia que tinha que fazer ou dizer alguma coisa.

— Uau. Isso é tão engraçado. Notei durante a aula que todas vocês têm cordinhas pretas em volta dos tornozelos. Vocês estudam cabala?

As mulheres se entreolharam e sorriram maliciosamente.

— Acho que seria uma cordinha vermelha — disse a garota de axilas cabeludas.

Todas deram risadinhas. A de 50 e poucos anos disse, de forma educada:

— Na verdade, pertencemos a um tipo diferente de culto.

— Mesmo?

As mulheres olharam umas para as outras, não dizendo mais uma palavra sequer. Começaram a pegar suas bolsas e a se aprontar para ir embora o mais rápido possível. A executiva loira abriu a porta do vestiário, pronta para sair.

Antes de se dar conta, Serena tinha chutado a porta, fechando-a e mantendo-a assim, com o pé direito contra ela. A cordinha preta no tornozelo direito de Serena agora estava à vista. Os olhos das outras mulheres se arregalaram ao notar. A garota de axila cabeluda não acreditava. Ela apontou para Serena.

— Mas... você é uma *swami* — disse, chocada.

— E o *swami* Swaroopananda também é! — Serena gritou de volta.

— Eu não entendo! Vocês todas sabiam umas das outras e não ligaram? Ele deu em cima de todas vocês juntas e decidiram ir em grupo?

A coroa sarada falou calmamente:

— O *swami* Swaroop me procurou seis meses atrás; aliás, nesse mesmo vestiário.

Você não foi a única, pensou Serena, enquanto a de 22 anos ria.

— Você não foi a única!

— De qualquer modo — continuou a sarada sexy —, quando ele me deu a cordinha, achei bonitinho. Logo depois vi que Gina usava uma — disse ela enquanto indicava a loira —, e a Ricki também. — Ela indicou a axila. — Eu não liguei porque sou casada; é só diversão. Conversamos sobre isso um dia no vestiário e rimos muito.

— Ele é tão sexy — disse Ricki — que ficamos felizes em dividir.

— Dividir? Sexy? Ele é um *swami*!

A loira sorriu maliciosamente:

— A espiritualidade dele, a natureza proibida da situação. É bem sexy. Mas você deve saber disso. Você é *swami* também, então é um tabu duplo.

— Tabu duplo. É. Isso é muito sexy — disse Ricki, que agora parecia menos incrédula e mais invejosa.

As mulheres olharam para Serena com inveja e por um momento parecia que desejavam ter raspado as cabeças e jurado ser celibatárias e usar roupas laranja também, só pela aventura adicional daquilo tudo.

— Então, vocês são basicamente o harém dele, é isso que estão dizendo? — perguntou Serena, escandalizada.

As mulheres meio que sorriram. A loira deu de ombros:

— Acho que agora você é uma de nós também.

Serena sacudiu a cabeça furiosamente. Ela abaixou, agarrou a cordinha preta de seu tornozelo e puxou. E puxou mais um pouco. Não cedia. É incrível como um pedaço de corda pode ser resistente às vezes. Ela puxou mais algumas vezes até parecer que ia começar a cortar a sua pele. Então ela olhou em volta do lugar, desesperadamente procurando um objeto afiado. Nada.

— Alguém tem uma porra de uma chave? — Serena, a *swami*, guinchou.

A loira rapidamente lhe entregou as suas chaves de casa. Serena a pegou, usando uma única chave para começar a cortar a cordinha do tornozelo. As mulheres olhavam um pouco alarmadas enquanto Serena tentava se libertar.

— Isso é uma coisa da qual eu não faço parte. Uma porra de harém de alguém. Isso é *babaquice*. — E enquanto dizia babaquice, a cordinha arrebentou. Serena se virou e saiu num rompante, deixando as mulheres paradas ali.

Ela correu escada acima de volta ao quarto do *swami* Swaroopananda, mas estava vazio. Serena lembrou que ele dava uma aula de meditação naquele horário.

Ah, foda-se, pensou ela. E ela correu de novo escada abaixo para a sala Kali e abriu a porta. Três mulheres e dois homens estavam inspirando e expirando; o *swami* Swaroopananda estava entoando um "om". Serena entrou e jogou o pedaço de corda nele. Caiu bem na frente dela, invisível, resultando mais na impressão de que ela tinha acabado de bater no ar. O *swami* Swaroopananda abriu os olhos e Serena viu que naquele momento, por baixo da poderosa espiritualidade que parecia sempre emanar dele, também havia uma ponta de medo. Ela pegou a corda e jogou nele de novo. Novamente caiu na frente dela. O *swami* Swaroopananda piscou.

— Eu te amava. Sabia disso? *Eu te amava.*

O *swami* Swaroop levantou para tentar, de alguma maneira, evitar o desastre iminente. Mas Serena se virou e saiu correndo daquela sala também. Ela correu escadas acima para o quarto do *swami* Swaroopananda outra vez. Ela entrou e abriu seu armário, tirando todas as coisas laranja de dentro. Ela então desceu um lance de escadas até seu próprio quarto, agora pegando também as suas roupas laranja e juntando na pilha. Ela pegou o monte de panos laranja, que se erguia quase 1 metro acima de sua cabeça, e, apesar de não estar enxergando muito bem, Serena conseguiu carregar tudo até a porta que dava para a rua, descer os degraus de tijolo e depois jogar tudo na calçada. A *swami* Premananda, a *swami* gorda, a tinha seguido para fora do prédio.

— *Swami* Durgananda, por favor, está criando carma ruim para si mesma. Está muito agarrada a seu ego.

— Eu e minha bunda laranja não damos a mínima — disse Serena.

A essa altura, o *swami* Swaroop e seus alunos estavam na varanda olhando para ela.

Serena olhou para o *swami* Swaroop e disse:

— Tá bom, eu acredito, sim, que por Deus você abriu mão de seus desejos. — Ela então viu a van do centro estacionada bem a seu lado. Tinha uma placa escrito "clero" no para-brisa. O Centro Jayananda levou um bom tempo para convencer a cidade de conceder a eles o status de clérigo, e isso os ajudava imensamente a estacionar em Nova York. Como seu último ato desafiador, Serena alcançou a placa pela janela meio aberta, arranhando o braço e quase deslocando o cotovelo enquanto a agarrava, puxava-a para fora, e a rasgava em pedacinhos na frente de sua pequena plateia na calçada. — Se vocês são membros do clero, então até o Howard Stern pode ser — disse Serena, enquanto rasgava e rasgava e rasgava. Ela então começou a pisotear a pilha de roupas laranja como se estivesse tentando apagar uma fogueira.

Então, foi assim que a carreira de Serena como swami teve seu final espetacular. Os alunos e o *swami* Swaroop entraram no prédio, e a *swami* Premananda pediu a Serena que imediatamente arrumasse suas coisas e fosse embora antes de ser obrigada a chamar a polícia. Serena ficou mais do que feliz em obedecer.

Austrália

Aquela noite, o jet lag começou a atacar de novo. Às 4 da manhã, me levantei e reli uma das colunas de Fiona no *Hobart News*. Nesse artigo, ela estava dizendo a uma leitora para imaginar-se dormindo de conchinha com ela mesma — ela precisava se envolver em amor-próprio toda noite antes de dormir. Eu queria matar essa mulher.

Havia um endereço de e-mail pelo qual ela podia ser contatada, e, considerando que eram 4 da manhã e eu era uma mulher zangada e amarga, resolvi escrever. Ficou mais ou menos assim:

"Você não acha um pouco irresponsável dizer às mulheres que tudo o que elas têm a fazer é amar a si mesmas e ser otimistas que então o amor vai encontrá-las? E se elas morarem num lugar onde literalmente não existam homens? E se elas forem velhas ou gordas ou feias? Tudo que têm a fazer é amar a si mesmas e ser confiantes e cheias de alegria e vai aparecer alguém para amá-las? Mesmo? Pode garantir isso? Podemos te ligar quando tivermos 80 anos e contar como foi nossa vida? E se você estiver errada, podemos ir aí e te dar um soco?"

Não mandei esse e-mail. Mandei este aqui:

"Você não acha um pouco irresponsável dizer às mulheres que tudo que elas têm a fazer é amar a si mesmas e ser otimistas que então o amor vai encontrá-las? E se elas morarem num lugar onde literalmente não existam homens? Você realmente acha que as estatísticas, a realidade, não significam nada? Que se todas brilharmos forte o suficiente poderemos não virar uma estatística?"

Eu então continuei explicando que estava escrevendo um livro sobre mulheres solteiras, e que era eu mesma uma solteira, e que isso tudo era de grande interesse para mim.

Finalmente voltei para a cama por volta das 6 horas. Quando acordei, às 10 horas, Alice tinha deixado um bilhete dizendo que estava tomando café da manhã lá embaixo. Levantei e chequei meu e-mail para ver se a Srta. Fiona tinha algo a dizer. Ela tinha.

"Julie, gostaria de falar com você pessoalmente, se achar uma boa ideia. É uma maneira muito melhor de eu me explicar. Você poderia talvez fazer uma pequena visita à Tasmânia para conversarmos?"

Bom, aquilo foi incrivelmente civilizado. Me perguntei se ela fazia isso com cada leitora insatisfeita. Talvez ela fosse uma dessas pessoas que gostam de agradar os outros, sempre tentando se certificar de que ninguém fique com raiva dela. Ou talvez seja porque mencionei que era de Nova York e estava escrevendo um livro. Isso parecia estar abrindo muitas portas para mim.

Desci para o café da manhã. Alice estava lá, com uma grande xícara de café a seu lado, fazendo uma cara horrível.

— Acabei de experimentar extrato de levedura. Fiquei procurando isso durante dias, e achei que estava na hora de provar. Céus, essa coisa tem gosto de bunda. — Ela tomou um grande gole d'água e depois acrescentou: — Bunda fermentada.

Me servi de uma xícara de café.

— Alice, gostaria de ir comigo à Tasmânia hoje?

— Esse lugar existe mesmo? — ela perguntou, séria. De novo os americanos, péssimos em geografia.

— Sim, existe mesmo. Quero ir conversar com uma mulher de lá que escreve sobre relacionamentos na Austrália. Ela é muito, tipo... animada.

Alice olhou para mim.

— Animada? Sobre relacionamentos na Austrália? — Ela baixou a torrada dramaticamente. — Essa eu tenho que ver.

Estados Unidos

Georgia decidiu não se deixar abater. Ela ainda era nova nessa coisa de encontros, então sentiu que de alguma maneira conseguiria, com sua força de vontade e uma estratégia bem bolada, vencer. Ela fez um plano. O primeiro passo seria ligar para Sam e ver se ele podia encaixar um jantar na casa dela em sua movimentada agenda. Ela sabia que ele era um cara legal, então se fosse necessário apelaria para suas boas maneiras. Ela pegou o telefone, pronta para deixar recado. Mas ele atendeu.

— Oi, Georgia, como vai? Está se sentindo melhor?

— Ah. Oi, Sam. Estou. Sinto muito sobre a outra noite. Estava pensando se podia compensar.

— Ah, não precisa...

— Bem, mas eu quero. Estava pensando se gostaria de vir aqui jantar uma noite dessas quando as crianças estiverem com o pai.

— Claro, seria ótimo. Na verdade eu tinha planos para sábado à noite que foram cancelados. Estaria livre nesse dia?

— Seria ótimo. Que tal às 8?

— Ótimo.

Georgia sorriu, satisfeita, e deu seu endereço.

Sábado à noite chegou e tudo estava indo conforme planejado. Georgia estava fazendo seu famoso frango ao molho de uvas Riesling para o jantar, e o cheiro de frango, creme e ervas inundava o apartamento. Ela também tinha centenas de dólares em flores compradas com o cartão de crédito de Dale, arrumadas em lugares estratégicos por todos os cômodos. Cartões da pessoa que supostamente tinha mandado as flores estavam jogados perfeita e casualmente perto de cada buquê, junto com restos de alguns laços de fitas e papel do embrulho de onde vieram. Ela tinha aberto o Shiraz e estava estonteante. Tudo estava perfeito. A campainha tocou e Sam estava lá, segurando um pequeno buquê de flores.

— Oi! — Pela expressão dele, Georgia sabia o que Sam estava pensando: ela era mais bonita do que ele se lembrava.

— Uau! Você está linda!

— Obrigada. — Georgia o fez entrar. Ele lhe entregou seu pequeno arranjo de seis rosas, justo enquanto notava os imensos buquês de flores que pareciam estar por toda parte.

— Uau, acho que você deve gostar mesmo de flores — disse Sam, meio que olhando em volta sem jeito. Por um momento Georgia viu um pouco da insegurança que tinha percebido no primeiro encontro. Seu plano já estava funcionando; ela tinha pegado o inimigo de surpresa. Georgia fingiu estar um pouco envergonhada com a facilidade de Julia Roberts.

— Ah, essas... É uma longa... Homens... Você sabe, às vezes eles ficam, você sabe... entusiasmados demais. Mas são bonitas, não são?

— São lindas.

— Mas as suas também são, oh, meu Deus. Lindas. Deixe-me colocá-las na água.

Georgia pegou o minúsculo buquê de Sam e colocou as seis tristes rosas num vaso. Ela não poderia ter previsto que ele levaria flores para ela; aquilo foi apenas um pequeno presente dos céus.

— Então, como vai? Bem? Ocupado, aposto — Georgia perguntava enquanto colocava as rosas na bancada.

— Sim. Definitivamente ocupado. Mas é bom estar aqui.

— Estou tão feliz de você ter vindo. É difícil fazer planos com tanta coisa acontecendo para nós dois. É incrível que isso esteja acontecendo, na verdade. Por favor, sente-se.

Georgia gesticulou para o banco em frente à bancada de sua linda cozinha americana. Ele se sentou, como comandado, e ela lhe passou uma taça de Shiraz. Dessa vez ele ficaria sentado enquanto ela ficava de pé. Enquanto dava os toques finais na comida, eles riam e ela contava histórias de refeições desastrosas que já tinha preparado. Até agora, um ótimo encontro.

Então Sam contou uma história sobre um de seus filhos. Era bastante complexa, sobre um dos pais de uma das crianças no time da escola de seu filho. Era um caso divertido, e ele contava confiante. Georgia estava rindo quando o telefone tocou. Bem na hora.

— Vou deixar cair na secretária. Continue, por favor.

— Então o cara ficou louco, gritando e berrando, e segurando o sorvete numa das mãos... — Foi quando uma voz masculina desesperada saiu da secretária eletrônica de Georgia:

"Oi, Georgia, é o Hal. Só queria te dizer que me diverti muito ontem à noite. Espero poder vê-la de novo em breve. Que tal quarta-feira? Vai estar livre na quarta? Não consigo parar de pensar na..."

Georgia "correu" até a secretária.

— Desculpe, é... Pensei que tivesse tirado o som da secretária... — Ela ajustou o volume, então se voltou para Sam, as bochechas coradas de verdade. — Desculpe. Continue, por favor.

Sam apenas olhou para ela, um pouco surpreso.

— Nossa, ele está de quatro.

— Não, é só que nós fomos ver uma peça muito engraçada e foi só um ótimo... Deixa pra lá... Não é... por favor, me conte o que aconteceu com o sorvete.

Sam se levantou do banco e se apoiou no balcão, ele de um lado e ela de outro. De repente, parecia que o balcão era uma grande mesa e que ele estava sendo entrevistado para um novo emprego. Ou uma apresentação.

Sam riu nervosamente.

— Certo. Então o técnico disse a ele que se não se acalmasse, ia tirar esse garoto do time de vez. O cara pegou a casquinha de sorvete e simplesmente arremessou no treinador, como uma criança de 2 anos. Então esse garotinho correu até ele e disse...

Foi quando a secretária eletrônica atendeu de novo e outra voz de homem foi ouvida, grave e autoritária — a voz de um chefe da CIA ou do presidente dos Estados Unidos.

"Ei. Georgia, aqui é o Jordan. Gostei muito dos drinques na outra noite e estava pensando se podia te ver." Georgia fingiu surpresa e irritação consigo mesma.

— Desculpe, devo ter desligado a campainha em vez da secretária, que falta de educação... — Ela foi até o telefone e mexeu, atrapalhada, em mais alguns botões.

— Está desligada agora. Completamente desligada — disse Georgia, acanhada. — Sinto muito mesmo.

— Tudo bem. Sem problemas — disse Sam. Georgia notou que ele estava verdadeiramente corado a essa altura. Ele nem comentou a mensagem desse outro homem, e Georgia achou melhor também não explicar. Ela achou que era melhor deixar a dúvida no ar.

— Então, o que o garoto falou? — perguntou ela gentilmente.

Sam olhou para Georgia e depois baixou os olhos para a bancada.

— Nada. Não foi nada.

— Bem, finalmente o jantar está pronto.

Eles começaram a comer, mas tudo mudara. Em primeiro lugar, Sam estava realmente olhando para ela. As mulheres passam muito tempo se perguntando como os homens com quem estão se sentem a respeito delas; elas analisam e-mails, escutam várias vezes mensagens de voz. Mas a simples verdade é que tudo o que tem que fazer é observar a maneira que ele olha para você. Se ele olha como se não quisesse tirar os olhos por medo que vá desaparecer, então está com um homem que gosta de verdade de você. E agora era assim que Sam estava olhando para Georgia. No pub ele mal fez contato visual. E agora ele a encarava sem parar.

Georgia tinha conseguido um feito que os acionistas e economistas de Wall Street ficariam abismados em ver. Em apenas uma hora, ela havia subido suas ações por fingir ser muito "requisitada" do nada, e parecia agora haver uma guerra de ofertas. Ela fez com que parecesse ser exatamente o que nossa cultura quer que ache que não é: valiosa. E tudo que precisou foi de uns 200 dólares de flores e telefonemas do casal gay que morava no fim do corredor. Ela observou Sam tentando impressioná-la com suas piadas, passando os dedos pelos cabelos nervosamente. Ela sorriu consigo mesma quando ele tocou no braço dela para enfatizar uma frase ou sentia os olhos dele seguindo-a enquanto ela levantava para pegar mais vinho. No final do encontro ele só parou de beijá-la quando Georgia disse que estava na hora de ele ir embora.

Agora, você pode estar se perguntando, será que Georgia se sentia mal por ser tudo mentira? Por ter tido que criar toda uma nova realidade para se sentir bem consigo mesma? Ela se sentia mal por nada disso ser verdade? Por ter mandado flores para si mesma para conseguir atenção de um caipira do Centro Oeste qualquer? Não. Tudo o que ela sentia naquele momento era orgulho. Ela estava ciente da realidade e se recusava a se enganar sobre ela. Com clareza e perspicácia, ela entendera o desvio de poder que tinha ocorrido com Sam e sua nova visão do mundo, e então fez algo para mudar isso. Ela se transformou num "bom partido" e achava que devia ganhar uma medalha por isso. As mulheres estão fodidas, os números estão contra elas, o tempo está contra elas, e sua única saída é fabricar uma vida pessoal para subir um degrau na brutal cadeia alimentar do namoro, e tudo bem fazer isso.

Sam ligou no dia seguinte. Sua voz parecia nervosa, provavelmente se perguntando se a sexy e requisitada Georgia iria se dar ao trabalho de atender.

— Oi, Georgia, é o Sam.

— Oi, Sam! — disse Georgia calorosamente. — Como você está?

— Ótimo, ótimo — disse Sam, tentando soar alegre mas não ansioso demais. — Escuta, só queria dizer que me diverti muito ontem à noite e espero poder vê-la de novo em breve.

Georgia já tinha resolvido o que ia fazer quando recebesse essa ligação (que ela sabia que ia receber).

— Olha, Sam, também me diverti muito. Mas acabei de falar com o Hal, e resolvemos ter um relacionamento exclusivo.

Sam limpou a garganta.

— Ah. OK. Uau. Bem, estou um pouco decepcionado, não vou mentir, mas agradeço por me contar.

Ela sabia que era uma decisão arriscada. Abrira mão da única promessa de namorado que tinha. E, como deixei claro, adoramos promessas de namoro. Mas no fim do dia, Georgia queria estar com alguém para quem não tivesse que provar nada, com quem não precisasse fazer joguinhos ou precisasse de competição para perceber como Georgia era valiosa. Além disso, flores são caras demais.

. . .

Infelizmente, Serena tinha se desfeito de seu apartamento, algo que nenhum nova-iorquino deve fazer, seja para se mudar, se casar ou ter um bebê. Só se morrer, então talvez possa se desfazer. E mesmo assim, deve evitar ao máximo.

Mas Serena tinha feito. Então agora estava sem cabelo e sem casa. Como eu tinha alugado meu apartamento e Serena não tinha dinheiro para um hotel, ela não sabia o que fazer. Então ela ligou para a única pessoa que entenderia a depressão na qual estava prestes a afundar. Ela ligou para Ruby e perguntou se podia ficar em sua casa. Ruby, sendo Ruby, imediatamente concordou.

Quando eu soube o que tinha acontecido, por mensagem de texto, achei que era melhor fazer uma conferência pelo telefone. Até pedi a Georgia para aparecer e ver se as duas iam ficar bem juntas. Às vezes me preocupo com elas.

Alice e eu ainda estávamos em Sydney, arrumando as malas para a Tasmânia. Ruby estava sentada em sua mesa da sala de jantar com Serena e Georgia. Elas estavam todas no viva-voz e eu gritei de incredulidade:

— Um cara que não pode transar com ninguém estava transando com pelo menos cinco mulheres diferentes?

— Que estavam mais do que felizes em dividi-lo. ESTAVAM MAIS DO QUE FELIZES EM DIVIDI-LO — gritou Serena de volta.

Georgia apenas sacudiu a cabeça.

— Uau. Agora homens celibatários têm haréns. É o fim do mundo.

— Talvez devessem começar logo a eutanásia de todas nós — disse Ruby, quase para si mesma.

Todas engasgaram, até eu, por telefone.

— O quê? — perguntei, esperando que minha conexão me tivesse feito entender errado.

— Estou falando sério — disse Ruby, seca. — Igual aos cachorros. Talvez a prefeitura devesse começar logo a matar todas as mulheres de temperamento difícil, sem uma saúde perfeita, com dentes feios, ou o que seja. Para dar às candidatas mais aptas uma chance melhor de achar um lar amoroso.

Ficamos todas em silêncio, em estado de choque. As coisas no abrigo animal tinham claramente começado a afetar Ruby.

Serena perguntou:

— Foi com você que resolvi morar para me alegrar?

Georgia disse:

— Ruby, não te conheço muito bem, então, por favor, me perdoe se isso soar estranho, mas se não pegar o telefone e pedir demissão desse emprego de voluntária agora mesmo, vou ter que te dar um soco na cara.

— Sério, Ruby, isso foi a pior coisa que já ouvi alguém dizer em toda a minha vida — acrescentei.

Georgia começou a rir.

— Não acredito que você disse isso.

Serena começou a rir também.

— Você realmente sugeriu que a cidade começasse a nos exterminar.

Ruby apoiou a cabeça na mesa e começou a gargalhar, começando a entender a que ponto tinha chegado.

— Ai, meu Deus, e mesmo assim eu meio que acredito nisso. Estou enlouquecendo!

Alice e eu estávamos no nosso hotel na Austrália, ouvindo todas explodirem em risos.

Georgia pegou o celular.

— Me dá o número. Do abrigo. Agora.

Ruby fez o que mandaram. Georgia discou e passou o celular para Ruby. Ela começou a falar:

— Alô? É Ruby Carson. Sou voluntária aí. Eu queria dizer a vocês que não vou mais. É muito ruim para minha saúde mental, obrigada.

— Ela desligou rapidamente, enquanto Serena e Georgia começavam a aplaudir.

— Não escutei direito. Ruby acabou de desistir do emprego de voluntária? — perguntei do outro lado do mundo.

— Sim. Sim, ela desistiu — disse Georgia. — Agora só temos que arranjar um emprego para Serena e nossa missão por essa noite estará cumprida.

— Tem como voltar para o seu antigo emprego? Com os astros de cinema? — perguntou Alice.

Serena deu de ombros.

— Tenho certeza de que já contrataram outra pessoa.

Eu sugeri, do outro lado da linha:

— Mas, Serena, por tudo o que me contou, eles parecem bem legais. Você realmente parecia gostar deles.

— É verdade — disse Serena ao telefone. — Na verdade senti um pouco de saudades deles. Joanna era muito boa para mim. E era divertido estar perto de Robert.

Georgia pegou o seu telefone.

— Liga para eles e descobre. Qual o telefone deles?

Serena hesitou.

— Por favor, não vou vender o número para a *People*. Estou só tentando te arranjar um emprego.

Serena deu o número a Georgia, que discou e entregou o telefone para Serena.

— Alô, Joanna? É Serena. — Todas assistiram enquanto Serena escutava a voz do outro lado da linha. Os olhos dela começaram a brilhar. — Bem, na verdade, que bom você ter perguntado. Não deu muito certo pra mim no centro de ioga. Então estava pensando se vocês... Mesmo? Ah. Uau. Ótimo. Sim, vou até aí amanhã e podemos conversar. OK. Te vejo amanhã.

Serena fechou o celular de Georgia, parecendo intrigada.

— Eles não contrataram ninguém.

Georgia bateu palmas e disse:

— Isso é incrível!

— É — disse Serena. — Mas não sei... Ela parecia triste.

— O quê? — perguntei, o som chegando cortado por um minuto.

Serena se inclinou para o telefone e disse de novo, mais alto:

— *Ela parecia triste*.

Austrália

O voo para a Tasmânia demorava apenas uma hora e meia. Imaginei que seria uma ilha selvagem com cangurus pulando em todo lugar e tribos aborígenes nos recebendo com seus *didgeridoos*. Mas Hobart, capital da Tasmânia, é bastante civilizada. É uma curiosa cidade estilo colonial com um porto pitoresco. Prédios baixos se enfileiram pelas ruas, transformados em pubs e lojinhas. Tristemente, encontrei até uma lanchonete Subway lá.

Eu tinha mandado um e-mail a Fiona antes de sairmos de Sydney, dizendo que estávamos chegando. Ela sugeriu que nos encontrássemos num bar local para conversar. Eu ainda suspeitava de que ela tivesse segundas intenções — sendo uma nova-iorquina, tive que concluir que ela não estava tendo todo esse trabalho só para ser gentil.

Devo admitir, meu humor não estava muito bom. Uma coisa é ler sobre as terríveis estatísticas, outra é assisti-las ao vivo com homens que olham acima da sua cabeça, mulheres que desistem aos 35 e caras que trocam uma de 40 por duas de 20. Em Nova York, não há muita diferença de comportamento entre pessoas de 25 e 35 anos. Em Nova York, se você estiver perto dos 40 pode estar tão ocupada se divertindo que nem se deixa abater quando recebe o convite para a reunião de 20 anos da turma do colégio. Mas em Sydney, minha bolha de ilusão oficialmente estourou. Pela primeira vez na vida, eu me sentia velha.

Nos encontramos num pub irlandês à beira do porto com um grande balcão de madeira e uma placa gigante que dizia "Pescador".

Assim que entramos, escutamos:

— Agora sim, essas devem ser minhas garotas de Nova York! — Uma mulher veio até nós com os braços esticados e um grande sorriso no rosto. Ela era exatamente como eu tinha imaginado, com um rosto redondo e largo e pele clara de britânica. Tinha cabelos castanhos-claros e finos puxado para trás num rabo de cavalo. Era bem agradável de olhar: interessante, inofensiva e um pouco sem sal. Ela nos olhou de cima a baixo. — Nossa, vocês são incrivelmente lindas! — Na mesma hora me senti culpada por achar que ela parecia sem sal. Ela nos levou até o bar. — Vamos lá, se estão aqui em Hobart, têm que tomar uma pint. Já experimentaram a James Boag's?

— Não — respondi. — Não bebo cerveja.

— Nem eu — disse Alice.

— Mas vocês têm que experimentar só um pouquinho. Estão nas docas. Não podemos deixar vocês beberem vinho aqui, podemos?

Tanto Alice quanto eu estávamos pensando *Ora sim, podem sim*, quando Fiona foi até o bar e pediu cerveja para todas. Ela esperou as bebidas chegarem, pagou e nos passou as pints.

— Agora me digam, acham que eu sou uma completa idiota pelas coisas que escrevo? Estão aqui para me dar bronca? Vamos lá, vamos em frente então. — Ela era tão acolhedora e aberta que não tive coragem de ficar na defensiva.

— Não vim aqui para brigar com você, é só...

— Pareço otimista demais, é isso?

— É só que você fica dizendo às mulheres para amarem a si mesmas que aí o amor aparece, sei lá...

— Mentira — interrompeu Alice. — Estatisticamente é impossível. Mesmo se todas começassem a casar com homens gays, os números ainda não iam igualar.

Fiona levou a crítica numa boa.

— As estatísticas são muito convincentes. Você soube que teve alguém que sugeriu que déssemos aos homens descontos nos impostos só para continuarem na Austrália? Que tipo de besteira é essa? Os homens daqui já se acham um milagre divino o suficiente. — Fiona acenou para algumas mulheres que estavam entrando no bar. — Katie! Jane! Estamos aqui! — Ela olhou de volta para mim e Alice. — Apenas experimente fazer um homem te levar a um encontro apropriado; é impossível. — Katie e Jane vieram até nós e Fiona as cumprimentou com beijos no rosto e nos apresentou.

— Estou só contando a elas como não existem encontros na Tasmânia.

Jane e Katie assentiram com sabedoria.

— Bom, e o que fazem em vez disso? — perguntou Alice, curiosa.

Fiona deu um gole em sua cerveja e riu.

— Bem, nós vamos até o pub, enchemos a cara, caímos umas em cima das outras e esperamos o melhor. É uma situação assustadora, na verdade.

Todas nós rimos. Fiona continuava acenando e distribuindo beijos às pessoas. Ela cumprimentou todas com elogios, e com cada uma parecia estar sendo sincera.

Percebi que estávamos na presença de uma dessas pessoas abençoadas por Deus com abundância de serotonina e ótima disposição. Sabe como é. Uma pessoa feliz.

— E é verdade. Digo mesmo à minhas leitoras que se você amar sua vida e se sentir realizada com isso, então vai ser irresistível, vai chover homem na sua horta.

Não consegui evitar a insistência:

— Mas isso simplesmente não é verdade. Conheço dezenas de mulheres solteiras que são fantásticas, dispostas, charmosas e radiantes que não acham namorado.

— E elas não escolhem demais. Não têm expectativas irreais — opinou Alice. Ela via uma possibilidade de furo de longe.

O lugar começou a encher e a música estava alta, então Fiona praticamente berrou para nós:

— Ainda!

— O quê? — perguntei.

— *Ainda* não acharam namorado. Não está tudo acabado para elas, está?

— Não, mas essa é a realidade delas por enquanto.

— E amanhã tudo pode mudar. É isso que eu penso. Amanhã tudo pode mudar! — Como se planejado, um cara de camiseta e short cargo comprido foi até Fiona e disse oi. Ela o cumprimentou calorosamente e o beijou na bochecha. — Este é Errol. Nos conhecemos verão passado e ficamos juntos três semanas inteiras, não foi isso? — Errol sorriu timidamente. Ela apertou sua orelha de brincadeira. — Ele foi um verdadeiro canalha comigo. Não foi, Errol?

— Fui um babaca. É verdade. — Então ele se afastou.

— Então me conte, Julie. O que acha que devo dizer às pessoas? No que acha que devemos acreditar? — Fiona perguntou em seu tom amável.

Lá está, aquela pergunta de novo. No que eu acredito? Olhei em volta do bar. Era um mar de homens e mulheres, a maioria mulheres. E elas pareciam estar se esforçando muito mais que os homens.

— Que talvez a vida não seja justa — disse. — Que nem todo mundo vai ganhar na loteria ou ter uma saúde perfeita ou se dar bem com sua família, que nem todo mundo vai ter alguém que os ame. — Eu agora tinha me empolgado. — Talvez comecemos a pensar na vida de outra maneira, não achando tão trágico o amor ser a única coisa que você acabe não encontrando.

Fiona pensou por um momento.

— Desculpem, senhoritas. Se eu dissesse isso a minhas leitoras, seria responsável pelo primeiro suicídio coletivo da história da Austrália. Haveria centenas de garotas flutuando de barriga para baixo no Mar da Tasmânia.

Alice e eu nos entreolhamos. Parecia realmente muito sombrio, até mesmo para nós.

— Além do mais, acho que isso vai contra a natureza humana — disse Fiona. — Todas queremos amar e ser amadas. É a natureza humana.

— Isso é natureza humana ou é Hollywood? — perguntou Alice.

Uma banda começou a tocar no pequeno palco armado no fundo do salão. Era uma animada banda irlandesa, e logo a pista de dança estava cheia de branquelos bêbados pulando pra cima e pra baixo.

Pensei alto:

— Talvez a verdadeira natureza humana seja viver em comunidade. É a única coisa que parece durar. Muito mais que um casamento, isso é certo.

Fiona ficou muito séria. Ela se levantou e colocou uma das mãos em cada um de nossos ombros, olhando fixamente para nós.

— Tenho que dizer isso, e realmente sinto do fundo do meu coração. Vocês são mulheres lindas. São espertas, divertidas e sensuais. Achar que poderiam acabar sem amor em suas vidas é uma completa idiotice. Simplesmente não é possível. Vocês duas são deusas. Sei que não querem acreditar em mim, mas é verdade. Deusas bonitas e sexies. E não deveriam considerar, nem por um minuto, que não vão ter tanta felicidade em suas vidas quanto forem capazes de receber. — Com isso, Fiona se virou para pegar outra cerveja.

Meus olhos começaram a se encher de lágrimas. Alice se virou para mim, seus olhos também meio marejados. Era boa, essa mulher.

A música e a dança ficaram ainda mais animadas e Alice pegou minha mão e me arrastou empolgada até a pista. Fiona veio com a gente, junto com dez de suas amigas mais íntimas. Eu a observei, rindo e rodando e cantando algumas das letras que eu não entendia. Não importa o que eu diga, não importa o quanto seja esperta, eu não podia entender direito como Fiona era mais feliz do que eu. Ela tinha se imunizado contra o veneno das estatísticas que me deixaram deprimida a semana toda. Enquanto eu via o suor descer por suas faces e seu rosto se iluminar de tanto rir, tive que admitir. Ela era uma dessas pessoas que todo mundo quer ter por perto. No fim das contas, pessoas positivas e otimistas são simplesmente mais atraentes do que as negativas e pessimistas. Alice pôs os braços em volta de mim e fingiu cantar uma música cuja letra não conseguíamos decifrar.

— *Fly into my flah flah baby baba ba... yeah.* — Fiona estava dançando com Errol, Jane e Katie, fazendo todos rirem ao tentar um passo de hip-hop. Alice falou alto em meu ouvido: — Gostei dela. Ela é legal.

Um homem bonito e com feições brutas então andou pela pista, abrindo caminho pela multidão até Fiona. Quando ela o viu, atirou os braços em volta dele e lhe deu um grande beijo na boca. Eles conversaram por alguns momentos, seus braços em volta um do outro. Ele foi até o bar, e Fiona, vendo nossas expressões curiosas, veio até nós duas para explicar:

— Nos conhecemos algumas semanas atrás. O nome dele é George. Sou completamente louca por ele. Ele morou em Hobart a vida toda, mas nunca havíamos colocado os olhos um no outro até mês passado. Não é a coisa mais estranha?

Alice e eu apenas a olhamos, confusas.

— Não ia nos contar sobre ele? — perguntei, fascinada.

Fiona apenas deu de ombros, rindo.

— Vocês não odeiam aquelas mulheres que acham que sabem tudo só porque encontraram um cara legal? Preferia morrer a vocês pensarem que eu sou uma delas!

Olhei impressionada para Fiona. Ela tinha o melhor trunfo guardado, e não usou. Ela propositadamente resolveu não usar o argumento "bem, olha como deu certo para mim". Ela quis ter certeza de que eu não sentiria que meu ponto de vista valia menos que o dela só porque ela tinha um namorado e eu não. Isso realmente fazia dela uma deusa, e me ensinou outra coisa importante: *Quando finalmente se apaixonar pra valer, não fique toda convencida.*

No nosso táxi de volta ao aeroporto de Hobart, eu não parava de pensar em Fiona. Seria desonesto se eu não admitisse que ela estava certa, num sentido. Ela irradiava uma luz tão forte que um homem realmente choveu em sua horta. Isso significava que eu acreditava que aconteceria a mesma coisa para qualquer uma que se comportasse como ela? Não. Eu de repente acreditava que todo mundo vai garantidamente achar seu grande amor? Não. Passei a achar que você deve ignorar as estatísticas e apenas tentar ser simplesmente fofa? Não.

Mas aqui está o que eu aprendi com Fiona e com a Austrália, e com as estatísticas sobre ser solteira: *Cem por cento dos seres humanos precisam de esperança para sobreviver. E se alguma estatística tentar tirar isso de você, então é melhor nem saber.*

E viajar sempre que puder para lugares onde saiba que estão cheios de homens.

Ei, não há nada errado em tentar aumentar suas chances.

Era hora de Alice voltar para Nova York. No quarto de hotel em Sydney, enquanto eu a via arrumando as malas, fiquei cheia de saudades de casa. Sentia falta da minha cama, das minhas amigas, da minha cidade. Além disso, Sydney tinha me balançado. Quanto mais longe eu ficava de Fiona e de seu brilho, menos esperançosa e otimista eu me sentia. Tomei uma decisão.

— Vou voltar para a casa. Vou voltar para minha casa e para o meu emprego e trabalhar para cobrir esse adiantamento e encerrar esse livro. Não consigo mais fazer isso.

Alice se sentou na cama, decidindo o que ia falar.

— Sinto muito que esteja se sentindo assim. Mas acho que tem sido bom para você. Sempre foi tão responsável, sempre teve um emprego formal. É bom para você não saber o que vai acontecer em seguida.

Para mim, era torturante. Sentia-me insuportavelmente sozinha.

— Eu me sinto tão... assustada.

Alice assentiu.

— Eu também. Mas não acho que esteja na hora de você voltar para casa. Simplesmente não acho.

Enquanto acompanhava Alice até o táxi, ela perguntou:

— Por que não vai para a Índia? Todo mundo parece ter algum tipo de despertar espiritual quando está lá.

— Serena disse a mesma coisa. Vou pensar no assunto.

Enquanto o táxi se afastava, Alice gritou:

— Vá em frente, Julie! Você ainda não acabou!

Observei-a indo para longe, e de novo me enchi de uma solidão insuportável. *Por que eu estava me fazendo passar por isso? E por que Thomas nunca tinha ligado?* Esse não era um pensamento inédito; tinha pensado nisso todos os dias desde a Itália, porque, como devo ter mencionado antes, sou uma criatura patética, e quando nós mulheres sentimos uma ligação com alguém, céus, é difícil deixar pra lá. A boa notícia é que eu nunca liguei para ele também. Graças a Deus. Graças a Deus. Porque aqui está uma regra que aprendi sobre ser solteira, uma regra que aprendi na marra e não precisei viajar o mundo para descobrir: *Não ligue pra ele, não ligue pra ele, não ligue pra ele.* E então, quando você acha que tem a desculpa perfeita para ligar, *não ligue pra ele.* Neste momento, eu estava seriamente considerando ligar para ele.

Foi quando o telefone tocou. Eu atendi e um homem de sotaque francês estava falando comigo.

— É Julie? — perguntou.

— Sim, sou eu — respondi, não acreditando no que achava que estava ouvindo.

— É o Thomas. — Meu coração disparou imediatamente.

— Ah. Uau. Thomas. Uau. Como vai?

— Vou bem. Onde você está? Cingapura? Timbuktu?

— Estou em Sydney.

— Austrália? Isso é perfeito. Bali é muito perto.

— Bali? — repeti, mudando meu peso de um pé para o outro nervosamente.

— Sim. Tenho alguns negócios para resolver lá. Por que não vai me encontrar?

Meu coração parou por um segundo.

— Não sei se é uma boa ideia...

Então a voz de Thomas ficou muito mais séria.

— Julie. Prometi uma coisa a mim mesmo. Se eu conseguisse passar três dias sem pensar em você, sem querer pegar o telefone para perguntar quando poderia ver você de novo, então nunca ligaria. Não consegui nem um dia.

Era uma coisa chocante para se ouvir de alguém. Especialmente em Sydney, onde minha autoestima tinha levado uma surra, onde minha luz estava com a potência mais baixa.

— Julie. Por favor, não me faça implorar. Encontre-me em Bali.

Olhei em volta do porto de Sydney e pensei nas estatísticas. Quais as chances de um lindo francês querer me ver em Bali? Quais as chances de que isso um dia acontecesse de novo? E quanto à esposa?

Então perguntei:

— Mas e a sua esposa?

— Ela sabe que vou para Bali; o resto ela não pergunta.

Eu disse sim. Porque na rara ocasião em que as chances estão a seu favor, como pode dizer não?

REGRA NÚMERO
7

Admita que às vezes você se sente desesperada
(prometo não contar para ninguém)

Quando Alice voltou para Nova York, era uma mulher transformada. Sydney tinha feito alguma coisa com ela. Estava assustada. Apesar de ter ficado impressionada com Fiona, não durou muito. Enquanto pensava nos últimos seis meses de encontros e na Austrália e no homem que não quis dançar com ela, teve que admitir para si mesma: é um inferno lá fora. Ela tinha feito o seu melhor, tinha dado tudo de sua Alice-faz-de-tudo, mas a ideia de um dia ter que ir a encontros novamente era demais para suportar. Estava tão aliviada por ter Jim que beirava o delírio. Ela estava apaixonada por ele? Não. Ele era o homem dos seus sonhos? Com certeza não. Mas ela gostava dele a ponto de quase se sentir apaixonada, de quase sentir que ele era o homem dos seus sonhos.

E então Alice, a super-heroína ruiva de Staten Island, estava pronta para sossegar. Não no tribunal, de jeito nenhum, mas na vida. Ela teve uma visão de seu futuro sem Jim e isso realmente a apavorou.

Ela estava descendo a rua Prince pensando nisso tudo enquanto ia ao encontro de Jim pela primeira vez desde que voltara de Sydney. Ela dobrou a esquina e lá estava ele, na janela de um agradável boteco, o único que sobrou no SoHo. Ele tinha chegado na hora, é claro. Ele viu Alice pela janela, sorriu e acenou. Ela sorriu e acenou de volta, apertando tanto o passo que quando entrou no bar já estava galopando. Ela jogou os braços em volta dele e o beijou com força na boca. Ele riu, surpreso, e a abraçou de volta.

Quando finalmente se separaram, Alice o olhou com a maior seriedade:

— Vamos nos casar — sussurrou ela. Jim se afastou, colocando as mãos nos quadris dela e olhando-a diretamente nos olhos.

— Está falando sério? — Sua voz estava levemente alternando entre choque e alegria.

— Totalmente — disse Alice, sorrindo e rindo. Ela abraçou Jim como se nunca mais fosse soltá-lo. Ele a levantou, bem no meio do bar, e a girou enquanto ela ria e enterrava o rosto em seu pescoço.

E daí se não era exatamente como ela tinha imaginado? Claro, não havia tido ninguém ajoelhando nem aliança nem pedido, e ela é que tinha feito a proposta. Mas ele a tinha levantado em seus braços e deixado bem claro que se sentia o cara mais sortudo do mundo.

Enquanto ela ria e girava, pensou consigo mesma: *Eu realmente amo o Jim. Amo sim.*

A Caminho de Bali

Eu estava no avião de Tóquio para Denpasar, em Bali, quando aconteceu. Estava num agradável e profundo sono de Lexomil quando acordei subitamente. Eu estava sentada no corredor e a janela da minha fileira não havia sido fechada, então pude olhar para fora e ver a escuridão total. Alguma coisa em todo aquele breu, aquele abismo logo ao acordar, fez meu coração disparar. Muito rápido. Comecei a arfar, meu peito de repente subindo e descendo. Eu lutava por ar como se estivesse sendo estrangulada. Meu vizinho, um asiático gorducho de uns 20 e poucos anos, estava dormindo, seu cobertorzinho azul enrolado até o pescoço, a cabeça apoiada na janela negra. O pobre coitado não fazia ideia de que tinha uma mulher louca sentada a seu lado. Olhei em volta. Todo mundo estava basicamente apagado. Presumi que todos fossem se assustar se acordassem com uma americana gritando a plenos pulmões. Inclinei-me para a frente, apoiando os cotovelos nas coxas, e segurei a cabeça nas mãos enquanto tentava respirar. Mas parecia que havia escuridão para todo lado, prestes a me engolir por inteiro. Lágrimas começaram a encher meus olhos e, desesperadamente, tentei segurá-las.

É claro, eu não queria chorar porque não queria perturbar meus companheiros de voo, alarmar os comissários de bordo, me envergonhar e fazer uma cena. Mas existia uma razão muito mais forte e vaidosa pela qual eu não queria começar a chorar. Quando eu choro, mesmo que apenas uma gota, meus olhos incham como dois pacotes de pipoca de micro-ondas e minhas olheiras instantaneamente ficam pretas como tinta descendo quase até o queixo. Minha maior preocupação era que ia encontrar Thomas no aeroporto em Denpasar, e queria estar bonita. Pronto, falei.

Imaginei se haveria uma maneira de chorar sem fazer barulho ou produzir lágrimas. Tentei isso por alguns segundos, contorcendo meu rosto nesse louco pranto silencioso enquanto piscava rapidamente para não deixar nenhuma água se acumular. Não consigo nem imaginar como eu parecia naquele momento. É claro que, como estava no meio de um ataque de pânico e não tinha nenhum controle sobre mim mesma, não funcionou. Comecei a chorar. Estava chorando porque estava tendo um ataque de pânico, e também estava chorando porque sabia que agora ia ficar horrorosa. Só faltavam trinta minutos de voo e em breve íamos ter que apertar os cintos para a aterrissagem. Decidi ir ao banheiro, onde pelo menos podia chorar com privacidade. Consegui me controlar o suficiente para andar por todo o corredor, passar por todos os homens, mulheres, adolescentes, crianças e bebês adormecidos. Andei o mais rápido possível até o banheiro e entrei. Sentei-me na privada e soltei um soluço, então continuei. Tentei fazer isso o mais silenciosamente possível; ainda tinha um pouco de espírito de autopreservação para tentar evitar um incidente internacional. Comecei a me balançar para a frente e para trás na privada, meus braços em volta de mim mesma igual a uma criancinha perturbada. Agarrei meus cabelos. Me encolhi ainda mais. Em dado momento olhei no espelho e vi minha cara de tartaruga de 100 anos de idade. Chorei mais ainda. Sentia-me perdida, suspensa no ar, na escuridão. Eu não sabia para onde estava indo ou o que estava fazendo — com Thomas, com o amor, com minha vida. Senti que a catástrofe era iminente.

Joguei um pouco de água fria no rosto. Isso nunca adianta. Nunca. Por que as pessoas mandam você fazer isso? Anunciaram que tínhamos todos que sentar para a aterrissagem, então fiquei parada em frente à pia e implorei a mim mesma que me acalmasse. Fechei os olhos e mentalizei voltar à respiração normal. Comecei a relaxar. Eu estava completamente bem, como se nada tivesse acontecido. Fui até minha poltrona e me sentei em silêncio. Olhei para o lado, para o vizinho ainda em seu sono aconchegante, e me senti vitoriosa. Sim, tive um ataque, mas dessa vez ninguém percebeu. Consegui restringi-lo ao banheiro. Sabia que estava horrível, e que nenhuma maquiagem do mundo ia mudar isso. Mas por ora, era o bastante.

Em situações assim, quando vai encontrar alguém que não vê há um tempo e muita coisa está em jogo e há um certo nervosismo e uma sensação de não saber o que esperar, acho que o primeiro segundo que o vê é tudo. É o momento em que percebe exatamente como se sente a respeito dessa pessoa, e como seu tempo juntos vai ser. Eu agora estava no terminal de bagagens. Olhei para o relógio na parede. Era meia-noite. Havia muitos turistas esperando por suas malas e motoristas de táxi em busca de passageiros.

Então eu o vi.

Ele estava parado um pouco afastado de todo mundo. Usava uma camiseta marrom e calça jeans, e estava acenando para mim, seus olhos azuis faiscando. Ele sorria, mas não muito, só o suficiente para eu saber que estava encantado em me ver. Em um piscar de olhos eu estava correndo até ele e o abraçando. Ele passou os braços à minha volta e me segurou, beijando minha testa. Lá estávamos, nos abraçando, beijando e sorrindo. Devíamos estar parecendo os maiores amantes do mundo.

Ele pegou meu rosto em suas mãos e me olhou.

— Agora me diga. Como foi seu voo?

Olhei bem nos olhos dele e menti:

— Foi ótimo. Não tive nenhum problema.

Ele examinou meu rosto e disse:

— Mesmo? Você parece ter chorado.

Me separei dele e apenas meio que encarei meus pés. Menti de novo:

— Não, foi ótimo, de verdade. Só estou cansada.

Thomas me olhou atentamente e sorriu.

— OK, vou fingir que acredito em você. Agora vamos dar o fora daqui!

Chegamos ao nosso hotel às 2 da manhã. Um funcionário nos guiou por um pequeno caminho de pedras. Quando ele abriu a porta do nosso quarto, não consegui evitar um engasgo.

Thomas tinha reservado um enorme bangalô para nós, o dobro do meu apartamento em tamanho. As paredes brilhavam numa madeira marrom-clara e o teto de bambu acima parecia não ter fim, inclinando-se alto para longe de nossas cabeças. O piso era de mármore e havia uma cama king size de frente para uma varanda particular. Um lado do bangalô era todo envidraçado, de frente para intermináveis plantações de arroz. Mesmo à noite, a vista era estupenda.

— Isso é... Isso é tão lindo. Não consigo acreditar! — gaguejei. Ninguém nunca havia me levado a um lugar tão bonito. Ninguém nunca pôde pagar para me levar a um lugar tão bonito. Virei-me para Thomas e apenas o encarei reflexivamente. Ele me pegou nos braços e me beijou.

Agora, como posso descrever o que aconteceu em seguida? OK, digamos simplesmente que algumas vezes na vida, depois de anos apenas seguindo a maré, tentando tirar o melhor do pior, mantendo a cabeça erguida, às vezes os céus mandam uma recompensa, um pequeno prêmio por todo o trabalho árduo. A vida lhe dá um breve gostinho de como tudo pode ser simplesmente glorioso. Você não sabe quanto tempo vai durar e realmente não liga, porque sabe que naquele momento encontrou um pequeno lago de felicidade e não vai passar um minuto sequer se preocupando sobre quando vai ter que sair da água.

O que estou querendo dizer é que pelos oito dias seguintes não saímos do hotel. Mal saímos do quarto, mas quando saímos, era só para comer. Não consigo nem me lembrar de quando foi a última vez que isso aconteceu. A verdade é que não tenho namorados com muita frequência. Tenho encontros, casinhos, tenho "situações". Mas não tenho homens, um depois do outro, com quem posso desfilar por aí como namorados, e depois terminar por um motivo qualquer, e depois dizer para minhas amigas "Onde eu estava com a cabeça?". Infelizmente, sempre sei onde estou com a cabeça, e eles também. Então ninguém nunca pôde realmente se enganar por tempo demais, e as coisas basicamente acabaram rápido e relativamente sem sofrimento. *Enfim*, isso tudo é só minha maneira de dizer que fazia muito tempo que eu não passava um dia após o outro com um homem. Fazia muito tempo que eu não ficava com alguém com quem eu quisesse passar muito tempo e que quisesse passar muito tempo comigo. Alguém com quem eu quisesse acordar, transar, conversar, comer, transar mais etc. Era triste parecer tão raro. Me fez perceber como, quando você está solteira, realmente se acostuma com a falta desse tipo de intimidade em sua vida. *Enfim*, o que estou tentando dizer é que a semana foi de felicidade ininterrupta para mim.

Durante esse tempo todo, Thomas deu nove telefonemas, seis a negócios e três para sua esposa. Ele sempre saía do quarto para falar com ela, então eu não sabia se ela perguntava a ele quando ia voltar para casa e o que ele teria respondido. Enquanto ele falava com ela, eu ficava sentada na cama me sentindo meio envergonhada e profundamente desconfortável. Não conseguia evitar ficar pensando no tipo de casamento que tinham. Ele era um homem incrivelmente inteligente em todos os sentidos, que não tinha paciência para besteira e valorizava a honestidade. Mas quando se tratava de seu casamento, era real? Se seu cônjuge pode ficar com outra pessoa num estalo, como pode achar que realmente está casado? Ou estaria eu apenas minimizando a importância do casamento dele para não me sentir tão barata e suja?

Com o tempo, não aguentei e perguntei a ele se sua esposa estava querendo saber se ele ia voltar para casa. Ele me disse que eles tinham um acordo: podiam desaparecer por duas semanas seguidas, mas não mais que isso, e ninguém fazia perguntas. Então, era hora de ir embora.

Era um acordozinho interessante, e agora pelo menos eu sabia qual seria o nosso prazo. Eu não precisava mais me perguntar quando nossa pequena lua de mel ia acabar. Duas semanas, então "*Selamat tinggal*", como dizem em balinês.

Num desses dias, enquanto Thomas fazia suas ligações, eu estava no telefone com minha mãe, apenas deixando-a ciente de que eu estava a salvo e com saúde. Quando estava desligando, escutei meu celular apitando com uma ligação em espera. Atendi. A voz na outra linha era distinta, superior, fria. Era Candace, minha editora, me ligando de Nova York. Uma pequena descarga elétrica atravessou meu corpo. Sentei-me um pouco mais reta.

— Olá, Julie, aqui é Candace. Estou ligando só para saber como está indo com o trabalho.

— Ah. Oi, Candace. Hum. O trabalho está indo bem. De verdade. Estou aprendendo muito, é incrível.

— Bom, é ótimo ouvir isso. Estava preocupada que tivesse fugido com algum italiano e estivesse gastando todo o seu dinheiro de férias em *Capistrano* — disse ela, numa perfeita pronúncia italiana.

— Não, não, é claro que não. Estou trabalhando muito. Muito. — Naquela hora, me virei e Thomas estava só de toalha, a caminho da pequena piscina que havia do lado de fora de nosso quarto. Comecei a transpirar um pouco.

— Bem, ótimo — falou Candace. — Entendo que tomei a decisão um tanto impetuosamente, mas a verdade é que lhe demos um cheque, e você assinou um contrato, então só queria deixar claro que esperamos que cumpra sua parte.

— É claro — disse eu. Thomas então mergulhou na piscina, fazendo um barulho alto de água. Pressionei a mão contra o telefone tentando abafar o som. — Estou feliz em cumprir. Estou reunindo muita informação, vai ser um livro maravilhoso.

Reassegurei-lhe mais um pouco sobre como eu estava trabalhando arduamente, quantas mulheres estava entrevistando, e então desliguei o mais rápido que pude. Depois disso, tentei tirar a conversa da minha cabeça com a mesma rapidez. Quer dizer, eu estava de *férias*, pelo amor de Deus.

Então em nosso oitavo dia em Bali resolvemos nos aventurar para fora do hotel e fazer caminhadas. Passeamos pela Monkey Road e visitamos algumas galerias de arte locais. Sentamos num pequeno café e dividimos um prato de *ayam jeruk*: frango refogado com alho e leite de coco, a especialidade do lugar. Enquanto estávamos sentados olhando nos olhos um do outro e sorrindo (eu estava grata por estar longe de casa, para ninguém poder testemunhar esse comportamento bobo), um casal chegou de motocicleta. Ele era jovem, cerca de 25 anos, e ela era uma mulher mais velha na faixa dos 50. Eles colocaram os capacetes na moto e se sentaram perto da gente, conversando e de mãos dadas. Então ela se inclinou e o beijou. Parei de encarar Thomas e comecei a encarar o casal.

Thomas me observou fitando os dois, e sorriu.

— Ah, a antropóloga tem um novo interesse — falou. Desviei os olhos do casal. Eu não fazia ideia de como estava sendo óbvia.

— Bem, é interessante, não é?

Thomas olhou para eles.

— Diga, o que você vê?

Olhei para eles rapidamente. A mulher era bonita, mas não parecia jovem. Ela estava em plena meia-idade, com uma cintura grossa, braços flácidos e cabelo grisalho preso num coque com grampos. O rapaz era bonito. Seu cabelo preto estava partido ao meio e passava um pouco das orelhas. Ele tinha um rosto delicado, mas sobrancelhas grossas e grandes olhos castanhos que lhe davam um ar de intensidade. Tinha um corpo magro, mas mesmo assim parecia musculoso, firme.

— Um homem se aproveitando de uma mulher — disse.

— Ah. Então você vê uma mulher desesperada sendo enganada por um jovem rapaz.

— Talvez.

— Isso é muito interessante. Eu vejo uma mulher se aproveitando de um homem.

— Mesmo? — perguntei.

— Talvez. Pode ser que ela esteja aqui com o intuito de se divertir, mas pode ser que esteja fazendo o garoto pensar que ela o ama, que vai cuidar dele para sempre. Então ela vai voltar para Londres ou Sydney ou Detroit, satisfeita, mas ele vai ficar aqui. Sozinho.

— Como os homens geralmente fazem.

— Sim, como os homens geralmente fazem.

Pensei sobre isso um pouco.

— Não é triste que achemos que tem que ser uma coisa ou outra?

— O que quer dizer?

— Nós dois imediatamente presumimos que, por causa da diferença de idade, um dos dois esteja tirando vantagem do outro.

— Bem, sim, é claro, Julie. Quer dizer, não somos idiotas, somos?

Eu ri dessa declaração e Thomas pôs a mão sobre a minha. Ele me olhou bem nos olhos, feliz.

— Sua risada! Seu sorriso. É tudo bastante viciante, sabe?
Olhei para baixo e encarei a mesa. Tentei não sentir nada.

Caminhamos até o centro de Ubud, até o famoso templo de Puri Saren Agung, para ver uma performance de dança tradicional chamada Legong. Enquanto passávamos por cafés e lojas de souvenirs, Thomas falou no casal de novo.

— Sabe, Bali é bastante famosa por esse tipo de coisa. As mulheres vêm para cá em bandos atrás disso.

— Sério?

Thomas assentiu.

— Normalmente não para Ubud, mas para Kutu. É lá que todos se conhecem.

— Onde fica Kutu?

— Na praia, perto do aeroporto. É uma cidadezinha bem turística, com todo mundo tentando te vender coisas. É aonde todos os gigolôs balineses vão para conhecer mulheres.

— Isso me deixa triste.

— Por quê?

— Porque queria que as mulheres não precisassem vir até aqui para arranjar alguém que transe com elas. É um ato tão... desesperado.

— Ah sim, e não há nada mais triste que uma mulher desesperada, correto?

— Bem, é triste quando qualquer um se sente desesperado... Mas sim, é um pouco trágico.

Então andamos em silêncio. Tudo que eu sabia sobre Bali era que era uma ilha repleta de arte, e que não havia uma palavra na cultura balinesa para "artista", porque arte era uma coisa feita por todos então não havia necessidade de nenhuma definição. E as pessoas faziam essa arte — dançavam, pintavam, tocavam música — em homenagem aos deuses hindus e seus templos. Era isso que eu sabia sobre Bali. Não que era um lugar para fisgar homens balineses.

— Falando em Kutu, acho que seria bom sair daqui e ir até lá amanhã, se não se importa. É hora de eu trabalhar um pouco. — Ele parou no caminho. — Apesar de isso tudo ter sido simplesmente maravilhoso.

Enquanto ele colocava a mão no meu rosto e me beijava, fiquei um pouco confusa; não estava acostumada a tanto prazer. Disse a ele que ficaria feliz em fazer o que ele precisasse. Então, subitamente insegura, me perguntei se ele estava na verdade tentando ir embora sem mim.

— Quer dizer, a não ser que estivesse pensando em ir sozinho. Quer dizer, não quero presumir...

Ele pôs os braços em volta de mim e sussurrou em meu ouvido:

— Cala a boca, Julie, está me irritando. — E me beijou de novo.

Andamos por um grande pátio e vi que a performance já tinha começado. A plateia estava sentada em um semicírculo no chão, e os artistas estavam entrando por um dos portões do pátio. Eram todas mulheres de sáris coloridos de azul e dourado com grandes arranjos de cabeça também dourados, seus olhos acentuados com delineador. A coreografia era tão precisa que tudo, até os gestos com as mãos e os movimentos com os leques, era executado em perfeita sintonia. Notei que o casal do restaurante também estava lá. Tentei ver se ela parecia estar apaixonada por ele. Não estavam tendo contato físico naquele momento, então tentei reunir pistas sobre quem devia estar levando a melhor observando como eles se entreolhavam enquanto assistiam ao show. Era difícil dizer. Olhei de volta para os dançarinos. Enquanto escutava a animada música típica que os acompanhava, notei que até mesmo o movimento com os olhos dos dançarinos era coreografado. Cada olhar, para a esquerda, para a direita, para cima ou para baixo, era planejado. Olhei para Thomas. Seus olhos brilhavam de interesse e admiração pelo que estava acontecendo. Eu podia adivinhar que tudo estava sendo absorvido por sua mente brilhante, depois sendo misturado com todo o conhecimento de sua educação francesa e sua perspicácia e sabedoria em geral, e que então o faria dizer alguma coisa sobre essa experiência que pareceria simplesmente fascinante a meus ouvidos. Pensando em deixar Ubud, e em breve Bali, me dei conta de como todo esse caso acabaria rápido. Ele voltaria para casa para mais amor, mais sexo, mais intimidade e mais companheirismo. Eu partiria para minha próxima aventura sozinha. Era claro quem estava levando a melhor nesse relacionamento.

Depois da cerimônia de dança, enquanto saíamos pelos portões que nos levavam de volta à rua, vi o casal de novo, se beijando alguns metros à frente.

Quando finalmente se separaram, a mulher sorriu para mim e disse, num forte sotaque australiano:

— Não vimos vocês dois no café hoje?

É claro que ela era australiana. Ela foi esperta e se mudou para um lugar onde os homens te comem mesmo quando tem 50 anos.

Eu disse que realmente estávamos no café aquele dia, e as apresentações foram feitas. O nome dela era Sarah e seu companheiro se chamava Made (pronunciado Má-dei). Ela nos contou que estava morando em Bali havia seis meses e que pensava em se mudar para lá permanentemente.

— Vocês estão em lua de mel? — ela nos perguntou.

— Não, são apenas umas férias para nós dois — disse Thomas.

— Ah, é que vocês dois parecem tão apaixonados. Não pude deixar de notar quando estávamos no café.

Perguntei-me se isso era o passatempo principal dos casais — observar outros casais, tentando descobrir se eram felizes.

— Bem, obrigado — disse Thomas —, nós estamos. — Ele olhou para mim, seus olhos azuis agora cheios de malícia.

— Gostariam de jantar conosco? Seria tão bom conversar com dois ocidentais e ouvir sobre o que está acontecendo no resto do mundo. Eles até têm CNN aqui, mas ainda assim me sinto isolada às vezes.

Na verdade eu não queria passar nossa última noite em Ubud com outro casal, mas não sabia como recusar. Thomas pelo menos tentou:

— Acho que esta noite não seria bom para nós. Vamos embora para Kutu amanhã... — ele disse, confiando em seu charme habitual.

— Por favor, estou desesperada por alguma companhia do Ocidente — interrompeu Sarah. — Vamos jantar cedo para que vocês dois tenham o resto da noite livre. Vamos ao Lotus Café. É lindo lá. — Não parecia ter como escapar.

— Adoraríamos — respondi.

Fomos andando de volta, Thomas e eu alguns metros na frente deles. Deixei o silêncio se instalar entre nós dois, antes de me virar para ele e perguntar:

— Apaixonados, hein?

E então ele disse:

— Sim. Apaixonados.

Chegamos ao Lotus Café e nos sentaram no que parecia ser o melhor lugar da casa, bem à beira de um lago iluminado por pequenas luzes que destacavam as árvores antigas que o rodeavam; pequenas gárgulas em volta do lago cuspiam água de suas bocas. Erguendo-se acima de nossas cabeças, do outro lado do lago, estava um exótico templo, o Pura Taman Kemuda Saraswati. Era tão exótico, tão *Lara Croft*, mas ainda assim austero. Era impossível não se sentir humilde perto dele. Thomas pediu uma garrafa de vinho e começamos a nos conhecer. Nos acomodamos, Sarah a meu lado, Made ao lado de Thomas. Estávamos todos sentados perfeitamente de frente para nossos amados.

— Há quanto tempo estão aqui? — perguntou Sarah.

— Faz uma semana — respondi.

— Que maravilha. Você viu a cerimônia de cremação dois dias atrás? Foi uma coisa espetacular.

Thomas e eu balançamos a cabeça.

— Foram à Floresta dos Macacos? Adoro macacos. São tão divertidos.

Balancei a cabeça, envergonhada:

— Não, acabamos não fazendo isso.

— E aquela trilha subindo até o vulcão Batur? Não?

Balançamos a cabeça de novo. Thomas foi bem direto com ela:
— Não saímos muito do hotel. É um lugar bastante romântico.
— Ah. — Ela sorriu, compreensiva. — Entendo perfeitamente. — Ela olhou para Made carinhosamente. — Bali é um lugar excepcional para se apaixonar.

Thomas pegou minha mão por cima da mesa e disse:
— É mesmo.
— Tem alguma coisa na paisagem, claro, mas também tem a cultura balinesa, sua dedicação à arte e beleza e adoração... É bastante... encantador. — Sarah afastou uma mecha de cabelos dos olhos de Made. — É impossível não se deixar levar por tudo isso.

Made finalmente falou:
— Sim, isso é Bali. É uma ilha dedicada a todos os tipos de amor. Amor a Deus, amor à dança, à música, à família, e... amor romântico.

Sarah estendeu uma das mãos sobre a mesa. Ele a pegou e a beijou docemente. O que há de errado nisso?

Nada, exceto que, para mim, ainda era difícil ignorar o fato de que ela tinha idade para ser mãe dele. Agora, para ser justa, me sinto da mesma maneira quando vejo um homem muito mais velho com uma mulher mais nova. Uma vez vi Billy Joel na rua com sua jovem esposa e pensei: *Ele deveria estar pagando a faculdade dela, não transando com ela.*

Mas quem era eu para julgar Billy Joel? Ou Sarah e Made? Se estão todos felizes, que seja.

Na nossa segunda garrafa de vinho, já havíamos coberto uma variedade de assuntos. Made falou sobre o estilo de vida dos balineses, de famílias vivendo perto; os pais, filhos, as esposas e famílias dos filhos, todos morando em casas individuais ligadas por um pátio central. Made também explicou um pouco sobre o hinduísmo, sobre a morte e sua crença de que a vida é um ciclo de vida, morte e reencarnação até a alma atingir o ápice da iluminação, de Samadhi.

Sarah agora estava atingindo o ápice de sua embriaguez, e estava começando a se apoiar em Made, descansando a cabeça de vez em quando nos ombros dele como uma adolescente. Um casal de britânicos sentado à mesa ao lado não parava de olhar os dois. Sarah era menos reservada quanto ao que sentia sobre aquilo tudo. Ela falou, um pouco alto demais:

— Sei o que eles estão pensando. Estão pensando que por causa da minha idade, Made está só me usando. Mas ele não me pede nada. Nada.

Assenti para ela.

Sarah tomou um gole de vinho.

— Nos conhecemos na praia em Kutu. Ele veio até mim e disse que eu era a mulher mais bonita que ele já tinha visto. É claro que eu sabia que era mentira, mas mesmo assim foi muito fofo.

Sarah deve ter percebido alguma coisa na minha expressão, apesar de eu estar tentando desesperadamente parecer compreensiva.

— Não é o que está pensando. Ele se sentou na areia comigo e apenas conversamos por horas. Foi ótimo.

— Isso parece tão romântico — acrescentei, encorajando-a. Sarah agora estava ficando mais insistente e falando um pouco alto demais. Ela começou a bater o dedo na mesa para provar seus argumentos.

— Ele nunca me pediu nada. Estou falando sério. Comprei essa moto para ele porque eu quis. Dei dinheiro para a família dele porque amo Made e queria ajudar. Eles são muito pobres. Ele mora comigo e eu pago as nossas coisas porque posso, porque é um prazer para mim. Mas ele nunca me pediu. Nunca! Ele trabalha numa loja aqui pertinho. Todo dia. Ele tem uma ética de trabalho incrível. — Ela encarou, bêbada e diretamente, o casal de ingleses e repetiu alto: — Uma ética de trabalho incrível. — O casal olhou para ela e depois um para o outro. O homem acenou para um garçom e pediu a conta.

— Está ficando tarde. Acho que está na hora de ir — eu disse enquanto me remexia desconfortavelmente na cadeira.

Sarah apenas olhou de cara feia e passou os braços em volta de Made.

— Ele me ama mais do que qualquer homem amou. Fico muito cansada disso tudo às vezes. Dos olhares.

Made a beijou na testa.

— Algumas pessoas não entendem o que dividimos. Está tudo bem, meu amor.

— É, bem, todas essas pessoas são umas babacas — disse ela, agora alto o suficiente para o restaurante todo ouvir. — Babacas. — Então ela olhou para mim. — Além disso, Julie, me mostre um relacionamento que é verdadeiramente de igual para igual; me mostre um casal em que ambos sintam a mesma coisa um pelo outro. Me mostre isso, Julie. Me mostre *agora*!

O restaurante inteiro agora estava olhando para nós. Eu não queria ter que responder.

— Exatamente. Não existe — disse Sarah, batendo com o punho na mesa. — *Não existe*. E daí se dou dinheiro a ele e à família dele? E daí? Ele me ama. É só o que precisam saber. *Ele me ama.*

A conta chegou e Thomas pagou mais rápido do que já vi alguém pagar uma conta em toda a minha vida, e saímos assim que conseguimos.

Enquanto andávamos até o hotel, me sentia um pouco abalada. Andei mais rápido. Não podia ficar mais longe o suficiente deles. Para mim, ela era uma mulher verdadeiramente desesperada. Desesperada para mostrar ao mundo que eles eram um casal de verdade. E desesperada para não ver que o homem que a ama mais do que qualquer homem já amou está fazendo disso um emprego de meio período. *Na minha opinião.*

Aquela última semana tinha sido um milagre; eu tinha estado tão feliz que rezei aos deuses, hindus e outros, para que nunca acabasse. Quando pensava em voltar à minha vida de reuniões e almoços e desemprego, de encontros e festas, tinha que reunir todas as minhas forças para não começar a berrar. Se Thomas tivesse me pedido para ficar lá com ele para o resto da minha vida, nunca mais morar perto da minha família ou amigos de novo, apenas ficar lá e construir uma vida com ele em Bali, eu teria dito *sim sim sim* num piscar de olhos. É como se ele tivesse aberto uma pequena portinha no meu coração, que estivera coberta todos aqueles anos por uma estante de livros e tapetes, e despertou mais coisas em mim do que jamais pensei que existisse em meu interior. Tudo o que eu queria fazer naquele momento era me jogar a seus pés e implorar para ele nunca me deixar.

Em vez disso, apenas continuei andando. Rápido.

Voltamos ao nosso pequeno bangalô e imediatamente desabei em nossa luxuosa cama. Nos abraçamos e começamos a nos beijar, nossos corpos apertados forte um contra o outro.

Estados Unidos

Nunca é bom sinal quando as duas pessoas de um relacionamento estão deprimidas. Pode ser extremamente benéfico ter uma pessoa capaz de confortar e levantar a outra a qualquer momento. Serena e Ruby não estavam tendo o que se poderia chamar de um relacionamento íntimo tradicional, mas Serena estava dormindo no sofá de Ruby, e ambas estavam tendo dificuldades em se levantar. Naquela manhã, Serena acordou e por um momento se esqueceu de seu breve momento como *swami* — até tentar passar os dedos por seus longos cabelos loiros e perceber que eles não estavam mais lá. E então, ela começou a chorar.

Ruby estava no outro cômodo tendo um pesadelo com o último pit bull que tinha abraçado antes de ser levado. Seus grandes olhos castanhos pareciam tão... confiantes. Ela acordou, soluçando no travesseiro. Se alguém tivesse entrado escondido àquela hora no apartamento, teria ouvido as duas num lamento abafado.

Finalmente Ruby parou de chorar, percebendo que estava acordada. Enquanto continuava deitada caindo em si, ela ouviu os soluços quietos de Serena da sala. Estava confusa quanto ao que fazer. Tudo que sabia sobre Serena era que ela tinha resolvido raspar a cabeça e se juntar a um convento iogue depois de receber uma lavagem estomacal por causa de bebida e asinhas de frango. Ela não sabia muito bem se queria conhecer Serena melhor que isso. Mas ela estava chorando na sua casa.

Então Ruby se levantou da cama. Ela usava pijamas de flanela com estampa de cachorrinhos. Calçou seus chinelos brancos felpudos e saiu do quarto em direção ao corredor, onde encontrou Vanilla, que ficou se esfregando em suas pernas. Serena escutou Ruby vindo em sua direção e rapidamente se calou. Não tem nada pior que um estranho te ver chorar. Se existe uma boa razão para morar sozinho é que você pode chorar com privacidade. Serena fingiu estar dormindo, esperando que isso fizesse Ruby ir embora. Mas Ruby parou ao lado do sofá-cama. Ela esperou um momento, e então sussurrou:

— Serena, está tudo bem?

Serena se mexeu um pouco.

— Ah, sim — disse, fingindo estar meio grogue. — Estou bem.

— Se precisar de alguma coisa me fala, OK?

— Tá. Claro. — Ruby então voltou para a cama. Assim que puxou as cobertas por cima da cabeça, pensou: *É isso que minha casa virou.* Terra das Meninas Tristes. Então começou a sonhar acordada. Uma coisa que ela fazia bastante, aliás. Na verdade, durante suas épocas mais sombrias, isso sempre a ajudava a continuar seguindo em frente. Sonhar acordada com uma vida melhor. Neste dia em particular, por alguma razão, ela começou a fantasiar sobre como seriam suas manhãs se tivesse uma criança em casa. Ela não teria tempo de ficar em sua cama macia com seus travesseiros fofos. Ela já teria levantado para fazer o café da manhã, colocar o lanche na merendeira e vestir e preparar o filho para a escola. Em vez de essa ideia deixá-la exausta, fez com que sorrisse. Ruby percebeu que mal podia esperar o dia em que não teria tempo de pensar em si mesma. Foi então que se deu conta de que hoje já era um desses dias. Serena podia não ter 7 anos, mas precisava de ajuda. Estava deprimida e chorando, e se Ruby se lembrava bem, Serena teria uma reunião com sua ex-chefe em uma hora. Essa manhã, Ruby podia ser útil. Ela jogou longe o edredom, pulou da cama de novo e marchou pelo corredor. Serena não estava mais chorando, mas estava em posição fetal, seus braços abraçando a cabeça, cobrindo os olhos, respirando suavemente.

— Serena. Quer alguma coisa? Um pouco de chá ou café? Talvez um ovo ou coisa assim?

Serena apenas sacudiu a cabeça entre os braços. Ruby ficou parada ali, sem saber exatamente o que aconteceria em seguida. Ela pensou no que as mães fazem nesse tipo de situação. Elas não aceitariam um não como resposta. Isso é o que fariam. Elas iriam preparar alguma coisa mesmo depois de a pessoa recusar a ajuda ou o conforto. Então Ruby se virou e foi à cozinha. Ela colocou um pouco de água na chaleira, ligou o fogo e colocou o bule em cima. Então abriu o armário e o examinou. Ela presumia que Serena bebesse chá, sendo uma iogue e tudo o mais. Ruby lembrou que tinha comprado uma caixa de chá verde uma vez, na sua única tentativa de começar a tomá-lo por causa de suas propriedades antioxidantes, mesmo que ninguém jamais tenha conseguido explicar a ela direito o que era antioxidante. Procurou no fundo da prateleira e pegou o chá, e quando a chaleira apitou, preparou uma caneca para Serena. Ruby abriu uma pequena embalagem de Fage (um gostoso e cremoso iogurte grego) e pegou uma colher. Ela andou de volta até Serena, decidindo forçar um pouco de intimidade sentando logo no sofá-cama. Ela tocou o braço de Serena.

— Quer uma xícara de chá verde? Está bem aqui.

Nada. Os instintos de Ruby estavam a toda e ela sabia muito bem esperar. Depois de um momento, Serena lentamente se sentou e se apoiou no encosto do sofá-cama. Ruby pensou que, com sua cabecinha raspada e seus olhos inchados, Serena parecia muito um bebê de avestruz.

— Obrigada, Ruby. Obrigada mesmo — disse Serena baixinho. Ela pegou o chá verde e deu um pequeno gole. Aleluia. Ruby sentiu seu coração se encher de orgulho materno.

— Quer conversar? — perguntou Ruby.

Serena olhou de volta para o chá em silêncio.

— Eu só não fazia ideia de como era bom estar apaixonada. — Os cantos da boca de Serena começaram a se curvar para baixo e lágrimas encheram seus olhos. — Me fez ficar tão burra.

Ruby pegou uma das mãos de Serena e disse suavemente:

— Sinto muito, querida.

Serena continuou:

— E no final nem foi de verdade. Foi tudo uma mentira. Como eu pude ter me apaixonado se era tudo mentira? Será que eu estava tão desesperada para me apaixonar que imaginei tudo?

Ruby realmente não sabia o que dizer. Mas ela tentou ajudar:

— Talvez isso tenha sido apenas um ensaio. Talvez precisasse disso para se abrir para se apaixonar por alguém que valha a pena.

Serena olhou o potinho na mão de Ruby.

— O que é isso?

— É iogurte grego com mel. Cremoso e delicioso. Quer um pouco?

Serena subitamente assentiu. Ruby enfiou a colher no iogurte e a segurou para Serena pegar. Mas em vez disso, Serena se inclinou e abriu a boca, como se segurar a colher fosse gastar mais energia do que tinha agora. Ruby colocou a colher na boca de Serena. Ela sorriu.

— É bom.

— Você não tinha uma reunião daqui a pouco? — perguntou Ruby em tom gentil.

Serena concordou lentamente com a cabeça. Ela respirou fundo.

— Acho que tenho que levantar.

Mas antes de Serena tirar as pernas da cama para enfim levantar, ela olhou para Ruby.

— Obrigada.

Ruby sorriu. Ela era boa nisso.

Depois que Serena saiu, Ruby começou a pensar que talvez tivesse um jeito de fazer dar certo toda essa coisa de mãe solteira. Ela percebeu que talvez não precisasse fazer tudo sozinha. Havia muitas maneiras de arranjar um pai. Enquanto descia a rua até seu escritório, que ficava convenientemente a apenas alguns quarteirões, ela começou a pensar em quem poderia engravidá-la. E na hora H lembrou-se de seus amigos Dennis e Gary. De todos os seus amigos, eles tinham o relacionamento mais estável que ela já tinha visto. Estavam juntos havia três anos e moravam num lindo loft na rua 18, no Chelsea. Ruby morava no Upper West Side, mas ficaria feliz em se mudar para o Chelsea para compartilhar com eles os afazeres de pais. Ela achava que se lembrava dos dois falando em ter filhos um dia. Ela não acreditava como não tinha pensado nisso antes. Eram as duas pessoas mais cuidadosas que já conhecera. Geralmente, uma metade do casal é a pessoa doce, e a outra é mais tipo "bad cop". Mas Dennis e Gary não; os dois eram tão carinhosos que quando você vai à casa deles sente como se tivesse entrado num reino mágico onde tudo é macio e aconchegante e todas as suas necessidades são atendidas. Ruby conheceu Gary quando foi seu vizinho, cinco anos antes, e viraram amigos desde então. Quando Dennis apareceu, ele e Ruby gostaram um do outro imediatamente. Eles se encontraram com razoável frequência, uma grande família feliz. Ruby começou a imaginar como seria. Ela teria a custódia do bebê, mas eles podiam ficar por perto o quanto quisessem. E o melhor de tudo, ela não teria apenas um pai para a criança, teria dois. Ela teria a liberdade de sair e ter sua vida, porque Dennis e Gary estariam lá para ficar com o bebê. Talvez até pudessem arranjar apartamentos no mesmo prédio.

Ruby se perguntou exatamente como tudo isso ia acontecer. De qual dos dois ia ser o esperma? Gary ou Dennis? Os dois eram muito atraentes e absurdamente em forma. Dennis era um pouco maior do que Gary. Mas Gary tinha péssima visão. Mas Dennis estava começando a perder cabelo. Mas Gary virara seu amigo primeiro; talvez fosse melhor se Dennis fosse o pai, para não se sentir deixado de fora. Ela tinha lido em algum lugar que às vezes os casais de homens misturavam o esperma e jogavam uma versão de sêmen de roleta-russa. Ruby já estava vendo tudo. A criança num carrinho, toda vestida de rosa.

Ou azul. Ruby carregando o bebê rosa ou azul por aí, enquanto ele golfava e tagarelava. O bebê azul ou rosa andando pela casa, ela, Gary e Dennis batendo palmas e rindo. E então talvez ela conhecesse alguém. E aquele alguém a acharia tão legal com seu clã moderno e descolado que se sentiria em casa. Talvez ele também pudesse ter filhos e eles seriam essa família misturada e excêntrica à frente do seu tempo. Ela gostou tanto da ideia que não podia esperar nem mais um segundo. Pegou o celular e marcou um almoço com Dennis e Gary.

No dia do encontro, Ruby decidiu se vestir "maternalmente". Ela usou uma blusa estilo camponesa larguinha, calças folgadas e um adorável par de sapatilhas. Do jeito que a blusa vestia, ela quase já parecia grávida, e era exatamente esse o plano: deixar Dennis e Gary verem como seria se ela já estivesse carregando a criança deles. Como ela podia ser suave, feminina e maternal. Infelizmente, ela não tinha certeza do nível de suavidade que poderia ser transmitido em meio ao clamor de gente moderninha comendo saladas e hambúrgueres, gritando por cima de música alta.

Eles tinham dito a ela para se encontrarem no Cafeteria, o que, assim que entrou, Ruby percebeu ter sido um erro. O Cafeteria é provavelmente o restaurante mais barulhento de Nova York. Com a mistura da música techno em volume alto e o ruído de restaurante pequeno, era como tentar almoçar no meio de uma rave.

Ruby estava nervosa; ela nunca tinha tido esse tipo de conversa antes. Nunca tinha nem chamado um cara para sair; não acreditava nisso e nunca teve que recorrer a isso também. Agora, ela não ia apenas propor um casamento, e sim uma coisa que não tem volta. Seria uma decisão que os ligaria para o resto de suas vidas. Mais do que isso, ela estava prestes a ter a audácia de perguntar a eles se a consideravam boa o suficiente para ser mãe do filho deles.

Eles chegaram. Gary usava uma jaqueta de camurça, impecável, perfeita, e Dennis usava uma camisa de gola rulê preta com um colete por cima. Muito charmosas, num estilo inglês campestre. Eles se sentaram, claramente felizes em vê-la.

— É tão bom ver você, Ruby — disse Dennis, pegando uma das mãos de Ruby e apertando-a com suavidade. Ruby imediatamente relaxou. Esses homens iam achar que ela era uma boa mãe. Eles conheciam suas qualidades melhor do que ninguém. Sabiam que ela era paciente, gentil, calma. E daí se eles também foram testemunhas de alguns surtos de seus desapontamentos de partir o coração? Ninguém é perfeito. Então de repente ela se lembrou de Gary uma vez visitando-a e levando-a para um passeio de carro de pijama. Ela estava deprimida por causa de algum cara. Ele tinha dito a ela para entrar no carro "senão ia ver", e eles subiram até a Bear Mountain e voltaram. Ruby, com seu pijama e sua capa de chuva, ficou tão emocionada que isso a tirou da depressão e conseguiu fazê-la dar a volta por cima. Agora ela estava arrependida de ter deixado Gary ver esse lado dela. Ele poderia usar isso contra ela. Silenciosamente, Ruby se repreendeu por não ser sempre perfeitamente alegre perto de seu amigo. E se ele a achasse mentalmente instável demais para ser mãe do bebê dele ou de Dennis?

Ela decidiu ir direto ao assunto:

— Quero que vocês me inseminem.

Ruby apoiou as mãos na mesa como que para se equilibrar.

Gary virou para Dennis e falou:

— Eu te disse.

Ruby olhou para os dois.

— O quê?

Gary apenas deu de ombros.

— Foi só um palpite.

Ruby começou a argumentar:

— Vocês sabem como eu sou responsável. Nunca atraso um compromisso, não importa quão deprimida ou chateada esteja. Não que eu fique deprimida ou coisa assim, porque o motivo pelo qual estava deprimida antes era por causa de homens, vocês sabem, tendo dado a eles tanto poder sobre a minha vida. Mas quando eu for mãe, nunca poderei ficar tão deprimida por causa de um cara ou algo assim porque eu vou ter uma motivação maior que tudo. Eu vou ser mãe.

Dennis e Gary se entreolharam. Eles olharam de volta para Ruby, cada um com uma expressão diferente de pena. Dennis se inclinou e tocou o braço de Ruby.

— Sinto muito. Já demos nosso sêmen para Veronica e Lea.

Ruby ficou sentada ali por um momento, absorvendo essa nova informação. Então ela pensou: *Quem diabos são Veronica e Lea?* Nunca tinha ouvido falar de Veronica e Lea.

— Quem são Veronica e Lea? — perguntou Ruby, com um pouco de ultraje demais na voz.

Gary respondeu:

— São nossas amigas que conhecemos fazendo trabalho de voluntário perto de casa. Um casal de lésbicas. Elas são muito legais.

— Amigas novas? Vocês deram seu sêmen para amigas novas em vez de dar a mim? — perguntou Ruby gentilmente, mas com a voz tremendo um pouco.

— A gente não sabia que você queria!

— Mas podiam ter perguntado! Antes de entregar seu sêmen para estranhas deveriam ter pensado apenas por um minuto que uma de suas boas amigas pudesse querer seu sêmen primeiro! — A voz de Ruby aumentou um pouco, mas na cacofonia do falatório e da música techno, ninguém nem reparou. — Deviam ter tido mais consideração!

Dessa vez, Dennis falou:

— Querida, da última vez que falamos com você, seu gato tinha acabado de morrer e você não saía da cama havia três dias. — Fomos até sua casa e lavamos seu cabelo para você, lembra? — Dennis acrescentou.

Ruby se encolheu de vergonha. Ela lembrava. Enquanto estavam sendo gentis e cuidadosos, fizeram observações mentais sobre sua adequação para ser mãe. Ela se sentia traída. Ela inventou sua própria nova regra sobre como ser solteira: *Nunca deixe ninguém ver você no seu pior momento. Porque algum dia você pode precisar do esperma dessa pessoa ou de um encontro com seu irmão, então nunca pode deixá-la vê-la louca, triste ou feia.* Isso é o que ela ia me dizer para escrever no maldito livro assim que tivesse uma chance. Ela imediatamente se acalmou.

— Eu estava deprimida. Mas muita coisa aconteceu desde então. Eu ajudei a matar cachorros no abrigo para me fortalecer e agora estou pronta para ter um bebê.

Gary e Dennis a olharam, confusos. Dennis começou:

— Você ajudou a matar os cachorros daquele abrigo horroroso no Harlem?

— Sim. Tudo bem. Não é essa a questão. — Então Ruby, sendo a mulher de negócios que é, começou a negociar: — A questão é que não acho que exista nada de errado com sua cria lésbica ter um meio-irmão em algum lugar por aí na cidade de Nova York. Vamos organizar encontros de família. Vai ser divertido!

— Ruby, eu não acho...

O garçom chegou para anotar seus pedidos. Ele não teve nem chance.

Ruby levantou a voz ainda mais:

— É porque sou solteira, não é? Vocês preferem dar seu sêmen para um casal de lésbicas do que para uma mulher heterossexual solteira. Estou entendendo agora. Discriminação por estado civil. Tudo bem.

— O garçom pediu licença e saiu de perto.

Ruby começou a se levantar, mas Gary segurou seu braço e a sentou de volta.

— Querida, sentimos muito, de verdade.

Ruby se recostou contra a cadeira.

— Sinto muito. Não quis reagir assim. Estou só decepcionada.

— Nós sabemos, querida — disse Dennis suavemente. — Depois de vermos como vai ser talvez possamos pensar em ter mais.

— Deixa pra lá. Eu entendo. — Mas Ruby não tinha certeza se entendia. Ela não sabia se o verdadeiro motivo de não terem perguntado a ela primeiro foi porque não havia passado pela cabeça deles, ou porque achavam que ela seria uma mãe terrível. Ela não sabia se realmente pensariam nela dali a um ou dois anos, se desse tudo certo com o primeiro filho. Ela não sabia de nada, exceto que queria manter qualquer dignidade que tivesse sobrado.

— Eu devia ter pedido antes — disse ela, tentando sorrir. Então o garçom veio de novo até a mesa e anotou seus pedidos.

Quando voltou ao escritório, Ruby tinha decidido não se entregar à decepção dessa vez. O sêmen deles não era o único no mundo. Havia vários pais possíveis por aí para ela escolher. E ao entrar no elevador, teve outra ideia brilhante: seu amigo gay Craig. Ex-técnico em iluminação cênica, ele tinha mudado de carreira alguns anos antes e agora dirigia por aí vendendo cogumelos gourmets raros para restaurantes de luxo pela cidade. Era solteiro e ganhava bem, então seu esperma não tinha como ser tão cobiçado quanto o sêmen de primeira e rico de Dennis e Gary. Ela decidiu ligar para ele. Mas dessa vez explicou toda a situação desde o princípio:

— Oi, Craig, é a Ruby. Podemos nos encontrar e conversar sobre a possibilidade de você ser pai do meu filho? Que tal nos encontrarmos no Monsoon às, digamos, 20 horas? Me liga.

Quando Craig ligou de volta, Ruby deixou cair na caixa postal. Ele tinha concordado em encontrá-la.

Às 20h15 Ruby entrou no Monsoon, um discreto restaurante vietnamita com ótimos pratos e decoração despretensiosa. Dessa vez ela tinha decidido deixá-lo sentado esperando por ela — isso a colocava na posição de poder. Ela entrou, usando uma blusa extremamente cara da Catherine Malandrino e saltos altos. Não sabendo qual seria a reação dele a essa grande pergunta, Ruby achou que podia pelo menos parecer rica. Mesmo que ela desesperadamente quisesse algo dele, ia se certificar de que tinha algo a oferecer também. Ela se sentou. Antes de ter uma chance de sequer dizer olá, Craig disparou:

— Sou HIV positivo, Ruby. Nunca te contei.

O estômago de Ruby se revirou. Ela nem tinha pensado nessa possibilidade, principalmente porque presumia que ele teria lhe contado. Então ela simplesmente concluiu que ele não tivesse nada. Ela percebeu agora como isso era ingênuo de sua parte. Ser soropositivo hoje em dia é bem diferente de como era antigamente. Será que deveria dizer que sentia muito? Perguntar como ele estava? Como estavam seus linfócitos? Que tipo de coquetel de drogas estavam tomando?

— Lamento ouvir isso. Você está...?

— Estou bem, estou tomando os remédios há anos, sem efeitos colaterais. Vou viver até os 100 anos.

— Que bom — disse Ruby, aliviada. — Quer falar sobre isso?

— Não, estou bem, só achei que você devia saber agora, por causa de... tudo.

Ruby assentiu. Os dois ficaram em silêncio. Ela pensou nessa novidade por alguns minutos. Então voltou a pensar em como queria aquela criança. Conhecia Craig desde a faculdade — há mais tempo do que conhecia Gary. Ele era uma pessoa incrivelmente doce, leal e gentil e consistente. Seria um ótimo pai.

— Você sabe, ouvi dizer que é possível fazer um *washing* agora — disse Ruby.

— Um o quê?

— Você sabe, um HIV *washing*. No seu esperma. Antes de inseminar alguém. Podem tirar o HIV do seu esperma antes de injetar em alguém e fica todo mundo bem.

Craig se remexeu em sua cadeira.

— Mesmo?

— Sim. Li sobre isso no caderno de ciências do *Times* há um ano, eu acho. Acho que você teria que ir para a Itália ou outro lugar para fazer isso, mas pode ser feito. — Ruby não queria forçar demais, mas ao mesmo tempo estava determinada.

— Ah. — Craig fez uma pausa, tomando nervosamente seu chá.

— Sei que deve estar preocupado em como isso poderia afetar a minha saúde, mas posso fazer algumas pesquisas...

Craig baixou seu chá.

— Eu sei sobre o *washing*.

O rosto de Ruby se iluminou.

— Ah, sabe? Então, parece que dá para fazer, não? Seria uma coisa na qual poderia estar interessado em...

Craig interrompeu:

— Ruby, não quero magoar seus sentimentos e não achei que você sugeriria o *washing*...

Ruby olhou para Craig, confusa.

— Não estou entendendo.

— Minha amiga Leslie já perguntou se eu podia fazer o *wash*. Ela tem 40 anos...

Ruby empurrou a cadeira para trás e bateu com as mãos na mesa. Ela começou a falar sem pensar:

— Não não não não, não quero ouvir. Achei que estava sendo generosa estando disposta a fazer o *wash*. Não fazia ideia de que estava *comparando ofertas* de mulheres dispostas a fazer.

— Também fiquei surpreso. Mas Leslie gostou que eu tenha estudado na Brown e seja alto — disse Craig, tímido.

— Quem é essa tal de Leslie, aliás? — As mãos de Ruby estavam agitando-se pelo ar, gesticulando para ninguém em particular.

— É a minha professora de Pilates.

Ruby chegou com a cadeira de volta para perto da mesa e se inclinou em direção a Craig.

— Sua *professora de Pilates*?

Craig olhou para ela, indefeso:

— Ruby, se tivesse me pedido antes, teria ficado feliz em...

Foi quando a garçonete chegou à mesa.

— Já sabem o que vão querer?

Ruby ficou parada, depois disparou:

— Sim. Eu gostaria de um bebê pequeno e saudável, menino ou menina, dez dedos nas mãos e nos pés, com um pai responsável e gentil de acompanhamento. É realmente, é pedir muito?

A garçonete lançou a Ruby o olhar da morte, que significava "Não vou tomar conhecimento de sua existência até dizer alguma coisa que não seja loucura".

Ruby respirou fundo.

— Não, obrigada. Não estou com fome. — Ela então se voltou para Craig. — Estou tão feliz por você estar bem, e tão feliz que vai ser pai um dia. Mas acho que vou para casa agora se estiver tudo bem para você. — Craig assentiu com a cabeça enquanto Ruby rapidamente se levantava. Ela se inclinou para baixo e deu um grande beijo na bochecha de Craig, se virou e saiu pela porta.

Bali

Nosso hotel em Kutu era outro bangalô obscenamente luxuoso, com quintal particular e piscina particular com vista para o oceano. Eu sei. Loucura. Thomas tinha ido a uma reunião de negócios uma hora antes. A parte ruim era que eu já estava morrendo de saudade. Essa era a primeira vez que nos separávamos em mais de uma semana e era horrível. Tinha ficado completamente dependente dele emocionalmente. Nunca fui uma namorada possessiva, mesmo quando era adolescente ou tinha 20 e poucos anos, mas se eu pudesse ter costurado um bolso em minha pele e colocado Thomas lá dentro, teria feito. Não queria que ele nunca mais saísse do meu lado.

Foi preciso toda a minha energia para lutar contra a vontade de ficar naquele quarto de hotel e me recusar a sair pelo resto de meus dias neste mundo. Mas Thomas tinha me dito que Kutu era um lugar perfeito para o surfe, então decidi ir olhar os surfistas; finalmente eu ia poder não parecer tão deslocada em minha bermuda. Mas eu também estava curiosa para ver alguns gigolôs esperando para dizer a uma mulher qualquer que ela era a mulher mais linda que eles já tinham visto. E me perguntei se a praia estaria cheia de mulheres mais velhas esperando por seu Made.

A praia estava cheia de surfistas, todos esperando a onda seguinte. Ainda não estava lotada, e pelo que eu conseguia ver, não havia gigolôs de prontidão nem mulheres esperando por eles.

Quando eu sentei numa das cadeiras disponibilizadas pelo notel, um jovem balinês veio até mim com uma grande sacola de plástico.

— Com licença, senhorita, quer um? Muito barato.

Ele tirou de sua sacola uma coisa que parecia muito um relógio Rolex — vou arriscar e dizer que não acho que era verdadeiro. Balancei a cabeça.

— Mas olha, são tão bonitos, muito barato. Compra um.

Sendo de Nova York, sei como me expressar. Balancei a cabeça com força e disse alto:

— Não, obrigada.

Ele entendeu o recado, pegou a sacola e foi embora.

Os surfistas tinham encontrado uma onda e observei-os tentando dar seu máximo para pegá-la. Eles faziam parecer tão fácil, a maioria deles mantendo o equilíbrio até a onda devolvê-los gentilmente até a areia.

Meus pensamentos voltaram-se para Thomas e para o fato de que ele iria para casa em menos de uma semana. De volta para Paris, para sua esposa. Comecei a me dar conta de que em apenas alguns dias eu poderia nunca mais vê-lo.

Comecei a pensar de novo em como esse acordo tinha sido vantajoso para ele. Umas boas feriazinhas da monotonia do casamento. E ele podia voltar para casa sem culpas, porque tinha sido totalmente honesto comigo quanto a seu casamento aberto, e sua esposa parecia não se importar. Ele tinha um arranjo perfeito. Eu estava começando a ficar puta.

Foi quando uma mulher balinesa mais velha veio até mim e perguntou se eu queria que ela trançasse meu cabelo. Eu disse que não, com veemência, e balancei a cabeça com vontade. Ela seguiu em frente.

Também comecei a me dar conta de que eu podia não ter sido a primeira mulher com quem Thomas tinha feito isso. Eu sei, às vezes sou meio devagar. Percebi que ali podia ser o lugar para onde ele levava todas as suas amiguinhas. Na verdade, ele podia saber que eu estava indo para Bali e já ter se certificado de que teria uma namorada garantida para a viagem. Quem vai saber? Tudo o que eu tinha certeza era que tinha acreditado em tudo, em cada ceninha romântica, como uma turista usando um Rolex falso.

Um homem veio com o braço cheio de camisetas penduradas. Mas antes que ele pudesse abrir a boca, ladrei:

— Não! — E ele saiu apressadamente.

Então eu pensei no que nenhuma mulher em minha situação deveria se permitir pensar. Comecei a imaginar Thomas me dizendo que queria deixar sua esposa por mim. Eu o imaginei com lágrimas nos olhos, me implorando para ficar com ele, porque me amava demais e não conseguia suportar viver sem mim.

Sacudi a cabeça, tentando me livrar desse pensamento perigoso o mais rápido possível. Ia ser terrível dizer adeus. Me perguntei se haveria uma maneira de fazê-lo se sentir culpado e ficar comigo. Se houvesse uma maneira de eu parecer a mais patética e vulnerável possível e apenas chorar e implorar para que ele ficasse... Já vi isso dar certo em novelas.

Um jovem balinês chegou mais perto e se sentou na cadeira bem ao meu lado.

— Com licença, senhorita, mas é a mulher mais linda que já vi nessa praia. Tive que vir até aqui e lhe dizer isso.

E com isso, eu disse bem alto:

— OK, chega dessa porra. — Levantei da cadeira e peguei a toalha, o chapéu e a bolsa de praia. Ele deu um pulo com minha pequena explosão, mas não faço ideia do que fez em seguida, porque me afastei rapidamente sem olhar para trás.

Posso te dizer que até aquele momento eu nunca tinha me sentido tão completamente, literalmente, totalmente insultada em minha vida. Ele tinha me confundido com uma mulher desesperada e solitária o suficiente para acreditar em sua cantada babaca.

Enquanto andava até nosso pequeno ninho de mentiras, me ocorreu que talvez aquele rapaz balinês tivesse lido minha mente. Talvez tivesse sentido que eu era uma mulher pensando em como me fazer ser tão digna de pena a ponto de um homem se sentir culpado o bastante para ficar comigo.

Talvez aquele garoto soubesse *exatamente* com quem estava falando.

Enquanto eu pisoteava com força o caminho de pedras, percebi que tinha que parar. Eu amava Thomas desesperadamente, eu queria desesperadamente ter alguém em minha vida, e em Nova York eu era desesperadamente sozinha. Mas à medida que me aproximava da porta, também cheguei à conclusão de que isso era fantástico. Essa ia ser a minha salvação. Eu era uma mulher desesperada. Ótimo. Agora que eu sabia isso sobre mim podia estar preparada para isso. Eu não ia me sabotar e me forçar a fazer alguma coisa vergonhosa. Eu não. Porque a verdade é que não existe nada de errado em se sentir desesperada — *é só que sob nenhuma circunstância você tem permissão para expressar isso.*

Comecei a jogar todas as minhas coisas dentro da mala: minhas roupas, meus artigos de banho, tudo. Enquanto corria pelo quarto pegando minhas coisas do chão, Thomas entrou com um grande sorriso no rosto.

— Julie, que saudades. — Ele viu minha mala na cama e pareceu imediatamente perturbado. — Mas, o que você está fazendo? — perguntou, em pânico.

— Você vai embora para casa em breve, de qualquer forma, de volta para sua esposa e para sua vida. É melhor eu ir agora, antes que as coisas fiquem...

Eu parei. Era muito importante que eu não chorasse.

— Só quero ir embora, agora.

Thomas se sentou na cama. Ele abaixou a cabeça, pensando. Continuei correndo pelo quarto, olhando para ver se não tinha esquecido nada. Quando Thomas finalmente olhou para cima, tinha lágrimas nos olhos. Meu primeiro pensamento foi — porque sou de Nova York e pirada — que ele estava fingindo.

— Pensei em você a reunião toda, Julie. Não conseguia tirar você da cabeça. Senti tantas saudades.

Mantive-me firme. Era fácil para ele ser romântico, com sua grande e agradável rede de segurança em Paris. Falei com ele um pouco fria:

— Você já passou por isso antes, imagino eu, então pode entender. Ia acabar em alguns dias mesmo, então está apenas acabando um pouco antes. Só isso. — Fechei a mala. Dessa vez eu tinha um plano. — Vou para a China. É muito interessante, eu li que lá existem muito mais homens do que mulheres, por causa da política envolvendo...

Thomas se levantou, me agarrou e me beijou.

— Sim, Julie, eu admito, já passei por isso antes. Mas dessa vez parece muito diferente. Por favor, por favor, me deixe ir com você para onde você for, por favor. China, Zimbábue, qualquer lugar. Não quero deixá-la, não posso. Diga que vai me deixar ficar com você, por favor. Eu imploro. — Thomas me puxou para perto dele, uma das mãos em minha cabeça, agarrando meu cabelo, desesperadamente.

Estados Unidos

Vou tentar explicar tudo rapidamente porque ainda me chateia, mas não sei se vou conseguir porque preciso que você tenha todos os detalhes. Detalhes são importantes.

Desde o incidente com Sam, Georgia andava realmente se sentindo melhor a respeito de tudo. Não há nada como não sair mais com um cara perfeitamente adequado para uma garota se sentir com a moral um pouco mais alta. Ela estava tendo alguns encontros com alguns homens que conhecera na internet, nenhum deles feito para ela, mas também não eram completos desastres. Dale estava ficando com as crianças sempre que Georgia pedia, e ela também contava com uma extensa lista de babás confiáveis. Ela podia não estar prestando tanta atenção em seus filhos como deveria, mas estava se sentindo otimista. Então alguma coisa tinha melhorado.

Ela conheceu Bryan numa reunião de pais e professores na escola. Os dois estavam esperando no corredor, naquelas cadeiras pequenas, e começaram a conversar. O filho dele tinha 6 anos e era da mesma turma que a filha de Georgia. Ele tinha altura mediana, um rosto magro e maçãs do rosto brilhantes — parecia escocês. Estava divorciado havia três anos. Eles começaram a conversar sobre seus respectivos casamentos e como os mesmos tinham acabado, se identificando com o quanto tinha sido ruim para todos os envolvidos. Quando Bryan foi chamado para conversar com a professora, já tinha perguntado a Georgia se podia ligar para ela. E ligou. Naquela noite. Dois dias depois eles saíram. Foram jantar e ele a acompanhou até seu prédio e se beijaram, e se beijaram de novo em frente ao apartamento dela, e ele disse que tinha se divertido muito e perguntou se podia vê-la de novo. Ele ligou no dia seguinte, para dizer o quanto tinha gostado e para fazer planos. Eles marcaram outro encontro dois dias depois. Dessa vez ela foi à casa dele (o filho dele estava com a mãe) e ele cozinhou um delicioso guisado e eles comeram e conversaram e ele foi muito doce e eles deram uns amassos na cama dele, muito carinhosamente — mas não sem paixão. Ele ligou para ela no dia seguinte e perguntou quando podia vê-la de novo. Ela disse que estava livre na terça ou na quinta e ele disse: "Bem, quinta parece longe demais, então que tal na terça?" Ora, vejam só. Deixe-me repetir para você, porque Georgia repetiu para mim várias e várias vezes, a longa distância, nos subsequentes longos dias da história com Bryan. Ele tinha perguntado: "Quando posso te ver de novo?" E

Georgia tinha respondido "Terça ou quinta", e ele disse "*Bem, quinta parece longe demais, então que tal na terça?*". Entendeu? OK. Esse tipo de comportamento insanamente consistente, direto-ao-ponto, estou-incrivelmente-excitado-por-ter-te-conhecido-mas-não-tanto-que-se-torne-inacreditável continuou pela semana e meia seguinte. Eles conversavam pelo telefone quase todo dia, e tudo apontava para um relacionamento sério. Isso era uma coisa real e com um homem consistente e afetuoso que não tinha se revelado ser nada mais que um homem pronto e animado para começar um relacionamento com Georgia. Sem maus sinais, sem avisos vagos ou diretos, nada de conversas "Só achei que você deveria saber". De novo, Georgia teve a sensação de que as coisas finalmente estavam se encaixando. De repente, fica fácil. De repente, você não sabe por que tanto drama. Ela ficou um pouco convencida, e pensou consigo mesma mais uma vez: *Sabia que não ia ser tão difícil arranjar um homem maravilhoso.*

E então eles transaram.

Era um sábado à noite, e Georgia tinha que voltar para casa por causa da babá. Tinha havido afeto e carinho suficiente para amortecer sua saída pós-coito, então ela não se sentiu muito piranha quando teve que ir embora. Ela foi para casa, pagou a babá e foi para a cama, feliz e segura. Tinha feito tudo certo. Tinha criado certa amizade e estabelecido um ritmo de encontros e telefonemas que obviamente era bom para os dois. Então quando ela acordou no domingo, quando seus olhos se abriram, seu primeiro pensamento foi Bryan. Ela se lembrou do sexo. Ela na verdade ainda *sentia* o sexo. E um grande sorriso descontraído se formou em seu rosto.

Era seguro dizer que Georgia andava um pouco impaciente com seus dois filhos desde que Dale tinha ido embora. Para algumas mulheres, filhos, numa situação como aquela, lhes dariam uma sensação de conforto — de ainda pertencer a alguma coisa. Mas para Georgia, o tédio do dia a dia de criar suas crianças apenas servia para acentuar qualquer sofrimento e solidão que estivesse experimentando naquele momento. Então quando Beth exigiu aos gritos que Georgia chamasse um táxi só porque não estava a fim de andar meio quarteirão de volta ao apartamento, bem, talvez Georgia não tenha exibido o mesmo nível de paciência que exibia quando tinha um marido.

Mas nesse domingo ela acordou sorrindo, com nada além de paciência e adoração por seus dois filhos pequenos. Ela os tirou da cama, os vestiu, fez o café da manhã e os levou para uma longa caminhada junto à Riverside Drive. Beth estava de bicicleta; Gareth, de patinete. Ela mal olhou seu telefone porque não havia necessidade. Estava namorando um homem bom com quem tinha acabado de dormir pela primeira vez, e ia começar a conversar com ele em algum momento do dia, como fazia sempre.

Então quando Georgia viu que eram 16 horas, ela não se abalou. Ele provavelmente estava ocupado com o filho. "Ele provavelmente não quer ligar enquanto não puder falar direito", Georgia disse a si mesma. Ela levou os filhos para um jantar cedo em seu restaurante chinês favorito e voltou para casa.

Mas já às 20 horas, quando Beth saiu do seu quarto e pediu o terceiro copo d'água, Georgia explodiu:

— O que foi que eu falei, Beth? Chega de água. Volte para o seu quarto. — Beth começou a reclamar. — EU DISSE PARA VOLTAR PARA O SEU QUARTO!

Bryan não tinha telefonado. Georgia ligou a televisão. Ela começou a sentir os pequenos incômodos, o primeiro sussurro de uma sensação, mas lá estava: pânico. E quando o pânico começa a se esgueirar, mesmo que na ponta dos pés, a mente de uma mulher entra em curto-circuito. Pelo menos a mente de Georgia entrava. Podia parecer que ela estava vendo televisão, mas na realidade estava reunindo todos os poderes criativos que era capaz de reunir para manter aquele acesso de pânico a distância. Às vezes, depois de uma experiência sexual intensa, um homem pode precisar dar um passo atrás, para se recompor emocionalmente. Talvez ele estivesse ocupado demais. Havia muitas razões para ele não ter ligado.

Não vou ser uma daquelas mulheres que ficam loucas só porque um cara não ligou, Georgia pensou consigo mesma. *Não é nada de mais. Ele vai ligar amanhã.*

— EU DISSE PARA VOLTAR PARA O QUARTO — gritou Georgia para Gareth quando ele apareceu no corredor. Georgia tentou tirar aquilo da cabeça, mas o temor não ia embora de verdade. Sabiamente, ela foi para a cama. Amanhã seria um novo dia. E amanhã ele ia ligar.

Quando o despertador de Georgia tocou às 6h30 da manhã seguinte, a primeira sensação que ela teve foi animação. *Oba! Bryan vai me ligar hoje!* Ela se perguntou quanto tempo teria que esperar. Georgia tentou pensar em outra coisa. Ela se levantou e pensou no que poderia preparar para o café da manhã das crianças. Ela suspirou. Tudo parecia um trabalho penoso. Ela pegou ovos e pão e começou a trabalhar. As crianças acordaram e primeiro Beth não quis os ovos, depois não quis o mingau de aveia, e então não quis comer a torrada porque Gareth tinha tocado nela durante um segundo. E foi quando Georgia disse a Beth que existem muitas crianças que não podem escolher o que vão comer no café da manhã e que era melhor ela comer tudo que estava no maldito prato ou iria para a escola com fome. E foi quando Beth jogou um pedaço da torrada em Georgia e pisoteou com força o chão da cozinha.

Depois disso foi uma verdadeira luta para irem para a escola. Gritos, lágrimas, xingamentos. E isso foi só da parte de Georgia. *Ha ha.* Na escola, ela procurou por Bryan, mas ele não estava lá. Ela voltou para casa, exausta, e olhou o relógio. Eram 9 horas. Nove horas. *O que ele estará fazendo agora?* Georgia se perguntou. *O que ele estará fazendo agora que é mais importante que ligar para mim?* Ela resolveu ser produtiva. Era hora de procurar um emprego. Desde o divórcio ela estava adiando isso, querendo punir Dale com suas necessidades financeiras. Mas agora era hora de seguir em frente. Ela sabia que era o que uma mulher inteligente e poderosa faria.

Foi quando ela teve o pensamento mais reconfortante e tranquilizador que já tivera em toda a sua vida.

Ela podia ligar para ele.

Ah, meu Deus! Ela podia ligar para ele! Ela adorou. É claro, ela sabia que era sempre melhor não ligar para o cara, mas isso era diferente. Isso estava acabando com ela. Isso não a fazia se sentir poderosa — esperar ao lado do telefone um cara ligar. Isso não era de jeito nenhum o que ela chamaria de liberação feminina. Ela ia ligar para ele. Mas Georgia sabia que precisava de uma segunda opinião. Infelizmente, ela acabou pegando a segunda opinião com Ruby porque não conseguiu me encontrar pelo telefone (eu estava com Thomas em Bali, desculpe!) e Alice não atendeu quando Georgia ligou. Se ela tivesse falado com Alice ou comigo, teríamos dito "Não ligue, não ligue, não ligue".

Em minha opinião, existem varias razões por que você nunca deve ligar, mas a principal é que é a única maneira de descobrir quais são as verdadeiras intenções dele. Você precisa saber quanto tempo ele consegue ficar sem falar com você, sem estar sobrecarregado pelos seus telefonemas intrometidos, e-mails ou mensagens. Se você liga, está contaminando a cena do crime. Mas nós não estávamos disponíveis e Georgia ligou para Ruby, e Ruby é só coração, só emoção, e você pode basicamente fazer com que ela diga o que você quiser.

Georgia rapidamente explicou a situação para Ruby, e então perguntou:

— Então, não há nada de errado em eu ligar para ele, certo? Quer dizer, não existe uma regra dizendo que não posso ligar para ele, existe?

Ruby sacudiu a cabeça enquanto clicava no site do Centro Médico da NYU. Ela estava procurando informações na internet sobre inseminação artificial.

— Não acho que exista uma regra oficial, mas tenho a sensação de que existe um grande consenso por aí para não ligar.

— Eu sei. Mas não consigo fazer mais nada. Está me deixando louca! Eu só quero saber o que está acontecendo!

Ruby não conhecia Georgia muito bem, mas podia perceber quando alguém estava ficando levemente histérica. Então Georgia sacou o verdadeiro trunfo, a desculpa para ligar, contra a qual apenas namoradoras altamente experientes podem argumentar:

— Mas talvez tenha acontecido alguma coisa com ele — sugeriu Georgia. — E se aconteceu alguma coisa e estou sentada aqui com meu orgulho em vez de tratá-lo como trataria qualquer outro amigo de quem eu estava esperando ter notícias? Eu ficaria preocupada e ligaria.

Parecia um argumento inteiramente lógico. (Por-que-meu-Deus-por-que Alice nem eu atendemos nossos telefones?)

— Tem razão. Se ele fosse apenas seu amigo, o que ele é, você ligaria para ele e descobriria o que está havendo.

— Exatamente! — disse Georgia, feliz. — Tenho o direito de tratá-lo do mesmo jeito que trataria qualquer outro amigo.

Ela desligou e começou a discar o número de Bryan o mais rápido que seus dedos permitiam.

Como alguém que acaba de receber uma injeção para enxaqueca, Georgia estava em êxtase porque sua dor em breve seria aliviada. Enquanto discava, se sentiu proativa. Forte. Não há nada pior que se sentir impotente sobre sua própria vida. Ou indefesa por causa de algum cara.

Agora, se ela tivesse falado comigo ou com Alice, nós duas teríamos dito algo como "Ele não é seu amigo. Sexo muda tudo. É a triste verdade. *Presuma que ele está bem*. Presuma que a vida dele está exatamente igual a quando o viu da última vez. E se mais tarde você descobrir que o filho dele foi mordido por uma rara abelha sul-americana e Bryan passou os últimos dias dormindo na ala dos doentes altamente contagiosos do hospital Mount Sinai, bem, mande para ele um e-mail gentil e diga que sente muito". Mas nós não estávamos lá para ajudar Georgia. Então, em vez disso, ela alegremente ligou.

Ela deixou recado. Sabia que era bem provável que caísse na caixa postal, e estava pronta para isso.

— Oi, Bryan, é a Georgia. Só estou ligando para dizer oi! Espero que esteja bem. — E então Georgia desligou, quase orgulhosa. *Bom.*

Agora está tudo resolvido. Ela soltou um suspiro triunfante. A preocupação, o medo, o pânico, ou como queira chamar, tinha ido embora. Ela soube imediatamente que tinha feito a coisa certa e se sentia uma supermulher.

Durante exatos 47 segundos.

Então ela percebeu uma coisa horrível que a deixou com uma sensação de impotência como nunca tinha experimentado antes. Ela se deu conta de que agora estava apenas esperando ele ligar para ela *de novo*. Tudo o que ela conseguira foi dar a si mesma a mais curta pausa da agonia de esperar ele ligar para ela. E agora estava esperando de novo — *mas era muito, muito pior. Porque agora ela já tinha ligado para ele.* Agora, se Bryan não ligasse, não estaria simplesmente demorando para ligar depois de terem transado, ele estaria na verdade *não retornando a ligação*. Ela tinha duplicado o sofrimento.

Então agora, para encurtar um pouco a história: o resto do dia passou. Bryan não ligou. E Georgia literalmente deixou que isso a derrubasse. As crianças foram apanhadas na escola por uma babá que ficou e preparou o jantar para elas. Georgia ainda estava deitada na cama às 21 horas, quando os sinos da igreja soaram, as pombas cantaram, as nuvens se abriram e os anjos tocaram suas harpas.

Porque ele ligou. Ele ligou, ele ligou, ele ligou. Georgia não sabe quando, em toda a sua vida, tinha sentido tanto alívio. Eles conversaram. E riram. O nó em seu estômago foi embora. Ah, meu Deus, ela não sabia com o que estava tão preocupada. As mulheres podem ficar tão loucas às vezes! Eles conversaram durante 25 minutos (é claro que Georgia estava contando) antes de ela começar a encerrar a conversa. Justo quando estavam prestes a desligar, finalmente, Bryan começou a fazer planos:

— Então. A gente devia se ver em breve.

— É. Seria ótimo — disse Georgia, dois dias de estresse e preocupação sendo liberados de seu corpo.

— Vou te ligar essa semana para combinarmos — disse Bryan.

— Ah-h-h. Tudo bem — gaguejou Georgia, confusa. Ela desligou o telefone e pensou: *Mas que porra? Por que ele precisava ligar para combinarem se já estávamos no telefone agora?*

Agora ela começara a segunda fase da ruína de um sonho. Ela ficou obcecada em tentar descobrir o que tinha feito de errado. O que ela tinha feito para ele ir de "Não, quinta-feira está longe demais" para "Eu te ligo essa semana para combinarmos"?

Então Georgia esperou de novo. Terça, quarta, quinta. Ela tentou tirar aquilo da cabeça. Marcou algumas entrevistas de emprego. Encontrou com Alice e as duas fizeram compras juntas. Tentou gritar menos com seus filhos. O diabinho sem vergonha em seu ombro ficava dizendo que se ela queria tanto ver Bryan, deveria ligar para ele. Que não tem nada de errado com uma mulher chamar um homem para sair; estamos no século XXI, pelo amor de Deus. Mas na sexta, justo quando ela estava prestes a pegar o telefone, uma suspensão da pena foi concedida. E ele ligou e a convidou para sair na terça à noite. Terça à noite? Bem, OK. Ele devia saber que não se deve convidar uma mulher numa sexta-feira à noite para sair no mesmo fim de semana; é falta de educação. E ela imaginou que poderia pedir para Dale ficar com as crianças.

Então eles saíram na terça à noite. Georgia se lembrou de por que tinha gostado tanto dele. De vez em quando aqueles pensamentos incômodos entravam em sua cabeça; *O que teria acontecido se eu não tivesse ligado para ele naquela segunda-feira? Será que ele teria me ligado?* Mas ela afastava o pensamento com a mesma rapidez que ele chegava. Eles voltaram para a casa dele. E transaram. E Georgia tomou outra dose da droga de amor/sexo que a deixaria obcecada por ele pelos quatro dias seguintes, durante os quais tudo o que ele fez foi mandar uma mensagem uma vez para dizer: "Ei, vamos nos ver de novo em breve!" Mas dessa vez ela não ligou para ele. Ela estava resolvida. Mais do que precisar vê-lo, transar e ser validada, muito mais do que tudo isso ela precisava saber quanto tempo ele conseguia ficar sem encontrar com ela. Agora, isso requeria força, vigor e um heroísmo emocional num nível que nunca foi necessário de sua parte antes, nem mesmo no parto. E a única maneira de reunir essa força hercúlea era ligar para Ruby e Alice e torturá-las. (E eu, quando ela conseguia me achar pelo telefone.) As conversas eram mais ou menos assim:

Georgia para Ruby:

— Mas eu simplesmente não entendo. Se ele não queria sair comigo, por que então não parou de me chamar para sair? Mas se ele gosta de mim, por que não gosta tanto quanto gostava no começo?

Ruby nunca tinha uma boa resposta, porque, francamente, como é que se pode responder uma coisa dessas?

Georgia para Alice:

— Talvez ele nunca vá me ligar de novo. Quer dizer, ele disse que ia me ligar, mas não disse quando. É tão difícil assim fazer planos para o futuro? Mesmo que só tentar fazer um? O que quer dizer quando você não quer marcar outro encontro enquanto ainda está no encontro atual? Será que ele é tão ocupado assim? Parece pressão demais?

E Alice, uma das minhas, apenas continuava repetindo:

— Não ligue pra ele, não ligue pra ele, não ligue pra ele.

Acho que seria justo dizer que Georgia, cujo nível de sanidade não estava lá essas coisas desde o começo, agora tinha oficialmente pirado.

A mistura de álcool e sangue em algumas pessoas causa resultados catastróficos. Podia-se dizer a mesma coisa a respeito de Georgia quando se tratava de misturar sua disposição com saudade. Algumas pessoas passam por isso sofrendo; algumas superam e seguem em frente. Georgia foi derrubada. Como uma aborígene com uma garrafa de Wild Turkey, Georgia perdeu totalmente o controle. Ela ficou de cama de novo. Ela levava as crianças na escola, voltava, colocava o pijama e voltava para a cama. Parecia a melhor maneira de fazer o tempo passar o mais rápido possível até ele ligar. Se ele fosse ligar. E, em defesa de Georgia, pelo menos ela sempre conseguia levantar de novo e buscar as crianças na escola, trazê-las para casa e preparar o lanche. Mas então ela ia para o sofá. Era como se alguém tivesse tirado todo o ar de Georgia e agora ela era a carcaça de um balão, quebrada e sem vida, deitada no sofá, estourada. Tudo bem, talvez não fosse só o Bryan. Talvez fosse o auge do trauma do divórcio, de sentir saudades de Dale mais do que quisesse admitir, de virar mãe solteira, de ter entrado rápido demais no brutal mundo dos namoros. Ou talvez fosse mesmo apenas desespero para que Bryan ligasse. Quem vai saber? A droga do amor que ela tinha tomado acabou sendo tóxica e ela estava lentamente sendo envenenada até a morte.

Finalmente, ele ligou. Às 21 horas. Quarta-feira à noite. Bryan disse que estava num pequeno café do outro lado da rua dela. Ela estava com as crianças ou podia dar uma saidinha?

As crianças estavam com ela. Então é isso que ela deveria ter dito. Mas ela não estava com a cabeça no lugar. Ela precisava vê-lo pessoalmente e descobrir o que tinha acontecido. O que ela havia feito de errado? Ela precisava saber para não cometer o mesmo erro de novo. Ela não queria confrontá-lo; só queria a simples, e possivelmente brutal, verdade. Então ela disse que as crianças estavam com ela, mas que sua irmã também estava lá, então ela podia sair por alguns minutos.

Eu sei! Mas você precisa entender; Beth nunca, *nunca*, em circunstância alguma, se levanta no meio da noite. Ela podia te enlouquecer completamente antes de ir se deitar, mas uma vez que estava dormindo, uma escavadeira pondo seu quarto abaixo não seria capaz de acordá-la. E quanto a Gareth, era a mesma coisa. Além disso, ele era crescido o suficiente para ler o bilhete que ela deixaria para ele, dizendo "Volto em CINCO minutinhos! Não precisa ter medo!", se por algum motivo acordasse. Ela sabia que o que estava fazendo era arriscado. Mas estava desesperada para resolver esse assunto. Então ela escreveu o bilhete e saiu correndo do apartamento, desceu as escadas e atravessou a rua até o café. Bryan estava sentado ao lado da grande janela de vidro, e quando ele a viu andando pela rua em sua direção, começou a acenar com um grande sorriso no rosto.

Georgia se sentou e tentou ser casual. Ela sabia que era essencial não parecer uma mulher histérica. Ela não devia chorar. Ela não devia deixar a voz desafinar. Não se pode desafinar quando se conversa com um homem sobre as Coisas. Você deve falar com uma voz calma e casual.

— Quer um café, ou acha muito tarde? — Bryan perguntou educadamente. Georgia apenas balançou a cabeça, tentando desacelerar a respiração e acalmar as pauladas em seu peito para conseguir falar.

— Desculpe te ligar tão tarde. Estava tomando uma xícara de café e achei que valeria a pena tentar ver se estava livre.

Georgia finalmente falou:

— Estou muito feliz por ter ligado. Ando querendo te perguntar uma coisa. — Até agora, tudo bem. Nada de voz desafinando. — Estava só pensando, não é grande coisa, mas passou pela minha cabeça que você não parece mais tão... — Georgia acrescentou um dar de ombros despretensioso e sacudiu uma das mãos — ... empolgado a meu respeito. E tudo bem, mas eu estava apenas pensando se tinha feito algo errado. Porque parecia que você estava empolgado comigo, e agora meio que... não está mais.

Bryan recebeu essa suave tacada de vulnerabilidade emocional com a máxima graça e cavalheirismo.

— Ah, Georgia, sinto muito que esteja se sentindo assim. É claro que você não fez nada de errado. É claro que não. Acho você fantástica. Não sabia que se sentia assim. Me desculpe. Só fiquei muito ocupado com a escola e... Faz apenas algumas semanas, certo? Então achei que a gente estava apenas indo com calma...

Georgia olhou para ele. Fazia sentido perfeitamente. Tinham se passado mesmo só algumas semanas. Ele andava realmente muito ocupado com a escola. Ele achou que era melhor irem com calma. Por um momento, ela se sentiu uma babaca. Por que ficou tão alterada com isso? Ele não tinha feito nada de errado. Estava apenas sendo *responsável. Equilibrado. Adulto.* Mas então ela se lembrou de uma coisa. Ela se lembrou do "Terça/Quinta". Esse era o mesmo cara. Quando ela o conheceu ele não era o Cara Vamos Com Calma. Ele era o Cara Terça/Quinta. E depois que uma garota sabe o que é namorar o Cara Terça/Quinta, não importa quanto queira fingir que acredita que ele está ocupado ou indo com calma, ela nunca vai conseguir esquecer que esse é o mesmo homem que achava que a quarta-feira, a cruel e impiedosa quarta-feira, e a quinta-feira, aquela interminável quinta-feira, eram tempo demais sem vê-la.

Ela tentou imaginar o que estava esperando que ele fosse dizer nesse momento. "Eu sinto muito, Georgia, você tem razão, obrigada por me lembrar que estou apaixonado por você. De agora em diante vou vê-la duas vezes por semana e te ligar toda noite pra desejar bons sonhos." Ou "Bem, agora que tocou no assunto, Georgia, o que aconteceu foi que, por causa do meu recente divórcio, associo sexo com compromisso, e no momento em que a penetrei sabia que precisava manter-me um pouco afastado porque no fim das contas nunca vou conseguir te amar e lá no fundo eu já sabia disso". Qualquer que fosse o desfecho que ela estava tentando encontrar, Georgia percebeu que não ia ser achado no Adonis Coffee Shop. E seus dois filhos estavam lá em cima sem a supervisão de um adulto.

— Está certo. É claro. Estamos indo com calma. Naturalmente. Mas nunca é ruim só ter certeza né? — Bryan concordou com a cabeça. Ela olhou o relógio. Estava lá há exatamente quatro minutos. — Sabe, preciso voltar. Acho que minha irmã estava querendo ir pra casa.

— Claro, tudo bem, está ótimo — disse Bryan. — Eu te ligo.

— Com certeza — disse Georgia. Muito casualmente.

Ela se afastou do café com um andar leve e relaxado porque sabia que Bryan estaria observando-a. Mas no minuto em que pisou dentro do prédio, ela disparou pelos quatro lances de escada até seu apartamento. Nada de fogo. Nada de corpos. Ela foi rapidamente até o quarto das crianças. Beth dormia profundamente. Ela deu um grande suspiro de alívio e atravessou o curto corredor para olhar dentro do quarto de Gareth.

Foi quando o tempo pareceu congelar.

Gareth não estava lá. Ela correu até seu quarto e ficou aliviada em vê-lo sentado em sua cama, assustado, mas perfeitamente bem. Foi o que ele disse em seguida que realmente aterrorizou Georgia.

— Liguei pro papai.

Georgia respirou fundo, engasgando.

— O quê? Por que fez isso?

— Fiquei com medo. Você não estava aqui. Eu não sabia onde você estava.

— Mas você não viu o meu bilhete? Deixei no travesseiro, do seu lado! Eu disse que já voltava.

Ele sacudiu a cabeça, seu medo de garotinho virando lágrimas pesadas que estavam praticamente pulando de seu rosto.

— Eu não vi! — ele choramingou. — Eu não vi!

Georgia o abraçou e o segurou com força. Ela o ninou e beijou sua testa e tentou fazer tudo o que vinha a cabeça para compensá-lo dos últimos quatro minutos. Ela ficou ali por provavelmente dez minutos, talvez menos, até ouvir Dale entrar num rompante. Georgia pôs Gareth na cama e tentou se adiantar até ele, correndo para a sala para que ele visse que ela estava em casa e estava tudo bem.

— Estou aqui, estou aqui! — Georgia sussurrou enfaticamente. — Está tudo bem.

Mas Dale não ia deixar passar tão fácil.

— Onde foi que se meteu, porra? Está louca?

Georgia deu alguns passos para trás. Isso era ruim. Muito ruim.

— Sério, Georgia, onde foi que se meteu?

Georgia estava sem reação; a fúria dele e a culpa primitiva dela a deixaram sem palavras para se defender.

— Eu... Eu... Foi uma emergência.

— Uma emergência? Que tipo de emergência podia fazer você deixar seus dois filhos sozinhos? *Esta sim* é a emergência.

Foi quando Georgia começou a chorar. Ela não queria, mas não conseguia evitar.

— Desculpe... Foi só...

— Foi algum cara? — Dale andou até ela ameaçadoramente. — Você saiu de casa por causa de alguma porra de cara?

Georgia escutou como soava, percebeu sua insanidade na acusação de Dale. E ela apenas chorou mais ainda.

— Me desculpe. Por favor. Não vai acontecer de novo.

— Pode apostar que não vai. Vou levar as crianças, Georgia.

Ela parou de chorar na mesma hora, como se instintivamente soubesse que todas as suas faculdades mentais fossem ser necessárias para esse ataque.

— O quê?

— Vou contratar um advogado. Quero a guarda das crianças. Isso é ridículo.

Georgia deu um grito, mas também saiu parecendo um "O QUÊ?"

— Você me ouviu. Chega. Largar eles comigo toda vez que tem um dos seus encontros. Gritando com eles o tempo todo. Os professores disseram que estão parecendo sujos, que estão dando problema na escola. Tá na cara que você prefere ser solteira e sair e transar por aí, então essa é sua chance.

Georgia gaguejou:

— Não pode fazer isso... Você não pode.

Dale já estava indo embora, mas se virou e apontou direto para ela.

— Devia estar feliz. Vai poder sair todas as noites da semana se quiser. Não tente ir contra, Georgia, me mande um cartão de agradecimento em vez disso. — E com isso ele saiu. Se ele tivesse olhado para sua esquerda antes de ir, teria visto Beth e Gareth parados na porta, escutando tudo.

Georgia se sentou à mesa da cozinha e soltou um soluço alto. Ela percebeu que tinha colocado seus filhos em risco e também sua própria condição de mãe por causa de seu desespero — o desespero que não fazia ideia de que sentia até ser tarde demais.

REGRA NÚMERO
8

Na verdade existem poucas pessoas que podem ter tudo, então tente evitar toda essa história de inveja

No voo de Cingapura a Pequim, parecia que Thomas e eu estávamos em fuga. Cada momento que passávamos juntos agora parecia quase criminoso; era um ato de rebelião contra o acordo que ele e sua esposa fizeram. Eles tinham permissão para se afastar um do outro e do casamento por até duas semanas consecutivas. Agora, ele queria mais.

Quando ele ligou para a esposa do nosso quarto de hotel em Bali para dizer a ela que ia demorar um pouquinho mais, eu tinha saído do quarto. A coisa toda não era nada legal. Não importa quanto eu tentasse racionalizar, eu estava participando de uma coisa que provavelmente estava angustiando outra pessoa. Eu não tinha certeza disso, porque, como disse, tinha saído do quarto. Quando voltei, não consegui evitar perguntar como tinha sido.

Thomas, parecendo muito sério, apenas disse:

— Não ficou muito feliz.

Não perguntei mais nada.

Então agora, indo para Pequim, tudo parecia meio ilícito, um pouco sujo, e algo perigoso. Então é claro que algum tipo de pânico era de se esperar. Bem antes de entrarmos no avião eu tinha tomado um Lexomil inteiro. Mas mesmo assim, quando decolamos, eu ainda sentia o peito apertado. Não tinha certeza se Thomas estava tentando me distrair de um ataque de pânico ou se estava só tentando distrair a si mesmo de suas preocupações em casa — mas ele decidiu assumir o posto de meu assistente de pesquisa nessa viagem. Ele tinha escutado minha conversa com Candace, então acho que ele também estava ligeiramente preocupado de eu não estar trabalhando o suficiente. Ele começou a me inteirar do que sabia.

— Isso é uma coisa muito interessante, descobrir sobre essa seca das mulheres. Acho que temos que mergulhar fundo nisso. — Ele me olhou de lado, ligeiramente preocupado. — O Lexomil vai começar a fazer efeito logo.

Havia um grupo de 15 pessoas, todas juntas, conversando animadas algumas fileiras à nossa frente. Pareciam ser quatro casais e sete mulheres viajando sozinhas, todas americanas. Estavam tirando fotos e contando histórias. Havia outras duas que pareciam ser as guias do grupo. Enquanto eu tentava acalmar minha respiração e tirar da cabeça o terror iminente, fiquei prestando atenção na conversa deles.

Olhei para Thomas e sussurrei:

— Estão indo pra China para adotar crianças — balancei a cabeça em direção ao grupo. Thomas olhou para elas. Eu encarei as mulheres que pareciam estar sem parceiros. Elas pareciam animadas, como se tivessem ganhado na loteria e estivessem indo buscar seu prêmio. — É incrível, não é? Estão escolhendo ser mães solteiras. Acho que é muita coragem — falei enquanto meu corpo começava a relaxar.

Thomas olhou para as mulheres e depois de volta para mim.

— Você quer ter filhos, Julie?

Fiquei tensa novamente.

— Bem, eu não sei. Acho que se conhecesse a pessoa certa, gostaria. Não sei se conseguiria fazer tudo sozinha.

A verdade é que, desde que conheci Thomas, andava pensando sobre crianças. Era tão clichê, mas é verdade. Tinha conhecido alguém que amava e de repente estava pensando em ter filhos com ele. Estava envergonhada por ter ficado previsível com tanta rapidez. É claro, não era uma fantasia que chegava muito longe, considerando que rapidamente eu me lembrava de que meu amado já era casado. Mas tudo tinha despertado novas imagens tão assustadoras em mim: Thomas comigo no nascimento, nós dois deitados na cama com um bebê, ou batendo palmas por causa dos primeiros passinhos da criança. A ideia de um homem e uma mulher se apaixonando e criando um ser humano juntos parecia mesmo uma ideia meio que genial agora.

Thomas assentiu.

— Você seria uma mãe muito boa. — Ele pôs uma das mãos em meu rosto e a deixou lá por um longo tempo, e ficou apenas me olhando. Eu queria perguntar se ele queria ter filhos. Quais eram seus planos pro futuro, para uma família. Ele seria um pai fantástico. Mas lembrei a mim mesma que nenhum desses planos me incluiria. Então me desliguei e fechei os olhos. Comecei a sentir um pouco de sono.

Thomas decidiu pesquisar um pouco antes de todo mundo começar a dormir ou a assistir a filmes. Tinha uma mulher que devia ter uns 30 e poucos anos sentada do outro lado do corredor. Ela parecia ser chinesa e não usava aliança. Thomas se inclinou para ela e sorriu.

— Com licença, fala inglês?

A mulher olhou por cima do livro que estava lendo.

— Desculpe pela pergunta, mas minha amiga aqui está viajando o mundo conversando com mulheres sobre como é ser solteira em suas culturas. Ela está indo para Pequim agora conversar com mulheres chinesas. Estava pensando se você saberia algo sobre o assunto.

A mulher olhou para mim. Tentei fazer a cara mais confiável que conseguia, não importa o quanto estava me sentindo grogue. Ela era bem bonita e parecia gentil; talvez um pouco tímida. Imaginei se ela ficaria ofendida com essa pergunta tão direta.

— Sei, sim. Sou solteira e moro em Pequim.

Thomas se voltou para mim, como se pra me cutucar de leve.

— Oi, meu nome é Julie. — Me inclinei por cima de Thomas e estendi uma das mãos para ela. Ela a apertou.

— Meu nome é Tammy. Prazer em conhecê-la. O que é que gostaria de saber?

— Bem, foi dito nos noticiários e jornais que por causa da política de apenas um filho nos anos 1980, e de todas as meninas que foram adotadas, existe agora uma falta de mulheres na China e os homens estão achando difícil namorar.

Tammy riu e balançou a cabeça.

— Talvez no interior, mas não na cidade, não mesmo.

— Verdade? — perguntou Thomas.

— Verdade. Está muito fácil para os homens em Pequim. Podem namorar quanto quiserem, e quanto resolvem se comprometer, geralmente têm amantes. Pelo menos os ricos têm.

Mesmo com meu Lexomil, comecei a ficar deprimida.

— Sério?

Tammy apenas assentiu com a cabeça, divertindo-se.

— Sim, infelizmente. Sua teoria não está nem um pouco certa.

Me recostei de volta na poltrona. Não era isso que eu queria ouvir. Sussurrei para Thomas:

— Então vamos viajar isso tudo até a China para descobrir que os homens lá têm medo de compromisso e gostam de trair?

Thomas riu.

— Não são boas notícias. — Nem para nós, nem para as chinesas.

Inclinei-me sobre Thomas novamente para falar com Tammy. Essa seria minha última tentativa de ter uma conversa antes de desmaiar.

— Então o que fazem a respeito?

Tammy deu de ombros:

— Nunca namoro homens chineses. Eles são horríveis.
— Nunca?
— Não tenho um namorado chinês desde que era adolescente. Só saio com estrangeiros. Australianos, alemães, americanos. Mas nunca chineses. Nunca.

Thomas também estava interessado:
— Então me conte, onde é que você conhece esses homens?
— Trabalho para uma empresa americana, então conheci meu último namorado no escritório. Mas também tem um bar onde gosto de ir, o Brown's, onde tem vários caras de fora.
— Brown's? — repetiu Thomas.

Ela assentiu.
— Sim, fica no distrito de Chaoyang. É muito divertido.

Thomas olhou para mim.
— Então, Brown's hoje à noite?
— Sim — balbuciei, e depois adormeci.

Quando saímos do táxi em frente ao nosso hotel em Pequim, vi uma cena e tanto. Estávamos hospedados num dos melhores lugares do centro da cidade. Na nossa frente, uma mulher muito chique tinha saído de seu grande carro preto e de vinte a trinta fotógrafos disparavam seus flashes enquanto ela entrava no lobby. Entramos bem atrás dela, onde havia outra dúzia de pessoas que pareciam muito importantes esperando para cumprimentá-la oficialmente. Eles então a levaram apressadamente para dentro de um elevador para o que presumi ser algum tipo de coletiva de imprensa. Quando finalmente tivemos permissão de ir até a recepção, perguntei quem era a mulher.
— A vice-presidente da Espanha.

Isso, parece, era a introdução perfeita para Pequim. Muitas coisas estavam acontecendo aqui: arranha-céus sendo construídos em todo lugar, o fluxo contínuo de negócios tentando pegar um pedaço desse poder global emergente; a vice-presidente da Espanha parando para uma visita. Essa era a nova China. E Thomas e eu tínhamos um trabalho muito importante a fazer. Eu tinha que ir a um bar hoje à noite e conversar com mulheres sobre namoro.

Era um pouco triste. Nossa primeira noite em Pequim e estávamos tomando cerveja em um pub inglês e comendo asinhas de frango. Tinha um DJ tocando "Get Right with Me" da Jennifer Lopez e o lugar estava lotado de estrangeiros de todas as formas e tamanhos. Escutei alemão, inglês britânico, inglês australiano, inglês americano. Havia alguns italianos na multidão e alguns franceses. E, sim, alguns chineses também. O público parecia ter em sua maioria 30 e poucos anos, e todo mundo estava se divertindo dançando, conversando e paquerando.

Thomas ainda estava levando a sério seu cargo de assistente de observação cultural, e logo ele estava conversando com uns alemães no bar. Deixei que fosse sozinho, achando que ele conseguiria arrancar mais informações do que eu.

Uma mulher jovem, com cerca de 25 anos, veio até mim e me entregou seu cartão de visita. Seu nome era Wei e seu cartão dizia que era "guia turística".

— Olá, meu nome é Wei. De onde você é?

— Nova York — eu disse alto, tentando ser ouvida acima da música.

— Adoro Nova York — disse Wei, rindo. — Adoro tanto Nova York! — Ela riu mais ainda. Tinha longos cabelos negros lisos que caíam pelas costas toda e usava uma saia preta curta com botas de cano longo pretas de camurça. Não tinha como ser mais bonitinha. — Sabe aquela série "Sex and the City"? Eu gosto tanto! — De novo, muitas risadas. — Eu? Sou a Samantha. Essa sou eu!

Ergui as sobrancelhas, entendendo exatamente o que aquilo queria dizer, mas não sabendo exatamente como responder.

— Oh, uau. Isso é ótimo. Então deve estar se divertindo sendo solteira.

Ela riu de novo.

— Sim, adoro ser solteira. Adoro. Estou tão feliz por não ter que me casar e ter filhos. Adoro minha liberdade! — Ela riu mais uma vez e apontou seu cartão que eu agora estava segurando. — Se você precisar de alguma ajuda enquanto estiver em Pequim, qualquer coisa, você me avisa. Trabalho para uma agência de viagens. Ajudamos pessoas com tudo o que precisam.

— Obrigada, é muito gentil de sua parte. — Mas não querendo que ela fosse embora ainda, acrescentei: — Então, está aqui esta noite a trabalho ou só para conhecer um estrangeiro legal?

Wei riu de novo, alto.

— Os dois! Você é tão esperta!

Eu ri junto com ela, tentando ser educada, e perguntei:

—Então, não está tão interessada nos chineses?

Agora Wei parou de rir. Suas sobrancelhas e seus lábios franziram.

— Os chineses são chatos. Só ligam pra dinheiro. Eles não sabem se comunicar. Não sabem ser românticos. — Então ela sacudiu a cabeça, desgostosa. — Não, só homens ocidentais. Eles são muito mais divertidos.

Wei olhou longe e viu um homem alto e loiro que conhecia. Ela começou a acenar e rir.

— Ben! Ben! — Ela se virou para mim. — O que você faz em Nova York?

— Bem, eu era assessora de imprensa, mas agora estou meio que...

— Mesmo? Estou escrevendo um livro sobre minha vida louca em Pequim. Igualzinho Nova York!

— Uau, isso é ótimo — falei entusiasticamente.

— Tenho que ir, mas eu volto, OK?

— Sim, é claro.

Wei correu até o homem chamado Ben e deu um grande abraço nele, rindo.

Foi quando Thomas voltou.

— Julie, andei trabalhando duro para você. Temos muito pra conversar. — Ele puxou duas banquetas vazias e nos sentamos. — Falei com dois alemães que disseram que estavam aqui para conhecer mulheres chinesas.

Eu sorri, gostando de seu entusiasmo com o assunto.

— Mesmo? O que mais?

— Eles disseram que gostam das chinesas porque elas são mais devotadas que as mulheres ocidentais. Com as alemãs, eles disseram, é muito poder e negociação. Mas com as chinesas, elas os deixam serem homens, não tentam mudá-los.

Minhas sobrancelhas se ergueram de novo. Thomas deu de ombros.

— Estou só repetindo o que me disseram.

— Bem, então isso é perfeito. Ocidentais estão aqui para conhecer as chinesas, e as chinesas estão aqui para conhecer ocidentais.

— Sim — disse Thomas, estreitando os olhos. — Estou muito chateado de não ter tido essa ideia. Tem muito dinheiro pra se ganhar com isso.

Nesse momento, Wei voltou.

— Vamos todos para o Suzie Wong's agora. É tão legal. Vocês têm que vir. — E então ela explodiu em gargalhadas.

Dizem que para entender o povo chinês você precisa entender a língua deles. Então no Suzie Wong's, enquanto Thomas e eu bebíamos nossos Long Island Ice Teas numa salinha que estávamos dividindo com dois homens de negócios chineses, Jin e Dong, tivemos uma aula de mandarim.

Jin explicou para a gente. Em primeiro lugar, existem quatro tons vocais diferentes no mandarim. Então cada palavra pode ter quatro significados diferentes dependendo de como você a diz, às vezes mais. Por exemplo, a palavra *ma*, dita num tom direto e seco, significa "mãe". Mas dita num tom de voz que diminui levemente e depois aumenta de novo, significa "problemático". Quando você diz *ma* com uma ênfase mais grave, quase como se estivesse desaprovando alguma coisa, significa "cavalo". Quando dita com rispidez, significa "praguejar". Agora acrescente a isso que você tem duas maneiras diferentes de aprender a língua, seja com pinyin, quando soletrado em letras romanas, ou nos caracteres chineses originais. Todos os 40 mil. Esses dois homens nos disseram que, na escola, a maioria dos chineses — que, a propósito, *falam chinês* — demora de quatro a seis anos para aprender direito o idioma.

Então. Da próxima vez que for rir da dificuldade de algum chinês em falar inglês, apenas lembre-se que aquela pessoa, mesmo que ele ou ela seja só um cozinheiro baixinho do seu restaurante chinês local, pode dar de mil em você numa das línguas mais difíceis do mundo. E pense no seguinte: quando é preciso tanta disciplina e determinação simplesmente para falar sua própria língua, é fácil você acabar tendo uma ética de trabalho que pode ajudá-lo a dominar o mundo. *Só estou dizendo.*

Depois de duas rodadas de Long Island Ice Teas, consegui mudá-los do mandarim para a linguagem do amor.

— Então me digam, é verdade que por causa da história recente da China, não há mulheres suficientes para os homens?

Os dois começaram a rir imediatamente. Jin disse:

— Não, onde foi que ouviu isso?

Pensei por um momento.

— Hum, acho que no *New York Times*? E talvez no *60 Minutes*?

Dong balançou a cabeça.

— Talvez no interior, mas aqui? Isso não é nem um pouco verdade. Hoje em dia é muito bom ser um homem solteiro em Pequim. Muito bom.

Jin assentiu concordando.

— Não é difícil achar mulheres para sair. Mas, honestamente, prefiro as ocidentais.

Me animei um pouco:

— Verdade? Por quê?

— As chinesas ficaram muito materialistas. Só ligam para quanto o homem ganha.

Me virei e olhei para Dong.

— Você concorda com isso?

Dong assentiu.

— Eu tive uma namorada que, quando terminamos depois de dois anos, me pediu para pagar 70 mil yuans pra ela.

— Pra quê? — perguntei confusa.

Dong deu de ombros.

— Não sei. Pelo tempo dela?

— Foi você quem terminou? — interrompeu Thomas. — Ela ficou zangada?

Dong bateu com uma das mãos na mesa e aumentou a voz.

— Isso é que é a maior loucura. Foi ela que terminou comigo! — Ele balançou a cabeça com a lembrança. — As ocidentais são melhores. Mais independentes. Menos materialistas.

Quando se trata de namorar na China, parece que a grama do vizinho do outro lado do mundo é sempre mais verde.

Depois que o efeito de nossos drinques começaram, Thomas e eu fomos pra pista de dança. Havia alguns ocidentais aqui e ali, mas esse era um lugar onde os habitantes modernos vinham se misturar.

Wei estava na pista de dança com algumas de suas amigas bonitas e chiques. Ela me viu e acenou, nos chamando para perto dela.

— Essas são minhas amigas, Yu e Miao. Elas querem falar com você sobre como é ser solteira aqui em Pequim.

— Puxa, ótimo! — eu disse alto por cima da música. — O que querem me contar?

O inglês de Yu não era muito bom, mas ela conseguiu se comunicar:

— Somos tão sortudas, podemos ser livres. Ser independentes. Viajar, trabalhar. Eu gosto tanto!

Sua outra amiga, Miao, concordou:

— Posso transar com quem eu quiser. É muito legal para mim!

Foi quando eu vi Thomas pegar o celular, que devia estar vibrando em seu bolso. Ele olhou o número e sua expressão ficou muito séria.

Ele fez um movimento de cabeça pra mim de que ia lá fora atender a chamada.

Todos começamos a dançar "Hips Don't Lie", da Shakira. Eu estava com inveja dessas mulheres, de certo modo. Estavam experimentando a alegria de uma liberdade recém-descoberta. O mundo tinha se aberto para elas apenas alguns anos atrás, e agora elas tinham opções, desde que sapatos podiam comprar até com que tipo de homem queriam dormir. Eu queria ver a solteirice daquele jeito de novo, com aquele tipo de animação e prazer. Olhei para todas essas gatinhas maquiadas, usando minissaias e se contorcendo, e tive inveja. Eram jovens, solteiras, e estavam vivendo a melhor época de suas vidas.

Depois de algumas músicas, Thomas ainda não tinha aparecido. Pedi licença e saí. Ele estava apoiado no muro do prédio vizinho, ainda ao telefone, falando intimamente, emocionado. Meu estômago se apertou num nó. De novo, meu francês era limitado, mas eu sabia que havia algum tipo de negociação acontecendo. Havia discussão, explicações e bajulações.

Sabia que ela estava ligando pra ele e exigindo que ele voltasse pra casa. E sabia que ela sabia que no final ele iria escutá-la — porque ele era dela. Eu só estava pegando-o emprestado e todo mundo sabia disso.

— OK. *Je comprends. Oui.* — Ele desligou.

Decidi ser corajosa e falar antes.

— Pode ir embora amanhã se precisar. Não quero fazer você...

Thomas me envolveu nos braços.

— Mas não quero deixar você; esse é o problema. — Ele me beijou na testa e gentilmente continuou: — Ela está ameaçando vir até aqui e me arrastar de volta pra casa — Devo ter parecido bastante alarmada, porque ele acrescentou: — Nunca fiz isso antes. Ela percebeu que dessa vez é diferente.

Eu disse rapidamente:

— Bem, então você tem que ir pra casa. Só isso. — Achei que fosse engasgar, mas engoli com dificuldade e continuei falando. — Isso foi muito bom, mas você é casado. Você é casado. — Respirei rápida e profundamente para me controlar. Funcionou. Olhei de novo pra ele, com ar sereno. — Sabíamos que tinha que terminar. Então. É isso. Está tudo bem. Foi fantástico. Vai ser uma lembrança linda. — Então olhei para baixo, para a calçada, e respirei fundo de novo. Estava orgulhosa, não desmoronei. Thomas assentiu.

Ele me abraçou de novo.

— Então, daqui a três dias tenho que voltar pra França — ele declarou. Agora era oficial. Tinha um prazo. — Esse acordo que minha esposa e eu tínhamos funcionou muito bem até agora. Muito bem.

Enterrei minha cabeça em seu peito. Foi ele que falou de novo.

— Você é uma mulher muito excitante, Julie. Tão engraçada, tão cheia de vida. Eu não tinha ideia de que isso iria acontecer. — Ele me beijou na testa. — Mas é a vida, eu acho. Isso é o que acontece quando você se mantém aberto. Sinto muito por todo esse drama. — Ele me apertou mais forte.

Ficamos parados ali pelo que pareceu uma eternidade. Ele ia voltar para ela. Isso seria só mais uma história na louca vida deles. Ela ia ganhar. É claro que ela ia ganhar; ela devia ganhar, é esposa dele, história dele, promessa dele para o mundo.

— Eu te amo muito, Julie. Espero que saiba disso.

Aquela confissão foi um mero prêmio de consolação, mas foi bom de ouvir mesmo assim. Voltamos pro hotel e deitamos juntos na cama, nossos braços em volta um do outro até adormecermos. Era triste demais pra fazer qualquer outra coisa.

Estados Unidos

Serena sempre, lá no fundo — e talvez não tão no fundo assim —, se ressentia deles. Deixe-me explicar de outra maneira. Não era ressentimento; essa palavra é muito forte. Era um pequeno toque de inveja.

É o perigo de ser paga para cuidar de alguém rico o suficiente para contratar alguém para cuidar dele. A princípio Serena atribuiu o sentimento a estar tão próxima de tanta riqueza. E não era uma riqueza de ostentação, desperdício, de revirar o estômago. A deles era muito, mas muito mais invejável. Durante os três anos em que cozinhou para o famoso astro de cinema, para sua adorável esposa ex-modelo e seu único e jovem filho, Serena viu em primeira mão que dinheiro pode, sim, comprar felicidade. Não deixe ninguém dizer a você que é o contrário, porque a equação é simples: dinheiro compra a liberdade para você fazer mais coisas que quer fazer, e menos coisas que não quer. Consequentemente, você está passando mais do seu tempo sendo feliz, e menos sendo infeliz. Portanto, dinheiro compra felicidade.

Então vamos apenas falar sobre onde o dinheiro pode fazer você morar em Nova York enquanto está gastando a maior parte do seu tempo sendo feliz. Você pode morar num loft de 500 metros quadrados na rua Franklin em Tribeca. A parede inteira desse imenso loft pode ter janelas de frente para o rio Hudson, então quando você entra no apartamento parece que acabou de entrar num navio de cruzeiro.

Dinheiro também fazia todo mundo ficar bonito. A esposa, Joanna, era linda e em forma, Robert era lindo e em forma, e seu filho, Kip, era fofo principalmente por ter ganhado na loteria genética, mas também usava roupinhas modernas e descoladas que o deixavam ainda mais adorável que seu DNA já tinha deixado.

Desde que Serena voltara a trabalhar para eles, ela às vezes observava Joanna correndo para alguma reunião de caridade, indo para a academia, levando o filho ao parque, ou apenas sentada ao lado de Robert no sofá lendo o jornal juntos, e Serena não conseguia evitar uma pontinha de inveja. O DNA de Joanna a fez ser linda, o que lhe permitiu ser modelo, o que lhe permitiu conhecer Robert, que, é claro, se apaixonou por ela, o que então permitiu a ela essa vida extraordinariamente abençoada.

E quando Serena conseguiu parar de reparar em todos os detalhes importantes e profundos que podiam deixá-la com inveja, ela então pôde passar para os mais superficiais. E para Serena isso significava, literalmente, as *coisas* deles. Tinham a cozinha mais incrível: um forno Viking, um refrigerador Sub-Zero, uma coleção de panelas penduradas no alto, com um armário inteiro só pras tampas que vinham junto. Serena podia sair e comprar todo tipo de azeite que pudesse imaginar: azeite com infusão de alecrim, azeite com infusão de basílico, azeite com alho torrado. E tinha também a garrafa de vinagre balsâmico de 45 dólares. E os eletrodomésticos. A linda batedeira. A máquina de sorvete. A máquina de panini. Era a Disneylândia dos cozinheiros. Sua parte preferida da cozinha era a longa e estreita coluna de prateleiras que guardavam todos os CDs da casa, junto com um CD player e um iPod com alto-falantes. Porque você precisa escutar música enquanto cozinha e janta. Dinheiro = felicidade, viu?

Agora a parte realmente maravilhosa dessa história é que essa mesma família extremamente sortuda, abastada e feliz calhava de adorar Serena. Porque, de todas as pessoas que podiam ter trabalhado para eles, aprendido sobre seus hábitos e pequenas excentricidades, e tinham estado perto quando seu filho estava se comportando mal e eles não estavam muito a fim de serem pais graciosos, Serena era a pessoa que você gostaria que estivesse ali fingindo ser invisível.

E ela era uma cozinheira maravilhosa também. Dizem que o prazo de validade de um cozinheiro particular é de dois anos, porque todo chef, não importa quanto tente, tem um estilo de cozinhar do qual depois de dois anos as pessoas naturalmente se cansam. Então quando Serena largou o emprego na casa deles e foi para o centro de ioga, já tinha passado do prazo há um ano. Isso é porque Serena sabia cozinhar qualquer coisa. E uma das coisas que mais gostava era achar uma nova receita e fazer por diversão. E uma das coisas que essa família mais gostava era experimentar as novas receitas de Serena. E ela não fazia ideia de quanto eles a valorizavam. Quando Serena disse a Joanna que estava indo embora, ela foi graciosa e desejou boa sorte e disse que esperava que fosse feliz. Serena não fazia ideia de que depois que ela saiu do apartamento, Robert riu e falou: "Bom, acho que não vou comer uma refeição decente nessa casa nunca mais."

Quando Serena foi trabalhar com eles pela segunda vez, alguma coisa tinha mudado. Ela percebeu que tinha muitas coisas sobre essa família de que tanto gostava e que não tinha percebido até não estar mais com eles. Por exemplo: Robert. Ele era mesmo um cara incrivelmente legal, pé no chão, que podia ficar zanzando pela cozinha num momento de folga e começar a brincar com Serena.

— O que vamos ter para jantar, See? — ele perguntava. "See" era como ele a chamava. Serena presumia que não era um gesto de intimidade porque ele era um astro de cinema, e astros de cinema não chamam todo mundo por apelidos?

— Frango ao molho mostarda e brócolis — dizia Serena, e era quando ele invariavelmente faria uma careta e diria:

— Isso é nojento, não vou comer essa coisa, está despedida. — Não foi muito engraçado nas primeiras trinta vezes que ele falou isso, mas lá pela trigésima quinta, bem, fazia o trabalho parecer meio que um lar.

Não é que Robert não estivesse mais lá; ele estava. Mas parecia diferente. Mais suavizado. Joanna parecia um pouco distraída, e tudo o que Serena fazia para eles, de organizar a despensa a limpar as caçarolas e panelas, era recebido com tamanha gratidão, e isso a confundiu. Ela sabia que estava acontecendo alguma coisa, mas não perguntava, porque como eu disse antes, a principal função de um funcionário dentro de uma residência é passar o mais despercebido possível.

Mas um dia, enquanto Serena estava preparando salmão grelhado e uma grande salada verde para o almoço, Joanna e Robert chegaram ao loft depois de terem saído para uma consulta. Robert sorriu e deu um tapinha com uma de suas grandes mãos no ombro de Serena.

— Como está indo, Águia? — perguntou. Esse virou o novo apelido de Serena desde o primeiro dia em que ela voltou ao apartamento exibindo sua nova cabeça pelada. Robert pôs uma das mãos na cabeça de Serena e disse que ela estava parecendo uma águia. Tipo careca. Mas dessa vez, ele mal conseguiu sorrir direito enquanto falava. Ele apenas andou até seu quarto. Joanna parecia prestes a chorar, ou explodir, ou desabar no chão. Serena deu um sorriso seco e tentou continuar profissional. Joanna limpou a garganta e começou:

— Sei que isso é uma mudança radical do que está acostumada a fazer, e sei que não está nem um pouco dentro da sua área de conhecimento, mas queria saber se, de agora em diante, você estaria interessada em cozinhar uma dieta de alimentos crus para a gente.

Serena levou um susto. Uma dieta de alimentos crus é incrivelmente complicada e demorada e ela não tinha nenhuma experiência no assunto.

— Sei que é uma dieta radical, mas vamos ter um médico aconselhando você diariamente, e temos todos os livros de culinária de que vai precisar, e uma lista de ingredientes para comprar. — Joanna respirou fundo. Sua voz tremia um pouco. — Você estaria disposta a tentar? Sei que conseguiria fazer aquela comida horrível parecer saborosa para a gente — acrescentou ela, tentando fazer piada.

Serena respondeu que é claro que estaria, iria comprar os ingredientes naquele mesmo dia e começaria amanhã. Não precisava dizer mais nada. Nesse loft, com sua vista do Hudson e a linda batedeira, e com os CDs na cozinha, Serena começou a entender que o charmoso, bonito e prático homem da casa estava muito doente. E que ninguém nesse lar podia estar feliz. Nem um pouco.

• • •

Ruby não tinha mais homens gays a quem pedir para engravidá-la, mas mesmo assim não conseguia desistir dessa história de bebê. Ela sabia que tinha a opção de adotar, mas desde que tinha pensado que alguém poderia engravidá-la, não conseguia evitar querer ter seu próprio bebê.

E foi por causa disso que Alice, uma semana mais tarde, estava indo até a casa de Ruby para enfiar uma agulha em sua bunda.

OK, talvez eu precise explicar melhor. Ruby decidiu pesquisar sobre inseminação artificial com um doador de esperma. Ela escolheu o pai — universidade de elite, judeu, alto — e começou os preparativos. Um exame de sangue mostrou que seus níveis hormonais precisavam de uma ajudinha, mas com os remédios certos ela poderia engravidar na primeira tentativa. É claro, ela também podia acabar tendo quíntuplos, mas Ruby não ia se preocupar com isso. O que a deixava preocupada era que de jeito nenhum ia enfiar uma agulha em sua própria bunda durante duas semanas. Ela tentou no consultório médico e não conseguiu espetar nem uma laranja. A ideia de realmente picar sua própria carne a deixava enjoada. Não importa quanto ela quisesse engravidar e segurar seu próprio bebê gritalhão, ela nunca conseguiria espetar uma agulha em sua própria bunda.

Seu primeiro instinto foi pedir a Serena, que ainda estava morando com Ruby enquanto não achava seu próprio apartamento. Serena estava procurando um lugarzinho em Park Slope e no Brooklyn, porque tinha descoberto da maneira mais dura como o preço dos aluguéis em Manhattan havia subido. (Nunca abra mão de seu apartamento em Nova York, nunca abra mão de seu apartamento em Nova York, nunca abra mão de seu apartamento em Nova York.) Parecia que estava prestes a encontrar um lugar, mas Ruby não estava preocupada; nas poucas ocasiões em que estiveram juntas no apartamento, ela tinha gostado da companhia de Serena.

Ruby entrou na sala de estar, onde Serena estava sentada lendo. Ruby não sabia exatamente como tocar no assunto, então apenas começou a falar.

— Então. Lembra quando comentei que estava pensando em talvez ter meu próprio bebê?

Serena baixou o livro e assentiu. Essa não parecia que ia ser uma de suas conversas de colegas de apartamento que-por-acaso-estão-na-cozinha-ao-mesmo-tempo.

— Bem — continuou Ruby —, decidi que vou tomar injeções de hormônio antes, pra aumentar minhas chances. E acho que ia ser muito difícil injetar em mim, sabe?

Serena assentiu com a cabeça. Ela esperava que isso não fosse dar aonde achava que ia dar, mas se fosse, ela achou que seria educado não deixar que Ruby soletrasse letra por letra para ela.

— Então quer que eu faça isso por você?

Ruby soltou um suspiro de alívio. Ela adorou Serena naquele momento por ter evitado que ela dissesse aquilo.

— Bem, eu sei que pode ser talvez o pedido mais estranho da história da humanidade, mas sim. Não é esquisito?

— Não é nem um pouco esquisito — mentiu Serena. — Ficaria feliz em ajudar — Serena mentiu de novo.

— Sei que é um grande favor para se pedir.

— Na verdade, acho que se você me pedisse para ser mãe de proveta de seu filho, aí sim seria sim um grande favor.

— Bem, isso é verdade. — Ruby esperou um momento. — Começaríamos amanhã. Tudo bem?

Serena levou um susto. Ela não fazia ideia de que estavam falando de uma coisa que ia acontecer *amanhã*.

— Tipo, de manhã?

— Sim. Antes de você ir pro trabalho.

— Tá. Ótimo.

— Ótimo. OK. Bem, obrigada.

Sim. Tinha sido a conversa mais estranha que Serena já tivera.

Mas na manhã seguinte ficou ainda mais estranho. Lá estava Ruby no banheiro, inclinada sobre a pia, sua calcinha puxada para baixo, sua bunda exposta, toda branca e vulnerável. Ela estava implorando a Serena para espetar sua bunda, enfia, enfia! Mas Serena não conseguia. Ela encarou a carne branca de Ruby, e depois a agulha em suas mãos, e começou a ficar tonta. Ela olhou o reflexo de Ruby no espelho.

— Não consigo — disse Serena, ligeiramente histérica.

— Não consegue? — perguntou Ruby, preocupada.

— Não. Achei que conseguiria. Mas não. Não posso enfiar isso em você. Está me apavorando.

Ruby foi gentil.

— Tudo bem, querida. Se todo mundo fosse bom em dar injeções nos outros não existiriam tantos enfermeiros, certo?

Serena se sentia péssima. Aqui estava ela, praticamente uma estranha, morando de graça no apartamento de Ruby. O mínimo que podia fazer era enfiar uma agulha na bunda da outra. Mas ela não conseguia. Estava passada. Ruby ficou ali com a bunda de fora, preocupada. Pra não sair dessa programação extremamente rígida, tinha que começar com as injeções hoje.

— Não consegue mesmo fazer? Só hoje?

Serena sabia quanto aquilo era importante.

— OK. Vou tentar. Eu vou.

Serena pegou a injeção, apertou um pedaço do bumbum de Ruby, respirou fundo e... Ainda não conseguia.

— Por que não liga pra Alice?

Ruby se animou.

— Alice? É uma ótima ideia. Aposto que ela consegue fazer isso sem piscar. Será que ela vai achar esquisito?

— Talvez. Mas e daí? Eu ligo pra ela e explico.

Ruby soltou um imenso suspiro de alívio.

Duas horas depois, ela soltou outro, enquanto Alice injetava um hormônio estimulante conhecido como Repronex em sua bunda.

Ruby não sabia como pedir, mas precisava que Alice desse a injeção nela todo dia durante as próximas duas semanas. Mas lá estava Serena, que não tinha problemas em se pronunciar, considerando que não era um favor para ela e nem sua bunda e Alice não era realmente sua amiga.

— Então, te vemos amanhã, nessa mesma hora, nessa mesma bunda? — perguntou Serena, tentando ser casual.

Alice se virou e olhou para elas, surpresa.

— Oh. Precisa...

— ... e nos 12 dias seguintes também?

Ruby assentiu, envergonhada.

— Sim. Claro. — Foi a reação imediata de Alice.

Ruby estava literalmente transbordando de gratidão por todos os poros, quando disse:

— Obrigada, Alice. Obrigada mesmo.

Alice abanou uma das mãos, como se não fosse nada e disse:

— Por favor. Não é nada. — E então saiu.

Durante a semana seguinte, Alice veio todas as manhãs e deu uma injeção em Ruby.

Foi quando Ruby se lembrou de que tudo tem um preço.

Alice agora estava planejando seu casamento a pleno vapor. E como todas as noivas que vieram antes dela, era só disso que sabia falar. Todo dia, enquanto injetava na bunda de Ruby todos aqueles hormônios para que ela pudesse usar o esperma de um estranho e ser mãe solteira, Alice tagarelava sobre os últimos acontecimentos sobre os arranjos de flores ou que cor de toalha de mesa devia usar.

— A mãe de Jim gosta muito de peônias, mas a *minha* mãe gosta de hidrângea, que você não pode ter no buquê, porque são gigantescas. Então, estava pensando em talvez hidrângeas nas mesas e peônias no buquê.

— Parece uma boa solução — disse Ruby, inclinada sobre a pia do banheiro. — Gosto das duas.

— Eu sei, mas é claro que a florista tem sua própria ideia de como as coisas devem ser, e não inclui nem hidrângeas nem peônias. — Alice enfiou a agulha na bunda de Ruby. — Trouxe croissants hoje, quer alguns?

Então todo dia Ruby ficava ali no banheiro com as calças arriadas ouvindo tudo sobre os dilemas e as histórias do casamento de Alice, e estava simplesmente com inveja. Inveja. Alice era da idade de Ruby, mas ia se casar e depois engravidar e depois ter crianças correndo pelo playground. Elas iam ter uma família com uma mamãe e um papai. E Ruby não. Alice estava escolhendo um vestido de noiva. Os peitos de

Ruby iam começar a inchar por causa das injeções de hormônio, mas Alice estava fazendo a ela um enorme favor, então Ruby tinha que se inclinar e aguentar.

Alice começou a trazer pães e roscas para Serena e Ruby. Elas sentavam e conversavam todas as manhãs antes de irem trabalhar. Alice, não sendo totalmente insensível, também perguntava a elas como estavam suas vidas. Ruby notou que Alice parecia gostar muito de estar com elas, e logo suas visitas se estenderam de dez minutos para meia hora, e depois para uma hora. E mesmo que Alice a estivesse irritando com suas conversas sobre o casamento, ela era divertida e Ruby percebeu que a considerava uma ótima companhia.

No fim de semana seguinte, Alice encontrou Jim na casa da irmã dele, Lisa, e do cunhado, Michael, para um lanche. Todos estavam falando sobre o casamento, e Lisa e Michael começaram a contar animadamente as boas lembranças de sua lua de mel. Logo, Michael tinha sacado seu Mac e começado a mostrar a Alice e Jim uma pequena apresentação de slides.

Enquanto atacavam seus ovos mexidos e pães, Michael clicou na primeira foto: os dois no início da trilha dos Incas, no Peru. Eram recém-casados radiantes, com o braço de Michael em volta de Lisa e a cabeça dela inclinada, quase apoiada no ombro dele. Lisa não precisava mais encarar o mundo de frente, com a cabeça ereta e a postura firme. Ela estava apaixonada e podia sorrir e se apoiar. Estavam nas montanhas, com as nuvens apenas alguns metros acima deles.

— Estávamos tão no alto que era como andar nas nuvens — disse Lisa, revivendo tudo.

— Estávamos... — disse Michael, envolvendo Lisa com os braços e dando um beijo em sua boca. — Lembra? — Lisa sorriu e o beijou de volta. Ela se voltou para Alice:

— Estou tão feliz por você e Jim terem se encontrado. Algumas pessoas podem achar que estão indo rápido demais, mas pra mim quando você sabe, você sabe, não é?

— Sim, e verdade — assentiu Alice, um nó se apertando em seu peito. Click.

— Aqui é quando finalmente chegamos a Machu Picchu. Não é incrível? — disse Michael. Ele pegou a mão de Lisa e apertou. Click.

— Aqui é o templo do Sol. Dizem que foi construído pelos astrônomos do vilarejo — disse Lisa. Ela apertou a mão de Michael de volta. Click.

— Aqui é o que chamam de prisão. Acham que mantinham os prisioneiros aqui — disse Michael, a foto mostrava o casal se beijando, cercado de altas paredes de rocha. Click.

— Esse é o hotel na base de Machu Picchu. Não era chique, mas a vista era inacreditável — elogiou Lisa.

— Passamos um dia a mais lá e nem saímos do quarto — Michael falou com as sobrancelhas erguidas. Lisa riu e cutucou Michael no braço.

— Michael, Alice e Jim não precisam ouvir essas coisas.

— Desculpa, gente! — Michael riu. — É que a viagem foi tão boa, espero que vocês dois também se divirtam muito na lua de mel de vocês, pra onde quer que resolvam ir.

Alice também esperava. Click.

— Michael, não!

— O quê? Só mais umas.

— Por favor, não vamos entediar Alice — disse Jim, rindo.

Michael não resistia, e decidiu mostrar a Alice algumas fotos do casamento. A que estava na tela agora era dos dois do lado de fora da igreja, se beijando. Michael e Lisa ficaram em silêncio, quase em reverência. Alice podia jurar que os escutou suspirando em uníssono, num estado de graça em conjunto.

Então Lisa disse a coisa que tirou o nó do peito de Alice e o retorceu até doer como punhaladas:

— Foi o dia mais feliz da minha vida.

Alice tinha vindo para um lanche, mas acabou ganhando um estudo visual sobre o amor; o tipo de amor que sempre quis ter, o tipo que sabia que nunca teria com Jim. O dia de seu casamento não seria o mais feliz de sua vida. Ela nunca olharia Jim da maneira que Lisa olhava para Michael. Não importa o quanto racionalizasse, não importa o quanto tentasse disfarçar, era a verdade. Se ela casasse com Jim, nunca teria aquilo. Ela os viu, foto após foto, dançando na recepção, cortando o bolo de casamento. Ela sabia que nas fotos de seu casamento ela e Jim podiam parecer tão felizes quanto Lisa e Michael. No casamento deles, ninguém suspeitaria de nada. Mas ela saberia.

Apenas quando Alice e Jim deixaram o prédio e andaram pela rua, é que ela realmente entendeu o que significava se comprometer. Ela não estava apenas tomando a decisão "Quer saber, está com o bastante". Ela estava dizendo a si mesma: *Esse é o máximo de felicidade que vou conhecer. Pra sempre.*

No dia seguinte, Alice levou folhado de queijo porque sabia que era o favorito de Ruby, para comemorar a última injeção da série. Dessa vez, no entanto, depois da injeção, quando estavam sentadas à mesa da cozinha, não havia amostras de tecido ou folhas arrancadas de revistas ou arranjos de flores para olhar.

— Espero mesmo que consiga engravidar, Ruby. De verdade — disse Alice numa voz baixa, enquanto pegava seu folhado.

— Obrigada. Estou muito animada com a ideia. — Ruby assentiu timidamente.

— Foi muito gentil ter feito isso, Alice. Me desculpe por ter sido tão medrosa — acrescentou Serena.

— Não tem problema. Você pediu, e eu pensei, por que não tentar? — Alice falou, rindo. Ruby e Serena meio que riram e gemeram ao mesmo tempo. — Além disso, acho que o que está fazendo é muito corajoso, Ruby. Está indo atrás de algo que realmente quer. É incrível.

Ruby estava percebendo tanta bondade no ar que sinceramente se sentiu inclinada a dizer:

— Então, não nos contou as novidades diárias sobre os planos de casamento!

Alice concordou com a cabeça.

Depois de andar durante horas no dia anterior, Alice tinha tomado uma grande decisão. Ela não podia ignorar o fato de que estava, realmente, se comprometendo. Também não podia ignorar o fato que o dia de seu casamento não seria o dia mais feliz de sua vida. Ela sabia que era uma mulher forte, esperta e teimosa — e que podia fazer o que quisesse. Naquela noite ela foi até o apartamento de Jim. Ela conversou com ele e apesar de ter ficado profundamente desapontado, Jim sabia que era o que Alice queria. E, no final, tudo o que ele queria era a felicidade dela.

— Resolvemos fugir pra casar — disse Alice. Ela então conseguiu fugir da reação de todo mundo pegando um grande pedaço de folhado e enfiando na boca de uma vez.

Ruby e Serena com certeza reagiram — era a última coisa que estavam esperando Alice dizer.

— Tinha coisa demais acontecendo.

Ruby e Serena apenas concordaram com a cabeça, fingindo entender o que Alice queria dizer.

— Todo casal ameaça fazer isso. Acho ótimo que tenham resolvido — contribuiu Ruby.

— Estou animadíssima. Vamos para a Islândia mês que vem e nos casaremos. Só nós dois — disse Alice. Ruby e Serena ficaram ali sentadas, meio sem saber o que dizer.

Finalmente, Ruby apenas disse:

— Islândia?

Alice assentiu.

— Parece que é realmente lindo lá. E com toda a escuridão de agora, acho que vai ser muito romântico.

Alice apenas continuou a mastigar e a não olhar para elas — agora era a bunda dela ali à mostra. Ela mudou de assunto rapidamente e elas combinaram de se encontrar em breve para um almoço. Então, Alice foi embora.

Assim que a porta fechou, Ruby se virou para Serena.

— Por acaso ela parece alguém perdidamente apaixonada e feliz porque vai se casar?

Serena deu um olhar para Ruby.

— Ela vai pra Islândia se casar *no escuro*. Então, não, não parece nem um pouco.

Ruby, que tinha passado as duas últimas semanas se mordendo de inveja de Alice e de tudo o que ela tinha, agora estava preocupada com ela. Talvez Alice não tivesse tudo o que Ruby queria. Mas em vez de isso fazer Ruby se sentir bem, apenas a deixou triste.

— Talvez seja hora de ligar para Julie.

REGRA NÚMERO
9

Não querendo pressionar, mas é melhor começar a pensar na coisa da maternidade

(você não tem todo o tempo do mundo)

Na manhã seguinte, acordei com Thomas entrando no quarto. Por um momento um arrepio passou por mim — percebi exatamente quanto ia sentir sua falta. Lá estava ele: seu humor, sua inteligência, sua bondade, tudo num pacote só. Tudo isso estava prestes a terminar e eu ficaria devastada. Tentei tirar rapidamente esses pensamentos da cabeça.

— Onde estava? — perguntei timidamente.

Os olhos azuis de Thomas brilhavam de excitação.

— Estava pesquisando para você. Tem um parque onde precisamos ir hoje. Vai ser perfeito para sua pesquisa!

Depois de um café da manhã tipicamente chinês consistindo em pudim de arroz — um mingau de arroz aguado que pode vir com carne ou peixe —, pegamos um táxi para o parque Zhongshan. Thomas tinha praticado a pronúncia do nome do parque durante todo o café, mas no final eu é que tive que mostrar ao motorista o papel que nosso *concierge* nos deu, escrito em mandarim. Como eu disse, essa língua não é fácil.

Thomas não me explicou direito do que se tratava esse passeio, então minha curiosidade disparou. Quando saímos do táxi e entramos no parque, ele finalmente explicou.

— Li sobre isso na internet. Os pais vêm ao parque para achar um par para seus filhos solteiros. Todas as quintas e sábados à tarde.

— Mesmo? Está dizendo que é meio como uma horse trading, mas com pessoas?

Thomas deu de ombros e pegou minha mão.

— Vamos descobrir.

No parque, vimos algumas dúzias de pessoas paradas em volta de um chafariz. Algumas estavam sentadas em silêncio, outras conversavam. Mas todos estavam segurando um grande cartaz branco contra o peito. Estava tudo escrito em chinês, mas a pesquisa de Thomas tinha dado frutos.

— Estão segurando as informações sobre seus filhos ou filhas. Idade, altura, nível de escolaridade.

Esses pais chineses mais velhos estavam lá para fazer negócios. Alguns começavam a conversar com outros, pra ver se formavam um par. Às vezes mostravam fotos escondidas de seus filhos uns para os outros. Parecia um procedimento meio sombrio, com todos falando sério uns com os outros, e olhando para nós, ocidentais, com desconfiança. Muitos dos pais estavam apenas sentados olhando para longe, com a foto ou as informações de seus filhos pendurada no pescoço.

Não acho que esses chineses mais velhos estavam dispostos a me dizer como estavam felizes com as várias opções para seus herdeiros, nem como estavam deliciados com o fato de sua filha de 36 anos ainda não ter se casado. Esses pais estavam tão abismados com as vidas amorosas de seus filhos que tinham literalmente ido às ruas. Num país notoriamente avesso às aglomerações, essas pessoas estavam aqui fora com cartazes no peito, tentando casar seus filhos. Estavam experimentando as ramificações da independência de suas crianças. Era difícil não achar deprimente.

Tentei ver pelo lado bom da coisa.

— Talvez possamos achar a preocupação deles doce. E que mal pode fazer?

— Ou pode ver por outro lado — disse Thomas. — Por causa da regra de ter apenas um filho, eles só podem ter um herdeiro para cuidar deles quando envelhecem. Talvez achem que seja melhor que seus filhos sejam casados para seu próprio bem.

Sacudi a cabeça.

— Isso é tão sinistro.

Thomas sorriu e pegou minha mão:

— Sei que gosta de teorias. Estava apenas apresentando a minha.

Tínhamos decidido fazer um tour por Houhai, um pequeno e lindo bairro com casas de campo antigas, ou *hutongs*. Essas pequenas estruturas cinza, algumas ligadas por um pátio, todas ligadas por becos, foram uma vez o domicílio típico para a maioria das pessoas em Pequim, mas agora estavam sendo derrubadas para dar lugar a arranha-céus. Mas em Houhai, as lojinhas e os mercadinhos nas próprias *hutongs* tinham virado atração turística. Esse bairro podia talvez ser poupado do acelerado e insano desenvolvimento de Pequim.

Paramos para almoçar num dos pequenos "restaurantes" no meio da *hutong*. Era um lugar pequeno e sujo que basicamente só servia bolo de carne e miojo. Os potes de pasta de pimenta que ficavam nas mesas pareciam não ser limpos há anos, e havia moscas por toda parte. As duas pessoas que trabalhavam lá não falavam nada de inglês. Num mundo onde está cada vez mais difícil encontrar alguém que não fale inglês ou não saiba onde fica a Starbucks mais próxima, era reconfortante. Estávamos no meio de um lugar autêntico, mesmo que o único motivo por ser mantido tão autêntico fosse por causa dos turistas. Alguma coisa naquilo me deixou emocionada. Nos sentamos e dividimos um prato de miojo com legumes, e uns bolinhos de carne. Depois de alguns minutos de silêncio, falei:

— Quero que você saiba que foi tudo muito bom para mim — disse, tentando soar filosófica, mas ao mesmo tempo casual. Thomas me olhou sem dizer uma palavra. — Me dá esperança de que o amor esteja por aí, de que existem possibilidades. Você não deve se sentir mal por nada. Entendo sua posição.

Thomas baixou os palitinhos.

— Minha querida Julie, não tenho pena de você. Sei que vai ficar bem. Isso é o que torna tudo tão difícil para mim.

Ele sorriu e pegou minha mão. Eu não queria chorar na frente dele, considerando que sabia que meu parceiro francês teria muito mais orgulho. Perguntei à mulher que nos serviu onde era o banheiro.

— WC?

Ela apontou para o lado de fora, na rua.

Fiquei confusa. Eu perguntei de novo:

— WC?

Ela assentiu e falou comigo em chinês e de novo apontou lá pra fora. Me levantei e olhei. A alguns metros umas mulheres conversavam em frente a uma porta.

— Deseje-me sorte — disse para Thomas, e saí.

Em Pequim, como logo descobri, as pessoas gostam de privadas de agachar. Mesmo nos lugares mais sofisticados, ainda não sentiram necessidade de uma boa e velha privada ocidental. Isso era uma coisa para a qual estava preparada, tendo estado em Roma e não sendo muito acanhada em relação a essas coisas. Mas ao entrar nesse "WC" público acabei experimentando uma situação de banheiro que não apenas nunca havia encontrado, mas que também nunca ouvira falar que existia.

Em primeiro lugar, enquanto andava até esse lugar público, o fedor era incrível. Tive que parar de respirar pelo nariz ainda na rua do lado de fora. Considerei apenas dar meia-volta, mas eu realmente precisava fazer xixi. Passei pela entrada e dei alguns passos. Olhei em volta. Era uma sala grande, sem portas e sem paredes; apenas cerca de oito privadas de agachar ao todo, com mulheres chinesas agachadas nelas. A única coisa que separava cada uma delas era uma pequena partição de metal, com apenas cerca de 60 centímetros de altura, entre cada uma. Então meio que dava a sensação de ser um cercadinho.

Quando entrei e vi essa cena realmente fiquei chocada. Não é fácil para uma nova-iorquina aceitar isso. Estava chocada por estar vendo quatro ou cinco chinesas agachando-se e fazendo xixi juntas, e então fiquei mais chocada ainda por rapidamente me dar conta de que esperavam que eu fizesse o mesmo.

Algumas das mulheres olharam para mim e senti um estranho tipo de orgulho. Eu não queria ser covarde. Essa é minha vida, estou nas *hutongs* e é assim que eles urinam.

Fui até um das privadas, desabotoei as calças e agachei. Olhei pra cima e percebi que estava cara a cara com uma velha chinesa que bem na minha frente, a apenas 30 centímetros de distância. Se falássemos a mesma língua poderíamos ter tido uma agradável conversa. Em vez disso, ela peidou, e eu olhei pra baixo e terminei de fazer xixi.

Então eu tinha ido de um beijo apaixonado no Coliseu para um cercadinho em Pequim. Ficou tudo muito claro para mim. Meu grande *affair* estava realmente chegando ao fim. Não havia nada que eu pudesse fazer sobre o assunto exceto fazer passar o mais rápido e dignamente possível. Peguei um lenço de papel amassado que trouxera comigo e me sequei.

Quando voltamos ao hotel, havia uma mensagem no telefone de nossa nova melhor amiga, Wei, nos convidando para uma festa nesse bar e restaurante chamado Lan.

— Vai ser tão divertido! Tão excitante! — E então ela soltou sua risada demorada e alta.

Thomas e eu nos vestimos e fomos até o bar, que era do outro lado da rua. Quando o elevador abriu, fomos imediatamente jogados num dos espaços mais impressionantes que já havia visto na vida. Tivemos que atravessar a gigantesca boate-restaurante para chegar até a festa. O lugar inteiro era decorado numa elegância melodramática, como se fosse o palácio de um rei, com cortinas de veludo e imensos lustres de cristal num ambiente que parecia ver milhares de metros quadrados. Havia espaços diferentes para se comer, diversos bares e lounges, todos projetados para criarem um clima de diferente ostentação.

Fomos até o fundo do restaurante onde a festa estava acontecendo. Podíamos ouvir o barulho de gente rindo e conversando. Enquanto nos aproximávamos, vimos que era outra multidão de chineses bonitos e modernos, todos fabulosamente bem-vestidos e bebendo. No minuto em que entramos vimos Wei.

— Ah, meu Deus, é tão bom ver vocês, meus amigos! — Ela correu até nós usando um vestido curto de paetês preto e branco e nos deu longos beijos nas bochechas. Ela nos empurrou até o bar e então correu para dizer oi para mais alguém. Enquanto Thomas pedia vinho, me virei para olhar Tammy, a mulher que conhecemos no avião, parada com um Martini numa das mãos. Nos olhamos surpresas — tentando lembrar de onde a gente se conhecia.

— Oh! Oi, conheci você no avião — disse eu.

— Sim, isso mesmo. Olá.

— Oi.

Thomas veio até mim com nossas taças de vinho.

— Então me diga, está gostando de Pequim? Está aprendendo muito sobre as solteiras daqui? — perguntou Tammy, simpática.

— Na verdade, estou. Obrigada. É uma época muito boa para se estar aqui.

— Sim, é mesmo — disse Tammy. — Tantas coisas mudaram, e tão rápido.

Foi muito interessante testemunhar tudo.

— Verdade? Que tipo de mudanças? — perguntei, curiosa.

— Bem, só faz dez anos que temos supermercados. Antes disso, não se podia tocar nas próprias compras.

— Com licença, o que foi que disse? — perguntou Thomas.

— Até poucos anos atrás não tínhamos mercados onde podíamos pegar os alimentos das prateleiras e olhá-los antes de resolver comprar. Ficava tudo atrás do balcão.

Por algum motivo a ideia de não poder tocar na sua comida me fascinava.

— Então agora vocês podem ser solteiras, se divorciar, tocar nas compras, tudo mudou.

— Sim, temos tanta liberdade agora. Diferente de como era na época de nossas mães.

— Então me diga, as mulheres daqui pensam em ser mães solteiras? Isso acontece? — perguntei casualmente.

Tammy mordeu um pedaço de seu rolinho primavera e disse com certeza:

— Não.

Thomas e eu nos entreolhamos. Era uma resposta tão definitiva. Tão clara.

— Verdade? Nunca?

— Não. Nunca. Não é possível.

— Como assim?

— Não é possível.

Parei por um momento, não querendo insistir. E então apenas repeti:

— Mas como assim?

— Cada criança é registrada quando nasce. Com esse registro, ganham, direito à assistência médica e outros serviços. Uma criança nascida fora do casamento não é registrada. Não é reconhecida pelo governo. Não existe.

Thomas e eu a encaramos por um momento.

— Então, Tammy, o que uma chinesa solteira faz se ficar grávida? — perguntou Thomas.

— Faz um aborto — disse ela, como se fosse a resposta mais óbvia do mundo.

— E quanto à adoção? Uma solteira não pode adotar um desses bebês chineses dos orfanatos? — Eu estava chocada com essa nova informação.

— Não. Não é possível — disse Tammy de novo, com completa seriedade.

— Mas por que não? Tem tantas.

Tammy apenas deu de ombros.

— Você não vê? Se deixar uma chinesa solteira adotar uma criança, estaria permitindo que ela fosse mãe solteira. Seria quase a mesma coisa que deixá-la ter seus próprios filhos. Isso nunca vai acontecer. Ou talvez possa vir a acontecer, mas vai demorar muitos anos ainda.

Então comecei a entender que todas essas mulheres que saíam por aí em Pequim aproveitando sua liberdade, se recusando a sossegar, trabalhando duro por suas carreiras, tinham uma diferença muito grande em relação a nós, mulheres ocidentais. Elas não tinham um Plano B. Nós podemos namorar os caras errados e ter nossos casinhos e no final, ainda sabemos que a chance de ser mãe não corre risco. Muitas de nós não querem ser mães solteiras, muitas de nós não escolheriam isso mesmo que fosse nossa única opção, mas ainda assim temos escolha.

Essas mulheres, que agora podem decidir entre diferentes marcas de xampus, não têm a opção de serem mães se não acharem o cara certo. Sua solteirice vinha com um preço muito mais alto do que eu percebera.

— Então, se você tem 37 ou 38 anos e quer ser mãe, o que você faz? — perguntei.

Tammy deu de ombros de novo.

— Você casa com o próximo que encontrar. — Ela deve ter notado a tristeza que se estampou em meu rosto, pois acrescentou: — Acontece o tempo todo.

De repente aqueles pais do parque não pareciam mais tão malucos assim.

Os dois homens que conhecemos na noite anterior no Suzie Wong's entraram, Jin e Dong. Eu os apresentei a Tammy. Apesar de Tammy ter deixado claro que não gostava de chineses, por um momento torci para que ela e Jin se dessem bem. Eles conversaram um pouco, enquanto Thomas e eu batíamos papo com Dong. Depois, Dong e Jin foram até o bar tomar alguns drinques. Decidi dar uma de casamenteira.

— Sei que não gosta de homens chineses, mas Jin parece legal, não? Achei que vocês dois iam se gostar.

Tammy olhou para Jin, que era o equivalente chinês do cara legal e estável nos Estados Unidos, que vende seguros ou vira dentista, exceto que era um pouco mais bonito e sabia falar mais idiomas.

— Por favor — disse ela, revirando os olhos. — Se eu quisesse casar com esse tipo de cara, podia estar casada há muito tempo.

Fui até o bar buscar outro drinque para mim.

No dia seguinte, nosso último juntos, decidimos andar até a Cidade Proibida, o maior destino turístico de Pequim. Thomas pegou minha mão enquanto descíamos a rua. Era hora do rush, com carros correndo e multidão de ciclistas indo trabalhar. Muitos dos ciclistas usavam máscaras no rosto, para proteger-se da intensa poluição que havia lá — outra consequência do crescimento econômico de Pequim. Thomas me parou e me deu um longo beijo. Era triste, como o despertar de um adeus.

À primeira vista, a Cidade Proibida não é tão impressionante assim. Tudo o que você vê de fora é um comprido muro vermelho com uma foto de Mao Tse-Tung. Parece meio chato, não vou mentir. Mas a partir do momento em que você entra tudo muda. Você está dentro do maior palácio ainda de pé no mundo inteiro. O que parecem quilômetros e quilômetros de caminhos levando aos diferentes templos e corredores que todos os grandes imperadores usaram da Dinastia Ming em diante.

Os corredores tinham todos nomes majestosos que eu não tinha como não achar engraçados: Portão da Pureza Celestial, Pavilhão da Suprema Harmonia, Salão da Cultivação Mental. Até os modernos avisos para não se deixar lixo para trás destinados a turistas eram cheios de melodrama: Um Único Ato de Negligência Leva à Eterna Perda da Beleza.

Thomas e eu escolhemos fazer o tour com áudio, que foi bem estressante no começo. Nós dois estávamos usando fones de ouvido e carregávamos um pequeno GPS, tentando entender para onde devíamos estar olhando e o que é que estávamos olhando afinal, baseado no que o guia em nossos ouvidos dizia.

— O seu já está ligado? — perguntou Thomas.

— Sim, o meu está falando alguma coisa sobre instrumentos musicais, o seu não? — perguntei.

— Não. O meu não diz nada...

— Bem, talvez devesse tentar...

— Shh... Está começando. Espera, estamos no lugar certo? Estamos no Pavilhão da Suprema Harmonia? Cadê a estátua do leão? Do que ela está falando?

Foi nesse estilo. Mas com o tempo entramos num ritmo certo e conseguimos andar por tudo com o pequeno guia nos ouvidos que sabia exatamente onde estávamos o tempo todo, e o que precisávamos saber. Era perfeito. Thomas e eu estávamos juntos, de mãos dadas, experimentando a grandeza do maior palácio do mundo, e não precisávamos falar nada um com o outro.

Perto do fim do passeio, enquanto eu olhava um dos pequenos templos, olhei para trás e vi Thomas pegando o celular. A luz estava piscando. Ele tirou os fones e começou a falar no aparelho. De novo, ele parecia um pouco animado. Resolvi parar de olhar e me virar. Escutei atentamente meu guia de áudio, que parecia a Vanessa Redgrave. Na verdade, acho que era mesmo a Vanessa Redgrave. Enquanto eu observava o Portão da Pureza Celestial, Vanessa estava me contando como o imperador escondia o nome de seu sucessor, que só ele podia escolher, embaixo de uma placa que dizia "Justiça e Honra". Ao mesmo tempo, ele levava uma cópia do nome num saquinho em volta do pescoço, para que se morresse de repente, não houvesse enganações. Enquanto eu escutava essa história de intriga real, olhei de novo para Thomas. Ele tinha desligado o telefone e tinha começado a andar de um lado para outro, nervosamente. Tirei meus fones de ouvido.

— O que foi? — perguntei.

Thomas passou uma das mãos pelo seu cabelo preto e ondulado. Ele não respondia.

— *Ça c'est incroyable* — murmurou em francês.

— O quê? — perguntei, agora ficando preocupada.

Thomas não respondeu. Ele ficava apenas balançando a cabeça.

— Ela está aqui. Em Pequim.

— Quem está aqui...? — perguntei, esperando não ter entendido o que ele acabara de dizer.

— Dominique está aqui.

Foi então que percebi que eu nem sabia o nome dela. Eu tinha propositadamente afastado-a tanto de minha realidade que nem sabia como se chamava.

— Sua esposa? — perguntei, alarmada.

Thomas assentiu. Seu rosto estava ficando um pouco vermelho.

— Ela veio até Pequim? — disse, tentando não berrar.

Thomas assentiu de novo, agarrando os cabelos.

— Ela não acreditou que eu ia voltar para casa. Então veio me buscar.

Fiquei ali parada, pisando nos pequenos degraus que levavam ao Portão da Pureza Celestial. Havia agora hordas de turistas, a maioria chineses, me empurrando para dar passagem.

— Onde ela está agora?

Thomas cruzou os braços sobre o peito. Então começou a morder o polegar. Ele baixou as mãos.

— Do outro lado da rua, na praça Tiananmen. Ela está vindo para cá agora.

— Como ela pode estar do outro lado da rua? Como ela...?

Thomas me olhou perplexo:

— Não sei. Acho que ela simplesmente chegou aqui e disse ao motorista para levá-la à praça Tiananmen, e então me ligou.

Olhei incrédula para ele:

— Bem, o que eu faço... Pra onde eu...?

Olhei em volta, como uma imperatriz tentando achar uma rota de fuga do exército que avançava.

— Vamos tirar você pela saída dos fundos e depois eu vou conversar com ela.

— OK — disse, meu coração batendo rápido. — OK.

Andamos apressados pelo Jardim Imperial (parecia adorável pelo que pude ver) e estávamos prestes a passar pela porta que dizia "saída". Virei para Thomas para dizer que voltaria ao hotel, e que ele podia me ligar lá, quando o vi olhando por cima de minha cabeça. Sua expressão estava fixa, mas seus olhos pareciam os de alguém que tinha acabado de ver um fantasma. Me virei e vi uma linda e pequena loira num casaco comprido de cashmere e sapatos altos da moda andando rapidamente até nós dois. Seu cabelo estava preso num rabo de cavalo alto que balançava atrás dela enquanto corria até nós. Ela tinha entrado pelos portões da Cidade Proibida e estava prestes a nos confrontar no Jardim Imperial. Que lugar melhor poderia haver para uma esposa confrontar seu marido e sua amante?

Thomas é um homem incrivelmente calmo e elegante, mas até ele, nesse momento, parecia que estava com a cabeça prestes a explodir por todos os ciprestes.

— O que eu... O que... — gaguejei.

Eu queria fugir, correr os 4 quilômetros de volta até o portão de entrada e pelas ruas de Pequim até o hotel, entrar debaixo das cobertas e me esconder. Mais dois segundos e seria tarde demais para isso.

Dominique voou em cima de Thomas, gritando em francês. Então ela me olhou com nojo supremo, e começou a gritar mais. Eu conseguia entender algumas coisas que ela estava dizendo, sobre os anos que tinham passado juntos, o quanto ela o amava. Eu ficava ouvindo sem parar: "*Est-ce que tu sais à quel point je t'aime?*" ("Você sabe o quanto eu te amo?") Ela ficava apontando para mim e gritando. Mesmo que meu francês não fosse lá grande coisa, captei o essencial: Por que você jogaria fora tudo que temos por ela, por essa mulher, por essa vagabunda, por essa ninguém? O que a faz tão especial? Ela não é nada. Temos uma vida juntos, ela não significa nada para você. Thomas não estava me defendendo, mas também como poderia? Ele estava apenas tentando acalmá-la. Durante tudo isso, tenho que admitir, ela estava linda — e digna. Eu estava impressionada; Dominique voou meio mundo para arrancá-lo dos braços de outra mulher, e parecia deslumbrante e chique o tempo todo enquanto o fazia. Os turistas chineses estavam olhando, confusos e um pouco surpresos, mas continuavam andando. Com mais de 1 bilhão de habitantes em seu país, eles não tinham tempo nem espaço para ligar para nada, na verdade.

Eu estava dando alguns passos para trás quando Dominique colocou suas mãos no peito de Thomas e o empurrou com força. Agora lágrimas corriam por seu rosto. Thomas parecia genuinamente surpreso, como se nunca tivesse visto a esposa tão chateada. Me virei para ir embora quando a escutei gritar "*Je suis enceinte*".

Eu não tinha certeza, mas achava que ela tinha acabado de dizer "Estou grávida". E julgando para a expressão no rosto de Thomas, foi exatamente isso que ela disse.

Abaixei a cabeça e, sem dizer uma só palavra, me retirei da Cidade Proibida. Estava oficialmente destronada.

Num dos livros de viagem chineses que eu tinha comprado no aeroporto, li que existe um ditado que resumia todo o regime do Mao

Tse-Tung: Que tinha sido "setenta por cento bom e trinta por cento ruim". Gostei daquilo. Acho que porcentagens são uma boa maneira de resumir a maioria das coisas na vida de uma pessoa. Enquanto eu voltava ao hotel, tentei recapitular meus passos para lembrar o que tinha feito para ir parar na Rua das Grandes Humilhações e Mágoas. Eu tinha tentado dizer sim à vida e jogar conforme as regras dos outros e experimentar o amor e o romance e mergulhar de cabeça. Era tão errado assim? Em Bali pareceu uma ótima ideia. Agora, na Avenida West Chang Na, talvez fosse mais apurado dizer que tinha sido setenta por cento má ideia e trinta por cento boa. Tudo o que eu sabia de verdade era que eu tinha feito uma mulher francesa chorar no meio da rua, que fui chamada de vagabunda, e que o homem por quem estava apaixonada estava prestes a partir e começar uma família com sua esposa. Como devia fazer. Estava humilhada e envergonhada. Tinha conseguido mais uma vez. Tinha ido lá e namorado um bad boy. Talvez um que fosse apenas vinte por cento mau e oitenta por cento bom, mas mesmo assim era um bad boy. Então além de experimentar a vergonha da humilhação em público e a culpa pelo meu comportamento, agora tinha que acrescentar a isso a percepção de que ainda estava repetindo os mesmos erros estúpidos.

— Não volte pra casa — disse Serena. Eu tinha ligado pra ela às 6 da manhã. — Você não pode simplesmente voltar correndo pra casa por causa de um homem; é loucura.

— Bem, e o que é que eu devo fazer? — perguntei aos prantos no telefone. — Não quero viajar mais. Estou de saco cheio... — Minha voz sumia à medida que eu chorava.

— Vá pra Índia! — disse Serena. — Conheço um ashram bem perto ae Mumbai. É um ótimo lugar para se curar. Vai se sentir melhor lá, vai ver. A Índia é um lugar incrível para se adquirir uma nova perspectiva.

— Não sei... — Eu não podia imaginar pegar outro avião até a Índia. Eu só queria voltar pra Nova York, pra minha cama e meu apartamento e todas as vistas e sons com os quais estou acostumada. Então me dei conta de que ia ter que dar duas semanas de aviso prévio ao locatário. Então eu não podia voltar para o meu apartamento agora nem se quisesse.

— Apenas pense nisso. Não precisa tomar nenhuma decisão imediatamente. Espere algumas horas.

— Mas ele vai ter que voltar pra cá. Não quero encontrar com ele.

— Ele não vai voltar aí por um bom tempo, confie em mim. Espere uma ou duas horas pra se acalmar e pensar.

Desliguei o telefone e me sentei na cama. Eu não sabia o que fazer. Odiava a ideia de voltar a Nova York por causa de um coração partido — parecia tanta fraqueza. Coloquei a cabeça no travesseiro, exausta.

Acordei com o barulho do telefone do hotel soando no meu ouvido. Eu praticamente pulei até o teto com o som. Sentei e fiquei olhando o aparelho que tocava sem parar. Eu não sabia muito bem quanto tempo tinha dormido. Uma hora? Três dias? Eu não achava que era Thomas, ele me ligaria no celular, mas eu não tinha certeza. Deixei cair na secretária eletrônica. Quando fui checar o recado, era Wei.

— Julie! Estou dando uma festa com caraoquê bem agora no seu hotel para uns executivos chineses importantes. Estou no lounge do 18º andar! Você e seu namorado precisam vir! — E então, é claro, ela riu.

A festa nunca terminava para aquela ali. Aquilo me irritou profundamente. Além de chamar Thomas de meu namorado, como ela podia ficar festejando como se não tivesse nenhuma preocupação na vida? Ela não sabia que seus dias estavam contados? Que um dia ela estaria beirando os 40 ou 50 e que talvez não fosse mais achar tudo tão engraçado como acha agora? Que ela podia acabar como uma mulher solteira e sem filhos num país que se considera comunista, mas espera que você basicamente cuide de sua própria vida sozinha? Eu não sabia se ela percebia isso, mas por algum motivo — vamos culpar o jat lag e/ou o fato de Thomas estar fora da minha vida pra sempre, *fora* — decidi que era minha missão deixar Wei a par da verdade sobre ser solteira.

Calcei os chinelos atoalhados brancos que o hotel dava, peguei minha chave de plástico do quarto, e saí. Andei rapidamente até o elevador e entrei. Tinham dois bonitos homens ocidentais lá dentro. Eles conversavam um com o outro, mas ambos em algum momento olharam para baixo e viram meus pés. Acho que nunca tinham visto ninguém andar por um hotel de chinelo atoalhado antes. Saí do elevador no 18º andar, e eles também. Eu os segui até um grande salão do outro lado do elevador que se chamava "Suíte Executiva". Essa noite, ela tinha sido transformada num lounge com caraoquê, com um globo espelhado no meio e um grande telão. Havia várias mulheres jovens desfilando em suas roupas de grife e muitos executivos chineses e ocidentais bebendo e conversando com as garotas.

Wei estava num pequeno palco que tinha sido montado, cantando uma música em chinês enquanto a máquina de caraoquê mostrava a letra na tela, junto com um vídeo de um casal chinês andando ao lado de um riacho. Não sei sobre o que ela estava cantando, mas — espera um minutinho — será que ela estava cantando sobre, não sei, amor? Você acha? Quando ela terminou de cantar e todos começaram a aplaudir, subi correndo no palquinho e fiquei parada bem ao lado dela. Olhei o mar de chinesas bonitinhas de 20 e poucos anos e os homens de terno pegando carona na festa. Peguei o microfone das mãos de Wei.

— Só quero que você senhoritas saibam que devem pensar bem no que estão fazendo — declarei alto no microfone. Todo mundo parou de falar para olhar a mulher maluca. Wei apenas me encarava. Ela colocou uma das mãos sobre a boca, cobrindo o riso. — Vocês acham que têm todo o tempo do mundo, acham que é tão legal serem livres e independentes. Acham que têm todas essas opções, mas na verdade não têm. Não vão estar cercadas de homens para sempre. Não vão ser jovens para sempre. Vão envelhecer e descobrir o que desejam e não vão querer se contentar com pouco e vão olhar em volta e ver que tem ainda *menos* homens para escolher. E não apenas vão ser solteiras, mas também fadadas a não ter filhos. Então precisam entender que existem consequências para o que estão fazendo agora. *Consequências muito sérias!*

Ninguém disse uma só palavra. Claramente, todos achavam que eu era uma lunática. Devolvi o microfone para Wei. Ela manteve a mão sobre a boca e riu:

— Ah, Julie, você é tão engraçada! Você é tão engraçada!

Estados Unidos

Era o dia em que Ruby ia ser inseminada e ela não tinha ninguém para acompanhá-la. E, realmente, o que poderia ser mais deprimente do que isso? A essa altura, Ruby estava inchada. Gorda. Seus seios estavam grandes como se já estivesse grávida. Ela imaginou alguém a furando com uma agulha e a água simplesmente jorrando para fora dela, e trazendo-a de volta a seu tamanho normal. Ela também andava muito emotiva nos últimos três dias, o que ela atribuiu aos hormônios, mas, verdade seja dita, também podia ser porque estavas prestes a ter uma seringa ejaculando dentro dela para então possivelmente passar os próximos nove meses grávida e sozinha. Só uma observação.

Sua boa amiga Sonia era quem seria sua acompanhante para A ejaculação, mas ela cancelou na última hora porque sua filha estava doente. Ruby não queria chamar Serena porque ela havia contado o que estava acontecendo no seu trabalho e então não queria incomodar. Ligou para Alice, mas ela não atendeu. Ruby teria pedido aos seus amigos gays, mas ainda estava com raiva deles. A única pessoa que sobrou foi Georgia. Elas na verdade não se conheciam muito bem, e Ruby achava Georgia meio louca, mas talvez fosse melhor ir com uma pessoa louca do que sem ninguém. Ela não tinha certeza.

Então, Ruby considerou a alternativa — entrar num táxi, entrar na clínica, deitar na mesa, receber uma injeção cheia de sêmen, chamar um táxi de volta. Sozinha. Ela pegou o telefone e ligou para Georgia. Alice havia contado sobre as injeções diárias então ela não levou um susto e disse sim imediatamente. Georgia estava desesperada para ter alguma coisa pra fazer além de pensar na futura briga pela custódia das crianças com Dale e na visita do assistente social indicado pelo tribunal que ia acontecer mais tarde naquele mesmo dia. As crianças estavam na escola, em vez de em casa sem supervisão, então ela estava livre pra pensar na vida de outra pessoa, pra variar.

Quando Ruby chegou à clínica, Georgia já estava esperando lá fora. Ruby relaxou. Era bom ter alguém ali, esperando-a.

— Oi, Ruby — disse Georgia docemente. — Como está se sentindo?

Ruby apenas sorriu e respondeu:

— Gorda. Nervosa.

— Isso é muito excitante — disse Georgia enquanto passavam pelas portas giratórias. — Você pode se tornar mãe hoje.

— Eu sei. Não é esquisito? — respondeu Ruby, colocando uma das mãos no vidro da porta e empurrando.

Georgia seguiu-a de perto e disse:

— Quer saber? *Tudo é esquisito.*

A sala de espera estava misericordiosamente quieta. Havia apenas duas mulheres lá, ambas grávidas — o que parecia um bom sinal para Ruby. Ela assinou a lista e se sentou junto com Georgia para esperar sua vez.

— Acho fantástico que esteja fazendo isso. Ser mãe é uma das experiências mais maravilhosas do mundo. De verdade — disse Georgia.

Ruby sorriu. Ela ficava feliz em escutar isso agora.

— Nunca conseguiria entender até acontecer com você, mas é uma responsabilidade incrível cuidar de outro ser humano. Aquela pessoazinha se torna tudo para você. — Georgia parecia quase estar se perdendo em seus pensamentos. — É incrivelmente doce.

Ruby olhou para Georgia. Pela primeira vez, ela parecia suave. Vulnerável. Gentil. Não louca.

— Então, você vai ser uma mãe solteira. E daí? — Georgia acrescentou. — Todas acabamos nos divorciando e virando mães solteiras de qualquer maneira. Você só está começando assim.

Ruby achou aquilo meio frio, mas talvez Georgia estivesse apenas tentando fazê-la se sentir melhor por ser solteira. Ruby olhou o revisteiro entupido de revistas *Woman's Day* e *People*. Georgia continuou seus incentivos.

— Pode apostar que é melhor pra criança desse jeito.

Agora Ruby se perguntou onde isso tudo estava indo.

— Pelo menos no seu caso elas não ficarão sujeitas a um pai babaca que quer ir ao tribunal para provar que você não é uma mãe responsável. Pelo menos não vai acontecer isso.

— Como? — perguntou Ruby, pega de surpresa.

— Oh. Sim. Isso é o que está acontecendo agora. Consegue acreditar?

Ruby não deixou seu olhar desviar do de Georgia, para não revelar de alguma maneira o que se passava em sua cabeça, que era "*Bem, na verdade...*"

Georgia respirou fundo. Ela pegou uma revista e começou a folheá-la.

— Mas hoje o assunto não sou eu. É você. E minha opinião é que não deve se sentir mal por isso. Por que se privar de ter filhos só porque não quer ser mãe solteira? Quando tivermos com 50 anos, todas que conhecemos serão mães solteiras. — Ela parou para observar uma foto do "Brownie de Cinco Minutos". — O problema com as mães solteiras é que estamos todas competindo pelo mesmo tipo de homens: os que estão dispostos a sair com mulheres que têm filhos. Quero dizer, quantos desses caras existem em Nova York? Como é que conseguiremos encontrar um?

Ruby teve o impulso de colocar uma das mãos sobre a boca de Georgia e não tirar mais até seu nome ser chamado. Em vez disso, ela se recostou na cadeira, fechou os olhos e suspirou. Talvez não tivesse sido boa ideia convidar Georgia para sua festinha da inseminação, afinal.

— Ruby Carson? — chamou uma enfermeira, e Ruby se levantou imediatamente. Georgia apertou a mão de Ruby.

— Quer que eu entre com você?

Uma imagem passou pela cabeça dela: Georgia sentada lá dentro, olhando enquanto um médico ou enfermeira enfiava uma seringa de sêmen na sua você sabe o quê.

— Não, tudo bem, pode ficar aqui, vou ficar bem.

— OK. Mas se Julie estivesse aqui, ela estaria lá dentro com você, então só queria que soubesse que eu também faria.

— Obrigada. Agradeço muito. Acho que vai ser bem rápido. Vou ficar bem.

— Tá — disse Georgia, um pouco aliviada. — Divirta-se!

Ruby estava tirando as roupas e se sentando na mesa de exame. Ela se sentia como uma garotinha, balançando os pés, segurando seu roupão. Ela se lembrou de seu primeiro exame ginecológico. Ela tinha 13 anos, e foi levada pela sua mãe logo depois de menstruar pela primeira vez. Ela ficou ali sentada, igualzinho agora, esperando, não sabendo o que esperar, mas entendendo que era um rito de passagem, um que a levaria para um capítulo inteiramente novo em sua vida, como uma mulher. A única diferença era que antes sua mãe estava com ela; sua mãe que agora morava em Boston; sua mãe que a criou como mãe solteira, a propósito; uma mãe que estava sempre extremamente deprimida. Seu pai as deixou quando ela tinha 8 anos, e sua mãe nunca se casou novamente.

Ela fechou os olhos e tentou pensar em coisas férteis. Mas tudo que conseguia ver era sua mãe sentada na mesa da cozinha fumando, olhando o vazio. Ela pensou na mãe voltando do trabalho tarde da noite, carregando as sacolas de compras. Ela pensou neles três na mesa da cozinha — Ruby, seu irmão Dean, e sua mãe — comendo juntos em silêncio. A mãe cansada e deprimida demais para conversar, seu irmão e ela tentando deixar as coisas mais leves, com brigas de purê de batata, com leite saindo pelas narinas. Ela se lembrou da raiva de sua mãe; e frequentemente, de suas lágrimas.

— Vocês não sabem como eu trabalho duro? Não entendem como estou cansada? — Ela gritava quando finalmente se levantava e pegava uma esponja e ia até a parede para limpar a grande mancha de purê de batata. Ruby lembrou que eles riam dela nessas horas. Ela parecia apenas uma caricatura grotesca, não uma pessoa de verdade. Parecia engraçado para eles na época, a mãe com toda aquela louca emotividade. É claro que naquelas horas, vendo os sorrisinhos e risadinhas de seus filhos, a mãe de Ruby não aguentava e chorava. — Não aguento mais isso! Não aguento! — ela dizia enquanto atirava a esponja na pia, soltando uma série de soluços enquanto se apoiava na bancada da cozinha, de costas para as crianças. — Ponham fogo na casa toda se quiserem — ela gritava enquanto corria para fora do cômodo.

Ruby se lembrava da sensação que tinha no estômago naqueles momentos. Ela não sabia o que era na época, mas à medida que envelheceu, ela se descobriu reconhecendo aquela sensação cada vez mais vezes. Ela sentia aquilo quando via uma pessoa cega, completamente sozinha, andando numa rua movimentada de Manhattan, ou quando viu certa vez uma velha senhora escorregando e caindo no gelo. Era pena. Aos 10 anos, Ruby estava rindo de sua mãe porque não sabia outra maneira de lidar com a sensação horrível no estômago de ter pena de sua própria mãe. Quando virou adolescente, enquanto via sua mãe tendo uma sucessão de namorados, todos deprimentes em diferentes níveis, ela lidou com a pena de um jeito totalmente novo: ela passou a odiá-la. Não é como se fosse a história mais original já contada, mas durante os dois últimos anos de Ruby no segundo grau, ela parou de falar com a mãe. Sim, elas não se davam bem, sim, elas brigavam por coisas como a hora de chegar em casa e roupas e namorados, e, o mais importante de tudo, Ruby simplesmente não suportava mais ter pena dela. Então quanto menos contato tivesse com ela, menos Ruby tinha que sentir aquela incômoda e horrível sensação no estômago.

Agora cá estava Ruby, sentindo seu corpo nu grudando no papel que cobria a mesa, e esperando para ser inseminada por um médico. Por quê? Porque quando a música começou e todo mundo pegou seu par, ela ficou sozinha. A batalha tinha sido travada e ela havia perdido. *Ela havia perdido*. Essa era a única maneira que encontrara para enxergar aquela situação enquanto estava sentada ali, nua e sozinha, esperando.

Talvez se eu tivesse estado lá seria diferente. Talvez eu tivesse brincado com ela e dito a coisa certa e feito-a sentir que o que estava prestes a fazer era começar uma vida que, apesar de dura às vezes, seria imensamente recompensadora. Haveria vida e alegria e crianças e gargalhadas. Mas eu não estava lá, e não disse nada de genial, e Ruby começou a escorregar por um buraco como tantas vezes antes.

No meio do seu devaneio, o doutor Gilardi entrou. Ele tinha 60 e poucos anos, com uma distinta cabeça de cabelos brancos e pele que tinha o tipo de bronzeado que vinha de uma vida merecida. Ruby o escolheu porque era bonito e gentil e ela sentia que, sendo o homem que a estava inseminando, de alguma maneira ele seria também o pai de seu filho.

— Então — disse ele com um sorriso —, está pronta para ir em frente?

Ruby tentou parecer alegre.

— Sim. Pode me engravidar, Doutor!

O Dr. Gilardi sorriu.

— Só vou te examinar uma última vez, e então a enfermeira vai entrar com o espécime.

Ruby concordou e se deitou, colocou os pés nos estribos, abriu as pernas. O médico puxou uma cadeira e se sentou para olhar.

Deitada ali, Ruby tive aquela velha sensação de novo. Ela imaginou por que era chamada de pena, já que parecia mais com um peso no estômago. Não importa como a palavra foi inventada, tudo o que sabia era que estava sentindo isso agora, mas por si mesma. Ali no roupão, debaixo das luzes fluorescentes e sem um homem no mundo que a amasse, ela era digna de pena. Ela pensou em todos os caras que tinha namorado e por quem tinha passado tempo demais sofrendo. Tinha Charlie e Brett e Lyle e Ethan. Só pessoas com quem não tinha dado certo, por quem Ruby tinha chorado e chorado. Ela sabia que neste momento com certeza não estavam ejaculando num potinho pra alguma mãe de aluguel poder ter seus filhos. Ela tinha certeza de que todos agora tinham namoradas ou esposas ou que quisessem ter. E lá estava ela, prestes a ser uma solitária, sem sexo e deprimida mãe solteira.

A enfermeira entrou carregando um grande refrigerador. Ela abriu e a fumaça do gelo seco saiu. Tirou de lá de dentro uma lata que parecia uma grande garrafa térmica prateada. Essa coisa estava cheia dos filhos de Ruby.

— Aqui está — disse gentilmente a enfermeira. O Dr. Gilardi se levantou e pegou de suas mãos. Ele olhou para Ruby.

— Tudo parece estar bem. Está pronta?

Um milhão de pensamentos vieram até ela nesse momento. Voltar para seu apartamento vazio depois daqui. Fazer um teste de gravidez e descobrir que estava grávida. Não ter um homem ali ao seu lado, que ficaria extático com a notícia. Estar na sala de parto com suas amigas, sua família, mas sem um homem. Mas o pensamento que realmente a fez se encolher de pena foi a lembrança de sua mãe chorando, conversando com uma amiga qualquer no telefone. "Não aguento mais", Ruby se lembrou de sua mãe dizendo entre lágrimas. "É demais para mim. É demais. Não sei como vou aguentar isso, não sei mesmo!" E então sua mãe se encolheu numa cadeira, chorando.

Ruby se levantou num salto, arrancando os pés dos estribos.

— Não, não estou pronta. Não estou nem um pouco pronta. — E ela se virou de lado e desceu da mesa. Ela fechou o roupão com as mãos enquanto continuava: — Sinto tanto por fazê-lo perder seu tempo, sinto muito por desperdiçar todo esse esperma de qualidade, e sinto muito, *muito mesmo*, por ter acabado de desperdiçar mais de 7 mil dólares, mas tenho que ir embora.

• • •

Eram 11h30. Georgia abriu a porta da geladeira pela 12ª vez nos últimos cinco minutos e ficou olhando para dentro. Tinha leite. E ovos. E pão e verduras e frutas e queijinhos e caixas de sucos de fruta e pudim. Ela tinha um pouco de macarrão com queijo numa vasilha, e também alguns pedaços de frango frito enrolados em um plástico. Ela achou que isso daria um toque caseiro, mostrando que ela tinha cozinhado uma refeição inteira na noite anterior — o que dizia "boa mãe" melhor do que resto de macarrão com queijo e frango frito?

Ela não estava levando essa entrevista numa boa. Era uma experiência filha da puta de humilhação mais filha da puta ainda com uma assistente social de merda ou psicóloga ou quem seja que ia entrar em *sua* casa, olhar dentro da *sua* geladeira e fazer perguntas a *ela* sobre como ela estava criando *seus* filhos. E então essa mulher, essa megera, essa boa samaritana "Sou tão digna" *fuxiqueira* ia decidir se ela podia ficar com *suas* crianças. Georgia bateu com força a porta da geladeira.

Ela pensou que talvez fosse uma boa ideia melhorar um pouco de humor antes de a assistente social chegar.

Ela andou de um lado para o outro no apartamento. "Isso é sério", disse para si mesma. "Isso é sério de verdade." Ela tentou respirar. Inspira, expira. Inspira, expira. Ela começou a pensar em mães ruins. As mães que ela via nas ruas, gritando com os filhos, batendo nos filhos, chamando-os de "burro" e até de "seu babaquinha". Ela pensou em todas as histórias que tinha lido no jornal sobre mulheres que queimaram seus filhos com cigarros, ou os abandonaram durante três dias, ou os deixaram morrer de fome. Ela parou de andar e olhou em volta do seu adorável apartamento no West Village. *De jeito nenhum vão tirar meus filhos de mim. Sou a mãe deles, pelo amor de Deus.* Então ela pensou no pirado do Michael Jackson e em sua Neverland diabólica e ele balançando uma criança pra fora de uma janela enquanto cumprimentava seus fãs. *E ele pôde ficar com os filhos dele*, Georgia pensou enquanto caminhava até o banheiro. Ela abriu a porta do armário de remédios e olhou os Band-Aids, aspirina infantil, aspirina de verdade, bandagens. Faltava alguma coisa no armário de remédios que poderia fazê-la parecer uma mãe ruim? Ela não conseguia acreditar que Dale teve a audácia de chamá-la de péssima mãe. OK, tudo bem, ela saiu do apartamento e deixou as crianças sozinhas uma vez. Georgia fechou o armário de remédios e olhou no espelho. Isso *tinha sido* muito, muito ruim. Mas não é verdade que todos os pais, uma só vez na sua porra de vida como pais, já não tenham feito uma coisinha que seja realmente, realmente negligente? Ela era a única do mundo que tinha errado? Georgia encarou seu rosto no espelho. OK, então tinha sido por causa de um cara. Isso também era muito ruim. Era sim. Ela tinha se descontrolado e perdido a noção e ficou um pouco maluca. Certo, tudo bem, então. Mas ela não balançou ninguém numa porra de janela.

Georgia entrou na sala de estar e olhou em volta. Tinha algum objeto afiado, alguma quina perigosa nos móveis que podiam fazê-la parecer uma porcaria de decoradora ruim? Ainda ardendo de tanta raiva, entrou na cozinha e olhou a despensa. Ah, a despensa. O que é melhor que uma grande despensa? Isso quase a fez relaxar, a mistura para bolo de milho e as gotinhas de chocolate e o extrato de baunilha e a farinha e o coco ralado. Sua mãe havia lhe dito uma vez que toda casa devia sempre ter os ingredientes para se fazer cookies. Ela nunca esqueceu. *Agora isso por acaso parece pensamento de uma filha da puta de mãe ruim?*

Muito zangada. Zangada demais. Ela estava tentando apenas continuar respirando quando a campainha tocou. Georgia queria cair no choro. Mas não caiu. Ela respirou fundo e andou calmamente até a porta. Ela respirou de novo, mas quando pôs uma das mãos na maçaneta não conseguiu evitar pensar, *Dale vai arder no inferno por causa disso.*

Ela abriu a porta com um sorriso. Parado ali estava um homem baixinho com rabo de cavalo grisalho e bigode. Ela identificou o tipo imediatamente. Assistente social bom samaritano liberal saído direto dos anos 1960. Ele sorriu bondosamente. Georgia sorriu bondosamente de volta. Ela o odiava. Como ele poderia saber se ela era uma boa mãe? Ele era homem, assim como Dale, e podia simplesmente ir se danar.

— Por favor, entre — disse Georgia gentilmente, gesticulando para que entrasse. Ele entrou e rapidamente olhou em volta do apartamento. Os olhos de Georgia moveram-se junto com os dele. Ela podia ver o que ele estava vendo: um lar limpo, privilegiado e bem cuidado.

— Meu nome é Mark. Mark Levine.

— Muito prazer em conhecê-lo, Mark. — *É tão bom recebê-lo na porra da minha casa só pra me julgar.* — Quer beber alguma coisa? Tenho café ou chá, suco de uva, de laranja, de pera, de toranja, água do filtro, água de garrafa, água com gás, Gatorade...

— Um copo de água está bom, obrigado — disse ele.

Georgia foi até a cozinha e abriu a porta da geladeira, revelando seu conteúdo cheio e maternal. Ela viu que ele reparou, e sorriu consigo mesma enquanto pegava a jarra e enchia dois copos.

— Por que não vamos até a sala, Mark?

— Seria ótimo.

Eles andaram até a sala e se sentaram. Georgia se perguntou se devia colocar descansos de copo na mesa de centro — isso a faria parecer uma boa mãe por prestar atenção nos pequenos detalhes, ou uma mãe ruim porque era muito fresca? Ela optou pelos descansos. Ela se sentou de volta e bebeu sua água olhando para Mark Levine.

— Sei que essa deve ser uma época particularmente difícil para você — disse Mark gentilmente. — Vou tentar ser o mais sensível possível, apesar de ter que perguntar a você algumas coisas bem pessoais.

— Pode perguntar — disse Georgia alegremente. *Babaca.*

— Bem, pra começar, sempre é bom saber sobre seu relacionamento com seu ex-marido. Como se sente em relação a ele e como fala com seus filhos sobre ele?

Meu relacionamento com ele é ótimo. Por isso você está sentado na porra do meu apartamento decidindo se meus filhos devem ter permissão pra morarem comigo.

— Bem, considerando a situação, acho que estamos nos dando realmente bem. Eu incentivo que ele veja as crianças. Eu estava, e ainda estou, perfeitamente pronta para aceitar algum tipo de acordo de custódia oficial com ele.

Mark olhou suas anotações.

— Ele mencionou que você tinha alguns problemas com a nova namorada dele.

O estômago de Georgia deu uma pequena cambalhota enquanto ela dava um gole na água.

— Sim, bem, ela é bastante jovem, e ele acabou de conhecê-la. — Ela olhou de volta para Mark Levine com grandes e inocentes olhos. — Não seria normal qualquer mãe ficar preocupada?

Mark Levine assentiu com a cabeça. Ele olhou as anotações de novo e então disse gentilmente:

— Ele mencionou que a chamou de "vagabunda". "De quinta categoria".

Georgia fuzilou-o com os olhos. *Então é assim que vai ser, não é, seu babaca?*

— Já passou por um divórcio, Sr. Levine? — perguntou Georgia, o mais neutra e calma que conseguiu.

— Sim, infelizmente já.

— Então você entende que existe um período, um breve e lamentável período, em que as emoções tomam o controle? Quando podemos fazer ou dizer coisas das quais nos arrependemos depois?

— É claro — disse Mark Levine com um sorriso forçado. Ele continuou a ler suas anotações. Georgia imaginou-se com uma britadeira fazendo um buraco na testa dele.

— E esses sentimentos, possivelmente de ressentimento com a nova namorada dele, você deixou suas crianças perceberem isso de alguma maneira?

Georgia respondeu essa rapidamente.

— É claro que não. Até o mais... Eu não sei... indelicado pai sabe que não se deve nunca, nunca, falar mal de seu companheiro ou seus amigos na frente dos filhos.

— É claro — disse Mark Levine delicadamente. Ele respirou. — Então quando seu marido disse que sua filha Beth chamou a namorada dele de "brasileira vagabunda barata", você diria que... — Mark Levine fez uma pausa, não sabendo exatamente como terminar aquela pergunta nem se era realmente necessário.

— Isso é totalmente falso — disse Georgia, mentindo. — Isso só mostra do que meu ex-marido é capaz para me retratar como algum tipo de monstro vingativo e descontrolado. — Georgia se levantou do sofá e ficou parada com as mãos nos quadris, depois tirou as mãos dos quadris, alguns segundos depois colocou-as de novo. — Eu pareço o tipo de pessoa que chamaria outra mulher de "vagabunda barata" na frente da minha filha de 4 anos?

Mark Levine olhou para ela e não disse nada.

E então começou. Ela começou a falar.

— Não que não seja doloroso, se quer saber, descobrir que seu marido com quem está casada há 12 anos decidiu abandonar tudo e destruir seu lar e começar a sair com outra mulher quase 15 anos mais nova que ele. Uma mulher que ele quer apresentar aos seus filhos, levar para o parque com eles, talvez ir comer comida chinesa em Chinatown, talvez ir ao cinema, como uma grande *família* feliz. — Georgia estava agora andando de um lado para o outro pelo apartamento, em frente de Mark Levine sentado no sofá, atrás de Mark Levine sentado no sofá. — Como se fosse completamente apropriado morar com sua esposa e filhos um dia, e no dia seguinte estar tipo "Ei, crianças, quero que conheçam minha nova namorada". Isso parece apropriado para você? *Eu*, enquanto isso, estou apenas tentando ir a alguns encontros, apenas tentando achar um homem decente de idade apropriada que *um dia*, daqui a muito, muito tempo, quando minhas crianças estiverem recuperadas e fortes, eu *talvez* chame até minha casa para eles se conhecerem. E no entanto, eu sou criticada. Julgada. Agora me diga, Sr. Levine, isso é justo?

De novo, Mark Levine não soltou um pio.

— Realmente, Sr. Levine, o comportamento do meu marido parece o de um homem sensível e compreensivo em relação às necessidades de seus filhos? Ou ele parece um homem que talvez esteja numa névoa induzida por sexo porque transa três vezes por noite com uma *vagabunda brasileira de quinta*. — Georgia parou surpreendida. Mark Levine baixou sua caneta e olhou para Georgia, sem expressão. — Eu... Quero dizer... merda. Merda. Porra. — Georgia percebeu como estava soando. — Quero dizer, quero dizer... — Georgia se sentou de volta no sofá e calou a boca por um minuto, as lágrimas enchendo seus olhos. Ela olhou para Mark Levine. — Você precisa entender. Essa é uma situação extremamente estressante. Você vem até aqui, e me faz perguntas... É muito perturbador. E então colocou a palavra *vagabunda* na minha cabeça. Quer dizer, você usou a palavra *vagabunda* primeiro, você a colocou na minha cabeça e fiquei chateada, e então, pop! — Georgia fez um gesto com as mãos ao lado da cabeça para significar, bem, um estouro —, saiu da minha boca!

Mark Levine fechou seu caderno.

— Entendo perfeitamente. Essa deve estar sendo uma época muito difícil para você. — Era claro pela linguagem corporal de Mark Levine que ele já havia visto o bastante e estava pronto para ir embora.

— Sim, é mesmo. Espero que entenda isso. É dos meus filhos que estamos falando. E se meus filhos vão poder morar comigo. O que poderia ser mais importante que isso? O que poderia ser mais estressante que isso?

Mark Levine, mais uma vez, deixou a pergunta sem resposta. Ele se levantou para ir embora. Georgia não tinha mais nada a dizer. Não tinha sobrado mais nenhum pedaço de corda para se enforcar.

— Acho melhor eu voltar outro dia. Da próxima vez vou conversar com você e com seus filhos juntos. Tudo bem?

Georgia ficou imóvel no sofá.

— Seria ótimo, obrigada.

Mark Levine saiu sozinho.

Depois de uns bons dez minutos de Georgia olhando o vazio, congelada, sem conseguir chorar nem gritar, ela se levantou. Sem pensar, andou até a cozinha e abriu a porta da geladeira. Ela ficou parada olhando o leite e os pães e os ovos e as frutas e as verduras e a água com gás e o frango e o macarrão com queijo por um longo tempo. Ela fechou a geladeira, se apoiou na porta, e começou a chorar.

· · ·

Serena estava fazendo tudo ao pé da letra. Ela tinha começado a amassar vegetais, fazer saladas, e a juntar receitas de coisas como molho verde feito com óleo de semente de cânhamo e "macarrão" de abobrinha. Não cozinhava nada acima de 43°C. Ela se certificava de que cada verdura era orgânica e depois lavada e esfregada até não poder mais.

Serena, como já mencionei, sabia que parte de seu trabalho era ser uma presença o menos intrometida possível na casa deles. Por enquanto ela estava tentando ser invisível. Essa família, qualquer que fossem as dificuldades pelas quais estava passando, merecia pelo menos um pouco de privacidade. Isso parecia ser exatamente o que Joanna e Robert queriam e, felizmente, pareciam estar conseguindo. A imprensa não fazia ideia do que estava acontecendo. Não havia amigos nem familiares entrando e saindo. O loft estava como um oásis solene, porém tranquilo. Então Serena tentou ser como uma samambaia d'água invisível, boiando em volta do sofrimento deles. Ela queria alimentá-los, nutri-los, mantê-los seguindo em frente, talvez sem eles nem lembrarem que ela estava lá. Serena tentava não parecer uma testemunha, não deixar pegadas. Em vez disso, tentava colocar toda sua "presença" na comida. Alguns dos treinamentos da ioga permaneceram, e ela começou a preparar as refeições como se estivesse meditando. Ela começou a visualizar sua força de vida saudável entrando na comida; ela imaginou toda sua energia de cura irradiando-se por seus dedos e imbuindo os alimentos crus com seus poderes curativos e mágicos. De seu próprio jeitinho, com seu espaguete de abobrinha e bolinhos de semente de girassol, Serena tentava desesperadamente, silenciosa, salvar a vida de Robert.

Mas pelo que estava vendo, de nada estava adiantando. De sua perspectiva, todo o equipamento médico que começou a ser arrastado tinia e batia como sinos de luto, e o lindo loft agora parecia uma ala de hospital. Pelo que entendia, enquanto vagava como um fantasma para dentro e para fora da casa deles, Robert estava fazendo quimioterapia uma vez por semana e isso parecia estar deixando-o incrivelmente doente. Qualquer pessoa normal estaria passando por isso num hospital agora, mas por causa de quem ele era e de quanto dinheiro tinha, conseguiu levar o hospital até ele.

Às 8 horas, todos os dias, Serena usava a chave que tinham dado a ela e entrava. Joanna invariavelmente saía de seu quarto e cumprimentava Serena com um animado "Bom-dia!". Serena sorria e retribuía com o "Bom-dia" mais alegre que conseguisse, e então baixava os olhos e ia até a cozinha trabalhar. As duas tinham se especializado naquilo. Serena preparava o almoço, o jantar e os lanches para Robert e Joanna (que também estava na dieta crua para dar apoio a Robert) e um jantar diferente para Kip. Ela ficava o dia todo na cozinha, que era grande e aberta e era o local por onde todos tinham que passar para ir a algum lugar da casa, mas Serena sempre mantinha os olhos baixos, nunca registrando que estava acontecendo alguma coisa para se olhar.

Mas naquele dia, por volta das 14h30, enquanto Serena mexia nuns amos de brócolis, rezando sobre eles, meditando sobre eles, Joanna foi até ela, parecendo abatida, sua voz trêmula.

— Desculpe, Serena, normalmente eu nunca pediria isso a você, mas está difícil para Robert respirar. A enfermeira está vindo, então acho que não é boa ideia eu sair agora para buscar Kip. Sei que não faz parte do seu trabalho, mas estava pensando se poderia buscá-lo na escola. Só dessa vez?

— É claro, posso ir. É claro — disse Serena, imediatamente tirando o avental. — É na rua 10, certo?

— Sim. Ele sai pelo portão principal às 15 horas em ponto. Mas se ele vir você, talvez... ele pode ficar nervoso, então se pudesse...

— Vou fazer questão de explicar que está tudo bem e você só estava ocupada.

— Obrigada. Obrigada mesmo, Serena — disse Joanna, fechando os olhos de alívio.

Serena aproveitou essa oportunidade para olhar Joanna diretamente no rosto, o que ela não fazia quase nunca. Ela era uma mulher linda, com cabelo naturalmente negro e pele branca como porcelana. Tinha algumas sardas simplesmente adoráveis pontuando o nariz. E também parecia muito cansada. Serena rapidamente pegou seu casaco e saiu.

Enquanto ela caminhava até a escola, Serena pensou que teria de inventar alguma coisa para conversar com Kip. Ela não entendia muito de meninos de 8 anos e tinha que admitir, não gostava muito deles. Todo menino de 7 a 13 anos que Serena já tivera contato na vida parecia ser um labirinto de incomunicabilidade e obsessões com super-heróis e *video games*. Francamente, quem se importa, com exceção de suas mães, cujo trabalho era passar por essa baboseira com bondade maternal e carinho feminino para poderem dormir em paz sabendo que não estavam criando a nova geração de universitários drogados e estupradores.

Kip não era diferente. Ele era só Xbox e Club Penguin e tédio. Era impenetrável e um pouco mimado, e Serena sempre ficou mais do que feliz em ser invisível perto dele e ele também ficava mais do que feliz em nem notar que ela existia. Especialmente agora com seu cabelo maluco e curto. A única pessoa no mundo que conseguia fazê-lo relaxar, rir, ficar bobo e falar sem parar era seu pai. Quando não estava trabalhando, Robert buscava Kip na escola e eles entravam com um estrondo pela porta de casa, parecendo estar no meio de um debate acalorado, os dois se recusando a abrir mão de seus pontos de vista. Podia ser sobre quem era melhor ser, Flash ou Batman, ou sobre o que preferiam comer, terra ou areia. Eles tiravam os sapatos e tentavam encerrar a discussão vendo quem conseguia escorregar mais longe de meias. Robert fazia cócegas em Kip e reduzia esse sério pré-adulto a acessos de gargalhada.

Agora Serena estava parada na frente da escola praticando a expressão casual e alegre, mas não alegre demais, que ia usar quando Kip a visse. Uma expressão que imediatamente mostrasse a ele, antes que seu estômago pulasse por cima do coração, que estava tudo bem, não havia emergência, e esse era apenas um pequeno desvio de um dia normal, tirando isso. As portas se abriram e professores e crianças começaram a sair em rios do prédio. Kip deu uma olhada em Serena e seus olhos se arregalaram, seu normalmente indecifrável rosto agora cheio de medo. Serena foi até ele o mais rápido possível para afastar seus medos.

— Sua mãe está muito ocupada, mas está tudo bem. Ela apenas ficou presa com algumas coisas.

Serena rezou a Deus que não estivesse mentindo. Ela sabia que havia provavelmente 1 milhão de motivos para a respiração de Robert estar difícil e tinha certeza de que a enfermeira estava lá agora mesmo cuidando de tudo. Mesmo que ele estivesse doente, mesmo que as coisas estivessem parecendo muito ruins, ainda assim, de sua pequena perspectiva, ela não podia imaginar que Robert fosse realmente morrer. Astros de cinema não morrem de câncer. Diga o nome de um lindo e jovem astro de cinema que tenha morrido de câncer. Nenhum. Simplesmente não acontece.

— Vamos pra casa que você vai ver pessoalmente — disse ela, enquanto pousava de leve seu braço no ombro dele.

Quando viraram a esquina da rua Watts, ambos viram a ambulância ao mesmo tempo. Serena instintivamente pôs uma das mãos no ombro de Kip, mas ele já estava correndo. Estavam a apenas meia quadra e Serena podia ver Joanna saindo do prédio ao lado de uma maca. Serena correu também, para alcançar Kip. Seu maior medo era que quando visse a maca saindo, o lençol estivesse cobrindo a cabeça dele. *Por favor, faça com que não esteja cobrindo a cabeça.* Enquanto ela se aproximava, viu Robert na maca com uma máscara de oxigênio no rosto. Vivo. Joanna estava chorando enquanto andava rapidamente atrás dos médicos. Ela olhou para a frente e viu Kip. Ela tentou colocar no rosto uma expressão de mãe alegre, mas não conseguiu. Kip agora estava a seu lado, chorando também.

— O que aconteceu? — gritou Kip, sua voz infantil e crua.

— Papai não estava conseguindo respirar de novo — disse Joanna, a única frase que conseguiu pronunciar com calma antes de cair em prantos novamente. Serena não queria se intrometer, mas foi até Joanna e pôs seu braço em volta dela. Joanna se virou e enterrou a cabeça no ombro de Serena. Ela começou a soluçar mais ainda.

Serena olhou para Kip. Ele estava encarando a mãe com enorme confusão e terror nos olhos. Ele virou a cara no minuto em que viu Serena olhando pra ele.

Joanna rapidamente levantou a cabeça e olhou para o menino. Ela enxugou os olhos e foi até ele, agachando-se até ficar na sua altura.

— Tenho que ir na ambulância com o papai... — ela começou. Kip não a deixou terminar a frase, simplesmente começou a gritar.

— Não! Não! — ele berrou enquanto batia os pés e balançava os braços.

Foi então que Serena notou uma coisa com o canto do olho. Ela olhou e viu melhor, e a coisa começou a se mover antes que ela tivesse tempo de pensar o que poderia ser.

A "coisa" não era um objeto, era Steven Sergati. Steven Sergati era a prova viva de que às vezes você pode, sim, julgar alguém pelas aparências, porque ele parecia uma doninha. Ou um rato. Seu longo cabelo preto lambido para trás descia até as costas, acabando num pequeno rabo de roedor. Seus olhos pequenos escondidos atrás de uns óculos de 5 dólares, que ele comprava barato porque já tinham sido quebrados tantas vezes. Seus quatro dentes da frente eram pontudos de um jeito que seria perfeito para roer um fio de telefone, o que ele provavelmente havia feito em algum momento da sua vida por algum motivo abominável. Ele era o paparazzo mais espancado, processado, cuspido, basicamente pior que uma cobra ou uma barata, de Nova York. Você não era um segurança VIP da cidade de Nova York se não tivesse, em alguma ocasião, dado uma surra em Steven Sergati. De preferência em algum beco onde ninguém fosse testemunha. Esse homem era infame por interromper filmagens, arrombar portarias de prédios, assustar jovens atrizes, e perseguiu uma celebridade durante tanto tempo e tão incansavelmente que ela teve que obter uma ordem judicial contra ele. Ele tinha sido visto insultando com uma jovem estrela de televisão enquanto ela passeava por uma linda rua cheia de árvores em Nova York com seu bebê recém-nascido, gritando que a bunda dela estava gorda e que ninguém ia querer mais transar com ela — só pra conseguir uma foto dela como uma mãe que gritava mais que Medeia.

Serena o reconheceu de um artigo do jornal que ela havia lido no ano passado. Robert tinha sua própria birra com Steve, desde que ele tinha escolhido Robert e Joanna para perseguir quando Kip tinha 2 anos. Mas Robert, com seu 1,92m de altura, ex-jogador de futebol americano na faculdade, que tinha acabado de interpretar um herói de ação, não era do tipo que ia recorrer a um juiz. E existem vários pequenos becos nessa parte de Tribeca. E Robert era integrante de um grupo de celebridades que incluía Sean Penn, Bruce Willis e George Clooney que eram conhecidos por ter dado pessoalmente uma surra em Steve. Essa foi a ordem judicial de que o Sr. Sergati precisou e ele os deixou em paz depois disso.

Mas lá estava ele agora, esperando pelo momento certo, quando viu que seu inimigo estava vulnerável, para pôr em prática seu plano de ataque. Joanna estava prestes a entrar na ambulância com seu marido à beira da morte enquanto seu filho, Kip, com o rosto vermelho e contorcido, pisoteava e surtava bem na frente da câmera. Até Serena, que não entendia nada de publicidade, sabia que uma foto do filho de Robert berrando enquanto o pai era levado numa ambulância valeria muito dinheiro.

Antes de se dar conta do que estava fazendo, Serena colocou Kip atrás da ambulância e fora da vista e atravessou a rua determinada. Na verdade, dava passos largos que aceleravam conforme ia se aproximando dele — do jeito que uma leoa se movia antes de pegar um antílope e arrancar suas patas traseiras.

Steve, que estava acostumado com esse tipo de coisa, endireitou as costas, levantou ambas as mãos no ar e disse:

— Não estou fazendo nada ilegal. Não pode me impedir!

A única coisa boa sobre Steve Sergati era que ele era magro de doer. Então foi fácil para Serena empurrá-lo no chão, pegar sua câmera, e depois tacá-la no chão, mas não antes de tirar o cartão de memória de dentro.

— Vou chamar a polícia! — gritou Steve, com seu guincho agudo de rato. — Vou processar você, sua piranha! Não pode fazer isso comigo! Eu conheço todo mundo! Todo mundo!

Então Serena, ex-*swami*, se agachou e ficou de cara com ele, seu nariz praticamente tocando o dele.

— Escuta aqui, seu filho da puta — Serena rosnou numa voz que não era mais dela —, tenho uma arma. Se você chegar perto daquela família de novo um dia juro por Deus que vou estourar a porra da sua cabeça. — E então Serena se levantou e apenas olhou de cima para ele atirado no chão e acrescentou: — Por favor. Experimenta.

Do outro lado da rua, Joanna e Kip estavam olhando para ela como se tivessem visto um fantasma. Mas, na verdade, era exatamente o oposto. Porque naquele momento, Serena não estava mais flutuando em volta deles como uma névoa. Ela tinha caído bem no meio de tudo. Ela atravessou a rua de volta até a estupefata Joanna. Agora existiam outras coisas para resolver.

— Não tive tempo de ligar pra ninguém... — gaguejou Joanna. — Se importa em ficar com Kip até...

— Vou ficar até quando precisar. Por favor, não se preocupe.

Joanna olhou para Kip.

— Vou te ligar no minuto em que chegar lá, tudo bem, campeão?

Kip assentiu. As portas da ambulância se fecharam e Joanna e Robert foram levados embora. Serena se virou para Kip, aquela perturbada criatura masculina de 8 anos, e não sabia o que dizer pra ele. Ele resolveu isso por ela.

Kip observou enquanto Steve Sergati se levantava e ia embora tremendo e tropeçando. Então o menino olhou para ela, seus grandes olhos cheios de admiração:

— Uau. Você *acabou* com aquele cara. — Essa era a primeira vez em três anos que Kip falava diretamente com ela.

Serena sorriu.

— É, acho que sim. — E então Serena, a super-heroína, levou Kip para cima.

• • •

Na tarde seguinte à sua inseminação cancelada, Ruby decidiu visitar sua mãe nos subúrbios de Boston. De vez em quando, tudo o que uma garota precisa é de sua mamãe.

No trem, Ruby tentou entender por que estava indo pra lá. O que ela queria de sua mãe? Enquanto o trem passava por Connecticut, e ela olhava as pequenas casas lá fora com suas piscinas cobertas, suas casinhas de cachorro e brinquedos de plástico, ela decidiu que precisava saber se sua mãe realmente era tão miserável quanto Ruby lembrava. Talvez não tivesse sido um inferno tão grande criar os filhos sozinha. Talvez sua mãe não tivesse sido tão infeliz quanto as lembranças infantis faziam parecer.

Ela tocou a campainha da casa da mãe. Ela vivia numa pequena e quieta rua em Somerville. Ninguém atendeu. Ruby tocou novamente, surpresa, pois tinha ligado e avisado que estava vindo. Ela andou pela calçada da frente, dando a volta até os fundos da casa. Shelley estava lá juntando folhas. Ela tinha agora 68 anos, cabelo-castanho claro tingido, com mechas grisalhas e cortado num chanel curto e crespo. Ela tinha o mesmo corpo de Ruby — redondo, voluptuoso, mas com o peso extra que vem quando se decide envelhecer graciosamente em vez de gastar cada minuto livre na academia. Sem ser vista, Ruby observou sua mãe um pouco; ela parecia saudável. Confortável consigo mesma. Ruby se perguntou se ela era feliz hoje em dia. Sua mãe olhou para cima.

— Ruby! — exclamou, indo até a filha e dando nela um grande abraço. — É tão maravilhoso te ver!

É claro que sim, porque você é minha mãe e sou sua filha e todas as mães sempre ficam felizes em ver seus filhos. Deve haver um bom motivo pra isso.

— Você está ótima, mãe — disse Ruby, sinceramente.

— Você também! Você também! Vamos entrar!

Depois de Ruby tomar um banho e se trocar, ela entrou na cozinha, onde sua mãe a aguardava com o chá pronto.

— Fiz torradas com canela também! Igualzinho antigamente! — a mãe falou e Ruby sorriu, achando aquilo uma coisa tão nostálgica de se fazer. Toda vez que nevava, sempre havia torradas com canela esperando por Ruby quando ela entrava em casa. Era uma pequena tradição de sua mãe, que ela herdara de sua própria mãe. Para elas, o chá era uma tradição de adultos, que compartilhavam nos mínimos detalhes. Ambas gostavam de chá americano e suave — Lipton está perfeito, muito obrigada — e quando bebiam juntas, como hoje, implicitamente sabiam que iriam dividir um saquinho de chá. Ela se sentou à mesa.

— Conte sobre Nova York. O que anda acontecendo?

Algumas pessoas têm mães sofisticadas, com quem elas podem conversar sobre pensamentos abstratos e que podem dizer a elas exatamente onde comprar o tipo de sutiã que estão querendo.

Shelley não era uma dessas mães, o que nunca incomodou Ruby nem um pouco. Não ter alguém que pudesse ter visto aquele documentário sobre refugiados sudaneses podia significar ter uma mãe que reagia a tudo que você fazia maravilhada e deliciada. Você tinha alguém que queria ouvir tudo sobre Manhattan e seu negócio e sua vida porque era tudo muito excitante para ela.

— Bem, abriu um novo restaurante no Village — disse Ruby —, mas ninguém consegue entrar porque está sempre lotado de amigos do dono. Está deixando todo mundo p. da vida.

— Verdade? Que interessante. E tem muitas celebridades indo lá?

— Toda noite.

A mãe de Ruby apenas balançou a cabeça.

— Isso não está certo.

Ruby sorriu.

— Não mesmo. — Ela bebericou seu chá e pegou um pedaço da torrada com canela. Ela deu uma mordida.

— Mãe. Estive pensando. Sobre como foi para você.

— Como foi o quê, querida?

— Bem, você sabe, como foi ser mãe solteira.

Shelley revirou os olhos.

— Ah, foi um inferno. Foi horrível. Foi uma época miserável.

— Você se sentia sozinha?

— Querida, eu era tão sozinha que pensei em me matar em algumas ocasiões. Não estou brincando. Era horrível, de verdade. — Shelley bebeu mais chá. — Então, quem é o dono desse restaurante? Ele também é famoso?

— Sim, mais ou menos. Ele é dono de uma revista. — Ruby tentou trazer sua mãe de volta ao assunto. — Então, realmente foi uma experiência tão horrível para você quanto me lembro?

— Oh, tenho certeza de que foi pior do que você lembra. Foi a pior época da minha vida — disse ela, com uma risadinha.

Ruby deu mais um gole no chá fraco e explodiu em lágrimas. Ela apoiou os cotovelos na mesa e a cabeça entre as mãos.

— Sinto muito, mãe — Ruby olhou para sua mãe. — Sinto muito por você ter sido tão infeliz. Sinto muito.

Shelley pôs uma das mãos no braço de Ruby e se inclinou para perto dela, sorrindo.

— Mas você não vê? Estou bem agora. Estou feliz. Tenho amigos e meu jardim, e saio o tempo todo.

Ruby começou a soluçar mais ainda.

— É tarde demaaaaais! Você precisava ter sido feliz naquela época! Pra eu achar que era possível ser mãe solteira! É tarde demais!

Shelley olhou para Ruby, tentando assimilar o que a filha estava dizendo. Ela não se sentia atacada, apenas terrivelmente triste. Ela tocou o ombro de Ruby.

— Mas, querida, você não é igual a mim, você não é nem um pouco igual a mim! Se quer ser mãe solteira, vai ser bem diferente do que foi para mim!

Ruby saltou da cadeira com lágrimas descendo pelo rosto, sua voz engasgada e trêmula.

— Mas eu sou igualzinha a você. Gosto de chá e tenho depressão e fico na cama e choro muito e sou muito, muito sozinha.

A mãe de Ruby levantou e pôs as mãos nos ombros dela.

— Bem, se você é tão igual a mim, então faça o que eu fiz. Arranje um médico e comece a tomar um bom antidepressivo.

Ruby olhou a mãe, surpresa.

— O quê?

— Estou tomando um antidepressivo há um ano. Mudou a minha vida.

— Você... o quê? — Ruby gaguejou, ainda tentando absorver a novidade.

— Não existe motivo pra ficar andando por aí deprimida. Não existe nenhum motivo que seja. Devia arranjar uma receita, também.

Ruby se sentou à mesa da cozinha de novo. Era chocante. Mesmo depois das incontáveis noites passadas chorando, os dias sem conseguir sair da cama, Ruby nunca tinha nem pensado em tomar remédios. Não tinha nem lhe passado pela cabeça. E ainda assim, aqui no subúrbio, sua mãe nada sofisticada estava um passo à sua frente.

Ela ficou o resto do dia sentada na cozinha, chorando. Ela contou sobre os remédios para fertilidade, sobre não conseguir ir até o final, sobre como se lembrou de como sua mãe era infeliz e como isso a tinha feito ir embora do consultório médico. Era a vez de Shelley começar a chorar.

— Me desculpe. Me desculpe, eu devia ter tentado esconder minha tristeza. Eu sinto muito.

Ruby também continuava a chorar enquanto dizia:

— Não é culpa sua. Como poderia ter escondido isso? Você fez o melhor que podia, sei disso. Sei mesmo.

— Sim, mas queria que alguém tivesse me dito...

— O quê?

— Que também era obrigação minha, além de alimentá-los e vesti-los, e ver se fizeram o dever, também era obrigação minha ser feliz. Por vocês. Pra vocês verem aquilo. Sinto muito.

Ruby se esticou e pegou as mãos de sua mãe.

— De jeito nenhum poderia ter feito tudo. De jeito nenhum.

— Então ela e Shelley ficaram sentadas ali pelo resto do dia, conversando e de mãos dadas, fazendo a outra se sentir mais feliz e bebendo seu chá Lipton.

. . .

As crianças de Georgia estavam encarando Mark Levine que exibia um sorriso largo de boca fechada, como se tivesse acabado de capturar alguma coisa com a boca que não queria deixar fugir, mas queria que todos soubessem que ele estava feliz.

— Então — começou —, como vocês dois estão hoje?

Beth e Gareth olharam para ele sem expressão. Georgia sentiu um pouco de satisfação com isso. Seus filhos instintivamente sabiam que ele era um babaca e que não deviam dirigir a palavra a ele. Os lábios dele voltaram ao sorriso fechado. Ele tentou mais uma vez.

— Estou aqui porque sua mãe e seu pai querem que eu descubra como vocês dois estão se sentindo agora que seu pai não mora mais aqui.

Silêncio.

— Por exemplo, soube que uma noite vocês foram deixados sozinhos, não é verdade? Ficaram com medo?

Georgia olhou para baixo e encarou as mãos. Ela sentia gotas de suor brotando de sua testa. Ela nunca tinha percebido quanta energia era necessária para *não* matar alguém.

De novo, silêncio. Abençoado, hostil, mal-humorado, silêncio infantil.

Mark Levine olhou para Georgia.

— Talvez fosse melhor se eu falasse a sós com eles.

Georgia encarou-o, alarmada.

— Mas... Não sabia que você tinha permissão para...

— Temos total permissão para entrevistar as crianças sem você estar presente. Para sua proteção, tenho um gravador, então não vai ser apenas na minha palavra que precisará acreditar.

Georgia, é claro, queria protestar, mas considerando como havia sido o último encontro, ela decidiu se segurar.

— É claro que pode. Vou entrar no meu quarto e fechar a porta.

— Obrigado — disse Mark Levine. — Isso não deve demorar.

Georgia se levantou e olhou para os filhos. Eles agora eram seu juiz, tribunal e carrasco. Seus filhos temperamentais, mentirosos, infantis, adoráveis, mimados e imprevisíveis teriam suas palavras escritas e consideradas como se fossem o Dalai-Lama. Georgia olhou para Gareth. *Semana passada ele tinha um amigo imaginário que era uma tarântula gigante. Valeu, conversa com eles sobre com quem querem morar. Filho da puta.*

— Agora vocês vão conversar com o Sr. Levine, tudo bem? Contem a verdade e respondam todas as perguntas dele. Nós dois queremos que vocês apenas digam como se sentem, OK?

Então ela andou lenta e confiantemente de volta a seu quarto. Quando entrou, ela fechou a porta e se atirou na cama, enfiou a cara no travesseiro, e soltou o grito mais alto que conseguia ousar. Depois de um tempo, ela se sentou e ficou olhando para o nada.

Georgia se perguntou como tinha chegado ao ponto em que um tribunal podia decidir se ela era uma boa mãe ou não. Pensou em seu casamento. Imagens piscavam na frente de seus olhos da briga que teve com Dale na rua uma vez porque ele nunca pegava a correspondência. Ela pensou em como explodia com ele de manhã porque ele sempre deixava cair pó de café na bancada da cozinha — e que não existia nada que ela odiasse mais do que limpar pó de café e depois ficar desgrudando-o da esponja. Ela pensou em como o achava burro por nunca saber usar o micro-ondas, ou em como ele ficava com raiva quando o jornal não era entregue corretamente, mas nunca se dava ao trabalho de ligar para reclamar. Ela se perguntou quando começou a desgostar tanto dele, e como se tornou tão irrefreável para deixá-lo ciente disso. Deve ter sido depois que as crianças nasceram. Ela ouviu falar que isso era comum em casamentos. Por quê? Depois de conseguirem procriar, será que as mulheres decidem subconscientemente que o homem já cumpriu o seu dever, então deixam eles perceberem em suas atitudes grandes e pequenas que eles não têm mais utilidade? Por que ela se sentiria assim? Não era como se quisesse ser mãe solteira. Não é que não quisesse sair e namorar de novo.

Ela pensou em Sam e em como tinha comprado todas aquelas flores para ela mesma. Ela pensou na dança em cima do bar e do homem que a disse para descer porque queria que uma menina mais bonita subisse. Ela pensou em como perseguiu o cara pelos corredores do Whole Foods. Estava tudo vindo em flashes, cada imagem mais humilhante que a anterior. E, é claro, pensou no frenesi Bryan que fez com que ela sentisse a necessidade de sair correndo de casa, deixando seus dois filhos sozinhos.

Foi quando ela percebeu que realmente tinha enlouquecido. E não tinha ninguém para culpar exceto ela mesma. Durante o casamento, ela se sentia no direito de ter uma desenfreada crise de irritação por Dale a qualquer hora, por qualquer motivo. Então, ser abandonada por ele a fez se sentir no direito de não ter mais limite algum. De alguma maneira ela tinha perdido o controle sobre si mesma, e agora tinha perdido o controle sobre o tipo de mãe que era. Ela ficou sentada se perguntando o que seus filhos podiam estar falando sobre ela. Ela se lembrou de quando foi chamada na escola depois de Gareth bater em outro menino. Ela foi até lá e conversou com o diretor enquanto o filho ficava sentado num banco no corredor, nervoso e envergonhado. *Bem, o mundo certamente dá voltas, não é verdade?*

Depois de cerca de 25 minutos, que pareceram uma eternidade, Georgia decidiu pôr a cabeça pra fora e espiar pra ver o que estava acontecendo. *Sou a mãe deles, afinal.*

— Só checando pra ver se está tudo bem! — disse Georgia, com o corpo dentro do quarto e a cabeça para fora, no corredor.

Todo mundo estava nos mesmos lugares de antes, as duas crianças no sofá de frente para Mark Levine, sentado no outro. Ninguém parecia particularmente traumatizado, ninguém parecia particularmente zangado com ela.

— Na verdade já acabamos, timing perfeito — disse Mark Levine.

Não havia nada no comportamento dele que sugerisse alguma coisa estremecedora ou que indicasse o que foi conversado. Mark deu a Georgia seu sorriso fechado de sempre, disse tchau para as crianças, e foi embora.

Georgia olhou seus filhos. Não pareciam chateados nem com raiva. Mas mesmo assim, ela queria muito pedir a eles que fizessem uma dramatização de todos os 25 minutos da entrevista. Mas em vez disso, Georgia fez uma coisa que não fazia há muito, muito tempo: *ela se conteve*. Georgia entrou na sala de estar onde Beth e Gareth estavam, se sentou ao lado deles e perguntou gentilmente:

— Vocês estão bem?

Os dois assentiram. Ela olhou com atenção para eles para ver se havia alguma coisa que pudesse ser feita.

— Querem perguntar alguma coisa?

Eles não disseram nada. Pareciam bem; ilesos.

— Tudo bem, então. Quem vai querer um lanchinho?

REGRA NÚMERO
10

*Lembre-se de que às vezes existem coisas mais
importantes que você e sua péssima vida amorosa
E
Faça com que suas amigas te ajudem mais
com sua péssima vida amorosa*

Basicamente, chorei a viagem inteira até a Índia. E a essa altura, já não me importava se alguém estava vendo. O homem ao meu lado pediu pra trocar de lugar (o que conseguiu) e duas comissárias de bordo me perguntaram se eu precisava de alguma coisa.

Quando cheguei, a amiga de uma amiga de uma amiga do centro de ioga de Serena, uma mulher chamada Amrita, foi me encontrar. Eu não conseguia imaginar por que essa completa estranha estaria disposta a fazer isso, mas estava muito agradecida. Eu não tinha a coragem para ser aventureira e forte. Tinha uma imagem da Índia com leprosos pedindo esmola nas ruas e vacas correndo soltas. Mas também dei uma lida na *Time Out Mumbai* entre as crises de choro no avião, e não conseguia imaginar um lugar que tinha críticas de arte na *Time Out* com vacas e crianças pedindo dinheiro. Então não sabia mesmo o que esperar.

Enquanto caminhava pelo aeroporto, meu primeiro pensamento foi que não parecia muito diferente de qualquer outro aeroporto que eu já havia conhecido, era apenas menos moderno. Também tinha paredes e piso branco, lâmpadas fluorescentes, placas indicando para onde ir. Mas depois de apanhar as malas e sair, sabia que estava na Índia. Era um caos para todo lado. Homens parados ao lado de seus táxis destruídos chamavam alto pelos passageiros que saíam do aeroporto. Carros encostados uns nos outros, buzinando e tentando sair do estacionamento. O ar era pesado e quente. Havia um cheiro estranho e não identificável em todo lugar.

Se eu não fosse encontrar a amiga distante de Serena, talvez tivesse tido um colapso nervoso bem ali. Mas assim que pus os pés pra fora, uma mulher bonita de cabelos negros longos e pesados usando jeans e uma túnica de algodão larga veio até mim.

— Com licença, é a Julie?

— Sou eu. Você deve ser Amrita.

— Sim. Bem-vinda à Mumbai.

Entramos em seu pequeno carro e partimos. Estava escuro, então era difícil enxergar o que havia atrás das janelas. Mas achei que podia identificar barracos improvisados e alpendres ao lado da estrada e pessoas dormindo nas ruas, mas não tinha certeza. Esperava estar enganada.

Amrita alegremente perguntou sobre meu projeto:

— Soube que está escrevendo um livro sobre mulheres solteiras pelo mundo.

Me encolhi. Era realmente a última coisa da qual queria falar. Eu a corrigi:

— Estou aqui apenas em busca de consolo. Ouvi dizer que é um lugar muito espiritual.

Amrita assentiu silenciosamente. Bem, ela não assentiu exatamente. Ela tinha esse estranho hábito de balançar a cabeça de um jeito que não te dava certeza se ela estava dizendo "sim" ou "não". Ela também tinha um hábito de buzinar mais do que o normal enquanto dirigia, um hábito que a maioria dos outros motoristas tinha em comum com ela.

Enquanto Amrita apertava a buzina, disse:
— A maioria dos ashrams de ioga fica fora de Mumbai. Estava planejando ir a um desses?
— Sim, minha amiga Serena sugeriu um.
Ela continuou a dirigir e buzinar. Apertei os olhos para ver do outro lado da janela e avistei um jovem casal passar numa lambreta. A mulher usava um sári, ele quebrava o vento enquanto ela ia na garupa.
Amrita falou de novo:
— Acho que essa ideia de como ser solteira é muito boa. Temos que tomar muitas decisões quando somos solteiras. Decisões muito importantes.
Ela franziu as sobrancelhas escuras e grossas. Parecia estar pensando em alguma coisa. Não consegui evitar a pergunta...
— Que decisões precisa tomar?
Amrita encolheu os ombros:
— Tenho 35 anos. Minha família está me pressionando para casar. Tenho namorado na esperança de casar por amor. Mas...
Ela parecia estar prestes a chorar. Esta era a última coisa de que eu queria ouvir falar: a péssima vida amorosa de outra pessoa. Mas respirei fundo e escutei.
— O último homem com quem namorei não tinha dinheiro. Eu pagava tudo. Jantares, cinema, até viagens. Minha família achava que eu estava louca. Disseram que ele estava me usando. Uma vez, fomos fazer compras, e ele me pediu para comprar um suéter para ele. E comprei! Então ele terminou comigo, do nada.
Lágrimas começaram a cair de seus olhos. Eu me sentia como Angela Lansbury em *Assassinato por escrito*. Toda vez que ela ia a algum lugar, até mesmo nas férias, a pobre garota encontrava um caso de assassinato. Todo lugar que eu ia, dramas de relacionamento pareciam vir à tona.
— Ele disse que eu era muito independente, muito focada na minha carreira. — As lágrimas continuavam caindo. Ela continuava dirigindo e buzinando. Assenti com a cabeça, tentando mostrar compaixão.

— É, bem, parece que ele não se incomodou muito com a sua carreira na hora que comprou o suéter para ele.

Amrita sacudiu a cabeça vigorosamente.

— Pois é. Acho que namorava ele porque minha família o odiava. Achei que estavam sendo preconceituosos, porque somos Brahmins, e ele é Vaishya. Mas agora vejo que estavam certos.

Olhei pela janela de novo e vi o que parecia ser uma família inteira numa lambreta. Pai, mãe, filho e filha, todos apertados juntos. Pisquei. Sim, era isso mesmo que estava vendo.

Eu estava extremamente cansada. Estava muito agradecida por Amrita ter evitado que eu precisasse pegar um táxi do aeroporto, mas na verdade eu só queria que ela calasse a boca.

— Então, agora vou deixar minha família encontrá-lo. Eles têm procurado nos sites de casamento e escolheram alguns homens para mim. Os horóscopos deles parecem bons, e agora vou começar a conhecê-los.

OK, isso conseguiu me acordar. Sites de casamento? Horóscopos? Enquanto chegávamos à cidade através de ruas estreitas, ela me contou sobre a popularidade dos sites de matrimônio, que são iguais a sites de relacionamento, mas com o objetivo específico de arranjar casamentos. Ela me contou que geralmente é a família que coloca a foto do filho ou da filha no site.

— Bem, isso até que é legal, poupar a pessoa da vergonha e do trabalho de fazer isso ela mesma.

Amrita ergueu as sobrancelhas.

— Mas não é por isso. Os pais é que fazem tudo porque eles sabem melhor quem será um bom par para seus filhos do que os próprios filhos.

Pensei nas minhas próprias decisões amorosas. Esse raciocínio começava a fazer sentido pra mim.

Ela também explicou o importante papel do horóscopo quando se combinavam os pares, sobre todos os planetas e luas e horas de nascimento — tive a impressão de que não era o mesmo tipo de astrologia que o *New York Post* usava para me dizer como seria o meu dia.

— Se a astrologia não combinar bem, nem conheço o homem — quando ela disse isso, me dei conta de que, decididamente, não estava mais no West Village.

Estacionamos perto de onde eu iria ficar, um hotel modesto e "econômico" no sul de Mumbai. Enquanto Amrita me ajudava a arrastar as malas pela rua, percebi que essas indianas solteiras têm uma coisa que nós americanas não temos: um plano B. Elas podem sair pelo mundo, deixando pra trás os ultrapassados conceitos sobre casamento de suas famílias para procurar o amor sozinhas — e se não der certo, suas mães e pais e tias e tios e primos e cunhadas estão mais do que dispostos a interferir e dar um jeito nas coisas.

— Gostaria de conhecer minha irmã amanhã? Ela teve um casamento arranjado, e é muito feliz.

Olhei para Amrita, surpresa. Estava planejando passar o dia chorando e talvez descobrindo como chegar até o ashram que Serena tinha recomendado. Estava cansada de toda a "pesquisa" por trás dessa viagem e estava ansiosa apenas por coisas como posições de ioga e drinques de iogurte com manga.

— Acho que pode ser uma boa pesquisa para seu livro — sugeriu ela.

Eu não sabia como dizer a ela que preferia tirar meu próprio braço fora e bater com ele na cabeça até desmaiar do que ir conversar com um casal feliz sobre como eram apaixonados. Então, respondi:

— Adoraria.

— Ótimo. Te pego meio-dia? Está bem?

Eu concordei e fiz o check-in.

Meu quarto era pequeno, com duas camas de casal, uma televisão e uma escrivaninha. Não era o bangalô coberto de mármore de Bali, mas não estamos mais em Bali, estamos? Ou na China. Estamos na Índia. E eu ainda não conseguia entender bem o que isso significava.

No dia seguinte, lá estava eu no carro com Amrita novamente. A diferença de agora para a noite anterior era tão grande quanto, bem, a noite e o dia. Enquanto conversávamos sobre sua irmã Ananda, era difícil não reparar na pobreza agora completamente à vista do lado de fora da janela. Nas estradas, podiam-se ver prédios velhos e sujos que pareciam mais bunkers do que lugares para morar. Mas indo até a cidade onde devíamos encontrar sua irmã, eu vi as imagens que você pode ver registradas por qualquer jornalista num país de Terceiro Mundo: as crianças nuas nas ruas andando ao lado do que parecia serragem. Crianças, não na escola, mas brincando em pilhas de entulho. Crianças mais velhas batendo em pedaços de sucata, como um tipo de trabalho servil. E mães andando descalças, para dentro e para fora de suas moradas improvisadas, bem ao lado da estrada. Quando nosso carro parou num sinal, uma menininha bateu na minha janela. Ela estava com o rosto sujo e tinha olhos grandes, vazios e escuros, e ficava colocando os dedos na boca, num gesto que parecia querer mostrar que estava pedindo dinheiro para comer. Amrita me viu observando-a.

— Não dê dinheiro para essas crianças. É tudo crime organizado. Elas têm que dar o dinheiro para alguém que manda nessa área. Elas vêm até você porque é branca e acham que você vai ter pena delas.

Olhei pra garota enquanto ela continuava a levar os dedos até a boca. Bem, eu sentia pena dela, pra falar a verdade. Eu tinha mesmo que simplesmente passar por ela sem fazer nada? Sim, tinha. E foi o que fizemos. Enquanto passávamos por uma vila, pertinho do oceano, decidi que eu não queria ser um clichê. Não queria ser uma dessas turistas que vêm até a Índia e depois voltam e dizem pra todo mundo com aquele tom de pena exagerado na voz, "Oh, a Índia, a pobreza que tem lá é simplesmente *inimaginável.*" Esse não era meu país, isso não era problema meu, e eu não sei nada de nada.

Subimos uma rua até um prédio alto com um estacionamento circular. Ao lado ficava um jardim, verde e abundante com árvores, moitas e bancos. Parecia um lugar chique para morar, pelos padrões de

Mumbai, mesmo que o prédio, não importa o quanto fosse moderno, parecesse estar coberto com uma fina camada de fuligem. Mas pensando bem, a mesma coisa podia ser dita sobre Mumbai inteira.

As poucas coisas que eu sabia sobre a Índia antes de vir pra cá era que não se deve nunca, *nunca*, beber a água. Eu li que isso era um problema tão sério que você não devia nem escovar os dentes com ela, e tentar o máximo possível desviar o rosto dela enquanto estivesse tomando banho.

Mas aqui estava eu, sentada em frente a essa mulher, uma mulher que já tinha me recebido em sua casa, que estava prestes a conversar comigo sobre seu casamento só para me ajudar com meu livro, e que agora segurava um copo de água para eu tomar.

— Deve estar com sede; está muito quente hoje.

Peguei o copo e observei ela me observar enquanto eu não bebia. Não querendo que ela pensasse que eu achava sua água, e consequentemente sua casa, suja, dei um gole.

— Obrigada. Agradeço. — Imaginei os germes e parasitas agora nadando pela minha garganta até chegar ao intestino.

— Amrita me disse que está escrevendo um livro sobre amor e como ser solteira ao redor do mundo? — falou Ananda.

Assenti com a cabeça educadamente.

— É verdade. Tem sido uma experiência muito interessante.

Ananda e Amrita se sentaram juntas num sofá, e eu na poltrona em frente. Uma das filhas de Ananda, de uns 5 anos, chegou e sentou no seu colo. Ela tinha cabelo preto e curto com uma pequena presilha de plástico prendendo sua franja para trás.

— Então, Amrita disse que você escolheu um casamento arranjado, em vez de por amor?

Ananda concordou com a cabeça. Parecia animada em falar:

— Sim. Tinha acabado de me formar em psicologia. Não sabia bem o que ia fazer em seguida, mas estava pensando no doutorado. Andava namorando por conta própria, como Amrita.

Olhei para as duas. Eu tinha achado Amrita muito bonita, mas agora vendo-a ao lado da irmã, vi que Ananda provavelmente sempre tinha sido considerada a mais bonita. Ela era menor, e tinha traços delicados que a faziam parecer um pouco mais régia.

— Eu não era como Amrita. Quando nossos pais nos diziam que tinham um rapaz para conhecermos, ela sempre recusava. — Ela colocou uma das mãos no ombro da irmã. — Eu pelo menos tentava agradá-los.

Amrita deu de ombros, um pouco arrependida, me pareceu. Ela interrompeu para ajudar a contar.

— Então, um dia, meus pais disseram que queriam que ela conhecesse alguém. Então esse homem apareceu em nossa casa com a família dele. As famílias conversaram um pouco...

— E aí fomos até o terraço conversar. Ele parecia legal. Depois de vinte minutos, ele perguntou o que eu tinha achado. Eu disse: "Tudo bem, por que não?" Então descemos as escadas e dissemos aos nossos pais que íamos nos casar.

As duas começaram a rir lembrando-se da história. Ananda continuou.

— Meus pais ficaram chocados. Devia ter visto a cara deles. Estavam achando que ia ser apenas mais um garoto dispensado por mim.

Amrita acrescentou:

— Quando ela me ligou e contou achei que estava brincando comigo. Demorou meia hora para ela me convencer de que estava falando sério...

Eu estava confusa.

— Mas... Não entendo... Foi amor à primeira vista? Simplesmente estava cansada de namorar?

Ananda deu de ombros.

— Não sei. Ele parecia legal.

Olhei para ela, com sua filha de 5 anos aconchegada a seu lado. Não sabia como perguntar isso educadamente, mas eu estava aqui e elas estavam ali, e...

— E aí... Deu certo? Você é feliz?

— Sim!

Amrita decidiu explicar melhor por sua irmã.

— Ela é muito feliz. Ele é um homem muito bom. É um dos motivos por que estou deixando meus pais ajudarem dessa vez. Porque funcionou tão bem pra ela. Sempre achei que era uma furada, que ela tinha dado sorte. Mas agora, não sei mais. Talvez meus pais e o horóscopo saibam mais. Talvez se eu conhecesse alguém de quem não tenha expectativa nenhuma, tenha mais chance de dar certo.

Ananda sorriu.

— Hoje à noite ela vai conhecer dois homens, um depois do outro. É diferente de quando nossos pais se casaram. Amrita nunca seria forçada a casar com alguém que não quisesse. Nós podemos decidir.

Pensei em todas as mulheres que conhecia em Nova York e no mundo, que talvez devessem repensar toda a ideia de deixar os outros se envolverem em suas vidas amorosas. Talvez uma maneira de lidar com a procura por seu par depois de certa idade seja lançar um alerta geral. Talvez fosse a hora de avisar as autoridades, fechar as estradas e expedir um mandado de busca.

— Por quanto tempo namoraram antes de casarem? — perguntei.

— Dois meses — disse Ananda. — Nos encontrávamos uma ou duas vezes por semana.

A essa altura, parecia uma maneira de fazer as coisas tão válida quanto namorar alguém durante cinco anos e depois descobrir que ele tem medo de compromisso. Ou ir pra Bali com um homem casado fingindo que ele não é casado. É tão doido que de repente dá certo.

Amrita me levou de volta até o hotel, passando pelas favelas e barracos e serragem e crianças descalças. De novo Amrita notou meu desconforto vendo aquilo tudo. Ela tentou fazer eu me sentir melhor:

— Essas pessoas não são infelizes, sabia?

Olhei para ela, sem entender o que estava querendo dizer com isso.

— Isso é o que conhecem, essa é a vida deles. São felizes. Eles não têm as mesmas expectativas que nós.

Olhei pela janela e vi uma criança, um menino lindo e bronzeado, com cerca de 2 anos, parado na rua na lama perto de sua pequena "cabana". Ele estava uma graça usando short rosa e camiseta branca. Finalmente, uma imagem boa. E justo quando eu estava absorvendo essa imagem, uma cascata de xixi desceu pelas pernas dele, ensopando completamente seu short e formando uma poça bem em volta de seus pés descalços. Eu o observei enquanto ele ficava parado ali, inabalável. Meu estômago imediatamente deu um nó. Era óbvio que ele não ia ser limpo e trocado tão cedo. E com isso, o carro andou de novo.

Depois de desejar boa sorte a Amrita com seus dois encontros aquela noite, fui para o meu quarto, tomei um banho e fui dormir.

Depois da minha soneca, decidi me arrumar e ir a um restaurante da moda sugerido pela *Time Out Mumbai* chamado Indigo, descendo a quadra. Quando entrei, vi o que devia ser considerado o povo bonito de Mumbai. Os homens usavam casacos e jeans e camisas passadas a ferro; as mulheres estavam de vestidos e salto alto. Acho até que vi uns gays indianos, o que de alguma maneira me reconfortou e me fez sentir em casa. Subi as escadas até o andar de cima, que se abria num restaurante, instalado num jardim com um lounge à parte.

Entrei no lounge e fui direto pro bar. Pedi vinho branco e me sentei perto de três indianas de 30 e poucos anos bem-arrumadas que estavam fumando e bebendo e falando alto em inglês. Enquanto o barman servia meu drinque, lembrei-me de uma imagem do caminho de volta ao hotel: uma família indiana que morava debaixo de uma ponte; três das crianças correndo na lama, brincando, enquanto a mãe ficava sentada ali com seus pertences em volta dela num círculo. Então me lembrei do menininho fazendo xixi nele mesmo. Sacudi a cabeça, tentando espantar aquela cena.

— Estava só lembrando de um menininho que vi hoje. Na rua. Foi muito perturbador.

O barman concordou.

— Sabe, essas pessoas não são infelizes.

Aquela frase de novo.

— Quer dizer que elas gostam de viver na lama e bater numa lata pra sobreviver?

— É o que conhecem. É a vida delas. Sim, são felizes.

Bebi meu vinho e concordei com a cabeça educadamente. Eu não conseguia entender.

À minha direita, as três mulheres estavam discutindo algo da maior importância. E, sendo quem sou, decidi prestar atenção. Parecia que uma delas estava tendo problemas com alguém que estava namorando. Ele não queria vê-la tanto quanto ela queria vê-lo. Ela estava dizendo à suas amigas que gostava dele, então parecia loucura terminar com ele, mas ao mesmo tempo ela odiava não encontrar muito com ele. Ela estava muito agitada, balançando os braços, passando os dedos pelo cabelo. Suas amigas estavam tentando ajudar, fazendo perguntas e dando sugestões.

Quase caí no sono bem ali no bar. Estou falando sério. Não viajei essa distância toda até a Ásia, passando pela Europa, América do Sul e Austrália, só para escutar essa merda. Parabéns, mulheres de Mumbai. Estou tão feliz que tenham trabalhado duro por sua independência e seu direito de serem solteiras. Foram contra a tradição e suas famílias e estão saindo, trabalhando e morando em seus próprios apartamentos e tomando drinques em bares e levando homens pra casa. Agora que não estão sendo forçadas a casar com homens que não amam e ter filhos que não querem, é assim que são recompensadas: vocês sentam em bares igualzinho ao restante das mulheres do mundo inteiro e reclamam de um cara qualquer que não gosta o suficiente de você. Bem-vindas ao clube. Não é o máximo?!

Se eu estivesse em meu estado normal, teria perguntado a elas se gostariam que as coisas voltassem a ser como antes. Teria perguntado se considerariam um casamento arranjado pelos pais quando ficassem um pouco mais velhas. Devia ter perguntado se vale a pena se recusar a se comprometer, mesmo que isso possa significar ficar solteira durante um longo, longo tempo. Mas não perguntei por que não dava a mínima para elas nem para seus problemas amorosos idiotas. Eu só ligava para mim e para meus problemas amorosos idiotas. Paguei o drinque e saí do lounge. Desci as escadas — e a cada degrau que descia, meu humor piorava.

Enquanto voltava para o hotel, estava profundamente deprimida. Conclui que me sentia injustiçada. *Ótimo, isso é tudo que ganhei. Algumas semanas de amor. Foi isso que tive. E agora preciso voltar a sair e procurar de novo. Mas dessa vez ele tem que ser alguém de quem eu goste tanto quanto Thomas, mas que também esteja completamente disponível para mim. Tá bom. Vai acontecer logo, logo.*

Na manhã seguinte decidi ficar na cama. Você tem direito de fazer isso quando está do outro lado do mundo e deprimida e não tem ninguém ligando pra tentar te alegrar. Fiquei na cama até as 13 horas. Não fazia isso desde que era adolescente e foi ótimo. Então o telefone tocou. Era Amrita. Perguntei como tinham sido os encontros arranjados da noite anterior.

— Bem, eles não faziam muito meu tipo. Mas eram legais. Minha mãe e meu pai têm mais dois para me apresentar esta noite.

— Nossa, eles têm estado ocupados — eu disse, tentando parecer interessada. O que não estava. Puxei as cobertas até o queixo e me enrolei apertada na cama.

— Sim, eles têm. Vai ser interessante ver quem aparece hoje — disse ela alegremente.

Rolei, deitando sobre meu lado direito enquanto movia o telefone para a orelha esquerda.

— Parece animada com tudo isso.

Amrita riu:

— Tenho que admitir que estou. É muito bom ter outras pessoas se preocupando com a minha vida amorosa. É um grande alívio, na verdade.

Pensei na ideia por um momento e gostei: entregar a crise que é sua vida de solteira para outras pessoas e transformá-la num problema *delas*. Me perguntei se poderia ficar na Índia, ser adotada por uma família e fazê-los cuidar de toda essa merda por mim.

— De qualquer maneira, queria saber se gostaria de ir assistir. Para o seu livro.

Deitei de costas e descansei meu braço sobre a testa.

— Bem, na verdade, estava planejando ir àquele ashram em algum momento hoje...

— Pode fazer isso amanhã. Hoje à noite vai me ver conhecendo esses homens. Vai ser igual àqueles reality shows que vocês americanos tanto gostam. Muito voyeurístico.

— Mas isso não é uma coisa particular entre as famílias?

— Sim, mas não tem problema. Vou dizer a eles que está de visita de Nova York e não tinha outro lugar para ir. Vai ficar tudo bem.

Como já era 13 horas e eu ainda não tinha saído da cama, percebi que as chances de eu sair por aí em busca desse ashram ainda hoje eram escassas. Então concordei em ir. Afinal, seria uma boa pesquisa para meu *livro*.

Foi quando o telefone do hotel tocou de novo. Era Alice. Eu tinha mandado a ela as informações sobre a minha viagem porque é isso que uma pessoa faz quando ela não tem um marido ou um namorado cuidando dela. Deu pra perceber? Eu estava me sentindo meio amarga.

— Julie, oi, como está indo?

Ela parecia nervosa, então menti:

— Estou bem, e você, como está?

Escutei Alice respirar fundo. E depois:

— Não acho que vou conseguir ir em frente com isso, sabe? O casamento. Islândia. Não acho que consigo.

— Por que não? — perguntei, apesar de já saber o motivo.

— Porque não estou apaixonada por Jim. Eu o amo, gosto muito dele, mas não estou apaixonada. Não estou.

Agora, essa é a parte da história em que a melhor amiga diz a ela *é claro que não deve se casar com um homem que não ama. É claro que não pode se acomodar. É claro que vai ter alguém melhor para você.* Mas eu estava em Mumbai, pelo amor de Deus. Ninguém podia me responsabilizar pelo que eu fazia ou dizia.

— Alice, *preste atenção*. Case com ele, entendeu? *Case com ele*.

Do outro lado da linha só houve um longo silêncio.

— Mesmo?

— Sim, mesmo. Toda essa coisa de se apaixonar é idiotice, é uma ilusão, não significa nada e não dura. Você e Jim são compatíveis?

— Sim.

— Vocês respeitam um ao outro? Gostam de cuidar um do outro?

— Sim.

— Então *case com ele*. Nós recebemos uma lavagem cerebral para ter expectativas altas demais. Case com ele e o ame e construa uma família e tenha uma vida boa. Todo o resto é apenas uma mentira.

— Mesmo?

— Sim, mesmo. Vá em frente. Vai se arrepender depois se não fizer.

E com isso desliguei o telefone e voltei a dormir mais um pouco.

Amrita me buscou no hotel para me levar até a casa de seus pais. Ela estava usando uma túnica comprida dourada por cima de calças de algodão pretas. Ela estava bem bonita, usando batom vermelho e um pouco de rímel.

— Eu podia ter pegado um táxi. Você não devia ter que se preocupar em me dar carona na noite em que pode estar prestes a conhecer seu marido — brinquei.

Amrita sacudiu a cabeça.

— Os taxistas vão extorquir você se não souber onde está indo.

E lá estávamos nós de novo — dirigindo por Mumbai. Tendo mais um vislumbre da sua casa de horrores. Em dado momento, paramos num sinal vermelho e escutei uma batida forte na janela do meu carro.

Olhei pro lado e vi uma jovem garota na minha janela. Ela tinha batido com a cabeça no vidro pra chamar minha atenção. Tinha cerca de 7 anos e segurava um bebê nos braços. Então ela levantou uma das mãos até a boca, de novo e de novo. Olhei para Amrita, de boca aberta, lágrimas enchendo meus olhos. Ela não se comoveu e partiu com o carro.

Depois de alguns minutos em silêncio, tentei formular uma pergunta, qualquer coisa para tentar entender aquilo. Perguntei a ela:

— Essas crianças vão à escola?

Amrita balançou a cabeça.

— Algumas sim, mas a maioria não. Muitas dessas pessoas são muçulmanas, então não acreditam de verdade em educação. Querem que seus filhos comecem seus próprios negócios.

— Você quer dizer tipo vender amendoins nas ruas? — perguntei um pouco sarcástica. Eu realmente não estava entendendo.

Amrita assentiu com a cabeça.

— Sim, tipo isso. — Prosseguimos pelo resto do caminho em silêncio.

Chegamos a outro arranha-céu, dessa vez tão alto e irretocável que parecia ter sido construído e pintado no dia anterior. Passamos por quadras de tênis e uma piscina ao ar livre. No lobby, um homem de uniforme esperava para nos deixar entrar.

Os pais de Amrita me receberam educadamente na porta e me convidaram a entrar. A mãe, Sra. Ramani, estava vestida num sári azul e branco tradicional, com uma camisa de algodão de manga comprida por baixo. O Sr. Ramani usava calças simples e uma camisa de botão. Também havia três mulheres mais velhas sentadas na sala de estar, com um homem mais velho. Eles foram apresentados a mim como a avó, o tio e duas tias de Amrita. Fui convidada a sentar num sofá ao lado da avó de Amrita. A mãe dela me trouxe um copo de água. De jeito nenhum eu ia ofender alguém agora, então tomei um bom gole e coloquei o copo em cima do descanso ao meu lado.

Amrita se sentou e todos começaram a conversar em híndi, e do que eu conseguia perceber pelos gestos, uma das tias estava elogiando a aparência de Amrita. Então o pai começou a falar, e todos escutavam com muita atenção.

— Ele está contando pra gente sobre o primeiro homem que vou conhecer. Ele é um engenheiro que trabalha para a cidade, alguma coisa a ver com gás e petróleo. Nossos horóscopos são muito compatíveis e ele não liga de eu também trabalhar.

— E também pela idade dela. Ele não precisa de uma esposa jovem — acrescentou o pai.

Todos concordaram com a cabeça, agradecidos.

— Ele morou nos Estados Unidos durante dois anos. Ele é muito moderno — disse o pai de Amrita.

Me senti extremamente desconfortável estando ali, no meio daquilo tudo. Eu não sabia onde deveria estar quando esse homem e sua família chegassem.

— Vocês gostariam que eu fosse lá pra fora ou pra outro cômodo quando eles chegarem...?

A mãe de Amrita olhou para o marido. O marido pensou um pouco. Naquele momento de pausa, acrescentei:

— Sabe, quando a família chegar aqui, vou lá pra fora tomar um pouco de ar. Assim vocês terão mais privacidade.

A mãe e o pai se entreolharam. O pai concordou com a cabeça.

— Você pode ir pra outro cômodo com Amrita enquanto conversamos.

A campainha tocou e a Sra. Ramani foi até a porta. Amrita acenou nervosa para que eu levantasse e fomos apressadas até um quarto próximo como duas adolescentes.

Esperamos lá dentro, sentadas na cama de pernas cruzadas.

— Sobre o que estão falando? — perguntei.

— Os pais têm que ter certeza de que gostam uns dos outros. Isso é muito importante. Ambos devem sentir que viemos de boas famílias.

— E o que faz uma família parecer uma boa família?

— Bem, em primeiro lugar, todos esses homens vêm da casta Brahmin, como a minha própria família, então isso já ajuda muito.

— O sistema de castas ainda importa tanto assim?

— Não tanto quanto antes, mas em questões como casamentos importa.

— Mesmo? — Pensava que esse sistema não existia mais há tempos.

— De uma maneira, sim. Os Brahmins, minha casta, eram os padres e professores, os intelectuais. Então tem o povo que era fazendeiro. E também o povo que vem dos trabalhadores. É muito parecido com o seu país, com os trabalhadores de colarinho branco ou azul, mas aqui isso vem de uma antiga tradição, e eles são definidos por nomes.

— Mas e os intocáveis? É isso que são aquelas pessoas? Aquelas que ficam nas ruas? — perguntei a Amrita.

— Sim.

— Então elas nascem pobres e vão morrer pobres, sem esperanças de avançarem sozinhas?

Amrita balançou a cabeça.

— O governo está começando a ajudá-las, mas é isso que eles sabem da vida.

Eu não queria entrar numa discussão política enquanto ela estava nos bastidores de seu grande encontro, mas mesmo assim, era um assunto difícil para eu compreender. Amrita percebeu minha desaprovação.

— Vocês, turistas, vocês vêm para Mumbai e veem a pobreza e tiram suas fotos. Vocês voltam pra casa e acham que viram Mumbai. Mas isso não é tudo de Mumbai. Isso não é tudo o que a Índia tem. — Ela parecia defensiva. Achei que era melhor mudar de assunto.

— Então, sobre o que mais as famílias conversam?

— Querem saber se o pai tem um bom emprego, se os outros irmãos são responsáveis e tem bons empregos também. O que querem saber principalmente é se todos tiveram uma boa educação. Isso é muito importante.

Depois de uma hora, a Sra. Ramani bateu na porta e entrou.

— Pode conhecê-lo agora — disse, com um sorriso tímido no rosto.
— A família dele é muito boa.

Amrita olhou para mim, deu de ombros como quem diz "não custa tentar" e saiu pela porta. Sentei-me de volta em sua cama de infância. Estava exausta. Fiquei ali durante alguns minutos encarando a parede na minha frente. Justo quando estava prestes a cochilar, a porta se abriu de novo e a Sra. Ramani entrou.

— A família dele já saiu. Amrita vai dar uma volta com ele. Venha aqui fora sentar com a gente.

Rapidamente me levantei, tentando não parecer que tinha quase adormecido sem querer na casa deles.

— Obrigada. Seria bom.

Sentei-me no sofá. A família de Amrita ainda estava toda reunida. Ficamos simplesmente encarando uns aos outros sem jeito, então decidi quebrar o gelo com minha "pesquisa".

— Achei interessante como a astrologia tem papel importante nos casamentos aqui na Índia.

O Sr. Ramani balançou a cabeça enfaticamente.

— É importantíssimo. Vimos pares compatíveis na internet, de ótimas famílias, de nossa comunidade, com bons empregos. Mas os horóscopos não eram compatíveis. Então não dava para ser com eles.

A Sra. Ramani concordou com a cabeça.

— Não temos isso na América. É um conceito muito estranho para mim — falei.

O Sr. Ramani se levantou e começou a andar pela sala, me explicando tudo como um professor de escola.

— É muito simples. Um casamento deve ter três coisas: os dois devem ser emocionalmente compatíveis, intelectualmente compatíveis, e fisicamente compatíveis. Se não tem os três, um casamento não funciona.

Me surpreendi com a parte do "fisicamente compatíveis". Tinha presumido que a questão da vida sexual do casal era a menor das preocupações dos outros.

— Relacionamentos começam rápido, numa explosão, com muita atração, mas não duram. Isso é porque não eram compatíveis. Os horóscopos dizem se vão ser verdadeiramente compatíveis. Quem poderia prever isso? Não o casal. Nem a família. Mas os horóscopos podem.

Enquanto ele falava, eu ficava mais e mais intrigada. Se isso era verdade, então significava que esse povo tinha entendido há anos uma coisa que ainda deixava nós, americanos estúpidos, perplexos. Como você sabe se seu relacionamento vai durar? Se guiar-se pelo incrivelmente baixo índice de divórcios na Índia (um por cento), pode-se entender que faz sentido. É claro, existem muitos outros fatores nessa história, como a diferença de expectativas deles em relação às nossas quando resolvem se casar. Decidi continuar minha investigação.

— Se não se importa com a pergunta, onde entra o romance nisso tudo?

O Sr. Ramani continuou a andar pela sala. O que a princípio parecia ser entusiasmo em me ensinar sobre a cultura indiana agora parecia ser nada mais que uma crise de nervos. Percebi, enquanto o observava tirar com força as mãos dos bolsos e andar pela sala, que ele era apenas um pai nervoso esperando sua filha voltar de um encontro.

— Romance? O que é romance? Romance não significa nada — disse ele enquanto seus lábios se retorciam de desgosto.

A Sra. Ramani parecia concordar.

— Essa é uma ideia muito ocidental. Nos casamentos indianos não se pensa em romance. Se pensa em cuidar um do outro. Eu cuido dele — disse ela enquanto apontava o Sr. Ramani — e ele cuida de mim. — Ela pôs uma das mãos sobre o coração. Sorri, concordando. A imagem de Thomas cuidando de mim quando estava tendo meu ataque de pânico no avião passou rapidamente pela minha cabeça. Parecia uma lança furando minha carne.

O Sr. Ramani continuou:

— Esses homens com quem vocês saem, que tentam ser românticos, dizem "Querida isso, querida aquilo". Se ele diz "querida" para você, quer dizer que dirá "querida" para próxima garota. Essa palavra não significa nada.

Pensei em Thomas. Ele me chamou de "minha querida". Até sua outra querida vir do outro lado do mundo pegar *seu* querido de volta.

O Sr. Ramani olhou o relógio. Amrita já tinha saído havia quase uma hora.

Ele perguntou:

— Então, quantos anos você tem?

— Trinta e oito.

— E não é casada? — As duas tias empertigaram-se com essa pergunta, olhando para mim e esperando a resposta.

— Não, não, não sou. — Meu copo de água ainda estava na mesa de centro e dei um gole nervosamente.

A avó parecia ter entendido o que eu acabara de dizer, mas ela falou em híndi com o pai de Amrita. Ele traduziu a pergunta que ela tinha para mim:

— Por que ainda não se casou?

Ah, *aquela* pergunta de novo. Pensei em qual resposta eu ia usar dessa vez. Depois de alguns segundos, fui com o óbvio:

— Acho que ainda não conheci o homem certo.

O Sr. Ramani traduziu e a avó me olhou com tristeza. Uma das tias falou em inglês:

— Sua família não está procurando para você?

Todos me olharam atentamente. Sacudi a cabeça.

— Não, não fazemos isso nos Estados Unidos. Não envolvemos nossa família assim.

— Mas eles não querem que você se case? — a Sra. Ramani perguntou, o inconfundível tom de preocupação entranhado na voz.

Fico muito mais confortável fazendo as perguntas. Tomei outro gole de água.

— Querem, e muito. Mas acho que pensam que sou feliz como estou.

Agora foi o tio que falou:

— Isso não pode ser — disse. — O ser humano foi feito para muitas coisas. Solidão não é uma delas.

Engoli em seco. Tentei concordar com a cabeça. Meu estômago deu um nó apertado de novo.

A Sra. Ramani se inclinou para mim e disse, num tom decidido:

— Não é nosso destino passar por essa vida sozinhos.

Tentei forçar um sorriso, mas meu sangue começou a descer da cabeça. Olhei para todos me encarando. E, sendo o perfeito caco emocional que estava sendo, lágrimas começaram a rolar pelo meu rosto.

— Posso usar o banheiro? — perguntei, com a voz trêmula. Todos se entreolharam, sem saber o que fazer.

A Sra. Ramani se levantou.

— Sim, sim, é claro, por favor, venha comigo.

Chorei por alguns momentos sentada na privada dos Ramani, o mais silenciosamente possível. Depois de uns cinco minutos, ouvi a voz de Amrita e o que parecia ser muita comoção. Entediada com meu próprio drama, assoei o nariz, joguei água no rosto (o que, deixe-me observar, *nunca* adianta), e saí. Quando cheguei na sala, o Sr. Ramani se virou para mim sorrindo:

— Formamos um par! Eles vão se casar!

Amrita estava resplandecendo. Os pais do noivo sorriam e abraçavam o filho. Seu novo companheiro, um homem alto de cabelo preto e grosso penteado para trás, e um grande bigode negro, parecia estar prestes a sair dançando de alegria. Fiquei parada ali com os olhos inchados assistindo a toda a cena se desenrolando na minha frente como um filme.

Quando os abraços e beijos começaram a diminuir, Amrita veio até mim. Ela pegou minhas mãos e me puxou alguns metros longe de todos.

— Ele é tão legal. Conversamos muito. Temos tanto em comum. Ele é muito engraçado e inteligente! — Ela me abraçou rindo. — Nunca teria conhecido esse homem sozinha. Nunca!

Eu não conseguia não ficar espantada com a rapidez de tudo. Em Nova York, se você gosta muito do cara, vai a um segundo encontro. Aqui, você planeja a cerimônia de casamento. Mas se considerar como é um verdadeiro milagre conhecer alguém com quem queira sair para um segundo encontro, talvez faça sentido. Talvez querer sair pela segunda vez com alguém seja prova de que poderia logo simplesmente ficar noiva, se arriscar e resolver essa porra logo.

O Sr. Ramani tinha pegado uma garrafa de champanhe que estivera guardando para a ocasião, e mãe de Amrita estava distribuindo as taças. Ambas as famílias estavam completamente extasiadas. O motivo era óbvio: essas duas almas perdidas que estiveram flutuando por aí durante anos, desancoradas, fios soltos na tecelagem da humanidade, que não tinham sido feitas para a solidão, tinham agora encontrado seu lugar. Era agora um casal com duas famílias, que iriam começar a sua própria. Nessa única decisão, nessa uma hora, tinham se permitido um lugar no mundo, perfeitamente planejado, pronto pra morar.

Além do fato de eu ser uma intrusa num momento extremamente privado, também percebi que se não me afastasse de toda essa felicidade matrimonial ia acabar me atirando da janela. Pedi para Amrita chamar um táxi para mim e fui embora o mais rápido que pude.

E então veio outra viagem de carro. Felizmente era noite de novo, então a maioria das crianças que normalmente ficavam brincando e pedindo esmola nas ruas estava agora dormindo em cobertores nas cabanas ao longo da estrada com suas famílias. Era hora de dormir em Mumbai. Ainda assim, algumas crianças mais velhas estavam acordadas, e quando paramos num sinal de trânsito, uma menina com o braço direito amputado logo abaixo do cotovelo usou o membro mutilado para bater na janela, sua mão esquerda levando os dedos até a boca.

O taxista olhou para a garota e em seguida para mim.

— Não dê dinheiro para ela. É tudo teatro. É tudo crime organizado.

Olhei pela janela. Era um teatro muito realista o que ela estava fazendo ali, encarnando uma criança pobre da Índia que só tinha metade do braço direito.

— Por que o governo não os ajuda? Por que deixam eles ficarem nas ruas?

O taxista apenas sacudiu a cabeça. A resposta perfeita para o que tenho certeza ser uma pergunta complicada. A menininha ainda estava batendo no vidro com a metade do braço.

Por apenas um momento, imaginei como isso devia parecer. Eu, essa americana branquela, toda arrumada, olhando essa criança e se recusando a abrir a janela, a ajudar. Olhei para a criança, essa menina suja de cabelos pretos longos e embaraçados. Esse era seu lugar no mundo. Essa era sua casta. Ela morava nas ruas e provavelmente ia continuar assim pelo resto da vida.

— Foda-se — eu disse bem alto, e abri minha bolsa para pegar a carteira. Abri a janela do carro e dei 5 dólares para ela. E fiz a mesma coisa com as quatro crianças que vieram implorando em seguida naquela mesma corrida. O taxista balançava a cabeça de desaprovação e eu mentalmente disse que podia ir se danar. Porque o negócio é o seguinte. Odeio ser clichê, mas a pobreza em Mumbai é realmente de indignar. A qualidade de vida dessas pessoas é um pesadelo. O fato de que ninguém parece se importar era ainda mais ultrajante. Eu era a turista americana que só podia ver a pobreza de Mumbai. Eu era a turista americana que voltaria para Nova York e diria, *"Mumbai, por Deus, que pobreza. É horrível"*. Eu mesma. Confesso minha culpa.

Quando cheguei ao hotel, estava sentindo meu estômago um pouco estranho. Mas desde que chegara a Mumbai, por causa da comida apimentada, do ar que cheira a borracha queimada, e da miséria em geral, meu estômago já andava me incomodando de qualquer maneira. Então não dei muita atenção. Fui até o elevador do hotel e suspirei de alívio. Estou dizendo, essas andanças de carro nessa cidade seriam capazes de apagar a luz do sol.

Enquanto subia no elevador até o quarto, as imagens daquelas crianças apareceram na minha mente de novo. Elas não iam embora. Era como um filme de terror que passava em loop, e que eu não conseguia desligar.

Tomei um banho, esperando que de alguma maneira acalmasse meu estômago e me limpasse da corrida de carro. Pensei em como aquelas famílias estavam preocupadas umas com as outras, em casar todo mundo, em construir um lar, ser parte da sociedade. E aqui estavam essas pessoas, essas famílias, bem ali fora nas ruas, que nunca teriam permissão para integrar a sociedade em suas vidas. E essas outras famílias, as famílias nas casas e nos apartamentos cheias de champanhe e educação, essas famílias que não se importavam nem um pouco com as outras.

Enquanto a água caía em meu rosto, tentei me convencer de que essa é uma questão muito complicada, uma coisa que eu não podia começar a entender em apenas alguns dias. Mas tudo em que eu conseguia pensar era no vazio nos olhos daquelas crianças. Seus acenos robóticos enquanto eu me afastava, como se fossem meros bonecos de carne passando-se por crianças.

Quando saí do chuveiro, comecei a ficar enjoada. Fui até a privada e descobri que estava com diarreia. E assim, amigos, foi o resto da minha noite: corridas ao banheiro e suores, tudo isso enquanto lembrava das imagens de pequenas e escuras criaturas dormindo nas ruas, dentro de suas cabanas, implorando por comida. Eu estava doente e sozinha em Mumbai.

Dormi até o meio-dia do dia seguinte. E então, continuei no mesmo lugar. Não podia suportar a ideia de sair mais uma vez. Precisava de um tempo de Mumbai.

Foi quando pensei na mãe de Amrita. Ela estava certa. Não fomos feitos pra passar a vida sozinhos. É contra nossa natureza humana. Solteiros são dignos de pena. Estamos vivendo com uma grave deficiência. Estamos sendo negados a amar. E vamos admitir, é meio que verdade, o amor é tudo. Eu tenho tudo menos ele, e minha vida parece muito vazia.

Percebi como estava soando patética, até sendo quem eu sou. Mas não ligava. Para mim, quando estou sentindo pena de mim mesma, o que é frequente, gosto de realmente mergulhar fundo, realmente me forçar a me sentir o pior possível. Chame o síndico se quiser, caso contrário essa festa de autopiedade vai durar a noite toda.

Mas lá estava eu na Índia. Onde as ruas estavam literalmente repletas de gente com os piores casos de pobreza que já vira. Crianças sem lar, sem comida, sem roupas, sem *mãos*. Dava pra eu ficar ali sentada chorando porque não tinha namorado?

Esperava que a resposta fosse não, mas não tinha certeza. Vesti umas roupas e desci até a recepção. Havia uma mulher bonita com delineador escuro e grosso nos olhos trabalhando. Meu cabelo estava despenteado e meus olhos inchados. Não posso nem imaginar o que ela deve ter pensado de mim.

— Com licença — comecei, minha voz grossa de não ter falado o dia todo. — Estava pensando se você conhece alguma organização na qual eu possa ser voluntária. Você sabe, pra ajudar.

A mulher parecia muito confusa. Esse não era o tipo de solicitação ao qual estava acostumada.

— Desculpe, mas o que quer dizer?

— Só estava pensando se podia passar alguns dias ajudando, sabe, as pessoas daqui. Nas ruas.

Presumi que ela achou que eu era louca. Ela sorriu educadamente e disse:

— Só um minuto, vou perguntar à minha colega.

Havia uma porta que levava a um quarto nos fundos, e ela desapareceu atrás dela durante dez minutos. Finalmente, voltou, dizendo:

— Desculpe, mas realmente não temos nenhuma sugestão desse tipo para a senhora. Sinto muito.

— Sério? Nenhum lugar onde eu possa ser voluntária por um tempo? — perguntei de novo.

A mulher balançou a cabeça.

— Sinto muito, não. Não é possível.

Foi quando uma jovem mulher de uns 20 anos que trabalhava na recepção interrompeu:

— Com licença, está interessada em ser voluntária em algum lugar?
Assenti com a cabeça e disse:
— Estou.
Seus olhos se iluminaram.
— Eu e mais duas amigas sábados à noite vamos aos parques. Compramos comida para as crianças que ficam andando por lá e as levamos nos brinquedos. Estamos indo hoje à noite.
— Posso ir com vocês?
Ela fez que sim com a cabeça.
— É claro, posso encontrá-la aqui no lobby às 18 horas. Pode vir no meu carro.
Quase consegui sorrir:
— Muito obrigada.
— Imagina. — E então ela estendeu uma das mãos. — Sou Hamida, a propósito.
— Prazer em conhecê-la. Sou Julie.
— É um prazer, Julie.

Aquela noite, eu estava num mar do que parecia ser a população inteira da Índia. Estávamos num parque ao ar livre dedicado a algum Muslim Baba (líder espiritual) importante de Mumbai. Havia multidões de adolescentes, casais, todos gritando e rindo. Havia cerca de meia dúzia de rodas-gigantes, todas acesas, o que fazia toda a cena parecer um grande e poeirento circo. Música indiana alta saía das caixas de som, assim como a voz de um homem falando sem parar em híndi. Era um caos total.

Eu estava com Hamida e suas amigas Jaya e Kavita, que eram irmãs. As duas eram jovens e pareciam bem modernas, com jeans bonitos e blusas de grife estilosas. Jaya e Kavita nasceram em Londres e seu pai era um executivo que tinha vindo para cá trabalhar. Nunca tendo visto aquele tipo de pobreza antes de conhecer Mumbai, ficaram chocadas. Tinham conhecido Hamida numa escola particular sofisticada que frequentaram na cidade, e todas decidiram fazer alguma coisa pra ajudar.

Então era isso que elas faziam. Iam aos parques e achavam crianças correndo sozinhas ou que ficavam do lado de fora pedindo dinheiro, e se ofereciam para levá-las nos brinquedos e a comprar comida pra elas. Não era muito, mas era alguma coisa.

É claro, considerando que eu estava lá, a branquela, era como abelhas atrás de mel. Em questão de segundos, cinco crianças vieram até mim, com as mãos em direção à boca. Olhei para Hamida e suas amigas, esperando que elas assumissem. Hamida começou a falar com elas em híndi. Elas subitamente ficaram muito quietas, como se não tivessem entendido o que ela estava dizendo e estivessem ligeiramente assustadas.

— Isso acontece sempre — sussurrou Jaya para mim. — Ficam confusas. Nunca ouviram falar de alguém perguntando se querem andar nos brinquedos.

Hamida continuou falando com elas, apontando as barracas de comida e as rodas-gigantes.

As crianças pareciam realmente intrigadas. Kavita começou a falar com elas também. Podia perceber que era difícil para elas mudar da posição de pedir esmola para serem apenas crianças — como se alguém estivesse tentando fazer um fantoche perceber que ele na verdade era um garotinho. Finalmente, depois de muita conversa, as mulheres conseguiram levar as crianças até uma barraca que vendia sorvete. Compraram sorvetes para todas elas e deram as casquinhas uma a uma. As crianças começaram a comer tudo felizes. Logo estavam sorrindo, e conseguimos levá-las a uma roda-gigante. Juntamos todas em grupos, para ter certeza de que havia uma adulta com cada grupo de crianças. Enquanto o brinquedo girava e girava, as crianças começaram a sorrir e a gargalhar. Elas apontavam para o horizonte, maravilhadas com o que estavam vendo lá de cima. Elas gritavam e acenavam umas para as outras dos diferentes bancos onde estavam sentadas.

Fizemos aquilo durante a noite toda com o maior número de crianças que conseguimos encontrar. Corremos com elas, compramos comida de verdade e guloseimas e as levamos a algumas atrações diferentes. Eu não falava híndi, obviamente, mas consegui fazer umas danças engraçadas e umas caretas divertidas que as fizeram cair no riso. Era exaustivo, tenho que admitir. Olhei para essas três jovens mulheres indianas e senti uma enorme admiração por elas. Tinham descoberto como ir direto ao ponto. Elas passavam suas noites de sábado não com seus namorados, em festas ou em bares, mas nessas feiras barulhentas e sujas, enchendo de vida algumas crianças, mesmo que apenas por algumas horas.

Quando voltei para o quarto, desabei na cama, coberta de sujeira e sorvete. Enquanto pensava na noite e nas crianças, senti-me encher de leveza. Tinha ajudado algumas crianças. Eu não era uma pessoa egoísta, e sim uma pessoa bondosa. Não era uma chorona patética, e sim uma nobre mãe para o mundo... Mas então, como uma ferida que você simplesmente tem que coçar, minha mente começou a divagar para a imagem de Thomas e sua mulher passando o verão no campo com seu bebê engatinhando na grama verde; eles abrindo presentes no Natal; deitados na cama juntos, numa manhã preguiçosa de domingo. Tentei afastá-la para longe, forçá-la para fora da minha mente. Comecei a andar de um lado para o outro para clarear as ideias, e acabei olhando para o espelho de corpo inteiro com iluminação de cima. Vi a celulite cobrindo minhas coxas. Olhei para baixo e juro que vi os primeiros sinais de celulite nos meus joelhos.

Não deu pra evitar. Desculpem. Comecei a chorar. E sim, não estava chorando por causa daquelas pobres criancinhas, eu estava chorando porque meu coração estava partido e eu agora tinha celulite no joelho.

Esse certamente não foi o momento do qual mais me orgulho.

Estados Unidos

Alice estava em seu quarto com a mala em cima da cama já arrumada para a Islândia. Ainda faltavam três dias, mas ela estava pronta para ir. Não tinha sido uma tarefa tão estressante assim arrumar tudo, considerando que concluiu que eles estariam no escuro o tempo todo, então não importava realmente o que estivesse vestindo. Assim como quando arranjava um marido, Alice não gostava de esperar até a última hora.

Ela demorara um pouco mais apenas para escolher o vestido certo para o grande dia. Tinha encontrado na semana anterior com Lisa, a irmã de Jim. Ela tinha escolhido um conjunto de saia e terno de lã "branco inverno", com as mangas da jaqueta e barra da saia de pele de marta. Não era politicamente correto, mas era bonito, muito *Doutor Jivago*. Ela fez um lembrete mental de doar dinheiro para a PETA depois da lua de mel.

Eram 9 horas e ela não tinha nada para fazer. Não tinha que ir dar a injeção de Ruby. Obviamente não tinha mais que se encontrar com planejadoras de casamento nem floristas ou DJs, porque não haveria festa de casamento. Alice tinha dito a Jim (e Jim consequentemente tinha dito à família dele) que se deu conta de que o casamento era um acontecimento incrivelmente íntimo e que ela queria dividir apenas com ele. E que sempre foi o sonho dela se casar na Islândia — o que não era verdade, então apenas acrescente essa mentira à sua lista de culpas junto com as martas mortas. A única maneira de conseguir levar esse plano até o final, por causa das famílias, foi prometer dar uma festona quando voltassem da lua de mel.

Então agora Alice estava sentada em sua cama sem nada pra fazer o dia todo. Ela não estava advogando, não estava sendo uma futura noiva, não estava nem sendo uma amiga. Ela se lembrou de ligar para Ruby para saber das notícias. Ela se perguntou como ia dar aquele telefonema: *Oi Ruby, estava aqui pensando, você está grávida?* Então percebeu que essa era uma daquelas situações em que é melhor não perguntar nada. As novidades iam chegar quando tivessem que chegar. Ela foi até a cozinha e se serviu de uma xícara de café e pensou em como aquilo era parecido com sair com alguém. Ela não suportava os telefonemas falsamente casuais dos outros no dia seguinte a um grande encontro.

— Oi, Alice, e mamãe, estou aqui passando o aspirador de pó e estava pensando em como foram as coisas ontem à noite.

— Oi, Alice, é o Bob. Você não me falou que teria um encontro importante ontem à noite? Como foi?

— Ei, amiga, sou eu, como foi com o tal investidor? Me conta tudo.

Enquanto Alice sentava e tomava a segunda xícara de café, deixou um sentimento de alívio tomar conta de seu corpo. Esses dias eram passado. Chega de telefonemas. Agora ela tinha tempo de pensar em Ruby e ser uma daquelas pessoas irritantes ligando, dizendo: *Oi, Ruby, você está grávida?*

Infelizmente a mente de Alice tinha tempo de pensar na verdadeira notícia do momento — seu casamento com Jim. Ela inclusive chegou a pressionar os lados das têmporas, para de alguma maneira forçar qualquer tipo de integridade e coragem que tivesse sobrado em sua psique a agir. Mas isso nunca aconteceu. Porque tudo o que ela conseguia era pensar em como nunca mais queria ter que ir a um encontro de novo. Ela sabia que era fraqueza. Sabia que estava se conformando e tentou se importar. Tentou sentir culpa por isso, ao contrário do que acontecia com as martas. Mas em vez disso, só ficava lembrando de todos aqueles encontros e telefonemas e sabia que não ia a lugar algum.

Mas ela decidiu ligar para Ruby mesmo assim, e perguntar como foi. Ruby contou tudo a ela. Como tinha desistido em cima da hora; como foi visitar sua mãe e percebeu que vinha de uma antiga linhagem de mulheres deprimidas; como agora estava deprimida *de verdade*. Ela também contou a Alice que não via Serena há dias. Alice estava preocupada com Ruby, e estava preocupada com Serena. Finalmente ela tinha outras coisas para pensar.

. . .

Mark Levine estava sentado na cabeceira de uma mesa de reunião. Dale e Georgia estavam sentados de frente um para o outro, em lados opostos de Mark. Georgia, é claro, estava uma pilha de nervos. Ela não fazia ideia do que as crianças haviam dito para ele e, consequentemente, não tinha ideia do que ele tinha a dizer. Se Mark decidisse alguma coisa com a qual não concordassem, ela teria que contratar um advogado e gastar uma enorme soma de dinheiro e ir parar num tribunal. Mas ela estava pronta para fazer isso, se fosse necessário. Ela não ia deixar o esquilo do Mark Levine dar a palavra final sobre onde os filhos dela deviam morar.

Georgia olhou para Dale. Ele parecia estranho, um pouco descabelado. Não tinha se barbeado para o grande dia. Ele colocou um blazer, mas não se incomodou em usar gravata. *Finalmente,* pensou Georgia consigo mesma. *Finalmente está se dando conta. Do que fez comigo. Do que fez com sua família.*

Mark Levine tinha acabado de abrir o arquivo deles. Georgia e Dale ficaram ali sentados em silêncio; Dale estava com as mãos em sua frente sobre a mesa, arrancando uma cutícula.

— Então, como sabem, pude conversar com vocês dois, individualmente, e também de conversar com seus filhos. É minha recomendação que...

Mas antes que Mark Levine pudesse continuar, Dale interrompeu.

— Acho que as crianças deviam ficar com Georgia — disse Dale, com os olhos ainda fixos na cutícula.

Georgia, surpresa, olhou para o ex-marido e depois rapidamente de volta para Mark Levine. Ela ouvira direito? Tinha que ter certeza.

— O quê? — perguntou Georgia.

Dale agora levantou os olhos para Georgia e Mark Levine.

— Ela é uma boa mãe de verdade. Só tem passado por momentos difíceis. E daí que ela errou. Não acho que faria aquilo de novo. Faria?

— Não. Nunca.

Mark Levine tirou os óculos, esfregou os olhos e virou-se para Dale.

— Tem certeza disso?

Dale assentiu com a cabeça, baixando os olhos de volta para a mesa. Georgia teve a impressão de perceber seus olhos se enchendo de lágrimas. Ela decidiu forçá-lo a conversar para ter certeza.

— De verdade, Dale, está certo disso? — perguntou Georgia.

Ela não dava a mínima se ele tinha certeza ou não, ela só queria ver se ele estava chorando. Dale olhou para Georgia por uma fração de segundo e murmurou:

— Sim, de verdade. — Ele estava mesmo quase chorando. Dale olhou para baixo de novo. Georgia sentiu uma onda com todo tipo de emoção enchê-la por dentro. Ela estava com pena dele, de como ele parecia triste, estava grata pela mudança de ideia, estava arrependida pela forma como tudo terminou, e quando tudo se misturava desse jeito nessa onda gigante, era um sentimento igualzinho a amar.

— Bem, acredito que posso concordar com isso — disse Mark Levine. — Eu ia recomendar...

— Precisamos mesmo saber? — interrompeu Georgia rapidamente. — Quero dizer, estamos de acordo agora. Precisamos mesmo saber quem você ia escolher?

Mark Levine franziu os lábios e disse educadamente:

— Não, acho que não precisam. Mas sinto que ainda assim é meu dever encorajá-los a encontrar uma maneira de lidarem com sua raiva. É simplesmente inaceitável mostrar a seus filhos nada além de um relacionamento de apoio e cooperação entre você e seu ex-marido.

— Concordo totalmente, Sr. Levine. Obrigada.

— Querem conversar sobre direitos de visita? — Mark Levine perguntou a Dale.

— Posso ficar com eles de dois em dois fins de semana? — perguntou Dale. — E jantar uma vez por semana?

Georgia concordou:

— É claro, e se quiser vê-los com mais frequência que isso, tenho certeza de que podemos dar um jeito.

Dale quase sorriu e olhou para baixo de novo.

Mark Levine se levantou da mesa.

— Bem, estou feliz de termos resolvido isso tão amigavelmente. Vou cuidar da papelada. — Mark Levine começou a sair da sala e lançou um olhar de volta para Georgia e Dale ainda sentados ali. — Vão ficar bem aí? — Georgia e Dale fizeram várias expressões faciais que demonstravam que não iam esganar um ao outro no minuto em que ele deixasse a sala.

A porta se fechou atrás de Mark e Dale pôs a cabeça nas mãos, seus cotovelos apoiados na mesa. Georgia se inclinou e tocou seu braço. Ele estava chorando de verdade agora. A única vez em que ela vira Dale chorar daquele jeito foi no velório da mãe dele. Na época ela tinha achado profundamente doce. Ela se lembrou de como tinha ficado lá, afagando suas costas enquanto ele chorava no estacionamento do local do velório. Ela tinha sentido um amor impressionante por ele naquele momento; um entendimento de que são por essas coisas que um marido e uma esposa passam juntos, nascimentos e mortes e lágrimas, e ela tinha ficado emocionada e orgulhosa por poder estar ali para ele. Da mesma maneira, hoje ela sentia um profundo amor por Dale. Naquela pequena sala de reunião, ela entendeu que uma história não deve ser subestimada, e mesmo que o presente não existisse mais, uma história compartilhada deve ser respeitada e, ela até ousaria dizer, celebrada. Enquanto tocava o braço do ex, tentando confortá-lo mais uma vez durante um momento de sofrimento intenso, ela sabia que ele devia estar sentindo a mesma coisa. O peso da dissolução da história que eles compartilharam e o desmoronamento de sua família estavam começando a ser sentidos. E apesar de ela sentir grande ternura por Dale nesse momento, ela também se sentia vingada. Finalmente, ele estava refletindo. Finalmente, havia arrependimento. Finalmente, havia ética.

— Ela me deixou — Dale subitamente soltou, enquanto levantava o rosto e mostrava suas grandes lágrimas molhadas para Georgia ver. Ela pensou, esperou, rezou para que não tivesse ouvido direito.

— Como é? — perguntou Georgia, com um pouco de seu velho tom de desprezo vindo à tona na voz.

— Ela me deixou, Georgia. Melea me deixou. — Dale agarrou o braço de Georgia e o apertou enquanto desviava a cabeça da vista dela. — Ela disse que não queria namorar um homem que tivesse filhos. Que era muito complicado.

Georgia respirou fundo e perguntou calmamente:

— É por isso que não quis mais lutar pela guarda das crianças? Porque queria criá-las junto com ela?

Dale, nesse estado tão vulnerável, estava fraco demais para mentir ou até mesmo omitir.

— Achei que ela seria uma boa madrasta.

Havia muitas coisas que Georgia se sentia no direito de fazer ou dizer nesse momento. Ela podia ter gritado que ele via suas crianças apenas como coadjuvantes em sua vida dos sonhos com Melea. Podia ter gritado que ele devia estar pensando no fim do casamento de 12 anos deles, que por causa do fracasso deles tinham agora incluído seus filhos nas estatísticas de filhos de pais divorciados. Que, por causa do que estava acontecendo nesse mesmo minuto, poderia haver repercussões psicológicas para seus filhos que não seriam percebidas até daqui a muitos anos. E que ele parecia não estar percebendo nada disso porque estava ocupado demais chorando por causa de uma vagabunda brasileira qualquer — sim, em sua mente ela podia chamá-la de vagabunda, foda-se Mark Levine — que ele conhecia há apenas alguns meses.

Mas Georgia sabia que agora não era a hora de pensar em Dale ou na deprimente vida amorosa deles. Dale estava ocupado demais pensando nele mesmo. Agora era hora de pensar em seus dois lindos filhos de pais divorciados, e em como ela podia fazer suas vidas serem cheias do máximo de alegria, estabilidade, disciplina e diversão possível. Era disso que era hora. Era disso que ela se sentia no direito — isso e apenas isso.

• • •

Muitas vezes as coisas parecem melhores de manhã. O sol nasce, as pessoas estão descansadas, e a claridade do dia ajuda as coisas a parecerem menos sombrias. Mas existem aquelas épocas horríveis na vida de uma pessoa quando as coisas estão tão ruins que a manhã traz apenas um novo inferno de dor, ou uma nova percepção de que uma maldição caiu sobre você. Para Serena e Kip, foi assim que começou essa manhã. Kip estava esparramado no sofá com a cabeça ainda no colo de Serena, quando acordou chorando. Então ele subitamente se levantou e gritou:

— Quero falar com a minha mãe! Quero falar com a minha mãe!

— Vou ligar pra ela agora mesmo — disse Serena, pulando para fora do sofá e pegando o telefone. Eram 6 da manhã. Ela mal podia imaginar o que Joanna tinha passado aquela noite. Kip ficou parado ali, tenso, respirando pesadamente, os olhos cheios d'água, enquanto Serena discava. — Joanna? É Serena. Kip quer falar com você. — Serena passou o telefone para ele, que pegou o aparelho lentamente, como se pudesse explodir a qualquer momento.

Kip escutou quietamente. Serena não fazia ideia do que Joanna estava dizendo para ele. Robert estava bem?

— A-hã — disse Kip. — Isso é ótimo, mãe. — E ele desligou o telefone.

Serena ficou parada no mesmo lugar e olhou para Kip.

— Papai está voltando pra casa — disse Kip aliviado, e voltou para o sofá onde deitou de barriga. Ele pegou o controle remoto e começou a ver um filme que Robert estrelara. Ele fazia um caubói procurando por seu filho perdido.

Robert está voltando pra casa? Isso é bom ou ruim? Serena não fazia ideia. Ela simplesmente começou a fazer a única coisa que sabia fazer numa situação dessas.

— Vou fazer uma omelete com bacon pra você, está bem? — ela perguntou para Kip.

— Tá, obrigado, See — disse ele encarando a televisão. Serena foi trabalhar em silêncio.

Às 9 horas, Joanna ligou para Serena para dar os detalhes. A respiração dele não tinha melhorado e ele estava com o respirador artificial, o que definitivamente não era bom. Joanna disse a ela que a mãe e o irmão de Robert estavam vindo de Montana, e os pais dela estavam chegando de Chicago. Ela esperava que Serena não se importasse em abrir a porta para eles. Serena não se importava. Ela queria apenas poder ajudar; qualquer coisa que pudesse fazer estava bom pra ela.

Os telefones começaram a tocar enlouquecedoramente. Joanna tinha começado a dar os telefonemas do hospital e quando as pessoas não conseguiam falar com ela pelo celular, ligavam para casa. Amigos íntimos, conhecidos, colegas, agentes, empresários, todos estavam ligando. Infelizmente, a notícia tinha se espalhado pela imprensa também, e fotógrafos passaram a acampar em frente ao prédio. Flores eram constantemente recebidas; comida também.

Ao meio-dia, os pais de Joanna chegaram. Eles eram um casal simples de idosos do meio-oeste, ambos baixos e grisalhos e fofos, puxando suas pequenas malas de rodinha e tirando seus casacos. Kip foi recebê-los na porta e os dois devem ter revezado abraços nele durante uns 15 minutos. Depois, olharam pra cima e viram Serena.

— Oi, sou Ginnie — disse a mãe de Joanna enquanto estendia uma das mãos. — Joanna nos falou tanto de você, Serena.

Serena apertou sua mão.

— Estou apenas feliz em poder ajudar.

— Oh, você tem feito muito mais que isso — disse o pai de Joanna enquanto também estendia a mão. — Sou Bud.

— Agora — disse Ginnie —, o que podemos fazer para ajudar?

Serena viu que esses dois eram pessoas vigorosas que lidavam com a tristeza e as dificuldades com o bom e velho trabalho duro. Então Serena falou para Ginnie cuidar da limpeza. E pediu para Bud cuidar da campainha. Enquanto isso, Serena continuava cozinhando sem parar e atendendo o telefone. Kip ficou vendo o filme de novo e de novo, quase em coma, mumificado.

Às 14 horas, Joanna ligou da ambulância e avisou que estariam em casa em cinco minutos. Tudo estava pronto. O quarto deles estava impecável, graças à limpeza e aspirador usado por Ginnie. Tinha comida suficiente para durar dias e mais dias. E a horda de fotógrafos do lado de fora estava sob controle porque Bud se encheu e chamou a polícia, então agora tinha policiais lá fora. Muito bem, Bud.

Ninguém sabia exatamente o que esperar. Todos ficaram apenas sentados esperando até Joanna e Robert chegarem em casa.

O elevador deles era um daqueles de tamanho industrial, que abria diretamente no loft. Quando finalmente chegaram, toda uma nova realidade entrou na casa. Robert estava numa maca puxada por dois paramédicos. Havia duas mulheres vestidas de uniforme branco que o seguiam, assim como um homem de uniforme verde que aparentemente era o médico. Joanna saiu do meio da multidão. Estava séria, pálida, e parecia muito mais velha do que quando deixara a casa, 24 horas antes. Todos foram na direção do quarto de Robert e Joanna. Robert estava inconsciente, e não estava mais com o tubo para respirar na garganta. Havia apenas soro espetado nele agora, empurrado junto com uma das enfermeiras enquanto todos andavam para o quarto.

Trouxeram-no para casa para morrer. Serena finalmente se permitiu pensar. Ela não era a única. Kip caiu em prantos no minuto em que viu seu pai na maca.

— Ele vai acordar? QUANDO É QUE ELE VAI ACORDAR, MAMÃE?

Joanna foi até ele para abraçá-lo, mas ele saiu correndo.

— NÃO! NÃO! — Kip correu até seu quarto e bateu a porta.

Às 14h30, a mãe de Robert chegou de Montana. Ela era uma mulher frágil de jeans e camisa de gola alta. Seus pequenos pés estavam dentro de tênis New Balance e seu cabelo ralo era castanho-claro e com permanente. Ela obviamente havia tido um triste e longo voo e parecia estar guardando cada grama de energia que lhe restava para o filho. Quando ela entrou, cumprimentou Joanna com um beijo, acenou com a cabeça para todos os outros, e entrou no quarto de Robert.

Às 17 horas, os amigos começaram a chegar. Mas só os mais íntimos. Os mais chegados. A panelinha. Eram cerca de vinte pessoas; vinte adoráveis pessoas que eram todas, cada uma delas, extremamente apropriadas, falando baixo, sombrias mas não mórbidas, vez ou outra fazendo uma brincadeira e conversando bobagens, mas não sem sensibilidade.

Serena controlava a quantidade, não de visitas, mas sim de toda a comida que eles traziam consigo. Cada vez que uma pessoa chegava, um bolo ou uma garrafa de bebida ou um prato de alguma coisa lhe era entregue. Serena desembrulhava tudo que conseguia, achava lugares pra guardar o resto, e começou a trabalhar como se fosse a anfitriã de uma festa improvisada. Ela arranjou guardanapos, montou uma mesa de bufê e às 19 horas já tinha armado um bar completo.

Às 21 horas, Serena tinha colocado um jazz suave no som (jazz era o gênero musical favorito de Robert) e não parecia que ninguém ia a lugar algum. Serena nunca havia testemunhado nada desse tipo antes e estava comovida pelo peso e profundidade do que estava experimentando.

Além disso, esse não era um grupo normal de pessoas — havia atores e atrizes famosos, um apresentador de telejornal, e um escritor que havia ganhado um Oscar de melhor roteiro. Serena começou a entender que o que estava testemunhando era primitivo. Essa era uma tribo, esse pessoal do show business; um deles estava morrendo e então eles se reuniram. Porque é isso que os seres humanos fazem em tempos de tristeza desde os primórdios da humanidade. Eles se reúnem. Eles abraçam uns aos outros, eles choram, eles comem.

Enquanto as horas passavam, todos continuavam a conversar e beber e então de repente alguém começava a chorar, e então outra pessoa começava a chorar, e os olhos de todos ficavam marejados, e a atmosfera subitamente ficava amarga e quieta. Homens choravam abertamente, as mulheres só ficavam juntas, se abraçando. Essas pessoas eram artistas que não se envergonhavam de suas emoções, mas também não estavam ali para se exibir.

Toda vez que Joanna saía do quarto, todo mundo se aquietava um pouco, esperando. Ela olhava um dos convidados e dizia:

— Gostaria de ver o Robert agora?

Eles faziam que sim, silenciosamente, baixavam seu drinque e andavam até o quarto. Mesmo enquanto passava pelo pesadelo de assistir seu marido morrendo, ela ainda cuidava das necessidades dos outros. Ela estava deixando que todos se despedissem. Estava óbvio que o fim não ia demorar.

Durante tudo isso, Kip se escondeu em seu quarto. Tinha um jovem ator, Billy, que acabara de fazer sua primeira comédia romântica e estava prestes a se tornar um grande astro, e Kip permitiu que ele entrasse no quarto para jogarem *video game* juntos. Mas foi só isso.

Joanna entrou na cozinha, onde estava Serena, para deixar um copo de água.

— Sei que Kip deve estar odiando isso.

Serena se virou para olhá-la, enquanto Joanna falava:

— Ter todas essas pessoas aqui, em sua casa, conversando e rindo enquanto seu pai está... — Ela se interrompeu. — Mas um dia ele vai se lembrar. Vai se lembrar de todo o amor, todas as pessoas que estavam aqui porque o amavam.

Joanna cobriu o rosto com as mãos e começou a chorar. Serena deu a volta na bancada da cozinha e colocou o braço em volta dela. Quando foi tocada, Joanna rapidamente se endireitou e se recompôs.

— Estou bem. Mesmo. Vou voltar lá pra dentro. — Ela se virou para sair da cozinha e então se virou mais uma vez se dando conta de uma coisa. — Oh, meu Deus, Serena. Esse tempo todo você esteve aqui... está tudo bem? Precisa ir a algum lugar? Eu... Eu nem tive um minuto para perguntar a você se precisava ir embora, ou...

— Estou bem. Não tenho lugar nenhum para ir. Por favor, não se preocupe comigo de novo, por favor.

— Obrigada.

Enquanto Joanna se afastava, ela percebeu que realmente não tinha que estar em nenhum outro lugar nesse momento. Não havia ninguém no mundo que precisasse dela tanto quanto essas pessoas precisavam agora. Não havia um namorado, um filho. Ela tinha ligado para Ruby e contado o que estava acontecendo para ela não ficar preocupada, mas foi só isso. Num ambiente onde parecia que as pessoas estavam praticamente soldadas umas às outras em sua tristeza e amor, ninguém querendo deixar Robert ou uns aos outros, Serena se sentiu como se não tivesse peso. Desatada. E se não fosse por esse grupo que precisava ser alimentado e cuidado nesse momento, Serena sentia como se pudesse apenas flutuar cada vez para mais longe pelo céu.

O médico entrava e saía toda hora do apartamento, parando de tempos em tempos para checar como estava Robert. Seu nome era Dr. Grovner, mas todos o chamavam de Henry. Ele era oncologista e amigo de família de Joanna e Robert, e foi por isso que Robert teve permissão para ir pra casa e receber os fantásticos cuidados que estava recebendo. Às 23h30, o médico chegou de novo e foi direto para o quarto de Robert. À meia-noite, todos na sala de estar escutaram a mãe de Robert chorando no quarto, com Joanna dizendo:

— Vai ficar tudo bem, vai ficar tudo bem.

O Doutor Grovner saiu. Todos já tinham ficado quietos. Ansiosos. Cheios de lágrimas. Ele disse baixo:

— Não vai mais demorar muito.

Billy, que agora estava de volta à sala, começou a soluçar e a mãe de Joanna foi até ele e deu tapinhas leves em uma de suas mãos. Outra mulher correu até o banheiro, onde foi ouvida aos prantos. Uma outra mulher muito bonita, alguém que Serena reconheceu ter estrelado com Robert um de seus filmes, apenas começou a se balançar para a frente e para trás. Joanna saiu em seguida. Ela sorriu e foi diretamente para a cozinha, onde Serena estava. Ela carregava uma toalha e foi até a pia para umedecê-la. Ela torceu o excesso de água. Serena estava enchendo um balde com gelo, quando Joanna foi até ela e disse gentilmente:

— Você não precisa ir, por favor, não sinta que precisa, mas se quiser, é bem-vinda a entrar e dizer adeus.

Serena caiu no choro. Ela imediatamente colocou uma das mãos sobre os olhos e se virou para longe de Joanna, envergonhada. Ela então limpou as lágrimas, se virou para Joanna e sorriu.

— Obrigada. Gostaria sim.

Serena andou até o quarto. Estava escuro. Havia duas janelas com vista para o rio Hudson, as luzes de Nova Jersey piscando a distância. O quarto estava apenas à luz de velas, tudo planejado para a maior paz possível. A mãe de Robert estava sentada numa cadeira ao lado da cama, segurando as mãos dele, com os olhos fechados. A enfermeira estava num canto do quarto, quase invisível sob as sombras. Joanna se sentou numa cadeira do outro lado de Robert e o encarou. Kip não estava lá. Robert não estava mais respirando pelo tubo, e sua respiração era muito leve. Estava pálido, magro, irreconhecível. A primeira palavra que veio na cabeça de Serena foi *ultrajante*. Parecia ultrajante que Robert, o forte e viril Robert, o homem que escorregava pelo chão com suas meias e socava Serena de leve nos braços e provocava sua esposa sem pena nenhuma com suas brincadeiras, estava agora deitado na cama, desse jeito. Era indigno e ultrajante para ele. Um homem que não merecia nada menos que ter uma vida longa e cheia de amor, com amigos e casado com uma mulher que adorava e um filho que veria entrando na faculdade e se apaixonando e se casando. Não desse jeito. Não magro e pálido com amigos sofrendo reunidos do outro lado de sua porta.

Joanna olhou seu marido. Qualquer que tenha sido o pensamento ou a memória ou a emoção que passou pela cabeça dela, foi a que conseguiu derrubá-la. Ela abaixou a cabeça na cama e começou a soluçar, sua cabeça subindo e descendo enquanto lutava por ar entre os gritos de choro. Era pura tristeza que Serena estava testemunhando; sofrimento em estado puro, sem pudores, vindo da parte mais profunda de um ser humano.

Num piscar de olhos, Serena compreendeu tudo. Ela entendeu sobre a vida e as tribos e o peso e laços e amizade e morte e amor. Ela entendeu tudo que precisava saber sobre o que significa realmente *participar* da experiência de ser humana. Ela sabia naquele instante, mais do que jamais soubera de alguma outra coisa, que viver é arriscar tudo e amar apaixonadamente e se engajar no mundo de um jeito que ela não tinha feito em toda a sua existência regimentada, disciplinada e proibida de prazer. Ela tinha começado a sentir isso com o *swami* Swaroop, mas depois daquele desastre, tinha prometido que nunca mais se colocaria numa situação daquelas. Ela achou que simplesmente iria passar o resto da vida sozinha, sem se machucar. Mas naquele quarto, naquele momento, na ocasião mais sombria, grotesca e cruel que se podia imaginar, Serena viu o que estava perdendo. Ela ficou olhando Joanna aos prantos. Ela nunca conseguiria explicar bem o suficiente para alguém, mas foi ali que Serena soube, mais que jamais soubera de qualquer coisa, que era hora dela se juntar à festa — aquela feia, magnífica, cruel, sublime e desoladora festa.

REGRA NÚMERO
11

Acredite em milagres

Algumas horas depois de Robert falecer, Serena ligou para Ruby e contou para ela. Tinha sido impossível esconder a notícia da imprensa, então a morte dele estava em todos os canais de televisão e estações de rádio. Ruby ligou para Alice e Alice ligou para Georgia.

Serena tinha saído apenas para tomar um pouco de ar fresco. Pessoas ainda entravam e saíam da casa, agora para visitar Joanna e Kip, para se despedir. Parecia que ela provavelmente continuaria ali por um bom tempo, então Serena decidiu sair para um rápido intervalo. Havia uma multidão e vans de emissoras de TV e repórteres, mas Serena conseguiu andar através deles sem ser notada. Ela manteve os olhos baixos e andou sem parar ao longo da barricada da polícia. Quando finalmente olhou para cima, viu Alice, Georgia e Ruby, olhando para ela com uma expressão coletiva de cuidado e preocupação, e então ela caiu em prantos. Elas todas correram até ela e a abraçaram. Ela ficou ali parada, chorando e se segurando nelas, todas as emoções dos últimos dias jorrando para fora de seu corpo. Elas se agruparam em volta de Serena, protegendo-a de enxeridos enquanto ela chorava, seus ombros levantando, os soluços como erupções de dentro dela. Quando ela finalmente levantou a cabeça, com o rosto vermelho e molhado, ela olhou para cada uma. Ruby, Alice e Georgia não eram suas melhores amigas; na verdade, eram meras conhecidas. No entanto aqui estavam.

— Não acredito que vocês vieram. Obrigada... Obrigada — disse com a voz ainda entrecortada pelos soluços.

Alice pôs um braço em volta dos ombros de Serena.

— A gente queria vir.

Georgia disse:

— Estamos aqui por você. Então não se preocupe.

Ruby acrescentou:

— Quer caminhar um pouco?

Serena assentiu. Elas desceram até o rio e se sentaram num banco à beira da água. Nova Jersey estava do outro lado, com seus prédios novos subindo e o relógio gigante da Colgate mostrando a hora errada.

Serena disse:

— Ela o amava tanto. Ele realmente foi o amor da vida dela. Não consigo imaginar pelo que está passando. Não consigo.

As outras mulheres concordaram. Elas também não tinham a mínima ideia.

Ruby sacudiu a cabeça.

— É difícil imaginar um dia conhecer o amor da sua vida e depois perdê-lo. E tão jovem.

Georgia pensou em Dale e na vida deles juntos. *Ele foi o amor da vida dela?* Em um momento, sim, ela achava que tinha sido. Mas agora não. Então talvez ele não contasse. Agora ela tinha esperanças de que havia um homem por aí que era o verdadeiro amor de sua vida.

— Espero que ela se sinta uma mulher de sorte. Por ter tido tanto amor na vida.

Serena concordou:

— Acho que se sente. — Ela assoou o nariz num lenço de papel que Alice tinha dado a ela. — Acho que sim.

Alice passou toda a corrida de táxi pensando naquela expressão — *o amor da sua vida*. Ela pensou em Joanna e em como ela deve ter pensado que as coisas seriam diferentes para ela. E, é claro, Alice pensou em como ela estava prestes a pegar um avião para a Islândia para casar com alguém que não era o amor da vida dela.

Quando ela chegou em casa, entrou no quarto. Olhou sua mala em cima da cama, arrumada e pronta para despachar. As passagens de avião estavam na sua cômoda. Jim estava quase chegando para jantar. Alice sentou-se na cama. O que significa, afinal, "o amor da sua vida"? Ela queria que Serena nunca tivesse dito aquelas palavras. Agora ela não conseguia tirá-las da cabeça. Avistou seu fabuloso conjunto de casamento de pele branca. Ela pensou que, quando você apresenta seu marido às pessoas aqui na América, todos presumem que ele seja o amor da sua vida. Que você se apaixonou por ele e decidiu se casar. Pode não ser verdade, mas é nisso que você é levado a crer. Agora, se você morasse na Índia ou na China ou sabe lá onde, talvez as pessoas não presumissem isso. Talvez elas simplesmente que suas famílias arranjaram tudo ou que você se casou por conveniência ou outro motivo qualquer. Mas aqui na América, quando se fala do marido, a conclusão é que em algum momento da sua vida você esteve apaixonada por ele a ponto de se casar. Alice imaginou se ficaria bem sabendo que não se casou com o amor da sua vida. Ela esperava, nas semanas antes de ir para a Islândia, se apaixonar perdidamente por Jim como mágica. Mas não aconteceu. Ela sempre ficava levemente entediada com ele, e depois culpada por se sentir tão entediada. Então ela dava a ele mais atenção, tentava achá-lo o mais interessante possível. Mas no final, ele não era o amor da vida dela e nunca seria. No máximo ele seria o homem de quem ela gostava muito e por quem era muito, muito grata.

O amor da sua vida, o amor da sua vida. Enquanto Alice tomava banho, percebeu que tudo se resumia a uma coisa: Em que ela acreditava? Em outras palavras, que tipo de vida ela queria ter? Ela achava mesmo que o amor da sua vida estava por aí? Ela achava sábio voltar à selva da solteirice apenas com a esperança de encontrá-lo? Pelo que ela estava esperando? Enquanto se secava com a toalha, Alice percebeu que não queria ser a garota que se recusa a se conformar. Ela não queria ser a garota que acredita que a vida é curta e que é melhor ser solteira procurando pelo "amor da sua vida" do que simplesmente desistir e se comprometer. Não queria ser assim. Achava esse tipo de garota burra. Ingênua. Alice gostava de ser prática, era uma advogada, então preferia ser realista. Querer e procurar o amor da sua vida era *exaustivo*. Podia até mesmo ser loucura. Mais uma vez, sim, ela sabia que algumas pessoas acertam na loteria do amor e se apaixonam por alguém que também é louco por elas, e sua vida juntos é harmoniosa e repleta de carinho. Mas ela não queria ser a garota que teimosamente ficava esperando uma coisa que podia nunca chegar.

Ela se deitou de costas na cama, enrolada numa toalha pequena, e começou a chorar. Ela começou a soluçar; abraçou as pernas e colocou a cabeça entre os joelhos e se balançou e chorou mais.

Ela percebeu que *era* essa garota.

A garota que, aos 38 anos, não podia desistir do sonho de que iria conhecer um homem que faria seu coração bater mais forte e com quem compartilharia sua vida. Ela chorou sabendo que significava que teria que se preocupar se um dia poderia começar uma família, que seria jogada de volta num mundo onde nada era garantido e tudo que tinha realmente era esperança. Ela sabia que isso significava que seria solteira de novo.

Quando Jim chegou, Alice estava vestida, mas não tinha parado de chorar. Ele entrou, puxando sua grande mala de rodinhas. Alice contou logo de cara.

— Você merece alguém que saiba que você é o amor da vida dela — disse ela, chorando. Ela então começou a contar a ele, numa enxurrada de palavras e lágrimas e pedidos de desculpas, que não podia casar com ele; nem na Islândia, nem aqui, nem nunca.

Agora os olhos dele tinham se enchido de lágrimas:

— Mas você é o amor da *minha* vida. Isso não significa nada?

Alice sacudiu a cabeça.

— Não acho que possa ser o amor da sua vida se você não é o da minha.

Jim andou de um lado a outro do quarto. Eles conversaram e conversaram. Ele ficou com raiva. Alice se desculpou vezes e mais vezes. No final, ele entendeu. Ele a perdoou e desejou-lhe o melhor. Ele deixou Alice em sua sala de estar chorando, arrasada. Do seu ponto de vista, ela parecia ter ficado bem pior que ele. Ela o observou saindo pela porta, abalado, de coração partido, e sentiu uma culpa tremenda. Mas ela também sabia que ele se apaixonaria novamente. Ele conheceria alguém e se casaria e teria filhos e seria muito feliz. Quanto a ela, não tinha tanta certeza. Então Alice se deitou no sofá e chorou mais um pouco.

Quando liguei para ela na manhã seguinte e descobri o que tinha acontecido, fiquei aliviada. O que eu estava pensando, encorajando Alice a casar com Jim? Quem exatamente eu achava que era, dando conselhos sobre qualquer coisa, ainda mais para se casar com um homem que não amava? Mas Alice ainda assim soava mais deprimida do que eu jamais a ouvira. Pensei em voltar pra casa e ficar com ela. Mas tive uma ideia melhor.

— Por que não nos encontramos na Islândia? Use sua passagem.

— O que quer dizer, passar minha lua de mel com você? — perguntou Alice, fazendo não parecer tão divertido.

— Bom, sim, dizem que a Islândia é incrível. Sempre quis ir lá. — É verdade, gente. Sei que quem já foi disse que é fantástico. Não lembro exatamente *por que* disseram que era tão legal, mas não importa.

— Acho que precisa espairecer um pouco.

— É, mas talvez não no lugar onde eu ia passar minha lua de mel.

— Qual é, é a Islândia no meio do inverno, não Maui. Vai dar pra esquecer essa parte da história. Eu prometo. Vamos, vamos fazer isso, vai ser divertido.

No aeroporto de Mumbai, entrei no banheiro feminino. Havia uma mulher idosa lá, usando um sári roxo com flores brancas, seus olhos assombrados, igual a tantos outros olhos que vi enquanto estive por aqui. Achei que ela estava trabalhando como funcionária do banheiro, mas não tinha certeza. Quando saí, ela me entregou uma toalha de papel que eu era perfeitamente capaz de pegar sozinha. Então ela pôs os dedos na boca. Essa cidade não dava uma trégua. Ela podia ser minha avó. E estava no banheiro do aeroporto de Mumbai pedindo dinheiro. Dei a ela todas as rupias que tinha. Então fiz a única coisa que sabia fazer direito na hora. Tomei dois Lexomil e cruzei os dedos.

Acordei grogue enquanto o piloto dizia para nos prepararmos para a aterrissagem — o Lexomil tinha funcionado. Devemos agradecer a Deus por essas pequenas bênçãos na vida.

O velório de Robert aconteceu dois dias depois de ele falecer. Joanna decidiu que ela e Kip iriam ficar com seus pais por uma ou duas semanas para escapar da imprensa, do caos e das lembranças. Ela pagou a Serena duas semanas de folga — Serena não tinha ideia do que fazer nesse tempo. Então, quando Alice ligou para ver como ela estava, e contou que seu casamento tinha sido cancelado e que estava indo me encontrar na Islândia, Serena rapidamente quis ir junto.

— Posso ir também? Quer dizer, eu sei... É a sua lua de mel... Eu só estava pensando...

— É claro, você pode vir, é claro — foi a resposta imediata de Alice. — Não sei bem que tipo de comida eles têm por lá, se é bom para vegetarianos, mas...

— Ah, que se foda — disse Serena. — Tudo com moderação, certo?

— Isso mesmo — respondeu Alice, sorrindo.

Enquanto isso, Ruby ainda não tinha se recuperado totalmente de ter desistido da inseminação. Ela estava escorregando pelo buraco de novo, pensando no que tinha perdido, no erro que tinha sido. Ela pensou na ideia de tomar antidepressivos como sua mãe, mas não conseguia imaginar: uma solteira deprimida tomando antidepressivos — parecia tão *deprimente*.

Mas ela estava tentando ser dura na queda. Estava no chão de seu quarto fazendo abdominais, tentando liberar algumas endorfinas. Depois de encontrar com Serena e ouvir tudo sobre Joanna e Robert, se lembrou de como a vida é curta e que não se deve desperdiçá-la chorando por causa de arrependimentos ou coisas que poderiam ter sido. Mas ainda assim, enquanto fazia seus abdominais, ficava pensando em como aquele esperma podia ter feito um bebê e como ele ou ela teria sido fofo. Serena colocou a cabeça para dentro do quarto e disse que tinha acabado de falar com Alice e que ia para a Islândia com elas. Ruby parou o exercício.

— Sempre quis ir pra Islândia! Dizem que Reykjavik é incrível! Posso ir também? — disse Ruby animada. Serena parecia surpresa.

— Hum, acho que sim... Não prefere ligar...?

— Vou ligar para Alice para ter certeza. — E com isso Ruby pulou até o telefone.

Depois de seu encontro com Serena, Georgia também tinha ido para casa pensando no amor de sua vida. Ela se perguntou se valia pensar que talvez seus filhos fossem o amor de sua vida. Ela sabia que eles não substituíam um homem ou um relacionamento íntimo — mas era amor. Eles eram duas pessoas que ela amava mais do que tudo no mundo. Duas pessoinhas que, enquanto vivessem, sempre seriam seus filhos. E no próximo fim de semana, iam ficar com Dale. E agora que ela não passava todo seu tempo odiando Dale e indo atrás de homens, ela não tinha literalmente nada pra fazer a não ser ficar sozinha. Então quando Alice ligou e contou a ela que Serena, Ruby e eu iríamos nos reunir na Islândia para sua lua de mel que nunca aconteceria, bem, ela decidiu sacar o cartão de crédito e subir a bordo também.

Acho que se pode saber muito sobre um lugar pela corrida do aeroporto. Sempre fico um pouco desapontada se não tem um clima de estranheza durante ela. Não há nada como voar vinte horas apenas para olhar pela janela de um carro e ver os mesmos velhos cabos de telefone e concreto. Mas a corrida do aeroporto de Reykjavik para o coração da cidade passava por uma paisagem que eu nunca vira nem ouvira falar. A única maneira de descrever seria como lunar; imagine pousar na lua, que por acaso ficaria coberta de um adorável musgo verde, e então descobrir que ela é habitada por várias pessoas muito bonitas e loiras.

Agora, enquanto pousava nessa lua, eu não podia estar com mais pena de mim mesma. Ainda me sentia humilhada pelo que tinha acontecido na China, e ainda traumatizada de Mumbai. Queria estar num lugar o mais longe possível delas. Reykjavik parecia ser exatamente o lugar certo.

Quando cheguei ao hotel estava exausta. Era um arranha-céu comprido e com cara de corporativo, patrimônio da Icelandair — não muito charmoso para a Islândia ou como uma opção de lua de mel. Fiz check-in na suíte de Alice. Ela ia chegar de manhã, então eu teria o quarto pra mim a noite toda. O quarto que Alice reservou era espaçoso — com uma sala de estar, uma pequena cozinha e uma cama king size. Combinava mais com um executivo ocupado do que com recém-casados cheios de amor. Imaginei Alice se casando no escuro e depois voltando para esse quarto minimalista para transar um sexo executivo e frio, e fiquei envergonhada de novo. *Por que eu tinha encorajado Alice a prosseguir com o casamento? Quem acho que sou afinal? Não tenho moral pra me chamar de amiga, e certamente moral nenhuma para escrever um livro sobre coisa alguma.*

Às 7 horas fui acordada por minhas quatro amigas irrompendo quarto adentro. Ainda estava um breu lá fora e eu estava um pouco desorientada, particularmente por ver minhas normalmente muito diferentes amigas todas chegando num bando só, na Islândia. Demorei um minuto para me situar.

— Graças a Deus reservei esse quarto para a noite passada. Devia ver as massas de turistas no lobby. Era medonho — disse Alice, enquanto tirava sua capa.

— É verdade, tem dúzias de pobres coitados que acabaram de chegar de um voo de madrugada, cochilando nos sofás, esperando pelo check-in — disse Georgia enquanto se sentava na cama.

— Que é, tipo, às 3 horas — acrescentou Ruby, investigando o frigobar. Então ela se virou e me encarou. — Estou tão feliz em te ver! Faz tanto tempo!

Eu me sentei apoiada nos abundantes travesseiros e cruzei as pernas.

— É tão bom ver vocês! Tive tantas saudades.

Serena se inclinou e me deu um longo abraço. Parecia que ela estava prestes a explodir num choro ali mesmo, mas ela soltou e se levantou.

— Preciso fazer xixi — disse ela, fungando.

Alice olhou em volta:

— Então aqui é que eu ia passar minha lua de mel, hein? Acho que não pesquisei muito bem, não é mesmo?

— Por que não descemos e tomamos café da manhã e depois vamos pra Lagoa Azul? — sugeri alegremente, vendo que o clima dentro desse quarto podia ficar pesado rapidamente.

— O que é a Lagoa Azul? — perguntou Ruby.

— É uma piscina térmica natural. Um grande ponto turístico, mas o pessoal daqui também vai. Li sobre ela no avião.

Alice acrescentou:

— Jim e eu íamos lá no dia seguinte ao casamento.

—Bem, então vamos — disse Georgia. — Podemos dormir depois!

Elas desceram para o bufê enquanto eu me trocava. Enquanto eu estava colocando meus jeans, meu celular tocou. Era um número desconhecido, então presumi que fosse dos Estados Unidos. Quando atendi, escutei a voz de Thomas.

— Alô, Julie? Sou eu.

Não ouse dizer "sou eu" quando ligar. Como se ainda fôssemos íntimos. Eu queria vomitar.

— Por favor, me deixe em paz — foi tudo o que consegui dizer.

— Sinto muito, Julie, de verdade. Eu só precisava dizer mais uma vez como sinto muito. Foi tudo muito difícil.

— Realmente não quero falar com você agora. Desculpe. É tudo triste demais para mim. — Fechei o telefone. Me apoiei sobre a mesa por um momento. Se eu me permitisse chorar de novo nunca ia sair desse quarto de hotel. Então respirei fundo e desci para o café da manhã.

Alice, sendo Alice, tinha alugado um carro no aeroporto e já pegara as coordenadas para chegar à Lagoa Azul. Então nos amontoamos e dirigimos os 45 minutos que demoravam até lá. Ainda estava escuro lá fora, então era difícil ver onde estávamos realmente. Mas à medida que nos aproximávamos, parecia que estávamos dirigindo para um grande buraco que tinha fumaça saindo do chão. Saímos do carro e passamos pela porta giratória até os vestiários, onde colocamos nossos trajes de banho e tomamos uma chuveirada. Depois saímos direto para a piscina.

Estava congelando, então rapidamente entramos na água, que era morna e calmante. A areia era fofa sob nossos pés. Andamos um pouco pela piscina, agachadas para que a água quente cobrisse nossos corpos. Ficamos paradas num cantinho onde o vapor saía das rachaduras de algumas rochas. Ele formava um pequeno chuveiro para nós enquanto ficávamos de molho. A vista era estupenda. O sol estava nascendo, então o céu estava cheio de azul e rosa. Havia uma usina geotérmica ao lado da lagoa, e apesar de estragar um pouco a vista, também soltava nuvens de vapor que se estendiam sobre as montanhas. Definitivamente não estávamos mais na América, e eu nem tinha muita certeza se ainda estávamos no planeta Terra.

Enquanto eu ficava ali sentada absorvendo essa beleza sobrenatural, Georgia estava tendo uma experiência completamente diferente.

— Esse é o problema de termos quentes; tem tanto vapor na água, que não temos como saber se é limpa. — Ela falou. Eu não sabia como responder. Estava relaxada demais pra me preocupar.

Alice a tranquilizou:

— Eu li tudo sobre isso. A água é trocada regularmente, então está sempre limpa.

Georgia olhou em volta.

— Bom, porque tenho certeza de que pessoas vêm aqui com todo tipo de problemas de pele na esperança de serem curadas. Podia ser bem nojento aqui dentro.

Serena olhou para Georgia.

— Por que você não tenta aproveitar a água? É tão gostosa.

Georgia assentiu. Era sábado, e turistas e moradores começavam a chegar na mesma proporção. Duas mulheres se sentaram perto de nós. Uma loira, a outra com cabelo vermelho escuro. As duas tinham 40 e poucos anos e eram muito altas e bonitas. Estavam falando o que parecia ser islandês.

— Com licença — disse Georgia para as duas. — Vocês sabem se essa água é limpa?

As mulheres olharam para Georgia. Fiquei preocupada que essa pergunta soasse um pouco grosseira, mas as mulheres não pareciam se importar. Elas também não ligaram para a presunção de que elas entendiam e falavam inglês. Sim, somos mesmo americanas.

— Sim, é limpa — disse a loira, num sotaque nórdico carregado. — Sempre venho aqui.

A outra deu de ombros:

— Eu não gosto tanto de ficar nadando com toda essa gente, mas acho que é limpa.

Georgia sorriu docemente para elas.

— Muito obrigada. Agradeço. — Georgia se agachou mais ainda dentro d'água e ficou coberta até o pescoço.

Alice olhou em volta.

— É tão estranho estar aqui. Hoje teria sido a noite do meu casamento...

Tentei mantê-la para cima:

— Mas você deve saber que fez a coisa certa, não sabe?

Alice sacudiu a cabeça.

— Não sei não. Não sei mesmo. E se ele foi minha última chance? E se eu nunca mais tiver outro namorado, muito menos um marido?

Novamente, ninguém sabia o que dizer. Como alguém poderia prever o futuro? Estávamos todas tentando curar nossas feridas de guerra aqui na Lagoa Azul, e ninguém tinha muito otimismo para compartilhar.

Georgia falou primeiro:

— Tudo que tem que saber é que tentou fazer funcionar, mas não deu. Essa é sua resposta. Você não teve escolha.

Alice assentiu como se tivesse entendido. Mas então seu rosto se desfez em lágrimas enquanto ela falava.

— Mas por que não consegui? O que há de errado comigo? O que estou esperando? — Nadei até ela e a envolvi com o braço.

Serena tinha estado bastante quieta desde que chegamos, mas agora falou:

— Nosso tempo é tão precioso. Você está esperando por alguém com quem realmente queira passar sua vida. Senão, não faz sentido.

Alice não estava tão certa.

— Talvez faça sentido. Para que não fique sozinha.

E com isso, caí em prantos. Eu estava me segurando desde o telefonema de Thomas e simplesmente explodi bem ali.

— Estamos tão fodidas. Estamos. Estamos ferradas. Somos uma geração de mulheres tão solitárias quanto qualquer outra, mas somos avessas a sossegar ou se comprometer para sair dessa. Então estamos todas apenas esperando pela porra da agulha no palheiro que vamos amar, que por acaso vai amar a gente, que vamos conhecer justamente quando estivermos disponíveis e morando na mesma cidade. — Lágrimas agora estavam rolando pelo meu rosto. — Estamos totalmente fodidas.

Ruby começou a chorar também.

— Ah, meu Deus, você está certa. Está totalmente certa.

Serena também tinha lágrimas rolando pela face. Georgia olhou para nós e tentou amenizar as coisas:

— Esse não é o tipo de lua de mel que eu estava esperando.

Tentamos rir, mas ainda estávamos chorando muito. As duas mulheres sentadas perto de nós estavam olhando, preocupadas e intrigadas. Conversavam em islandês enquanto olhavam para nós. Estávamos dando um show, bem no topo do mundo, e as pessoas estavam reparando. Georgia olhou para elas e por algum motivo sentiu necessidade de explicar.

— Só estamos passando por uma fase muito difícil. Só isso.

Se eu tivesse que adivinhar, acho que deve ter sido um tanto chocante ver tamanho transbordamento de emoções aqui nas piscinas térmicas, no meio de um mar de escandinavos reservados e turistas felizes.

— Precisam de alguma ajuda? — perguntou a ruiva.

Georgia sacudiu a cabeça:

— Não, vamos ficar bem, hum, um dia, espero que em breve.

A loira não conseguiu evitar se intrometer um pouco mais:

— Qual é o problema? Posso perguntar?

Georgia olhou para todas nós. Ela nos apontou, uma a uma.

— Alice acabou de cancelar seu casamento; Julie teve um caso que terminou muito mal; Serena viu alguém morrer; eu quase perdi a guarda dos meus filhos; e Ruby está clinicamente deprimida.

As duas mulheres assentiram, parecendo arrependidas de terem perguntado, e então voltaram a conversar entre si. Elas pareciam tão ásperas, essas mulheres, com seus queixos bem definidos e olhos escuros. Elas se viraram para as rochas e começaram a esfregá-las, tirando a lama das pedras e passando-a em seus rostos. Elas se inclinaram para trás e deixaram o vapor e a lama fazerem sua mágica.

Georgia olhou para elas, impressionada:

— Nossa, essas mulheres conhecem bem suas lagoas.

Ficamos na piscina por mais uma hora. Não viemos aqui para curar uma doença de pele ou fazer uma máscara facial de lama natural, mas definitivamente estávamos precisando de um bom choro, e isso conseguimos.

Quando voltamos ao vestiário, as duas mulheres que estavam sentadas perto entraram e olharam para nós. Estávamos todas tirando nossos trajes de banho. Eu estava com minha parte de cima de biquíni e meu short de surfista. Pelos olhares das duas, e por ser meio óbvio, percebi que aqui em Reykjavik, longe da vaidade e das supermodelos e dos cirurgiões plásticos, eu parecia um palhaço usando calças malucas.

Georgia parecia estar fascinada por aquelas mulheres e não conseguia parar de olhá-las. Finalmente, enquanto estávamos vestindo nossos casacos para voltar ao dia invernal, Georgia falou de novo com elas.

— Com licença, eu estava pensando se podiam indicar um lugar bom para a gente comer hoje à noite em Reykjavik?

A loira disse:

— Tem um lugar muito bom chamado Silfur no hotel Borg. Vamos jantar lá hoje à noite com alguns amigos. É um pouco caro, mas a comida é ótima.

A outra mulher acrescentou:

— Também tem um lugar chamado Maru, com um sushi ótimo, e o restaurante Laekjarbrekka é mais simples, mas a comida é muito boa.

Georgia balançou a cabeça, agradecendo.

— OK, muito obrigada!

Elas saíram, despedindo-se educadamente de nós.

— Não sei por quê, mas eu adorei essas duas — disse Georgia. Nós todas vestimos os casacos, luvas, chapéus e cachecóis, e nos preparamos. Era hora de deixar a adorável e quente bolsa amniótica da Lagoa Azul, onde pudemos sentir pena de nós mesmas e de todo mundo que conhecíamos, e voltar para o frio ar do inverno.

Depois de cochilarmos, nos vestimos para o jantar em nosso melhor estilo nórdico — golas rulê, coletes e botas. Não estava nevando, mas estava ventando e fazia frio, cerca de 12 graus abaixo de zero. As mulheres se reuniram em meu quarto; todas fazendo seu melhor para não deixarem a noite do casamento de Alice ficar desanimada. Bebemos um pouco de vinho branco no quarto para manter as coisas leves.

— Graças a Deus não fomos para a Finlândia. Ouvi dizer que os pênis dos finlandeses parecem troncos de queijo roquefort — disse Georgia.

Todas nos encolhemos de nossas próprias maneiras diferentes.

Ruby estava abismada:

— O quê?

— Minha amiga me disse isso. Que eles parecem, bem, com mármore.

— Oh, pelo amor de Deus, como é que vou tirar essa imagem da minha cabeça essa noite? — perguntou Alice, quase cuspindo seu drinque.

— Bem, vamos brindar a não termos ido para Helsinki na sua lua de mel — disse Serena, levantando sua taça de vinho branco e sorrindo.

Ficamos no quarto rindo. Alice estava se divertindo e estávamos todas ficando meio de pileque.

Pegamos dois táxis até o restaurante. Escolhemos o Silfur, basicamente porque sabíamos que aquelas duas mulheres estariam lá e Georgia queria persegui-las. Nós nos entramos, e imediatamente percebemos que estávamos malvestidas; esse restaurante era banhado de elegância art déco, e nós parecíamos estar indo jantar num iglu. Um iglu estiloso, mas ainda assim um iglu. Nós nos sentamos e pedimos mais vinho branco. Todas as garçonetes eram loiras e lindas. Elas sugeriram que pedíssemos frutos do mar, especialmente a lagosta. Enquanto olhávamos o cardápio, com todas as loucas palavras islandesas escritas (peito de frango é, foneticamente, "koo-kinkablinka"), as mulheres da Lagoa Azul entraram com dois homens e outras duas mulheres. Vi quando nos acharam e se entreolharam. Eu gesticulei com a cabeça em direção à porta e Georgia se virou. O garçom estava sentando-as na mesa ao nosso lado e Georgia acenou.

— Oi! Decidimos aceitar sua sugestão e viemos para cá!

A loira sorriu educadamente.

— Que bom. Sei que vão gostar. — Então ela estendeu a mão e continuou. — Sou Sigrud. Esse é meu namorado, Palli. E essas são minhas amigas Dröfn e Hulda.

Dröfn era uma mulher de 20 e poucos anos com cabelo comprido loiro platinado e uma imensa boca cheia de dentes grandes e brancos. Hulda tinha 40 e poucos anos, cabelo curto loiro, um piercing pequeno no nariz e grandes argolas nas orelhas penduradas em seu rosto bonito e redondo. A ruiva da lagoa também se apresentou.

— Sou Rakel, e esse é meu marido, Karl. — Mesmo que eu não tivesse bebido algumas taças de vinho, ainda não teria a mínima ideia de como pronunciar os nomes de todos eles.

Nós nos apresentamos. Georgia explicou para as outras:

— Nos conhecemos hoje na Lagoa Azul. Somos de Nova York e estamos todas um pouco deprimidas.

Karl concordou com a cabeça. Havia alguma coisa em seu comportamento que imediatamente transmitia um coração gentil e bom humor.

— Sim, bem, Rakel comentou conosco. — O grupo todo começou a sorrir. — Por que estão tão tristes? Estão em Reykjavik agora; devem vir pra cá para se divertir.

Ruby disse:

— Bem, é isso que estamos tentando fazer agora. Estamos aqui para nos divertir!

Karl nos olhou e disse:

— Venham, sentem com a gente. Vamos jantar todos juntos.

Nos entreolhamos. Eles já eram um grupo grande, e nós também — parecia uma ideia muito fatigante. Rakel e Sigrud, no entanto, se juntaram ao coro imediatamente.

— Fiquem com a gente. Vai ser divertido — disse Rakel.

Sigrud acrescentou:

— Não temos nenhuma amiga de Nova York; venham.

Georgia não precisava ser convidada duas vezes, e logo estávamos todas apertadas numa grande mesa circular para dez pessoas, apesar de sermos 11. Logo o vinho branco (ou "veet veen" como eles chamavam) estava transbordando e nós estávamos entretendo a todos com algumas das nossas impressionantes histórias. De alguma maneira parecia bastante hilário quando contávamos tudo para essa gente: a saga de Ruby no abrigo de animais, meu desastre na China, o pesadelo doméstico de Georgia. Hilário. A única coisa que não podia ser vista como cômica era Robert, e Serena não tocou no assunto.

Karl queria que continuássemos:

— Então Julie, me conte sobre esse livro que está escrevendo.

Eu gemi alto.

— Não estou mais escrevendo. Vou voltar pra casa e devolver o dinheiro para a editora. Odeio esse livro. Não sei o que estava pensando.

Serena se pronunciou:

— É um livro sobre como é ser solteira para mulheres de diferentes culturas.

Uma das amigas deles falou:

— Parece bem interessante. Você não vai querer conversar com as islandesas?

— Na verdade, não quero conversar com mais mulher alguma de lugar nenhum sobre esse assunto, nunca mais.

Georgia tentou explicar:

— Ela só está um pouco cansada. Tenho certeza de que ia ajudar muito se Julie pudesse conversar com algumas islandesas, sim.

Não sei como, Georgia conseguiu direcionar a conversa para suas duas novas pessoas favoritas, Sigrud e Rakel, perguntando-as sobre seus parceiros. Rakel e Karl só se casaram quando seus dois filhos já tinham

8 e 10 anos de idade. Sigrud tinha dois filhos com um homem chamado Jon, com quem só casou quando as crianças tinham 4 e 7 anos, mas agora ela estava com Palli. Dröfn e Hulda também tinham filhos, eram solteiras, nunca tinham se casado e ninguém parecia dar a mínima para nada disso.

Me recusei a achar qualquer parte disso interessante. Minhas amigas irritantes, no entanto, estavam adorando.

— Então está me dizendo que ser casada, solteira, mãe solteira, mãe casada, nada disso realmente importa para ninguém aqui? — perguntou Ruby, interessada.

Todos meio que deram de ombros e disseram:

— Não.

Georgia também estava intrigada.

— Então vocês não se preocupam que um cara fique desanimado por você ter filhos?

Dröfn pareceu na verdade meio ofendida por essa ideia, olhando para Georgia como se tivesse sido a primeira vez que ouvira tal coisa:

— Como isso poderia acontecer? Se ele me amasse, também amaria meus filhos.

Georgia apenas concordou com a cabeça de um jeito *Bem, sim, é claro que eu sabia.*

Rakel acrescentou:

— Vocês precisam entender, a maioria das mulheres aqui têm filhos. Muitas são mães solteiras. Tivemos uma presidenta que era mãe solteira.

Sigrud acrescentou:

— Se os homens daqui não quisessem sair com mães solteiras, não iriam sair muito.

A mesa dos islandeses riu e concordou.

Eu, por minha vez, só queria falar sobre a Björk e se as pessoas na Islândia achavam ela esquisita. Tudo menos esse assunto.

Serena agora estava entrando no jogo.

— Não parece que a igreja ou a religião influencia muito as coisas aqui.

Mais uma vez, todos na mesa concordaram.

— A Islândia é em sua maioria luterana. A igreja é controlada pelo Estado. Mas ninguém vai. É só tradição.

— Isso é tão interessante. É como se tivéssemos caído num planeta maluco intocado pela igreja ou pela religião, cujas pessoas são guiadas pela sua própria moral natural e instintiva. É fascinante — disse Alice, excitada. Eu tinha que admitir. Até eu estava ficando um pouco intrigada com essas pessoas estranhas.

Todos iam sair mais tarde para ver uns amigos tocando numa grande boate da cidade chamada NASA. Fomos convidadas a ir junto, felizmente. Estávamos ficando apegadas a eles e não queríamos deixá-los ainda.

Entramos numa grande boate, igual a qualquer uma que você encontraria nos Estados Unidos, lotada de gente dançando e bebendo. A banda tocava uma alegre mistura de música irlandesa com islandesa que fazia você querer ficar pulando por aí numa alegria de bêbado. Eu não fazia ideia de sobre o que esses homens estavam cantando, mas pareciam bem felizes pelo que quer que fosse. Os islandeses foram andando direto até uma pequena área VIP ao lado do palco, e nós os seguimos de perto. Havia mesas prontas para eles, que seus amigos que tocavam na banda tinham arranjado. Era a maneira perfeita de passar a noite de casamento de Alice. Karl comprou uma rodada de *shots* para todos — uma coisa chamada Black Death — e todos beberam, menos Serena, que aparentemente estava se controlando.

Olhei para a multidão. Hulda se sentou ao meu lado e disse:

— O problema que temos aqui é que os homens são muito preguiçosos. Eles não sabem dar o primeiro passo, então as mulheres têm que ser muito agressivas. Então os homens nunca precisam tomar a iniciativa. É uma mania terrível.

Concordei com a cabeça. Quando ela falou isso, vi uma loira deslumbrante, de 20 e poucos anos, agarrar o homem com quem estava dançando e começar a beijá-lo.

Hulda continuou:

— Esse é o outro problema. Todo mundo aqui transa com todo mundo logo de cara. Não saem para encontros como vocês nos Estados Unidos.

Parecia uma variação da história de ficar.

— As mulheres se importam se os caras não ligam depois? — Ela tinha conseguido me envolver na conversa, maldita.

Hulda deu de ombros:

— Às vezes sim, às vezes não. As islandesas são muito fortes. Somos vikings, lembra? — Então ela continuou: — Além disso, se quisermos vê-los de novo, podemos ligar também.

Ela fazia parecer tão fácil.

A banda começou a tocar "The Devil Went Down to Georgia". Decidimos que era nossa deixa para ir pra pista e começar a pular pra cima e pra baixo. Fizemos isso durante horas. Dançamos e bebemos e conhecemos mais e mais islandeses e islandesas, cada um aparentemente mais livre que o outro. E os homens eram bonitos e simpáticos, mas isso não é a melhor parte da Islândia. Para mim, a melhor parte da Islândia são as mulheres. As fortes e belas vikings.

Depois de um tempo voltamos para nossa área e nos apoiamos num corrimão olhando a multidão. Georgia analisou a situação:

— Bem, se todas essas mulheres são mães, deve haver uma porção de babás em Reykjavik.

Alice também olhava o mar de gente.

— Se alguém tivesse me dito que um dia eu teria 38 anos, estaria solteira e sem filhos e indo para a Islândia depois de cancelar meu casamento, nunca teria acreditado. — Não gostei do rumo que essa conversa estava tomando.

— Eu sei. Também não achei que minha vida fosse seguir esse caminho — disse Georgia. — Sou uma divorciada. Meus pais são divorciados. Achei que era a última coisa que aconteceria comigo.

Ruby também contribuiu com sua opinião:

— Quando eu era pequena, não achava que estaria chorando o tempo todo aos 37 anos.

E Serena acrescentou:

— Achei que eu teria tanto mais em minha vida. Achei que iria ter muito mais *vida* em minha vida.

— O que vai ser de nós? — perguntou Ruby.

Olhei para todas nós, um grande navio prestes a naufragar. Tive uma ideia. Parecia brilhante na hora, mas eu também estava bebendo uma coisa chamada Black Death.

— Precisamos ir pra algum lugar — gritei para elas. — Essa noite era para ser a noite do casamento de Alice. Precisamos fazer alguma coisa para guardar na memória. Precisamos fazer um ritual.

Os olhos de Alice se iluminaram de leve:

— Que tipo de ritual?

— Ainda não sei direito. Ainda está tomando forma. — Fui até Sigrud e Rakel. Agora eu tinha a ideia de que queria levar minhas amigas até um lindo lugar no meio da natureza. Rakel sugeriu Eyrabakki, uma cidadezinha tranquila bem no meio da água. Elas me perguntaram o que eu ia fazer e eu disse que queria fazer um ritual de cura para todas nós. Elas acharam a ideia engraçada e concordaram em nos acompanhar, e Hulda e Dröfn também se juntaram. Na saída, peguei uma imensa pilha de guardanapos de papel. Quando saímos da boate já eram 4 da manhã. Rakel e Dröfn iam dirigir porque eram as únicas sóbrias que sabiam para onde estávamos indo. De repente eu tinha virado a mãe islandesa da tribo. Nos amontoamos nos carros e partimos.

Cerca de vinte minutos depois tínhamos chegado a Eyrabakki. Não podia parecer mais desolado. Tinha uma ruazinha que passava pelo meio da cidade, com rochas e água de um lado e pequeninos chalés apagados do outro. Parecia que você podia andar de uma ponta da cidade à outra em cinco minutos. Estacionamos os carros no que parecia ser um supermercado e caminhamos até as rochas. O vento corria com força pelos ares agora, fazendo parecer estar muitos graus abaixo de zero.

Enquanto andávamos pelas pedras, Sigrud disse:

— É uma pena que precisem de água para seu ritual. Tem outros lugares muito mais mágicos. Podíamos ter ido para onde ficam os elfos.

Alice, Ruby, Serena, Georgia e eu nos viramos e olhamos para ela.

— Com licença? — perguntei. — Você disse elfos?

Sigrud assentiu.

— Sim, é claro. Mas eles moram mais pro interior.

Serena falou:

— Vocês acreditam em elfos?

Rakel balançou a cabeça para cima e pra baixo, muito séria:

— Sim, é claro.

Olhei para elas e disse:

— Elfos? Tipo... Elfos?

Hulda também assentiu.

— Sim. Elfos.

Georgia parecia intrigada.

— Bem, e vocês já viram algum?

Hulda balançou a cabeça.

— Eu não, mas minha tia já viu.

Dröfn disse:

— Existe uma história famosa de uns homens que tentaram construir uma estrada nova bem perto daqui. Tudo ficava dando errado, o clima, as máquinas quebravam, todo tipo de coisa. Então eles trouxeram um médium que disse que era por causa dos elfos. Eles estavam sobre uma terra sagrada élfica. Os homens afastaram a construção algumas milhas, e nunca mais tiveram nenhum problema.

Me virei para Sigrud. Tentei ser educada, mas ainda precisava entender direito essa história de elfo.

— Bem, e como eles são?

Sigrud deu de ombros, e com a naturalidade de quem descreve o que comeu no jantar, disse:

— Alguns são pequenos, outros altos, alguns usam chapéus engraçados.

Ruby riu; ela não conseguiu segurar.

— Chapéus engraçados?

Rakel também riu, entendendo que soava estranho:

— Sim, e moram em casas, mas não conseguimos vê-las.

Eu apenas sacudi a cabeça e ri:

— Vocês não acreditam em casamento ou em Deus ou religião. Mas acreditam em elfos?

Todas sorriram. Sigrud deu uma risadinha:

— Sim.

— Bom — disse Serena —, isso prova tudo. Todo mundo precisa de alguma coisa para acreditar.

Andamos até a água. Estava um frio infernal e meu entusiasmo inicial sobre essa história maluca estava começando a sumir. Percebi que podíamos estar dormindo em nossas camas agora, se não fosse por mim e minhas ideias birutas. Nos juntamos à beira da água. Todo mundo me olhou com expectativa. Decidi que estava na hora de começar.

— OK. Então. Conclui que precisamos admitir de alguma maneira o que estamos sentindo.

Todo mundo ficou quieto. Então Ruby disse:

— O que estamos sentindo?

— Acho que estamos sentindo que há muitas coisas que não vamos mais ser. Não vamos ser noivas jovens. Não vamos ser mães jovens. Podemos nem arranjar um marido e um lar e duas lindas crianças. Mas isso não significa que não teremos um marido ou filhos. Mas isso é para ter ciência de que não vai acontecer do jeito que achamos que ia. Do jeito que esperávamos.

Georgia me olhou e disse:

— Nossa, Julie, que jeito de estragar uma festa. — Minhas amigas americanas riram. Não acho que as islandesas entenderam.

Distribuí os guardanapos de papel que tinha roubado da boate para Serena, Ruby, Georgia e Alice. Não quis impor esse ritual a minhas irmãs islandesas.

— Certo. Então. Não tenho canetas ou lápis, então em vez disso quero que coloquem suas decepções nesse guardanapo. Quero que imaginem como achavam que sua vida seria e coloquem isso dentro do guardanapo.

Fechei os olhos e pensei em como eu imaginava que as coisas seriam. Eu tinha uma imagem bem detalhada disso. Nunca sonhei com casamento e filhos e sempre sonhei que teria uma vida glamourosa em Nova York, me divertindo com minhas amigas interessantes e engraçadas. Sabia que eu iria testemunhar todas as minhas amigas se casando e tendo filhos antes de mim — e então, no último minuto, bem no último minuto, o que, em minha imaginação, teria sido *ano passado*, meu homem chegaria, e ele iria, apesar de meus protestos e natureza cínica, me tirar do sério e me transformar em esposa e mãe. É assim que eu imaginava minha vida. Eu seria a última a conseguir, mas *ia conseguir*. Nunca imaginei que poderia não acontecer. Coloquei tudo aquilo no guardanapo.

Alice pensou em seu antigo namorado, Trevor. Como tinha planejado passar o resto da vida com ele. Ela tinha planejado ter filhos com ele e envelhecer a seu lado. Ela se lembrou de todos os feriados que passaram juntos, todos os enfeites de árvore de Natal que tinham juntado, e como achavam que continuariam colecionando mais nos anos que estavam por vir. E ela se lembrou de como ele tinha dito que não queria casar com ela, e ela tinha respondido que era hora de ele cair fora.

Ruby pensou em como tinha imaginado sua feliz vida cheia de amor com cada homem que já tinha namorado ou conversado nos últimos dez anos. Ela viu todos os seus rostos passarem voando por ela, se lembrou de todas as diferentes vidas que tinha visualizado. Ela ia ser a esposa do médico com Len. Ia ser o suporte emocional de Rich, com seu instável negócio de construção. Ela iria se mudar para Washington D.C. para ficar com o político, sei lá o nome dele. Todas as decepções continuavam aparecendo em sua mente. Ela se imaginou colocando todas dentro do guardanapo. Ela gostou desse ritual. *Porque é isso que todos esses homens representam. Nada mais que fantasias. Uma ideia deixada num guardanapo de bar.* Ela se perguntou como pode ter dado a todos eles tanto poder.

Georgia pensou na formatura de Beth na faculdade. Ela se imaginou sentada com Dale sob o sol quente, de mãos dadas, com Gareth sentado ao lado deles, junto com todos os respectivos avôs e avós. Quando Beth se levantava para pegar o diploma, Dale e Georgia iriam bater palmas e vibrar, então se olhariam e se beijariam — o orgulho dos dois por Beth e o amor de um pelo outro se misturando enquanto se abraçavam e beijavam mais. Georgia começou a chorar um pouco com essa imagem, essa imagem em que ela não se permitia pensar há tanto tempo. Agora, aqui, enquanto o vento frio rodava em volta dela, e o sol não estava nem perto de aparecer, ela sentiu profundamente a perda daquilo. E lágrimas rolaram por seu rosto.

Serena percebeu que não tinha imagem nenhuma do que aconteceria com ela. Em sua perfeita filosofia iogue, tinha conseguido deixar morrer qualquer tipo de expectativa sobre como deveria ser sua vida. Ela não tinha ideias preconcebidas das quais se libertar. Estava vazia de imagens do que achava que seria sua vida. Ela percebeu que talvez fosse hora de arranjar algumas. Para ela, o desafio era *começar* a imaginar a vida que queria. Ela colocou seu futuro em branco no guardanapo.

Peguei um isqueiro que eu tinha arranjado com Karl e andei em volta do círculo, colocando fogo nos guardanapos, um a um. Enquanto eles queimavam rapidamente, eu disse:

— Está feito. Não temos essas vidas. São passado.

Deixamos cair nossos guardanapos em chamas quando o fogo se aproximou de nossos dedos.

— Agora estamos livres.
Todas as mulheres presentes me olharam. Ruby perguntou primeiro:
— Livres para quê?
— Livres para superar. Sem amargura. Aquelas vidas não existem. Agora temos que ir em frente e viver essas que temos.

Todas estavam quietas. Não acho que alguém já tinha me visto tão, bem, sincera antes. Olhei para Sigrud, Rakel e Hulda. Elas pareciam surpreendentemente respeitosas e solenes. Olhei para elas e me perguntei o que estariam pensando.
— Alguma de vocês tem algo a dizer?
Rakel falou:
— Parabéns, vocês acabam de descobrir sua viking interior.
Nós americanas nos olhamos, satisfeitas.

Voltamos juntas para o hotel, tomamos café da manhã e arrumamos as malas. Nosso fim de semana de vendaval tinha acabado. Sim. Era hora de eu voltar para casa. Estava cheia de tudo isso. Eu tinha aprendido alguma coisa? Sim, acho que tinha. Estava feliz por ter conhecido Thomas? Ia ter que esperar mais um pouco pra descobrir isso.

No caminho para o aeroporto estávamos todas quietas, com poucas horas de sono, de ressaca e rabugentas, tentando nos hidratar com as garrafas de água que pegamos do quarto de hotel. Alice decidiu fazer uma declaração importante:
— Bem, só quero que vocês saibam que eu acredito em elfos.
Olhamos para ela e sorrimos, com sono. Só Ruby teve energia pra responder.
— Acredita? Mesmo?
— Sim. Acredito. Acredito em elfos. Quer dizer, olha só esse lugar maluco. Não parece possível existir elfos aqui?
O resto de nós estava muito cansada pra dizer alguma coisa.
Mas pensei nisso por um minuto. Todas precisamos de algo em que acreditar, então por que não em elfos? *Ou no amor?*

— Bem, se Alice consegue acreditar em pessoas invisíveis que usam chapéus engraçados, então acredito no amor. Vou acreditar, de hoje em diante, que é possível achar alguém com quem possa viver e amar pelo resto da sua vida, que me ama de volta, e que não seja apenas uma ilusão.

Alice me olhou e começou a bater palmas.

— Agora sim — disse.

Eu sorri. Georgia olhou em volta e declarou:

— E se Alice acredita em pessoas invisíveis que mexem com pobres trabalhadores de obra, então eu acredito que posso conhecer um homem que não apenas me ame, mas que também ame meus filhos.

Serena concordou com a cabeça.

— E se Alice acredita em elfos e Julie acredita no amor e Georgia acredita no amor uma segunda vez, vou acreditar que Joanna e Kip vão superar tudo isso. E um dia vão ser felizes de novo.

— E você? — perguntei.

— Acredito que vou descobrir como ser feliz também. Sim, eu também — disse Serena.

Ruby sorriu e levantou sua garrafinha de água no ar:

— E eu vou acreditar que vamos todas ser felizes. Vamos todas conseguir exatamente o que queremos e vamos ficar bem. — Ela deu um gole em sua água. — E Lexapro. Vou acreditar nisso também.

Então, num país de pagãos vikings, todas achamos algo em que acreditar. Mas eu ainda estava me sentindo inspirada.

— Então tá — disse —, vamos mais adiante. Se vocês todas acreditam que vamos encontrar o amor e ser felizes, então vou acreditar em milagres, porque é isso que vai ser necessário pra tudo isso se realizar.

— Todas riram, mas eu disse com toda a sinceridade.

— Tim-tim — disse Alice, levantando sua garrafa de água. — Aos elfos e aos milagres. Vamos acreditar nos dois. Quero dizer, por que não?

Todas batemos palmas e levantando nossas garrafas, concordamos:

— Por que não?

O avião estava correndo pela pista. Eu estava sentada no corredor e Serena na janela. Na nossa frente, Ruby e Georgia e do outro lado do corredor estava Alice. O avião agora estava sacudindo, o barulho do vento em nossa volta enquanto acelerávamos. Foi então que percebi que com toda a confusão por causa da ressaca e da falta de sono, e de ficar conversando com minhas amigas, tinha me esquecido de tomar remédios antes de decolar. Na verdade, tinha inclusive me esquecido de trazê-los comigo na mala de mão. Agarrei os braços da poltrona enquanto o avião chacoalhava pelos ares.

— Não acredito que esqueci meus remédios. Sou tão burra.

Serena olhou pra mim, meu rosto subitamente ficando pálido. Ela pôs uma das mãos em meu braço e sussurrou:

— Vai ficar tudo bem, lembra? Todas vamos ficar bem.

O avião estava subindo, escalando os ares. Concordei com a cabeça e disse:

— Certo. Certo. Vamos ficar bem. — Apertei a poltrona um pouco menos forte.

Logo, estávamos no ar. Serena começou a ler a revista *People* para mim, e de vez em quando Alice exclamava alguma fofoca que tinha ouvido sobre uma celebridade ou outra. Eu sabia o que elas estavam tentando fazer — estavam tentando me manter distraída para não começar a surtar. Funcionou. Durante cinco horas e meia, nada de pânico. Nem uma gota de suor, nem um engasgo, nada. Eu era igualzinha a qualquer outro passageiro sadio dentro daquele avião. Não tenho a mínima ideia de por que, mas talvez tenha sido por estar com minhas amigas, não me sentir tão sozinha. Ou talvez seja por causa do ritual que fizemos na Islândia, onde me permiti abandonar todas as expectativas sobre minha vida — talvez incluísse a expectativa de que ia mergulhar até morrer. Ou talvez eu soubesse, lá no fundo, que ficaríamos bem. E na remota possibilidade de que não ficássemos, tudo o que poderia acontecer era cair dentro de uma bola gigante em chamas — não havia nada que eu ou meu medo pudessem fazer para mudar isso. Desapeguei-me de tudo isso e apenas voltei pra casa.

Mas qualquer que fosse o motivo, meu pânico tinha ido embora.

Estados Unidos

Duas semanas depois, nos reunimos para saber sobre o novo emprego de Alice de volta à defensoria pública. Fomos ao restaurante Spice em Manhattan e nos sentamos numa grande sala do andar debaixo na área VIP, graças naturalmente a Alice. Ela nos contou sobre o primeiro caso em que estava trabalhando, de um jovem acusado de violar a condicional que tinha sido emboscado por um de seus amigos. Ela estava cheia de convicção e paixão e animadíssima por poder nos contar tudo. Pedimos vinho para todas na mesa, mas Ruby recusou. Ela estava tomando um remédio novo, e não podia misturar com álcool. E confessou: era um antidepressivo. Todas aplaudiram.

— Bem, graças ao bom Deus — disse Alice.

— Por que demorou tanto? — perguntou Georgia. — Eu mesma acho que poderia fazer uma visita a um psiquiatra qualquer dia desses.

— Isso é tão incrível, Ruby. Sei que foi uma decisão difícil para você! — disse Serena. Ela tinha saído da casa de Ruby na semana anterior, quando finalmente arranjou um apartamento em Park Slope.

— Como está se sentindo? — perguntei a Ruby. Ela sorriu feliz.

— Eu me sinto ótima. Tenho que admitir. Não tipo insanamente feliz ou nada disso, apenas não tão deprimida. Só me dá uma segurança. Pra eu nunca mais afundar tanto.

— Isso é fantástico — acrescentei.

E então Georgia me olhou e disse:

— Então, o que vai fazer em relação ao livro?

— Ainda não sei. Minha editora não sabe que voltei, mas ela acabou de me mandar um e-mail perguntando como estava indo. Não sei o que dizer a ela.

Todas olharam para mim levemente preocupadas de eu estar jogando fora minha nova carreira.

— Mas não acha que aprendeu muita coisa? Ao conhecer todas aquelas mulheres pelo mundo todo?

Pensei no assunto enquanto enfiava o garfo num pedaço de pato do meu prato.

— Não tenho certeza.

Depois disso, fomos para o bar de um dos hotéis modernos do bairro. Tinha um DJ, mas ainda não estava cheio. Empilhamos nossas bolsas e casacos num canto e fomos pra pista de dança o mais rápido possível.

Então lá estávamos nós, de volta à ação. Dessa vez não ia ter briga, lavagem estomacal, nem asas de frango. Estávamos apenas por aí, nos abrindo mais uma vez, para mais uma noite de aventura, diversão e possibilidade.

A música "Baby Got Back" começou a tocar. Essa é uma das músicas mais legais para se dançar. Começamos a dançar com tudo e a balançar os quadris, tentando cantar junto com a música e fracassando miseravelmente.

Olhei em volta para todas as minhas lindas amigas, dançando umas com as outras. Nessas últimas duas semanas não pude evitar notar como todas essas mulheres agora ligavam umas pra outras, sem que eu estivesse no meio. Durante o jantar elas brincaram umas com as outras e se irritaram umas com as outras e sabiam exatamente o que estava acontecendo na vida umas das outras, como velhas amigas. Enquanto Serena, Alice, Ruby e Georgia riam e dançavam e rebolavam na pista de dança, entendi: finalmente eu tinha conseguido o que sempre sonhara. Enquanto eu estava do outro lado do mundo, um grupo de amigas estava nascendo. E agora aqui estava, formado, dançando como loucas na cidade de Nova York.

Perguntei-me de novo como eu poderia resumir o que tinha aprendido de todas aquelas mulheres incríveis ao redor do mundo. Uma ideia vinha à minha mente, mas eu continuava afastando-a. Na pista de dança, com a música nas alturas e eu sentindo o tipo de abandono despreocupado de estar por aí com um grupo de amigas, tinha vergonha só de pensar nela. Mas eu a sentia. Fico horrorizada só de ter que escrever essas palavras agora. Mas percebi, com força — odeio tanto admitir isso, merda, maldição —, mas acho que precisamos amar a nós mesmos. Droga.

Eu sei. *Eu sei*. Mas pelo menos me deixe explicar, não estou dizendo que temos que "amar a nós mesmas" de um jeito tome-um-banho-de-espuma-toda-noite. Não "ame a si mesma" tipo "vá jantar sozinha num lugar bacana uma vez por semana". Acho que temos de nos amar com vontade. Como uma leoa protegendo sua família. Como se estivéssemos prestes a ser atacadas a qualquer momento por uma gangue de brutamontes que só estão aqui para fazer a gente se sentir mal com nós mesmas. Acho que temos que amar a nós mesmas com a mesma paixão dos romanos, com alegria, entusiasmo e senso de merecimento. Acho que temos que nos amar com o orgulho e dignidade das mulheres francesas. Temos que nos amar como se fôssemos uma senhora brasileira de 70 anos vestida de vermelho e branco e desfilando no meio de um baile de carnaval. Ou como se tivessem jogado uma lata de cerveja na nossa cara e viéssemos em nosso próprio auxílio. Temos que nos amar agressivamente. Temos que nos colocar contra a parede, essa é a energia que temos que ter. Precisamos descobrir nossa viking interior e usar nossa armadura e nos amar o mais corajosamente que pudermos. Então, sim, acho que realmente temos que amar a nós mesmas. *Lamento*.

Justo enquanto pensava nisso, um cara bonitinho com cabelo até os ombros foi até a pista e começou a conversar com Serena. Ele estava usando calças vermelhas largas e esquisitas.

Enquanto eles dançavam juntos, ouvi Serena perguntando a ele:

— Desculpe, mas suas calças são de cânhamo?

Ele afirmou, se inclinou e disse a ela:

— Tento o máximo possível não usar nada que agrida o planeta.
Serena concordou, intrigada:
— O que um cara como você faz num lugar como esse?
Ele sorriu de volta:
— Ei, posso usar cânhamo, mas ainda adoro dançar!

E com isso, ele pôs os braços nas costas de Serena e a rodopiou pelo lugar. Ela estava rindo e corando. Por um momento, enquanto ela passava por mim, me deu uma olhada como quem diz, "Quem diria que *isso* ia acontecer?"

Depois de dançar um pouco, Alice, Georgia, Ruby e eu acabamos sentando a uma pequena mesa. Tínhamos uma vista de 180 graus de Nova York, com o Empire State aceso em branco e azul. Serena agora estava em outra mesa, falando com o rapaz de cânhamo. Ele parecia estar gostando muito dela, e os dois estavam rindo e conversando como velhos amigos.

— Então... Acha que estamos testemunhando um pequeno milagre acontecer bem diante de nossos olhos? — provocou Alice.

Sorri com a ideia:
— Nunca se sabe.

Olhei em volta da boate com todas as lindas mulheres dançando, paquerando, conversando com homens, conversando com suas amigas. Estavam todas lá fora, tentando se divertir, sendo melhor e mais estilosas e provocantes que conseguiam. Pensei de novo em minhas viagens. Conhecer todas aquelas mulheres solteiras pelo mundo, todas com suas próprias lutas, suas próprias necessidades, esperanças e expectativas podia ter me desencorajado. Mas, em vez disso, me confortava. Porque uma coisa que posso sempre carregar comigo, guardar como um bilhetinho de amor num dos meus bolsos, é que não importa o que eu tenha aprendido, ou como me sinta em relação a ser solteira a cada dia, tem uma coisa que sei com certeza agora: definitivamente, não estou sozinha nessa.

Definitivamente, não estou sozinha.

Sabe o que mais? Milagres acontecem todos os dias.

Agradecimentos

Existem muitas, muitas pessoas que me ajudaram na pesquisa para este livro, especialmente as mulheres e homens que entrevistei no mundo todo, e todos os meus "anfitriões" que me permitiram acesso a essas pessoas. A lista de todas elas nome por nome podia ser tão grande quanto o próprio livro. Mas tenho uma grande dívida com todas essas pessoas, especialmente aquelas que gastaram tempo de suas ocupadas vidas para falar comigo sobre amor e namoros, com muita honestidade e bom humor. Era verdadeiramente uma experiência única e sou agradecida por tudo. Agradeço a todos do fundo do meu coração.

Gostaria de citar especificamente algumas pessoas de cada país que foram de valor inestimável para minha pesquisa.

Na Islândia, tenho que agradecer a Dröfn e Rakel por organizar o incrível encontro de mulheres em Reykjavik; assim como Brynja, Rakel e Palli pela amizade, sempre.

No Brasil, minha heroína Bianca Costa, junto com Tekka e Caroline da Copacabana Filmes. Obrigada a Matt Hanover do Yahoo. E Cindy Chupack pela mente brilhante que eu queria ter pra mim.

Na Europa, a minha equipe de filmagem, Aaron, Tony e James por nos fazer rir por toda Paris e Roma. Em Paris, meus dois ajudantes, Laure Watrin e Charlotte Sector. Em Roma, Veronica Aneris e Monica De Berardinis (e John Melfi por sempre estar lá para ajudar, em todos os países que conseguia). Para Dana Segal, pelo seu rosto amigo durante um período caótico. Para Gabriele e Domenico por sempre me inspirarem, não só em Roma. Na Dinamarca, Thomas Sonne Johansen e Per Dissing, obrigada por estarem lá na última e mais difícil etapa de minha viagem pela Europa.

Em Mumbai, Índia, obrigada a Hamida Parker, Aparjna Pujar, Jim Cunningham, Monica Gupta, e a todos que nos ajudaram a transitar por uma cidade tão intransitável. Foram anfitriões generosos para nós.

Em Sidney, Austrália, sou grata a Karen Lawson. Obrigada por seu interminável entusiasmo, humor e energia incansável. Obrigada, George Moskos, por sua ajuda adicional com os rapazes, e seu bom humor em relação a tudo, e um obrigado a Bernad Salt, por me dar tanto de seu tempo numa longa, hilariante e deprimente entrevista. E um agradecimento especial a Genevieve Read, agora Genevieve Morton, que nunca conheci, mas me inspirou tanto.

Em Pequim, devo agradecer a duas mulheres, Chen Chang e Stephanie Giambruno, por toda sua ajuda ao fazer de Pequim uma das viagens mais memoráveis de minha vida. E por Chang, por suas conclusões corajosamente honestas. Gostaria de agradecer Han Bing por sua ajuda e Nicole Wachs por ser a melhor companhia que uma tia poderia querer.

E no geral, minha pesquisa e esse livro não teriam sido possíveis se não fosse por Margie Gilmore e sua persistência incansável e implacável, e Deanna Brown por sua fé em nós duas. Argie, obrigada mais uma vez por me dar o mundo.

Nos EUA, tenho que agradecer às pessoas que estavam lá quando esse livro ainda era uma semente de uma ideia e estavam prontas para ajudar. Mark Van Wye, Andrea Ciannavei, Shakti Warwick — e Garo Yellin, por aquela noite em que ele decifrou tudo para mim.